火星の遺跡

ジェイムズ・P・ホーガン

火星の都市でベンチャー企業が研究していたテレポーテーション技術の、初の人体実験。それは大成功を収めたかに見えたが、自ら被験者となった科学者の身辺で、奇妙な事件が多発する。一方、火星の荒野で発見された12000年前の巨石遺跡は、地球も含めた太陽系各地に足跡を残す古代文明の実在の証拠と思われたが、頑迷な学界は決してその存在を認めようとしない。そして遺跡と考古学遠征隊に危機が迫る……。ふたつの事件の謎を巡り、フリーランスの紛争調停人キーラン・セインは調査に乗り出す。『星を継ぐもの』の巨匠ホーガン円熟期の傑作！

登場人物

キーラン・セイン……………フリーの紛争調停人。通称ナイト
ジューン・ホランド…………科学情報ブローカー。フリーの広報アドバイザー
マホム・アラザハッド………アラザハッド・マシンの経営者
ソロモン（ソル）・レッポ……アラザハッド・マシンの整備士
ケーシー（ケイス）・フィッブ……ソロモン・レッポの相棒
ギネス……………………………キーランの飼い犬

［第一部］
レナード（リオ）・サルダ……TXプロジェクトの中心的な科学者
イレイン・コーリー……………看護師
ハーバート・モーチ……………クアントニックス代表取締役
マックス・モーチ………………クアントニックス財務担当副社長。ハーバートの弟
ヘンリー・バルマー……………開業医。催眠療法士

ウォルター・トレヴェイニー……地質学者

［第二部］

ハミル・ハシカー……………考古学者
ハミルトン・ギルダー………ゾーケン・コンソリデーテッドの最高経営責任者兼社長
マリッサ・ギルダー…………ハミルトンの次女
ジャスティン・バンクス……ゾーケン・コンソリデーテッドの鉱業部門責任者
ソーントン・ヴェルテ………バンクスの上司。現場指揮官
リー・マレン…………………シンジケートとの仲介者
ピエール………………………ナノ合成機を研究する生物学者

ジム、トーニ、マーラ、ハンク、ナンシー、モーガン、そのほかのベイン・ブックスのチームのみなさんへ。

そろそろ彼らも最終製品に対する貢献を認められるべきだろう。

火星の遺跡

ジェイムズ・P・ホーガン
内田昌之 訳

創元ＳＦ文庫

MARTIAN KNIGHTLIFE

by

James P. Hogan

火星の遺跡

第一部　最大の敵は自分

1

ほころびたロープがふたたびより合わさるように、ばらばらになっていた意識がゆっくりとひとつにまとまった。サルダは頭がくらくらし、暗闇の中で方向感覚を失っていた——基準となるものがなにもない虚空でぐるぐると回っているような気持ち悪さ。それはすぐにおさまった。思考がぎこちなくかみ合い、ふたたび動き始める。身体機能は正常にはたらいているようだ。心臓の鼓動と、胸の呼吸と、じっとり湿った肌をたしかめる。これは体がよけいな熱を排出しているのであって、寒さで熱を発しているわけではない。すると、あのきわめて重要な実験は完璧に成功したのか……。

〝ただし、ここにいるわたしはまちがったほうなのだ！〟

脳裏によみがえってきたイメージに、精神があらがうように退却する——最後に見たイレインのあきらめ顔と、バルマーのなにもかも大丈夫だという励まし。

〝あいつらはわたしを食いものにし、わたしの研究を売り払おうとしている——それが大丈夫だと?〟

激しい怒りとパニックが押し寄せてきた。もがこうとしても、再構成チェンバー内の機器を保護する拘束具のせいで身動きがとれない。照明がともり、体の上やまわりにぎっしりとならぶコンデンサ・アレイとインデックス・ヘッドが見えるようになった。まるで色とりどりのワイヤとチューブで編み上げたベネチアン・ブラインドのようだ。正面の各パネルが操作時のポジションから引っ込んでアクセスドアがあらわになり、その内側に張り付いたワイヤや機械装置、付随するたくさんの技術的な表示や警告文が見えるようになった。そこに交じる妙に色あざやかなグラフィックデザインは、銀色のリングに囲まれた紫色の円盤で、赤、黄、アクアマリンの渦巻き模様がひとつ描かれていた。それはサルダの視野の中でだんだんと大きさを増していくように見えて、力線が電荷を引き付けるように彼の注意を引き付けた。動揺は数秒でおさまった。サルダは怒りをすっかり忘れた。掛け金のはずれるカチンという音が何度かして、ドアがひらいた。

TXプロジェクトの主任医師、スチュアート・ペレルが、不安げな顔でチェンバーの内部をのぞき込んできた。一筋の光がサルダの目を照らし、近づいてきた手が顎《あご》を持ち上げ、指が首筋にふれて脈を探る。

「大丈夫だ、スチュアート。心配することはない」サルダは言った。「わたしは元気だよ」

「ぶじだぞ!」ペレルは背後にいる人びとにむかって呼びかけた。「成功したんだ! リオはぶじだ!」

沸き上がる安堵《あんど》と喜びの叫びがその言葉を迎えた。ペレルは拘束具をはずし、医療用スモックを頭からサルダにかぶらせて、狭いチェンバー内で彼がそれを身につけるのを手伝ってくれた。外で待ちかまえていたプロジェクトの仲間たちや技術者たちがわらわらと押し寄せてきて、雑然としたR実験室に姿をあらわしたサルダの背中を叩いたり握手を求めたりした。暑苦しいマシンに閉じ込められていたあとだけに、まるでサウナから澄み切った空気の中へ出てきたかのようだった。

男がふたり、特別に招待された小人数のグループとともに、離れたところでその様子を見守っていた。表情はやや落ち着いていたが、目には喜びの色があった。ゆったりした黒のジャケットを、ネクタイなしのポロシャツの上にはおるのは、火星ではビジネスの場でもっともよく見かける服装だ——一般的には中心都市とみなされているローウェル・シティでもそれは変わらない。でっぷりして髪の薄いハーバート・モーチ——クアントニックスの代表取締役でありTXプロジェクトの技術主任でもある——が、近づいてきてサルダの両肩をつかみ、肉付きのいい顔をほころばせた。

「リオ、今日われわれは歴史をつくったんだ!」ハーバートは勝ち誇るように言った。「いや、きみが歴史をつくったんだ!　きみは危険をおかした。そして成功した……」彼は感極まって言葉を失い、首を横に振った。

そのとなりでは、細身で頰のこけた弟のマックス——共同創設者であり財務担当副社長でもある——が、サルダのそばに集まった人びとと骨張った手で握手をかわしていた。

「じきに有名人になるんだから心の準備をしておけよ、リオ」マックスは言った。「クアントニックスはこの星を変えることになる」

「この星だって？」ハーバートはいぶかしげに頭を回し、軽くとがめるような目で弟を見つめた。「もっと大きく考えるんだ、マックス、もっと大きく。これはそもそもでっかい話だろう？　われわれは太陽系の姿を変えるんだ！」

2

このまま火星を訪れたとき、キーラン・セインは、地球から初めてやってきたような顔で、あこぎな販売会社が若い移民たちの苦労して稼いだたくわえを狙って売り込んでいたエリジウム地区の土地に興味があるふりをしていた。疑いをいだいた一部の親族たちから依頼を受けて、数年で投資額の何十倍もの見返りをもたらすはずだという鉱物資源について調査をおこなったのだ。結局、その土地の価格は人為的に吊《つ》り上げられたもので、取引に関与していた地質学コンサルタントの不正な報告書にもとづいていたことが判明した。キーランは一計を案じて、その会社の最新の掘削サンプルにプラチナを混入させ、その結果、販売担当者たちが必死に顧客を追いかけ回して売却時の数倍の値段で土地を買い戻すのを見物するという、納得の結末を迎えることになった。

それが標準年で半年と少しまえ（地球年では一年に相当する）のこと。そのあいだにも地表には目に見える変化が生じていた。キーランは、フォボスから降下するシャトルのキャビンにあるスクリーンでそうした変化をしげしげとながめた。フォボスは火星にふたつある衛星の内側をめぐっているほうで、それ自体も、もはや天文学者から〝傷んだジャガイモ〟と呼ばれたクレーターだらけの岩塊ではなく、きらきらと輝くドームと、宇宙船の係船施設と、メタリックな幾何学的構造とが寄り集まって、地球や、小惑星帯《ベルト》のさまざまな居住地や、木星系や、もっと遠くからやってくる長距離船のための主要中継港となっていた。惑星の輪郭がスクリーンのへりから広がるにつれてじわじわと見えてきたのは、赤道に沿って五千キロメートルもの長さにのびるヴァレス・マリネリスから枝分かれする広大な地溝群の、タルシス台地側のはずれにあたるエリアだった——幅は場所によっては五百キロメートル、深さは最高で六・五キロメートルに達する。以前よりも多くのクレーターにドームが出現して、円形の都市や果樹園を包み込み、地中海の切り立った海岸線を思わせる内壁には住居が層をなして積み上がっていた。行き交う車両の数が増えたハイウェイが西へとのびて、標高一万六千メートルのアルシア山の地下にある採掘現場へと続いている。新設の鉄道路線らしきものは、早くも新しい掘削場や温室を脇に従えながら、南東のシリア平原やソリス平原のほうへとのびていた。地溝群そのものの中では、霜のような銀と白のビーズが、ルーフにおおわれた暗い深みの狭間や、それらを隔てるオレンジ色の崩れかけた岩尾根の全面に広がっていた。

むかいの座席では、イブラヒム——キーランがフォボスにある中継港で出会ったイラン人カップルの片割れ――が、若い妻の手を握っていっしょにその風景を見つめていた。ふたりは地球からやってきたばかりで、男のほうは植物遺伝学者、女は教師だった。キーランはスクリーンから目を移し、ふたりに笑いかけた。「たっぷりある砂のおかげで故郷のような感じがするんだろうな。残念ながら、ビーチが少しばかり足りないようだ」

「まだこれからですよ、ミスター・セイン。まだこれから」イブラヒムがこたえた。

「いずれにせよ、いまはここが故郷なんです」カーリアが言った。

それこそが、火星が地球に先んじている精神だった。新しい世界や新しいヴィジョンはこういう精神から生み出されるんだ、とキーランは胸のうちでつぶやいた。

シャトルがエアロブレーキで高度を下げて、最終フェーズの垂直降下へ移ると、スクリーンにはごちゃごちゃとつらなるドームやルーフやテラスが表示された。ローウェル・シティはふたつの峡谷の合流点を埋め尽くして高台まであふれだしており、建物と道路の集合体が点在するさまは上空から見るとピンクとオレンジの風景にまだらに広がる地衣類のようだ。周辺部の景色が流れてスクリーンの端から消えていくと、主峡谷の北に位置するひらけた台地にあるシエルブール宇宙港が視界の中心で大きさを増してきた。ドームや、発射整備塔や、アンテナを逆立てた小塔が徐々に見分けられるようになり、ほどなく、防護用カバーのひらいた着陸ベイが迫ってきた。金属製の手すりがある煌々《こうこう》と明かりのついた入場レベルと、シャトルを迎え入れるために後退したアンビリカルマストやケーブルがちらりと見えたが、すぐに、それ以外の部分は制動噴射の排気でかき消された。着陸脚のショックアブソーバが最後に残った運動量を吸収して、船体はおだやかにバウンドし、エンジンが停止した。火星に到着したのだ。

キャビンに活気が戻り、いっせいにざわめきが広がった。緊張をほぐそうとするこわばった笑い声もちらほら聞こえる。数分後、アナウンスに従って乗客が下船を始めた。キーランはジャケットとブリーフケースと手荷物のバッグを取りあげ、赤い顎ひげをたくわえた体格のいい男に近づいた。セルジュという名の男は黒いパーカを着こみ、座席のアームにのせたダッフルバッグを閉じようとしていた。建設現場の監督で、イラン人カップルと同じ輸送船で地球から到着したばかりなのだ。

「幸運を祈るよ、セルジュ。まあ、いずれどこかで出会うかもしれないが。計画がうまくいくといいな」火星での賃金は、地球で同等の技術をもつ者と比べて最高で十倍にもなるので、それにさまざまなボーナスを加えると、ごく短期間で引退することもできるし、どんどん稼いで親族をそっくり呼び寄せることもできるのだ。

「あんたもな、ナイト」セルジュがうなるように言った。

「きみたちはこの先もいっしょなのか?」キーランはセルジュの背後へ顎を向けて、彼といっしょに旅をしている三人をしめした。

「ああ。みんな同じ現場だ」

キーランは一歩セルジュに近づき、手になにかを押し込んだ。声をひそめて伝える。「機会があったら、みんなにこれを渡してくれ」

セルジュが目を落とすと、そこには折りたたまれた合衆国の百ドル紙幣が数枚あった。「これはなんだ？」彼は小声で言った。「あんたに貸しはないぞ」それはフォボスでシャトルを待っていた八時間のあいだに、セルジュたち四人がポーカーで巻き上げられた金だった。

「それがあるんだよ」キーランは声をひそめたまま言った。「あんなにツキが続くなんてことはあり得ない。ぼくはきみたちの目と鼻の先でこれを盗み取ったんだ。ここでは充分に用心しないと。ぼんやりしていたら身ぐるみ剝《は》がれるぞ」

「あんたはカードのイカサマも得意なのか？」

「趣味が多彩なんだと言っておくよ」

「ありがとう。助かるぜ。あいつらにとってもな」セルジュは感謝のしるしにキーランの肩を軽くこづいた。一行はほかの乗客のあとについて、のろのろと出口へむかった。

宇宙港も拡張されて施設が増えていた。キーランは到着エリアからのんびりと階段をくだることにして、エスカレータやエレベータは使わなかった——重力が地球標準の三十八パーセントしかなく、しかも閉鎖空間で日々を過ごすため、人びとはあらゆる機会をとらえて運動をするのがふつうなのだ。あちこちの表示やアニメーションマップによると、打ち上げベイがさらに三つ追加されていて、そのうちのひとつはまだ稼働待ちの状態だった。以前はなかった白いタイル張りの広い通路が、中層階のコンコースから、やはり新築されたオアシスというホテルへつながっていた——おもしろみのない名前ではあるが、マーケティングでは常にわかりやすさが重視されるものだ。そして、ここ火星では、当然ながら、さまざまな店舗や屋台、ロボットの呼び売り、広告ディスプレイが、船からおりてきたばかりの新参者の目を引くようにならんで、通貨の両替を、宿泊施設や不動産を、乗り物や地表用の装備を、ドラッグや麻薬を、さらには、法律業務の代行や保険の手配からセックスの相手やツアーガイドにいたるまであらゆる種類の人的サービスを提供していた。それだけでなく、地球や月から持ち込まれた電子機器や光学機器やホロビデオなど需要の多いさまざまなテクノロジーについては、買い取りもおこなわれていた。故郷ではむだな管理や規制のせいで買い叩かれていた人びとにとっては、ここの値付けはどこよりも高く思えるので、全員が幸せを分け合うことになった。

キーランは足を止めて売店の棚をざっとながめ、パック入りのビーフジャーキーを買ってから、貨物・手荷物レベルへおりた。そこでトゥー・ムーンズ・シャトル・ラインズ（実際は軌道上のどこへでも行く）のオフィス――以前よりも広くなり、奥まった位置からフロアに面したよく目立つ場所へ移っていた――を見つけて、フォボスから到着した自分のバッグを〝ニネヴェ、パークビュー・アパートメント357号室、ミズ・ジューン・ホランド方〟へ送ってもらうよう手配した。それが済むと、係員がカウンターの場所を教えてくれた。動物や車椅子や自転車や砂丘ホッパーなど、特別な取り扱いが必要な荷物をそこで受け取るのだ。

ギネスは運輸会社の用意した輸送用ケージの中で辛抱強く待っていた。アジア系のカウンター係の女と手荷物係のひとりが、その様子を感心した顔でながめている。犬は自前のレーダーでキーランの接近をとらえると、さっと姿勢を正して、がっしりした口から舌を垂らし、尻尾《しっぽ》でケージの金網をぴしゃりと叩いた。全身ほぼ真っ黒で、胸と顎にはベージュの斑《ぶち》、むすっとした細長い顔に、ぺたんと垂れた両耳。

「あなたの犬？」若いアジア系の女が、言わずもがなのことをたずねた。

「すごく頭のいい犬だな」手荷物係が褒めた。「おれたちがなにを話しているかぜんぶわかってるみたいだ」

「ほんと言うと、そこまで賢いわけじゃない」キーランは言った。「こいつは言葉はうまく理解できない。テレパシーを使ってるんだ」ギネスが眉間にしわを寄せた。まばたきをし、無言のアピールをするように宇宙港の作業員たちへ目を向ける。

「どういう種類の犬なの？」女がたずねた。キーランは引き取り用の書類と受領カードを差し出した。

「半分はドーベルマンで、半分はラブラドール。ドーベルマンらしさは色にあらわれている。顔つきや気質はみんなラブラドールだ」キーランはバッグの中の小袋からリードを取り出し、かがんでケージの扉をあけた。ギネスは跳ねるようにケージを出ると、キーランがジャケットのポケットから出したビーフジャーキーを狙うよりも先に、主人の鼻をぺろぺろとなめて親愛の情をしめした。

「ギネス」手荷物係がスクリーンに表示された情報を読み上げた。女のほうは犬の両耳をわしゃわしゃとなでている。「アイルランドの血が？」

「まあ、系図をさかのぼればどこかに隠れているのはたしかだろうな。しかし、こんな配色を見たら、ギネスとしか呼びようがないだろ？」

「長旅のあとなのに動揺してないみたいね、動物によってはそういうこともあるんだけど」女が言った。「あなたたちは地球からの船に乗ってきたの？」

「いや。ベルトの手前側にあるアーベック・ステーションからだ。そのまえは木星の近くをあちこちと。でも、こいつはどこでもなじんでいた」キーランはギネスのひたいの中央をかいてやった。「そうだよな、相棒？」

女はキーランをしげしげとながめた──長身で、横幅もある、がっしりした体つき、日に焼けて引き締まった顔、ウェーブのかかった茶色の髪、澄んだ青い目、さらりと浮かぶほほえみ。着ている服は旅行用のカジュアルなものだが、質はいい。「じゃあ、ふたりでよく旅行をしているのね？」

ギネスが物欲しげにキーランを見上げた。ビーフジャーキーがなくなっていた。キーランがもうひとつほうってやると、犬は巧みにそれを受け止めた。「ああ、あちこち出かけてるよ。宇宙には見るものがたくさんある。昔からものすごく好奇心が旺盛《おうせい》でね」

「じゃあ、家はどこなの？」

「まあ、あちこちだな。今回の滞在中に、火星で暮らすことを考えてみてもいいかもしれない。どんどんおもしろい場所になってるからね。いまは太陽系が我が家と言ってもいいんじゃないかな」

さらに二階層くだって、ほかの乗客たちといっしょに磁気浮上車《マグレブカー》に乗り込み、二本の誘導レールのあいだに生じる磁場の溝をたどって、台地にある宇宙港の地下部分からゴーリキー・アヴェニューへと出た——ローウェル・シティが広がる三つの主峡谷のうちのひとつだ。あたりの風景は多層構造のショッピングモールと居住ユニットと娯楽施設を妙な具合に混ぜ合わせたような感じで、それらをややこしくつなぐ通路には、ふだんは開放されているエアロックがあった。数列にならぶオフィスの窓の下にシュロの葉が茂る岩棚があり、そこの洞窟から流れ出す人工の滝が、レストランのテラスとこどもたちの遊び場のあいだを抜けて、機械的に生み出された波に洗われる人工のビーチへと落下していた。その先でレールは葉におおわれた土手と葦の生い茂る浅瀬がつらなるうねうねと入り組んだ湖にさしかかった。砂州に立つ鋼鉄製の橋桁の下で脚の長い鳥たちが羽づくろいをしている。ギネスは前足を窓のへりにかけて立ちあがり、なにひとつ見逃すまいとしていた。どこもかしこもにぎやかで、色彩豊かで、人びとの活気に満ちていた——赤い砂に根を下ろす、いま勢いよく立ちあがろうとしている文化の姿がそこにある。そうだ、とキーランは胸のうちでつぶやいた。この火星でちょっとした不動産投資に余剰資金を投入するなら、いまが潮時だろう。

ゴーリキーを横切った先で、レールは別のトンネルに入り、岩石丘《メサ》の下に掘り抜かれたプラントや機械装置でいっぱいのコンクリート製の地下道を通過して、そのむこうにあるニネヴェへ出た——これもローウェルが広がるY字形をした三つの峡谷のひとつだ。いまあとにしてきたゴーリキーの大都会的な風景と比べると、ニネヴェは緑が多くて郊外の雰囲気があった。各ドームの外層とルーフとのあいだの水式放射線シールドで藻が栽培されているために、ここの空は独特な薄いライム色をしていた。〈見晴らし公園〉がルーフにおおわれたエリアの端にむかって広がり、突き当たりには地表へ出入りするためのエアロックがある。公園には花や植物の苗床が並んでいるだけでなく、水を引いた斜面は草でおおわれてぽつぽつと木も生えており、動物園まであった。中心の近くには三日月形の湖が広がり、幅のもっとも広いあたりに島がひとつあった。その島のむこう側、湖の外側の湾曲部には、アパートメントユニットの複合体がテラス状にそびえ、ふつうの路上走行車両用の駐車帯のとなりにある水遊び場を見下ろしていた。ここでマグレブカーは自動化されたカフェテリアとショップのかたわらで停車した。

キーランは下車していっときあたりの眺めを楽しみ、ギネスは新しいにおいと風景と刺激にあふれた世界に身をひたした。それから、ふたりはテラスを二階分のぼって、複合体の中央部を占めるパークビュー・アパートメント357号室へと向かった。ジューンは玄関のドアをオレンジ色に塗り直していて、追加されたトレリスの片側には赤と白の薔薇《ばら》が這《は》っていた。キーランはよしよしとうなずいた。「かわいらしい飾りだな」彼が声をかけると、ギネスは両耳をぴんと立てたが、意味がわかっているわけではなかった。キーランはジューンから送信されたコードが入っている磁気カードを取り出し、ドアに挿入した。ロックが解除された。ギネスを連れて中に入り、バッグとブリーフケースを玄関に下ろした。

インテリアのほうにも、キーランの予想どおりすてきな飾りがほどこされていたが、そこには、いかにもジューンらしい、プロフェッショナルかつ実用的な雰囲気もあった――サテンやピンクはほどほどに、フリルやレースもほどほどに。リビングには、すわり心地の良さそうなカウチが置かれていて、つや消しのブルーがそちら側の薄紫色の壁と良く合っており、それ以外にも見おぼえのない小物がいろいろ増えていた。ジューンがデザイン画や写真や絵画のコレクションに追加したのだ——宇宙の眺めや火星の風景、建築物のスケッチ、おもしろい抽象画、そしてもちろん、猫たち。

キーランがそこまでの観察を終えるやいなや、シャーッという怒りの声が奥の部屋につながる廊下から聞こえてきた。テディがふだんの二倍の高さまで背を弓なりにして、まるで黒い太陽からのびる光線のように毛を逆立て、黄緑色の両目を皿のようにしてギネスを見据えていた。犬は愛想良く見返して、舌をだらんと垂らし、相手の警戒心を解こうとするかのように尻をつけてすわり込んだ。

「よう、テディ」キーランはため息をついた。「あのなあ、また最初からぜんぶやり直す必要はないんじゃないか？ 古い友人とのひさしぶりの再会なんだよ、おバカさん」

キーランがドアを閉めてのんびりとキッチンへ向かうと、ギネスが立ちあがってあとに従った。犬が動いたとたん、テディは毛に縁取られた尻をみっともなくさらして廊下の遠い端まで駆け戻り、くるりと回れ右をすると、半分ほどひらいた寝室のドアの奥から反抗的にこちらをにらんだ。キーランは自動調理器《オートシェフ》のキーを叩いてコーヒーを注文し、シンクの下の戸棚から取り出した皿にギネスのための水を入れてやった。犬がうれしそうにぴちゃぴちゃ飲んでいるあいだに、リードをはずし、ジャケットの内ポケットからコムパッドを抜き出してジューンに連絡する。ジューンは数秒後に応答した。

「あら。ぶじに着いたのね。旅はどうだった？」

「なにごともなく順調だった。一番の刺激といえば、フォボスでの乗り換え待ちのあいだに四人の建設作業員からポーカーで金を巻き上げたことだな。でも、ぼくは善人だからシャトルをおりたところでぜんぶ返した。知ってのとおり、ぼくがイカサマをするのは相手がイカサマ師のときだけだから」

「たしかに——あなたの昔からの弱点よね」

「腕が落ちないようにしているだけさ。それはともかく、ひどい歓迎ぶりじゃないか、人がはるばる一億キロメートルの旅をしてきたというのに、だれも出迎えに来ないなんて。そういうことをされると、ぼくの繊細なコンプレックスがひどく刺激されるんだよ」

「ああ。そうねえ」ジューンは皮肉めかした口調で言った。「キーラン、知ってのとおり、昨日はここで大きな事件があったの。あなたの到着が二日まえならよかったんだけどね。とてもじゃないけど手が離せなかった」

仕事場にいるジューンとしては、だれに聞かれるかわからないのでうかつなことは言えないのだろう。キーランは、クアントニックスがここ数カ月取り組んでいたきわめて重大な実験が進展を見せたのだと解釈した。

「うまくいったのか？」キーランはふざけた態度をやめてたずねた。

ジューンは慎重さが伝わるだけの間を置いた。「順調」

「なるほど、くわしく知るには待つしかないようだな。もっと早く着けなかったのが残念すぎる。ときどき思うんだけど、トライプラネタリーはぼくをいらつかせるためだけにスケジュールを組んでいるんじゃないかな」トライプラネタリー・スペースラインは、キーランをベルトからフォボスへ運んだ運輸会社だ。

「あたしもときどき思うんだけど、神さまは宇宙のそれ以外のすべてをあなたに合わせて動かしているんじゃないかしら……それはそうと、ギネスは元気にしてるんでしょ？」

「もちろん。実を言うと、たったいま、きみのキッチンの床にだらだらとよだれを垂らしているよ」

「そこを支配している王女さまはどうしてる？」

「かんかんに怒って殺すぞと脅しながら、寝室のドアの奥でみずからの王国の最後の砦を守ろうとしている」

「うわあ。まあ、いずれ立ち直るでしょ……」だれかに声をかけられたのか、ジューンはいっとき口をつぐんだ。「ねえ、キーラン、もう切らないと。あなたはそこでひと休みすればいいわ。あたしがこっちを出るのは、たぶん、六時から六時半のあいだくらい。どこかで夕食でもどう？」

「宇宙港にできた、オアシスとかいう新しいホテルのレストランはどうかな？　行ったことはある？」

「ううん、ないわ。最近オープンしたばかりなの。良さそうね」

「七時でどうだろう？」

「七時ね。おなかがすいてるなら、部屋にインスタント食品とスナックがいくらかあるから。あとは、サラダとか、チーズとか、まあまあの味の残り物のパスタ。好きに食べて。ドッグフードも用意してある――シンクの左側のカウンターの下」

「わかった。それじゃ、あとで」

キーランが通話部をスロットに戻し、コムパッドをジャケットのポケットにおさめて、ふと見下ろすと、ギネスがじっとこちらを見上げていた。

「ああ、ジューンおばさんだよ。おまえのこと話していたのがわかっただろ？」ギネスは尻尾を振ってから、カウンターの下の戸棚へ目を向けた。「ご明察。ぼくもなにかつまみたい気分だ。さあ、おばさんがなにを用意してくれたか見てみよう」

3

オアシスのレストランはなかなか居心地が良く、中央のフロアにむかってひらいた壁龕《へきがん》や各テーブルを巧みに仕切る花で個室のような雰囲気があるおかげで話がしやすかった。キーランもジューンもシーフードのビュッフェにしておいた――火星でシーフードというのはおかしな感じだったが、どれもちゃんと新鮮で、冷凍の輸入物ではなかった。

「養魚場フードのビュッフェと呼ぶほうが正確だな」キーランはそう言いながら、ジューンといっしょに皿を手にしてならんだ料理を取った。

ジューンの流れ落ちる漆黒の髪は、両肩で割れて上向きに波打っていた。骨張った繊細な造りの顔には、すっとのびた鼻。ふっくらした唇《くちびる》は、ふだんはいたずらっぽくとがる寸前で踏みとどまっている。その黒々とした生気あふれる瞳を見ると、キーランはいつも、この女性を相手にするならとことん正直になるしかないと感じた――こちらの考えを、心に浮かんだとたんに読まれてしまうからだ。そのいっぽうで、ジューンの考えていることは、本人があえて明かそうとしないかぎり読み取ることができなかった。身につけている濃紺のノースリーブのワンピースは、黒い髪と相まって、ふたりが腰を据えたボックス席を照らす控えめな明かりの中で、顔や両腕の白い色をきわだたせていた。

ジューンとキーランは、自由な精神をもつ似たもの同士であり、人類の宇宙への進出によって多様性と可能性が大きく広がった環境で育ち、太陽系をさまよう気まぐれな天体たちのように定期的に交差する軌道をたどっていた。ジューンは科学ジャーナリストおよび情報ブローカーとしてフリーで働いていて、ときには広報アドバイザーとしてさまざまなプロジェクトに加わることもあった。

食前酒と前菜の盛り合わせをつまみながら、あいさつがわりに古い友人たちにまつわる情報を交換したり昔の選《よ》りすぐりの冒険について思い出話に花を咲かせたりしたあと、キーランはようやく本題に入った。

「すると、昨日のクアントニックスの実験はすべて順調に進んだんだな?」すでにジューンから電話で聞いていたことだが、話題をつなぐためだ。

「申し分なく」ジューンはこたえた。

キーランはその先を待ったが、ジューンは彼をじらすために自分の皿からまた料理をつまみ、ちらちら気をもたせるような視線を送りながら、もぐもぐと口を動かし続けた。

「それはぼくが考えているとおりのことなのかな？」キーランは耐えきれずにたずねた。

ジューンはキーランをもてあそぶのをやめてうなずいた。「人間でやったの。サルダが自分で――地下の実験室から上の階にある別の実験室へ。あれは事実上サルダの開発した技術だから。最初の被験者をほかの人にしたくなかったのよ」

「で、なにもかもうまくいったのか？　彼はふつうに歩いたり話したりしているのか？　オリジナルが知っていたことをすべて知っているのか？」

「完璧よ、ここまでは」ジューンはこたえた。「なにか問題があったとしたら、とっくにおもてに出てきているはず。一日がかりで思いつくかぎりのテストをしたの。サルダはすべてのテストで同じ得点をあげた――肉体面でも精神面でも運動面でも、言語力でも計算力でも空間認識力でも、長期記憶でも短期記憶でも……」首を横に振る。「ほんとに驚かされたわ。自分が見ているものをなかなか信じられなかった」

「で、本人はそれについてどう感じていたんだ？　じかに話すチャンスはあったのか？」

ジューンはうなずいた。「すごく興奮してた。〝ほっとした〟という面が大きかったんじゃないかしら。でも当然よね。あなただったらどう？」

キーランはうなずいた。「すごくほっとするだろうな、たぶん」

地球の科学機関は、その大半が柔軟性を失って、枯れ果てた宗教を守る司祭たちの集まりと化していた。最近では、独創的な考えや革新的な発明のほとんどは、火星や、ベルトにある居住地や、巨大ガス惑星をめぐる衛星の地表や軌道上にある建造物や、そのあいだに位置するさまざまな場所で生まれていた。地球の統制が事実上およばない場所に出現した、新しい知識を富に変えるベンチャー企業の中でも、クアントニックスは〝太陽側《サンサイダー》〟と呼ばれる種類の企業だ——この呼び名は、回転する天体の日の当たる側の半球でなにか有益なことをしようとしたら時間がきわめて限られることを暗にしめしている。本来、サンサイダーというのは、小規模で熱意にあふれた研究組織が、なんでも横並びの学界では一笑に付されるか実用的な価値をいっさい見いだされることのなかった科学の周辺領域で突っ込んだ研究に取り組むものだ——つまり保守的な地球の投資家たちの支援を得られる可能性はほとんどない。従って、資金の主な出所は地球外経済圏の隙間でハイリスク・ハイリターンを狙うむこうみずな連中であり、その期待は、メジャーな惑星間営利企業に売れる重要な大発見をすることにある——力尽きてしまうまえに。サンサイダー企業が失敗する確率は恐ろしく高いが、成功した場合の見返りはすばらしい。そこでの生活は、常にあわただしく、しばしばとげとげしいものではあるが、けっして退屈ではない。

人類の数が五百億から千億へと急激に増え、その活動半径がより外側の惑星へと広がるにつれて、人間とその所有物の輸送はもっとも急速に成長しもっとも利益のあがる産業となっていた。ところが、需要や将来的な可能性はとてつもなく大きいのに、それを担う手段のほうは、相変わらず人間をなにかの缶に入れてなんらかの推力を生み出すエンジンで目的地へ発射するというかたちをとっている。エンジンが、核分裂や、加速されたイオンや、開発途上の実験的な反物質を利用しているとしても、それらはすべて同じテーマの変種であり、本質的には何世紀ものあいだ変わっていない。なにかまったくちがう手段への飛躍的な進歩が訪れる時期が来ているのだ。

重大な技術革新が、なんのまえぶれもなく、人知れず生まれることはめったにない。その時期が近づいているという情報が広まるころには、専門家たちが仲間内で語り合い、さまざまな業界誌やマスコミがそのトピックを取りあげるようになり、大衆の期待は実際になにかが起こるまえにしっかりと高まっているのがふつうだ。航空機や、宇宙旅行や、核エネルギーの概念が、実現するずっとまえから一般になじみがあったのがいい例だ。量子物理学と強力な演算能力の進歩は、昔からフィクションでよく使われていながらこれまではあまり真剣に考慮されることのなかったアイディアがもうじき現実になるかもしれないという、とても一般うけする憶測を呼んだ。それがテレポーテーション――物体をある場所で非物質化し、再構成のために必要な情報を送信して、どこか別の場所にまた出現させる技術だ。

とてつもない見返りを期待しているのは、複数の汎太陽系巨大通信キャリアで、すでに基本となる設備についてはほぼ準備をととのえ、従来のスペースラインを実質的に廃業へ追いやろうというかまえだった。というわけで、彼らが意のままにする莫大な財源や影響力を考えればそれほどの偶然というわけでもないのだが、大衆にそれを受け入れさせる下地はずっと以前からつくられていた。未来を舞台にした映画ではヒーローたちが派手にテレポートする場面があたりまえのように使われていたし、書籍やドキュメンタリーなどで定期的に取りあげられるときには、多額の報酬につられた大勢の御用学者たちが、読者や視聴者を相手に、人を人たらしめているのは情報パターンであるという科学的な理由を解説し、ある物体の構成情報を別のところへ移してもアイデンティティは分裂しないと保証していた。

数多くのサンサイダーがこのテクノロジーの最初の実演を目指してしのぎを削っていた。実現すればたちまち何十億もの利益を生むことになるだろう。しかし、彼らがひとしく直面する難題がある。物体をスキャンするときに、オリジナルを再構成するために必要と思われる解像度に近づけようとすれば、莫大な量の演算が発生する。たとえば、ひとりの人間を原子レベルまでコード化するためには、ざっと見積もって、十の三十乗ビットというレベルのデータ量が要求されるので、それを送信しようとしたら何百万世紀もかかってしまう。さまざまな近道が検討され、不確定性原理やそのほかの効果の活用が試みられた結果、平均化処理を利用すれば量子レベルの詳細まで正確に抽出する必要はないと考えられたが、それでも気の遠くなるような難問であることに変わりはなかった。

しかし、クアントニックス・リサーチャーズの試みたアプローチはそれとはことなっていて、キーランの知るかぎり、ほかに類のないものだった。すでに廃業したある企業から買い取った研究成果一式を流用した彼らのプロセスでは、生体構造の組み立てを指示するときにＤＮＡにひそむ情報を近道として活用している。そのため、矛盾しているようにも思えるのだが、生物の再構成はできても、無生物については、どうやって組み立てるかを定義する便利な指示書がないので、そのプロセスを（いまのところ？）適用できない。ここ数カ月、クアントニックスが成功してきた実験は、単一の細胞から始まり、コケ、植物の一部、無脊椎動物、昆虫、オリジナルが学習してきた迷路を走ることができる複製ラット、習得していたさまざまな技能をそのまま保持しているチンパンジーへと進んできた。当然ながら、次のステップでは人間が対象になるわけで、一連の流れを注視してきた人びとのあいだでは、もはやそれがおこなわれるかどうかではなく、いつおこなわれるかが話題になっていた。ジューンの話からすると、実験はドクター・リオ・サルダを被験者とすることで成功したようだ——TXプロジェクトの中心的な科学者であり、このテクノロジーの事実上の開発者とされている人物だ。

サンサイダーではよくあることだが、クアントニックスはその研究について一部には意図的に情報を流していた。そもそもの目的は、市場性のある製品を開発できるだけのリソースを有する潜在的な顧客の興味を引くことにあり、事情に通じている競合する見込み客が大勢いれば、時間の節約にもなるし価格交渉で優位に立つことができる。それと同時に、マスコミの大騒ぎのネタにされないこともたいせつだ。たいていの場合、マスコミは途方もないアイディアをセンセーショナルに取りあげるのが大好きなので、型破りではあっても真摯な主張がたちまちイメージだけで軽んじられることになる。従って、通常の流れでは、噂はひっそりと広めなければならない——確実に信頼できるルートを通じて、専門的な関心をもつ市場や、影響力のある

31

重要人物や、まじめな学術雑誌の関連する部署へ伝えるのだ。

そこでジューンのような人びとの出番となる。太陽系は広大で――ベルトだけを見ても、そのドーナツ形の体積は地球をめぐる月の軌道を円周とする球体の一兆倍はあり、直径が百五十キロメートルを超える小惑星は百億個もある――そこで起きていることを残らず把握できる者はいない。だが、ジューンにはいくつかの得意分野があり、かなりの数の顧客が、彼女の提供するさまざまな手掛かりや照会先や内部情報によって恩恵を得ていた。人生の多くの面に当てはまることだが、情報を買うというのは、無知のせいでいろいろなかたちで代償を支払うよりはずっと得なのだ。

キーランがまだそのニュースについて考えているのを見て、ジューンが言った。「サルダは地球で同じような研究をしていたんだけど、いろいろな規制やら規則やらでがんじがらめになっていたの。むこうがどんな調子かは知ってるでしょ――だれもかれも、ほかのだれかがやろうとすることをじゃまするために干渉したり圧力をかけたりする」

「ふむ。この件がおおやけになったら、我らが友人のリオは大金持ちになれそうだな」キーランはようやく口をひらいた。「あっという間に有名人になるわけだ、クアントニックスとの契約で手にするものに加えて」ワインをひと口飲む。「第一の候補はとっくに決まっていたんだろう?」ここで言っているのは、決定的な実演を待っていた見込み客のことだ。

ジューンはうなずいた。「昨日は、技術者や財務担当者をそこらじゅうに待機させていたわ。だからあんなに大忙しになったのよ」

「だれなんだ？」

「スリーC。一両日中には契約が結ばれるはず」

それはキーランの予想にあった名前だった。スリーCというのは、コンソリデーテッド・コミュニケーションズ・コーポレーションという大手の汎太陽系通信キャリアの一般的な呼称だ。だれにでも明かせるような情報ではないはずだが、なにしろ付き合いが長いので、ふたりともいちいち騒いだりはしなかった。

「スリーCは、巨額の小切手にサインするまえにすべてのテスト結果について確認をとりたがるだろうな」キーランはワインを飲んでさらに考えた。ふと恐ろしいことを思いついて、その顔がほほえみのパロディのようにゆがんだ。「でも、いまになってリオが泡を吹いて倒れたりしたら、いささか間の悪いことになるんじゃないか？　この人間送信機が稼働を始めたらどんなふうになると思う？　万が一にそなえて、支払は前金のみということになるのかな？」

「商用で提供されるころにはそれほど危険はなくなってると思う――とにかく、いまのスペースラインの危険より大きいことはないはず。それに、この種の実験がおこなわれるのは初めてだから、スリーCも保険をかけているの。オリジナルのほうは、テストが完了するまでのあいだ、地下室で彼らの言う〝停滞状態〟に置かれているわ。コピーがうまく機能しなかったときは、それを蘇生《そせい》させることができるみたいね」

キーランはフォークを持ち上げてヒラメを口へ運ぼうとしたところで手を止めた。「なんだって……？　ちょっと待った。もう一度言ってくれないか」

「オリジナルは保全されているのよ。全員がテストは成功したと納得するまで」

キーランは眉をひそめた。「しかし、それは本来のかたちじゃないだろう。どこの解説を見ても、オリジナルは送信先での再構成が終わったらすぐに非物質化することになっている。あとでどうにかするためにオリジナルを残したりはしない。ぱっと移るんだ――こっちからあっちへ」

「ええ、検証が済んで実際に作動するときにはそうなるわ。でも、いまのところは、なにしろ史上初の――」

「いやいや！　ちょっと待ってくれ」キーランは首を横に振った。「たったいまきみが言ったことは大きなちがいを生むんだ。ふだん外部にどう説明しているかは関係ない。要するに、オリジナルの非物質化は必須ではない――どうしても欠かせないプロセスではないということだろ。なにかの離れ技でペースを速めたところでそれが変わるわけじゃない。両者が同時に存在する期間があるわけだ」

「クアントニックスはそういうふうには考えていないわ。公式説明によれば、地下に残ったほうはもはや正常に機能する人間ではないの。人を人たらしめるすべてのプロセスが摘出されて、再構成されたほうに移っている。そちらがサルダになるわけ」

「しかし、たったいま蘇生させられると言ったじゃないか。それが事実だとしたら、なにも摘出されなかったことになる。複製されたんだ。サルダはふたりいる。彼らはもうひとりをどうするつもりなんだ？」

「それは……たぶん、コピーが完全に機能して、どうやってもオリジナルと区別がつかないと納得できたら……」

「ほら。いま自分で言った」キーランは口をはさんだ。「コピーと」

ジューンは困ったような顔になった。「……もう再起動をしないんだと思う」

「プラグを引き抜くということか?」キーランは、もう一度よく考えてみろという目でジューンを見つめた。「さっき、本人はどう感じていたのかとたずねたとき、ぼくはまちがったサルダを選んでしまったな。ほんとうはこうたずねるべきだった——もうひとりの、地下室にいるほうのサルダはどう思っているのかと」

「肝心なのは、彼がもはやなにも考えないということじゃないかしら」ジューンは言ったが、キーランは疑いをあらわにしたままだ。「とにかく、サルダ自身はそれを全面的に受け入れているのよ。本人がそれでいいと言ってるんだから……」

「ああ、きみがいま話をしているほうのサルダはな」キーランはそっけなく指摘した。「だが、彼は実験をぶじに切り抜けたわけだから」

「同じことでしょ、本人は事前に承知していたはずなんだから」

「あれはサルダのこどもみたいなものだ。熱心な信者は夢中になるとどんなことでも受け入れてしまう——ほら、エッフェル塔なんかから飛び下りるいかれた連中は、翼をばたつかせれば空を飛べると思い込んでいただろ」キーランは手にしたグラスをいじくりながら、テーブル越しにジューンを見つめた。「サルダはいかれてると思うか?」

「それはあたしが判断することじゃないわ。ただ、自分の研究のことになるとかなり情熱的になるのはたしかね」ジューンは、この話題はとりあえず保留にしようというように手を振った。「サルダならもっとちゃんと説明できるかもしれない。明日、本人に会ってみたら?」

「明日?」

「ええ。ちょっとしたサプライズよ。なんにでも興味津々《しんしん》なあなたのことだから、昨日は実験に立ち会いたかったでしょうけど、たとえトライプラネタリーの到着がもっと早かったとしても、ハーバートとマックスが部外者を入れる気になったとは思えないわ。だから、次善の策として、明日あなたが訪問できるよう手配しておいたの――あたしがずっとまえからいっしょに仕事をしてきた、すごく特別な友人がやってくるんだと伝えて。あのふたりもそれならいいと言ってくれた。だから、TXプロジェクトを見学して、サルダに会って、自分でこたえにくい質問を残らずぶつけてみるといいわ。今夜のところは、あたしから話せるのはこれだけよ、キーラン。ふたりきりのディナーはずいぶんひさしぶりなんだから、少しはロマンチックな感じになればいいなと思っていたんだけど」

「きみの言うとおりだ」キーランはジューンのグラスにワインを注ぎ足そうと身を乗り出した。

「もう言葉はいらないよ、だから……」

4

クアントニックス・リサーチャーズのオフィスと実験施設は、ゴーリキー・アヴェニューの外側の端に位置するウーハンというドーム群の中で徐々に拡大してきた産業施設や商業施設が何階層もごちゃごちゃと寄り集まっている一帯にあった。見た目は質素かつ実用第一で、地味な玄関の脇にある飾り気のない表示がその存在をしめしており、ホールに入ってもカウンターに受付係がふたりいるだけだった。この業界には、永続する偉容だとか、後世のために記念碑を建立とかいった幻想にとらわれる者はいないのだ。

キーランとジューンが到着したときには、そのサイズの施設としては尋常とは思えないほどあわただしく混み合っていたが、二日まえにそこで起きたことを考えれば驚くようなことでもなかった。半ダースかそこらの人びとが、狭い玄関ホールでそわそわと落ち着きなく待っていて、そこにさらに絶え間なく人の出入りがあり、カウンターのむこう側やその先の仕切られた区画の中では、電話の発信音や呼び出し音が鳴り響いていた。

「きみにディナーのあとのスピーチにまつわる話をしたことがあったかな?」キーランはジューンに言った。ジューンが話しかけた受付係は、ふたりのためにモーチ兄弟の片割れの居場所を突き止めようと奮闘していた。

「どんな話？」ジューンがたずねた。

「ええと、男がこんなふうに紹介される――〝ジョン・ジョーンズ、ウランで三億六千万ドルを二週間で稼いだ人物から、その秘訣《ひけつ》を披露していただきましょう〟」

「ふーん」ジューンは、その話がなんの関係があるのだろうという顔をしていた。

「そこでジョーンズが立ちあがって言う。〝ありがとうございます。初めに、こまかな点をいくつか訂正しておきたいと思います。あれはウランではなく、酸化ウランでした〟」キーランは肩をすくめ、まあ、だれだってまちがえるよなと言いたげな笑みを浮かべた。「〝それに三億六千万ドルではなく、三億六千二百万ドルでした。二週間ではなく、十五日間でした……そして、稼いだのではなく、失ったのです〟」キーランはひょいと手のひらを見せた。「わかるだろ――こまかな点だけど、それが大きなちがいをもたらすんだ」

ふたりが案内されたのは、代表取締役でありTXプロジェクトの技術主任でもあるハーバート・モーチのオフィスで、実験施設のひとつ上のフロアにあった。ハーバートの弟で、財務担当副社長をつとめるマックスも、ほどなく一行に合流した。ジューンがそれぞれの紹介を終えると、ハーバートはふたりに来客用の二脚の椅子を勧めて、自分はデスクのむこう側に戻った。デスクは表面に木目加工がほどこされた成形材で、書類が野放図《のほうず》に散らばり、片方の端にはコムスクリーンが二台のっていた。肉付きのいい顔が、禿《は》げ上がった頭の下で笑みを浮かべていたが、その目からはなにも読み取ることができなかった。マックスのほうは、壁際にある椅子のへりにその貧相な体をのせていて、おもてむきは冷静だったが、片足で床を無意識にとんとん叩いていた。キーランの見たところ、ふたりは典型的なストレスまみれのサンサイダーの経営者で、ギャンブルで失敗するか大当たりをつかむまでは、プロジェクトをまとめあげることしか頭にないタイプだった。考えるべきは、実用性のある、売り物になるテクノロジーをだれよりも早く開発することだけ。サルダがそれを実現したのだとすれば、キーランが多少突っ込んだ質問をしたところで、このふたりが文句を言うことはないだろう。それに、このふたりがジューンを気に入っているらしいということもなんとなく察せられた。それがあったからこそ、こんなに忙しいときにキーランと会うことに応じてくれたにちがいない。ジューンがやすやすと人のふところに入る様子をずっと以前から目にしていなかったら、キーランはもっと驚いていたはずだ。

ジューンはキーランのことを、仕事上の古い友人で〝さまよえる私掠家《しりやくか》〟と紹介した。この発言に応じて四本の眉毛があがったのを見て、ジューンは説明を加えた。「フロンティアでは常に冒険家が生まれる。彼は新しいタイプの冒険家なの」

「それで……あなたはどのような冒険を求めているのですか、ミスター・セイン？」

「家賃の足しになることならなんでも」キーランはこたえ、足を組んで気さくな笑みを浮かべた。「できれば一風変わった興味深いものがいいですね。下劣な連中に不正な手段で得た儲けを吐き出させるのであればなおさらけっこう。なにより道徳的使命を帯びたものでなければなりません」

「犯罪分子に天罰をあたえることを目的としているように聞こえますね」マックスがそう言っ

てから、冗談めかして付け加えた。「ここにそのようなものを期待されていなければいいのですが」

キーランはにやりとした。「これほどの可能性を秘めた市場は、どうしたって多種多様な方面からの関心を引き付けるものです。とりあえずは、将来かかわりをもつかもしれないので、早い段階でなるべく多くの情報を仕入れておきたいのだと言っておきましょうか」

数分後にリオ・サルダが一同に加わった。おそらくは四十代の前半で、メッシュの入った豊かな金髪を襟までのばし、同じ色の口ひげを垂らして、火星の大気中に紫外線をさえぎるオゾンがないために赤らんだ顔をしていた。その、なんとなくむさくるしい、長く風雨に耐えてきたような外見から、キーランは、漁船の船長とか、古い西部劇の映画に出てくる〝先生《ドク》〟を連想した。

「リオ、少しは状況が落ち着いてきたかな」ハーバートが口をひらき、キーランは立ちあがってサルダと握手をかわした。「こちらが、まえに話したジューンの友人で、キーラン・セインさん――あらゆることに興味をもっている方だ。つい昨日、火星に着いたばかりということだし、われわれもジューンにはすばらしい仕事をしてもらったから、システムを見学させてあげることにしたんだ。きみのほうで案内してもらえるかな?」

サルダはうなずいた。「わかった、じゃあ行こうか」彼はぶっきらぼうに言ってから、ジューンに目を向け、よければいっしょにどうだと、口には出さずに誘いをかけた。

「いろいろお手数をかけました」キーランは、ジューンが立ちあがるのを見て、ハーバートに言った。「帰るまえにもう一度お会いできますか?」

「ここへ戻ってくるにはおよびません。あなたのことはジューンにまかせてあります。しかし、いずれまたお会いすることがあるでしょう。楽しんでください」

「火星へ来たのは今回が初めてなのかな、ミスター・セイン?」サルダがたずねた。一行はハーバート・モーチのオフィスのひとつ下の実験施設があるフロアで廊下を歩いていた。壁いっぱいの窓のむこうでは、人びとがコンピュータのスクリーンや実験装置に囲まれて作業にあたっていた。

「いいえ」キーランはこたえた。「六カ月ほどまえにもこちらにいました――不正な土地取引でだまされた移民たちがいたもので」

「今回はどういった用件で?」

「おもに休暇です。ただ、滞在中に住む場所を探してみようかとも考えていました――便利なだけでなく、投資にもなりますから。市場はいい感じに熟しています。いまなら、痛い目にあわないだけの経験を積んできたと思いますし」

「どこか特定のエリアを念頭に?」

「特には……たぶんこのあたり、ローウェルのどこかでしょう」

「悪くはないよ。わたしは一年ほど住んでいるが」

「キーランが姿を見せるのはときどきなんだけどね」ジューンが言った。「そのたびに、なにか興味深く、冒険的で、たいていは利益を生みそうなできごとが起きるの」

サルダは眉をあげた。「ここでそういうことを約束できるかどうかわからないが」

「ご心配なく。お話をうかがったかぎりでは、こちらのプロジェクトは充分に興味深いものといえます」キーランはサルダに言った。「そのほかについては、まあ……これからですよ」

サルダの足取りは軽快で力にあふれていて、恐れるものはなにもなく、人生で遭遇する最悪のできごとはせいぜい雨くらいのように見えた。ぶじに実験をやり遂げたことが影響しているのかもしれないな、とキーランは思った。それまではあまりじろじろと見ないようにしていたのだが、金属製の手すりがついた階段を地下へとくだり始めたとき、どうしてもがまんできなくなってサルダの姿をこっそりと盗み見た。前日の夜にジューンから話を聞いていたにもかかわらず、となりを歩いているこの人物がほんの二日まえには不定形のかたまりだったかもしれないなんて、とても信じられなかった。すべての毛髪が、すべての毛穴が——日焼けとか手や指の明白な損耗や硬化といった、遺伝とは無関係な環境による変化すら——もとどおり再生されていた。キーランにはどこにもほころびを見つけられなかった。なんだか気味が悪かった。

到着したコンクリート壁の部屋は、制御卓や機器を収納するラック、正体のわからないさまざまな装置類、こんがらがったケーブルやパイプ、それらになかば埋もれている数台のデスク、それと壁際に沿って置かれた作業台で埋め尽くされていた。だが、なにより重要なのは、さらにたくさんの機器に囲まれている、パッドのついたリクライニングチェアのような装置で、明らかに人間の体をおさめる造りになっていた。近くの壁には頑丈そうな白い金属製のドア。サルダがこのプロセスについて基本的なことを説明したが、ふたりのために割《さ》ける時間が限られていたので、内容は簡単にならざるを得なかった。キーランがジューンからすでに聞いていたことを伝えれば、少しは手間をはぶいてあげられたかもしれなかったが、ここは黙って耳をかたむけているほうが賢明に思えた。

「機械と作業員をそなえた工場は、設計情報と原材料を変換して自動車やスペースプレーンなどの製品を生み出すコンピュータとみなすことができる。同じように、細胞内のタンパク質転写装置は、ひとつの化学コンピュータとして、DNA情報と原材料を変換して生み出すことになる、たとえば……」サルダはなにか言ってくれというようにジューンを見た。

「猫を」ジューンは即座にこたえた。

「そうだ」サルダがたずねるような目をキーランに向けた。キーランはうなずいて、話を理解していることを伝えた。サルダは続けた。「ただし、こちらはとても想像がつかないほど複雑だ。DNAが作り方を教えてくれるのは、ただの猫ではなく、自己組立式の猫だ。設備のととのった工場と一群のエンジニアたちが待機していて、設計図から飛行機を作ろうと待ちかまえているわけではない。飛行機を作るのと同じように自分自身を作らなければならないんだ。そんなことを実現するコンピュータ・プログラムをどうやって書くか想像できるかな?」

キーランはサルダをまじまじと見つめていたが、今度は不作法な好奇心からではなく、すっかり心を奪われていたせいだった。自分でも以前に同じことを考えてはいたものの、それがなにを意味するかをこれほど強烈に実感したことはなかった。

サルダは片手をさっと振った。「それだけではない。その猫が受け継いでいる、どのように行動するべきかの指示も、すべて同じようにコード化されているんだ——さまざまな状況に適応するための可変性、たとえば免疫反応にしても、通常の損耗、切り傷や火傷《やけど》、骨折などの修復機構にしても……。すべてがどこかに記載されている。適切なコンピュータさえあればそれを表現できるんだ」

「まるで数学的体系のようですね」キーランは言った。「数少ない前提ですべてが語られている。でも、それを明示するには何千もの定理が必要になる」

「きみは原理をよく理解しているね」サルダは少し驚いたように言った。「なにか科学方面の素養があるのかな？」

「披露できるほどのものはありません。興味があることには常に通じていようとしているだけです」

サルダはリクライニングチェアとそれを取り巻く機器に顔を向けた。「われわれがやっているのは、要するに、別の種類のコンピュータを使ってその情報を迅速《じんそく》に抜き取り、ふつうなら何年もかかる組み立て作業をスピードアップさせるということだ。それでも膨大な計算にはなるが、競争相手よりは優位に立てる。われわれのやりかたは、画像を生成するために、写真を撮って風景をいっぺんに取り込んでしまうようなものだ——ビットストリームとしてスキャンするのではなく。原子レベルでスキャンを試みている人たちもいるが……」サルダは首を横に振った。「とても成果をあげられないだろう。世界中のコンピュータを集めたところで、それほど大量のデータを処理するのは、たとえ宇宙の終わりまで続けたとしてもむりなんだ。しかし、われわれのやりかたならそれほど大量の生データを必要としない。なぜなら、ＤＮＡがほぼすべてのデータを生成する方法を暗に教えているからだ——ＤＮＡの読み方さえ知っていればね」

「まえに説明してくれたときには、コードを送って暗号書のフレーズを指定するようなものだと言っていたわね」ジューンが口をはさんだ。「大部分の情報は、最初から受け取る側に存在している。コードはどの部分を使うかを伝えるだけ。ＤＮＡが規定するものもそれと同じ。その大部分は一般的な情報で、事前に受け取る側に用意しておけるので、こちらから送る必要はない」

　キーランはうなずいた。自然言語も同じようなやりかたで機能する。ある文章によってもたらされる意味のほとんどは、世界にまつわる人間の知識として最初から聞き手の頭の中に存在しているのであり、ならんだ単語の中に含まれているわけではない。だからこそ、一九六〇年代にＡＩ業界で語られていた五年以内に翻訳マシンが実現するという予測は、どうしようもなく楽観的に過ぎたのだ。室内を見回してみると、そこは病院の手術室のようでもあったが、おぞましくも洗練された拷問室のようでもあった。キーランは頑丈な白いドアに目をとめた。突然、その重要性がわかったような気がしてきた。

「ほぼすべてのデータだ」サルダは続けた。「環境による変化は、オリジナルから抽出しなければならない。プロセスが終了したとき、わたしの髪はもとどおりにカットされていたし、爪は短く切られていたし、それ以外にも明らかにDNAでは決定されない部分がいろいろおぎなわれていた」それはキーランが最初に思い浮かべた疑問に対する回答になっていた。「同じように、脳内の後天性の記憶パターンも抽出して移植しなければならない。しかし、ここでも自然は寛容だ。量子レベルの詳細まで掘り下げなくても波動関数から必要なものを手に入れる方法がある」

「すると、ここでオリジナルから情報を摘出しているんですね」キーランは話をまとめて、リクライニングチェアを顎でしめした。

「そうだ」サルダはこたえた。

「では、再構成されたバージョンのほうは……どこに?」キーランはたずねるように白いドアのほうを見たが、それが正解ではないことはわかっていた。ジューンはサルダがどこか上の階へ〝送られた〟と言っていた。

サルダは首を横に振った。「ひとつ上の階のR実験室だよ。ここはT実験室。〝送信《トランスミット》〟と〝受信《レシーブ》〟というわけだ」

「どれくらいの時間がかかるんですか?」キーランはたずねた。「ここでプロセスが開始されてから、あなたが上の階で歩いて出てくるまで」

「いまは約三時間だな。将来的には大幅に短くなるはずだが」サルダの唇が、垂れ下がった金色の口ひげの奥でぴくりとゆがんだ。「映画でよくあるような瞬時の転送が実現すると約束はできない……しかし、どうなるかはこれからだ」

キーランはもうしばらく無知なふりをすることにした。「では、どのように動作するんでしょう……その三時間のあいだに、オリジナルが糸玉かなにかみたいに少しずつほぐれて分解し、もうひとりが上の階で再構成されていくんですか？　でも、それではリスクが大きすぎるのでは？　もしもシステムが途中で故障してしまったら？　そういう事態に対してどのような予防策をとっているんです？」

サルダは説明するべきかどうか迷っているように眉をひそめた。その様子だと、できれば避けたい話題らしい。やがて、サルダはしぶしぶ話し出した。「きみが思っているようなやりかたではないんだよ、ミスター・セイン。プロセスの進行中、オリジナルは停滞状態に置かれなければならない。完全な活動停止だ。しかし、分解フェーズは保留にできる。現時点ではそれを選択しているということだ」片手でさっと打ち消すような身ぶりをする。「もちろん、信頼性が充分に高くなれば、ふたつのフェーズをほぼ同時に進めることはできる。しかし、いまのところは、オリジナルをあらためて活性化させられるという選択肢を残している。だからリスクはない」

キーランは初めてその情報を知ったようなふりをしてから、やっとわかってきたというようにうなずいた。「ああ、なるほど……つまりオリジナルはまだそのままなんですね。それはどこに……？」彼は白いドアに顔を向け、目を見ひらいて、なるほどと言わんばかりの表情をつくった。

「そうだ」サルダは認めた。「すべてのテストが正常に完了するまで、オリジナルはあそこに保管されている……万一にそなえて」

「じゃあ、いつになったら……それを機能停止させるの？」ジューンがたずねた。

「明日の真夜中だ。それまでになにか異常があれば別だが、まあ、その可能性は低いだろう」

サルダはまったく良心の呵責《かしやく》をおぼえていないようだ——とにかく、こちらのサルダは。正常な感覚をなくしているのかどうかわからないが、キーランとしては、あのドアのむこうにいるサルダも最後の瞬間まで同じように冷静でいられるのだろうかと思わずにいられなかった。

　サルダはキーランたちの視線を追って、急にばつが悪くなってきたようだった。「上の階に戻ろう。R実験室の再構成チェンバーを見てもらいたい。もうひとりが出現する場所だ」

　だが、キーランはそう簡単にこの話題から離れるつもりはなかった。「しかし、それではいままで聞いてきた話とまったくちがうことになりませんか？」彼は階段をのぼりながら質問を続けた。「つまり、あなたはふたりいるということですよね。その説明からすると、ぼくがいまこの処置を受けたとしたら、とても実感できないと思うんですよ、上の階のチェンバーで——あるいは、いずれは木星あたりで——出現するレプリカとの……連続性というやつを。そいつはぼくと同じ外見で、同じようにしゃべったり考えたりして、ほかの人たちを満足させるかもしれません……しかし、ぼくはそれでは納得できないと思います。ぼくから見れば、自分だったものはすべて消えてしまうのですから」

「情報と同時に原子をひとつ残らず転送して、そこからきみを再構築すれば満足してもらえるかな？　しかし、それは無意味だ。ひとつひとつの原子はみな同じなんだから。わたしは気分良好だ。まさに絶好調だ。自分が以前と同じ人間であることに疑いの余地はない。そちらですべてのテスト結果を確認してもらってもかまわないよ」

「あなたはそうでしょう。しかし、あなたは処置を受けたあとの人物です。地下に残されたもうひとりの人物は、同じ質問にどんな返事をするでしょうか?」

サルダはためらうことなくこたえた。「さっきのドアの奥にあるのは、もはや生体物質のかたまりでしかない。生きた人格としてのいかなる特質も有していないんだ。それらはすべてここに転送されている」彼は歩きながら両腕を広げ、手の動きで自分をしめした。「こう考えてみてほしい、ミスター・セイン。いまから数年後、きみの肉体には今日のきみを構成する原子はまったく残っていない。新しい物質が取り込まれて古い組織が失われることで、ひとつ残らず置き換わってしまう。だから、われわれがやっているのも、結局は、自然に起きる現象を少しばかりスピードアップさせているだけのことなんだ。自然に生まれる類似体よりも、より迅速に作り出される人工的な類似体のほうが連続性が損なわれると感じる理由がどこにあるのかね? きみが自分だと主張する人格は、いまそれがおさまっている分子構造から、なにひとつ劣るところのない別の分子構造の中へと移動している。本質的には、どちらもまったく同じものなんだ」

キーランが返事をするより先に、一行はもうひとつの実験室のひらいたドアにたどり着いた。今度は中から声がしていて、人びとの姿も見えた。R実験室は階下にあるT実験室よりも大勢の訪問者を引き寄せているようだった。「リオが来たぞ!」だれかが声をあげた。「リオ、ちょっと確認してもらいたいことがあるんだが」

サルダは、キーランとジューンが交わす疑わしげな視線に目をとめた。「心配ない」ふたりを連れて部屋に入りながら、彼は自信たっぷりに言った。「五十年後には、臓器移植なみに当然のこととして受け入れられているよ。だれもためらったりしなくなる」

「せっかくおもしろい話になってきたのに」ジューンが言った。サルダは両手を広げて、こんな状況では続けられないというようにうなずいた。「明日、いっしょにランチでもどうかしら、リオ」ジューンはとっさに言った。「予定はどうなってる?」

「たしか、なにもないと思うが……」

「宇宙港のとなりにできた、オアシスのレストランはどうかしら。昨夜、キーランといっしょに行ってみたの。かまわないでしょ。せめて一時間くらいは、あなたもこんな大騒ぎから離れないと」ジューンのお得意の手だ。そのきらきらした黒い瞳で、おもしろみのない日常から脱出しろとうながされると、あらがいようがない。

サルダは両手をあげて降参した。「オーケイ、わかった」そして実験室用の灰色の作業服を着ている縮れ毛の男の腕をつかんだ。「スチュアート、ミスター・セインが帰るまえに再構成チェンバーを急いで見せてあげてくれないか?」サルダは集まってきた人びとに囲まれながら、キーランとジューンに顔を向けた。「じゃあ、十二時半ということで——それまでにキャンセルするはめにならなかったら、店で会おう」

　そのあと、キーランたちはふつうのオフィスをいくつか抜けて、ジューンが仕事場にしている、散らかったデスクとマルチスクリーンのCコム端末があるこぢんまりした部屋を訪れ、彼女の知り合いの何人かにあいさつをした。一段落したところで、キーランはジューンに問いかけた。

「船についての古い難問を聞いたことがあるかい？　ギリシア時代からあるやつだと思うんだけど」

「どんなやつ？」

「船の腐りかけた材木を一枚交換したら、それはまだ同じ船かな？」

「ええ、そうだと思う」

「二枚交換したらどうだろう？」

「なるほど」ジューンはどういう話になるのかを察した。「じゃあ三枚では、四枚では……最終的にぜんぶの材木を交換したら……」

「それでも同じ船かな？」

　ジューンはしばらく考え込んだ。「どこかで線を引くことはできない。だから、同じ船だと言うしかないわね」

「本人の理屈からすると、リオもそういうことになる」キーランは同意した。「しかし、オリジナルの材木をすべてとっておいて、それをまた組み立てたとする。船は二隻になる。両方が同じ船なんてことがあり得るのか？」彼は挑むような身ぶりをしてみせた。「バーで退屈してきたときに景気づけに持ち出すにはいい質問だ。なにしろ、二千年たってもまだ、ほとんどの人びとが納得できていないんだぞ。いま言ったような疑問に対する答を、彼らはどうやって見つけるつもりなんだろうな?」

5

キーランはしんどい長旅を終えたばかりだった。ジューンはこの数日間ずっとクアントニックスで大騒ぎに巻き込まれていた。次の日、ふたりは思いきり息抜きをすることにした。

午前中はまず、ニネヴェの内側の端の近くにあるプールで過ごした。そこで飛び込みをすると、まるで宙を舞うようなスローモーションになり、水しぶきも地球の二倍の高さまで跳ねあがるのだ。そのあと、ジューンが火星テニスのコツを説明し、キーランは未経験だったがすぐにそれをマスターした。その後、ふたりはリクライニングチェアに身を横たえ、アイスレモネードを飲みながら人工太陽のもとで日光浴をした。

「きみは無重力フットボールをやってみるべきだな」キーランは言った。「アーベック・ステーションへ向かう輸送船の中で、乗組員たちのやってるゲームに参加させてもらったんだ」

「あたしにむいてるかしら」

「すごいぞ。三次元で——文字どおり壁のあいだを跳ね回る」

ジューンは頭を回してちらりとキーランを見た。あおむけになってくつろいでいるキーランの体は、細身で、しなやかで、しっかりと筋肉がついていた。少し離れたところで、ギネスが崇拝者たちにかわいがられていたが、そのふたりの女が身につけているビキニは実用性よりも見栄えを重視していた。

「それで、あなたはアーベック・ステーションになんの用があったわけ?」ジューンはたずねた。「どういうところなの?」

「ああ、よくある共同生活の実験場だよ——喜びと、愛と、平和をすべての民に。その宗派の人びとは、コンスタンティヌス一世の時代からキリスト教とされてきたものはローマの帝国主義によって作り出されたまがい物でしかないと主張していてね。それを正すためにたくわえを注ぎ込み、内部をくりぬいた小惑星で世界を再構築しているんだ」キーランは腕にとまっているハエを追い払った。意図的に導入したわけでもないのに地球産のさまざまな生物が火星に出現しているのは驚くべきことだ。「ところが、彼らは需要の多い安価な奴隷労働者としてベルト宙賊に狙われていた。少し調べてみたら、そいつらは一年ほどまえにファー・レンジャー号をハイジャックして乗員を皆殺しにした連中だった——きみもおぼえているかな?」

「ああ!」ジューンは思い出して顔をしかめた。

キーランは眉をあげ、いまさらどうしようもないと言うように肩をすくめた。

「それで、あなたはどうしたの?」

キーランの顔にはお手本のような無邪気な表情が浮かんでいた。「ぼくが? なにも。どのみち、そんな必要もなかった。あの下劣な宙賊どもは事故を起こしたんだ。きっと燃料が不安定だったんだろう。あるいは、だれかがものすごく不注意だったか。とにかく、やつらが殺戮《さつりく》をすることは二度とない――ケチな盗品を取引所で売り歩くことも」

「なんて悲劇なのかしら」

「意外だったよ、ほんとに。どうしてそんなことになったのか理解できない」

「もちろんその宗派の人たちは感謝したんでしょうね」

「ああ。長老たちは喜んでKT（Kieran Thaneのイニシャル）退職基金にささやかな寄付をしてくれた。とはいえ、彼らが保護を必要としているのはたしかだった。ぼくのほうで適切な人びとを紹介しておいたよ」キーランは、新たな崇拝者たちを引き連れてとことこと戻ってくるギネスに目を向けた。「ベルトには最悪の無法者がいるからな」彼はつぶやいた。

「すっごくかわいい！」若い女のひとりがうれしそうに叫んだ。「名前はなんていうの？」

「自分で言わなかったのか？」キーランはとがめるように犬を見た。「口がきけないふりをしてお嬢さんたちを困らせるのはやめろ」ギネスはまばたきをして傷ついた顔をした。

「ギネスよ」ジューンがかわりにこたえた。

「ああ、アイリッシュビールの」もうひとりの若い女が言った。

「スタウトだ」キーランは訂正した。

「だれ？」

「濃厚な、黒いアイリッシュビール。それがスタウトと呼ばれている」

キーランは女たちを相手に、ギネスは半分がドーベルマンで半分がラブラドールで、ドーベルマンらしさは色にあらわれていて、顔つきや気質はみんなラブラドールだと、いつものように解説した。女たちの名前はパティとグレイス。パティのほうはオアシスで働いているとのことだった。

「へえ、そうなの？」

「あそこでなにをしているんだ？」キーランはパティにたずねた。

「研修プログラムみたいなもの。あちこち回っていろんなことをちょっとずつ。いまはバーで働いてるわ」

キーランはちょっと考えてから言った。「いつかのぞいてみるかな。新しいバーならチェックしないわけにはいかないし」

「昨夜、ふたりでディナーに寄ったの」ジューンが口をはさんだ。「シーフードのビュッフェが良かった」

「ええ、あれはみんな気に入ってるみたい」

「実を言うと、今日もあそこで知り合いとランチをとるんだ」キーランは言った。「きみにも会えるかな？」

パティは首を横に振った。「残念。わたしは今日はお休みなの」彼女がちらりとグレイスを見ると、相棒は自分の腕時計を指さしてなにやら口を動かしていた。「あ、いっけない。もう行かないと」

「じゃあ、いずれお店のほうで」キーランは言った。

「そうね……」パティはグレイスといっしょに歩き出しながら振り返った。「必ずギネスを連れてきてよ」

ギネスは、キーランのリクライニングチェアのかたわらに落ちる影の中でのびをして、満足げに腰を落ち着け、前足に顎をのせて、繰り広げられる世界の日常をながめた。キーランはクッションに背をもたせかけ、肌にしみ込む暖かい光線に身をゆだねた。とにかく、それはほんもののように感じられた。

「それで、あなたの判定は？」ジューンが満足感にひたりながらたずねた。「リオはいかれてると思う？」

「まあ、いろいろ状況がわかったいま、ぼくだったらあんなマシンに入るのは死んでもごめんだね」キーランはその皮肉に声をあげて笑った。「だから――それがほぼすべてを語っているんじゃないかな？　ただまあ、リオにはたいていの人からいかれていると判断されるところがあると思う。それもなによりの証拠と言えるかもしれない」

短い沈黙。それから、ジューンがたずねた。「コンソリデーテッド・コミュニケーションズとかそういった大手通信キャリアは、人びとにあんなものを受け入れさせることができると本気で信じているのかしら？　彼らには市場分析の専門家やビジネスライクな会計検査官がそろっているのに……」

「そこのところがぼくも不可解なんだよ」キーランは言った。「とてもあり得ない気がするけど、これまでにも、熱に浮かされたときには、理性があるはずの投資家たちが資金をむだに投じたことはあったからね」目をあけてジューンのほうを見やる。「それに、人びとはそういうことを考えないように条件付けられている。こんなふうに一気に大衆に広まったのは偶然だと思うかい？　ぼくだって、このまえの晩にきみと話をするまで本気で考えたことはなかったんだ」片手をひょいと広げる。「たしかに、期待できる市場の大きさを思えば、投資家たちが製造過程について思考を停止したくなるのはさほど不思議なことじゃない。それに、もしも充分な数の人びとがそれを信じたいと思っているとしたら、うまくやれるのかもしれない。つまり、なんの証明もされていない新たな存在へのテレポーテーションのために、いまある明確な実在がまちがいなく終わりを告げることを、人びとが進んで受け入れるとすれば……」

キーランは肩をすくめて、その先は口にしなかった。直接かかわりがある人びとはほかにもいたが、技術クルーはなにも考えずに職務をこなして給料をもらうことに徹しているようだった——ジューン自身がまさにそうだったように。だが、言わば自爆ボタンを、あるいはそれと同等のなにかを押す立場にあるのはだれなのか。その連中は自分の行為を正当化する必要があるはずだ。もっとも、サルダのように、あとに残るのは人格をすべて消された生体物質にすぎないという考えを容認しているとすれば、そんな必要もないのかもしれない。

「今朝、きみのことを知っている人と話をしたよ、ミスター・セイン」サルダがオアシスのレストランでランチのテーブル越しに言った。仕事場を離れたせいか、そっけなさが薄れて、生き生きとした、いささか仰々しい態度に変わっている。どうやら両極端を行ったり来たりする直情的な性格のようだ。「名前はジェイスン・ムーディ。太陽系全域で発掘した興味深い人びとについてドキュメンタリーを製作している人だ。知っているかな?」

キーランはちょっと考えて、首を横に振った。「記憶にありませんね」

「まあ、彼のほうはきみを知っているようだ——少なくとも、きみがどういう人物かということは。彼のリストにきみが載っていて、きみがそれを知らないということかもしれない」サルダはロールパンを割って、その片方にバターを塗った。「きみはナイトと呼ばれているんだろう? イニシャルのKTからきているのかな。いろいろと変わったことに首を突っ込んでいるようだね。ジューンはきみについて教えてくれたとき、その半分も話してくれなかったよ」

「キーランはとても繊細で内気だから」ジューンが説明した。「あまり目立っているという気持ちにさせないよう注意しているの」

「バラエティ豊かな人生が好きなんです」キーランはジューンを無視してこたえた。

サルダはムーディから聞いた話に興味をそそられているようだった。「では、ドラゴンたちと乙女たちの一件はどうなっているんだ?」

「最近のドラゴンたちはいろいろと変わった驚くような姿をしているんです」キーランは優しい目をジューンに向けた。「でも、乙女たちはおおむね相変わらずですね」

「どこかにアーサー王やキャメロット城も? きみはなにかの組織に所属しているのか?」

「組織にはあまりなじめないんです。友人が大勢いると言っておきましょうか」

「おもしろい友人たちがね」ジューンが口をはさんだ。「なにか風変わりな仕事を片付けたいとか、不可思議なできごとの専門家が必要だとかいうときには、キーランがぴったりの人物を紹介できると思う」

「心に留めておくよ」

キーランが話をしながらずっと気になっていたのは、青いウインドブレーカーを着た白髪頭の男だった。少し離れた、バーの入口あたりでうろうろしている。ロビーのほうへ歩いていこうとしていたのに、キーランたちの姿を見て、こちらへ入ってきたのだ。いまは頭をきょときょとと動かし、なんとか気づいてもらおうとしているようだ。

「あなたの友人ですか？」キーランは首をかしげながらサルダにたずねた。

サルダはそちらへ目を向けた。「いや」あっさりした返事だった。だが、白髪頭の男は目が合ったことで招かれたとみなして、そばへ近づいてきた。

「リオ！　また会えてうれしいよ。おじゃまでなければいいんだが。帰るところだったんだけど、きみがここにいるのを見かけて、ちょっとあいさつしたくなってね」

サルダは眉をひそめた。「すみません。どなたでしたか……？」

「いや、ほら……」男は困惑したようだった。「ウォルターだよ……ウォルター・トレヴェイニー。地質学者の。先週だか先々週だかにここで会っただろう。いまはホテルに泊まっているんだ」

サルダは首を横に振った。「人ちがいだと思いますよ」

トレヴェイニーはむりやり笑みを浮かべた。ジョークを言っているのならここで笑ってくれというように。「あそこのバーでさんざん飲んだじゃないか。きみはイレインという女性を連れていた。背が高くて、すらりとして、カールした黒髪の……」

サルダはやはり首を横に振った。「すみません。そういう名前の人に心当たりはありませんが」

「きみをだれかと取り違えるはずはないんだが……」トレヴェイニーは、サルダのきっぱりした態度を見て口をつぐんだ。そして連れのふたりに訴えるような目を向けた。キーランは気の毒に思ったが、手助けできることはなかった。「いや、失礼した。じゃまをするつもりはなかったんだ」

男は向きを変えてロビーのほうへ戻り始めたが、途中で足を止め、自分は絶対にまちがっていないと言わんばかりの顔でちょっとだけ振り返った。そして姿を消した。サルダは連れのふたりに目を戻して肩をすくめた。

キーランはサルダが嘘をついているとは思わなかった。とはいえ、その目の中にはかすかな不安がのぞいてもいた。ジューンはプロらしくどんな意味にもとれるように眉をあげ、食事に注意を戻した。キーランは椅子に背をもたせかけて考え込んだ。とてもおかしなできごとだった。と同時に、きわめて重要なできごとであるはずだった。だが、そのときは、どう判断すればいいのか見当もつかなかった。

午後のあいだずっと、キーランはその一件について考え続けた。あれが実験に問題があることをしめす最初のきざしだったとしたら、真夜中に予定されている〝非活性化〟は延期するべきではないのか？　だが、サルダに伝えるつもりはなかった。そんな説明をされて彼が喜ぶとは思えない。だったらモーチと話をするべきか？　とはいえ、サルダはなにか理由があって個人的な隠し事をしているのかもしれず、その場合、よけいな干渉は果てしないトラブルを招きかねない。

「彼らにまかせるしかないと思うわ」ふたりで何度も何度も話し合った末に、ジューンが意見を述べた。「テストの結果でも専門家の話でも問題はないとされていて、彼らがそれを実験を進める基準としているのなら、あたしたちはいったいだれと議論をするの？　世界中の問題をなにもかも引き受けられるわけじゃないのよ？」

キーランも結局は同意した。その話はそこまでになった。

6

キーランはコーヒーを飲み終えてキッチンを見渡した。翌日の朝、ふたりはアパートに戻っていた。「いまリオが事故かなにかにあったりしないことを切に祈るよ」彼はジューンに言った。そのジューンは、コートをはおるのと、テディの給餌器《きゅうじき》に餌《えさ》を入れるのと、足下からテディを引き剝がすのを、すべて同時にやっていた。「だって、言ってみれば背水の陣を敷いたわけなんだから、かなり間の悪いことになるんじゃないか？」

前日のランチのあと、サルダは大急ぎでクアントニックスへ戻っていた。あちらではまだてんやわんやが続いているようだ。キーランとジューンはそのまま休暇を続けた。ふたりの知るかぎり、オリジナルの〝非活性化〟は予定どおり真夜中に実施されたはずだった。

「どうしてそうおかしなことばかり考えつくのかしら……待ちなさいってば、このおバカな猫ちゃん！」

「じゃあ彼らが旅行用マシンを開発したらどうなる？」キーランはその考えに興味をそそられて話を続けた。「ボタンを押したらすぐさまマシンにオリジナルを処分させて、うまくいくよう祈るのか？　それとも、まず受け手側から信号が届くのを待って、むこうですべてが正常に完了したことを確認するのか？　さもないと、信頼している旅行者にとってはかなりまずいことになるんじゃないか？」頭の中でまた思考が脇へそれて、彼はちょっと言葉を切った。「なあ、どこのスペースラインも乗客にあらかじめ往復チケットを買わせようとする理由がわかったような気がするぞ」

「ひとあし早く代金を銀行に入れられるというだけのことじゃないの。とにかく、あたしはもう出かけないと」

「ぼくもいっしょに行こう。不動産ビジネスにどの程度の見込みがあるか、そろそろ調べてみようと思っていたんだ——オフィスをいくつかチェックしてもいいかもしれないな、トラピージアムのあたりで」そこはローウェルの中心部で、北東からのびるゴーリキー・アヴェニューとおおむね東からのびるニネヴェの二つの峡谷が合流する場所だった――大きく広がるまえのかたちが台形《トラピージアム》だったので、そんな名前がついたのだ。トラピージアムの西側には官庁街があった。

「いいわよ」ジューンが言った。「でも、すぐに出かけないと。会議があるの」

キーランは上着といっしょにギネスのリードをつかみ、歯の隙間から口笛を吹いた。ギネスはさっと身を起こし、リビングから玄関へ出ると、そこで無条件の信頼を込めて尻尾を振りながら待機した。「町をぶらつくっていうのは、ぼくたちのどちらにとってもいい考えかもしれないな」キーランはギネスに言った。

その不動産業者はインジという名だった。まるまるとして、ピンクがかった、赤ん坊のような顔立ちをしていて、その態度はざっくばらんで人当たりが良く、少しばかり熱心になりすぎるきらいのある仕事をしていながら、この抜け目ない見込み客にはそんな押し売りは通用しないと見抜いているらしく、そのことが逆に信頼感をかもし出していた。それが生まれついての才能なのか、それとも長年の経験で磨きあげられた技なのか、キーランにはすぐには判断がつかなかった。

「お探しの物件は、ずっと暮らすための住まいでしょうか、それとも一時的な滞在用でしょうか、ミスター・ソーン？」インジがたずねた。

キーランがリビングとダイニングのエリアをながめているあいだ、インジは一歩さがったところで待機していた。キーランは原則として、自分の本名をあちこちでコンピュータに登録され、ソートされ、リスト化されるのを好まなかった。その部屋は少し狭苦しかったし、スライド式のドアの外にあるベランダからの眺望も、歩行者の行き交う屋内のショッピング街で、そこにマグレブのレールがのびていた。とはいえ、立地は便の良い中心部だったし、快適に暮らすための施設もひととおり近所にそろっていた。見込みはあるな、とキーランは判断した。

「あちこち出かけていることが多いから、ときどき使うだけになる。あとは投資の対象としてかな」

「なるほど。このあたりの市街地は、郊外と比べるとセキュリティ面でずっと有利です。資産価値も確実ですよ。あがるいっぽうですから」

「でも、長い目で見たらほとんどの場所で同じことが言えるんじゃないか」

「ええ、それはそうですね」

キーランはぶらぶらと主寝室をのぞいてから、ふたたび客間へ引き返した。部屋にはさまざまなグラフィックが表示できる偽の窓があった。いまは、ひとつの窓には滝のある森深い山々が、別の窓には南極の風景が映し出されていた。収納スペースも多く、バスルームの配置もよく考えられている。ひとつ残念なことに、壁のむこう側にあるキッチンがひどく不格好に先細りになっていた——建物の外側のかたちが影響しているのだ。キーランはちょっと考えてから、その壁を指さして何十センチかドラッグし、奥の隅のほうを手前へ旋回させた。ふたりのいる部屋はもう長方形ではなくなったが、壁のむこう側のキッチンはきちんとしたかたちになって、まえよりもゆとりができた。歩いて壁を抜けて、もう一度キッチンをながめてから、シンクとそのならびの作業台、さらには自動調理器《オートシェフ》とカウンターの位置を変えて新しいレイアウトにした。

「どう思う?」キーランはあとをついてきたインジにたずねた。

「ずっと良くなりました。寝室のほうの角度はそれでよろしいですか?」

「ああ、いいんじゃないかな。どのみち物置として使うだけだろうから」

「なるほど」インジはこれでぜんぶ片付いたというように室内を見回した。「ほかにこれを見せたり確認をとったりしなければいけない方はいらっしゃいますか?」

「いや、ぼくと飼い犬だけだ」

「それなら、もう申込みを始めてかまわないのでは?」

キーランはその言葉の選択に笑みを浮かべた。くせになっているのだろう。ローンではなく現金で支払うつもりでいることはすでに伝えてあったのだが。彼は壁とカーペットをオレンジ色と栗色《くりいろ》に変えて効果をたしかめた。「まだだな。ほかにも何カ所か見ておきたいんだ、比較のために」

「けっこうですよ」

アパートメントが消え失せた。キーランがVRゴーグルをはずすと、そこはJ・J・ハンブリン不動産のオフィスにある、床に小球のローラーがならぶシャワー室のような個室の中だった。壁面のセンサーによって体の動きを検知する仕組みは、かってのボディスーツよりも信頼性が高く、しかも苦労して着用する必要もない。個室を出ると、インジも自分のゴーグルをはずそうとしていて、ギネスは主人のふるまいがまともになったのでほっとしたようだった。キーランとインジは腰を下ろしてコーヒーを飲みながら、ほかにいくつか候補を選び出し、ふたたびシミュレーションに戻った。まず〝訪問〟したのは、ローウェルの外縁部にある新しい開発地——価値が上昇する見込みはあるものの少し遠すぎた。北方のタルシス台地寄りに位置するオーサカには、家族向けのもっと広々としたユニット——悪くはなかったが、周辺の環境がキーランの好みからすると画一的で統制されすぎていた。それと、惑星の裏側、ヘラス平原の北で急速に成長していて軌道エレベータの建設計画もあるゼロロンという都市の、まだ完成していない複合施設——これは驚くほど快適で立地も良かった。キーランは、あとで検討できるようにファイルのコピーがほしいと伝えた。

「確認しておきたいのですが、いつごろまでに決めたいと考えておられますか?」インジがそれぞれのコードを入力しながらたずねた。

「まだなんとも言えないな。いずれにせよ、決めるまえに現地へ行く必要がある——なによりもまず、ギネスにチェックしてもらわないと」

「ギネス?」

「この犬だ」

「ああ、そうですね」

「こいつがどんなことを見つけられるか知ったらびっくりすると思うよ」

インジは驚いた顔になったが、ムッとしたわけではないようだった。「なにか隠し事があるのではとおっしゃっているわけではありませんよね」彼は抗議するように言った。「断言しますよ、ミスター・ソーン、わたしどもの仮想ショールームは完全に現物そのままで、オリジナルのスキャンにいっさい手を加えていません」

「ああ、もちろんだとも」キーランは愛想の良い笑顔で応じた。

キーランが不動産屋を出て、次にどの方面へ向かおうかと考えていたとき、電話の呼び出し音が鳴った。彼はパッドを取り出して顔のそばへ持ちあげた。連絡してきたのはリオ・サルダだった。

「ミスター・セイン、予定はどうなっている？　いますぐ話をしたいんだ」サルダの声は妙にうわずっていて、おとといの実験室や前日のランチの席で見せていた自信たっぷりな態度からすると違和感があった。

「あいてますよ」キーランは言った。「なにがあったんです？」

「ここでは話せない。どこかよそで会おう。きみはいまどこに？」

「トラピージアムのあたりです。不動産屋に来ているところで」

「良かった。それなら、中央広場の階層のひとつにパブと食堂を合わせたような小さな店がある。〈マーズ・バー〉というところだ。そこで会えないかな、ええと、いまから半時間後に」

「わかりました」

「良かった」サルダはもう一度言って、電話を切った。

7

キーランは〈マーズ・バー〉をあっさりと見つけた。それは中央の商業地区を見渡すバルコニーにあった。まだ食事をしていなかったので、自分用にはパテとサラダ、それとグラスでシャブリを（ブドウは地元産で、ちょっと辛口だが悪くはなかった）、ギネスのためには分厚いハンバーガーをふたつ、ビスケット、深皿に入れた冷たいお茶を注文した。時間はたっぷりあったので、のんびりと食べながら、あたりの風景をながめた。下に見える中庭では、バンドが演奏をしていて、ローラーブレードやスケートボードに乗った連中が買い物や散歩を楽しむ人びとのあいだを巧みにすり抜けていた。上の階層では、スピーカーから流れる仰々しい演説に耳をかたむける聴衆の一角に、フード付きの緑色のローブを着たなにかの宗派のメンバーたちがかたまっていた。もっと先のほうでは、噴水の脇にあるベンチに腰を下ろした高齢者のグループが、にぎやかに話をしたり声をあげて笑ったりしていた。キーランには不思議だった。彼らは人生の終盤になってから、なぜ住み慣れた土地を離れてはるばるこんなところまでやってくる気になったのだろう。移住した家族についてきたのだろうか。さまざまな変化に適応するのは、高齢者にとってはむずかしいことだ。ああいう笑い声や陽気な態度が、あまりむりをしたものでなければいいのだが。

建築物の規模がコンパクトなせいで色彩と活動の密度があがり、あらゆるものがより強烈に、よりごったがえして、より生き生きして見えた——キーランがかつて地球で訪れたアジアの都市のいくつかもこんな感じだった。それとも、彼が無意識にとらえているのは、なにをするときでも強い切迫感と目的意識をもっているように見える、落ち着きのない新しいタイプの人類の姿なのだろうか？　無人探査機に続く恒星間宇宙への最初のミッションについては、すでに真剣な討議が進められていた。

多くの人びとが人類はふたたび活況を呈していると言う。故郷の世界から外へ出ようとする混乱の中で繰り広げられるほとんどあらゆる人間の活動と同じく、科学はもはや、かつて地球上で〝真理〟とされていたような権力層に管理される金科玉条ではなく、たがいに競合して頻繁に論争となる多種多様な意見の集まりだった。いまもっとも勢いよく成長している学派はこう考えている——これまで何世代にもわたって伝えられてきた、人類が数十万年以上かけて原始的な猿と縁続きの先祖から徐々に高い発達段階へ悠然と進化を続けてきたという主張はまちがっていると。過去はもっとずっと複雑で入り組んでいる。いまもその正体について論争が続く進歩した文明が、地理学でも、天文学でも、数学でも、多くの面で謎のままとなっているその他のスキルにおいても驚くほどの知識を有した文明が、かつては最古の文明と考えられていたエジプトやシュメールよりもずっとまえに存在していたのだ、と。これは世界のあちこちに巨大な石の構造物――現在では、同一の、あるいは関係の深い建造者の手になるものとされているが残っていることから単に〝技工石器《テクノリシク》〟文明と呼ばれているが、紀元前一万年ごろに地球を襲った惑星規模の大変動によって一掃されてしまった。この説を掲げる人びとによれば、現在の人類文明は未開状態から徐々に進歩してきたわけではない。かつて存在した偉大な文明を取り戻そうとしているのであり、それはすなわち、さまざまな面で以降のあらゆる文明を凌《りよう》駕《が》するかもしれない高みを目指すということなのだ。こうしてあたりを見回していると、キーランは自分もその一部なのだと実感できた。千年単位で続いた混乱と争いをへて、人類はふたたび活気づき、あやうく破壊されそうになっていた潜在能力をあらためて開花させようとしていた。

サルダのふさふさした金髪が下の階層へ通じる階段をあがってきた。キーランを見つけると、彼は近づいてきて椅子に腰を下ろした。ウエイトレスがカウンターからやってきてサルダの注文をとった。ここでもまた、キーランは畏怖《いふ》の念をおぼえた。目のまえにいるこの人物は、こうしてしゃべり、身ぶりをし、あらゆる面でふつうにふるまっていても、四日まえにはレシピ本に従ってそろえた原材料一式でしかなかったかもしれないのだ。ところが、もさもさの口ひげをたくわえている日焼けした顔は、まえとはちがって深刻そうだった。眉毛の下にのぞく両目にも不安が浮かんでいる。キーランは、いまごろになって例の実験に関する問題が表面化したのかもしれないと、あらためて思った。だが、たとえそうだとしても、なぜサルダがここでそんな話を？

「キーラン……そう呼んでかまわないかな?」サルダが口をひらいた。

「もちろん」

サルダはためらい、どこから話せばいいのか悩んでいるかのように、あいまいな身ぶりをして見せた。「昨日のランチの席でジューンが言っていたんだが、きみは奇妙で謎めいた事件について調査する仕事もしているとか? あれはどういう意味なんだ? わたしには、幽霊とか超能力とかいった、超常現象を調べるというふうに聞こえたんだが……そういう意味だったのかな?」

キーランは、そんなところだという顔をした。「厳密にはちがいますよ——まあ、境界がはっきりしなくなることもありますが。最近は、多くの人びとが奇妙と感じかねない、ありとあらゆる事業が進められています。そういう事業では、ほかの人びとが大金を注ぎ込みたくなるような途方もない売り文句が使われることがよくあります——あなたがクアントニックスで進めている研究がその好例です。詐欺まがいの事業もあれば、真摯な事業もありますが、当人たちが本気でも、判断をあやまって自分をあざむいている場合もあるかもしれません。投資家たちはそれぞれの事業の本質を見極める必要があります。それで、ぼくを雇って調査をさせるわけです」

「きみがクアントニックスへ来た理由はそんなことじゃないんだろうな」サルダは警戒心をあらわにした。「うちでやっているのはまちがいなく真摯な研究だよ」

キーランは片手をあげた。「いえ、そのためにここへ来たのなら、いま言ったようなことをあなたに話したりはしませんよ。まあ、ぼくの意見としては、TXプロジェクトはほんものだと思います」彼はグラスのワインをひと口飲んでから、澄んだ青い目をあげてサルダへ視線を戻した。率直でもあり挑戦的でもある表情だ。「ただ、せっかく話が出たので、好奇心からうかがいますが、もしもぼくが疑い深い人間で、この事業へ巨額の投資を検討しているとしたら、R実験室から歩いて出てきたあなたが地下で停滞状態に置かれているとされている処理まえのあなたと同一人物ではないということを、どうすれば確信できるんでしょう？　だって、そういうものを見るのは珍しいことではありませんよね？　手品師が箱を使ってしょっちゅうやっているんですから。言いたいことはわかりますか？」

「ずいぶんシニカルな性格なんだな、ミスター……キーラン」サルダはたしなめるような口調で言った。

「さっきも言ったとおり、それが仕事ですから。癖になっているだけですよ」

「では、安心させてあげよう。スリーCのような大手の汎太陽系通信キャリアにも、かなり現実的でシニカルな連中はいるんだよ。彼らは確信がなければこんな事業に資金を投じたりはしない」ウエイトレスが戻ってきたので、サルダは口をつぐんでグラスを手に取った。ビールをぐいっとあおってから、ふたたびキーランに目を向ける。「昨日、きみだったら不気味だと感じそうなセレモニーがT実験室でおこなわれた。出席したのは、数名の独立系の科学者や医療関係者たち、正式な公証人、それとスリーCや利害関係のある主要支援団体の代表たち。われわれは――」

キーランは片手をあげて、くわしく説明する必要はないとサルダに伝えた。「あなたがその人たちといっしょに下へおりると、T実験室のドアがひらかれたわけですね。そこで保管物が氷漬けになっていることが確認され……」

「最近はフィールド誘起停滞状態と呼んでいるがね」

「なんであれ、とにかくそれが正式にあなたのオリジナルだと認証されたと」

サルダはうなずいた。「今後は、あの処置に関する文書は、しかるべき関心をもつ者ならだれでも参照できるようになる」さもないと、プロセスが成功した証拠としてふたりを永久にそのままにしておかなければならないからだろう。

「昨日のいつごろだったんです?」キーランは興味を引かれてたずねた。

「午後だ。それがあったから、わたしはランチのあとで戻ったんだ。〝テスト〟のあとで片付けておかなければならない仕事のひとつだった」

「すべて順調にいったんですか? 全員が納得して?」

「上々だった」

そんな説明では、さっきサルダが動揺していた理由がわからない。キーランはたずねるような目で彼を見た。「それで?」

サルダは身じろぎをし、ちょっと頭を整理した。「スリーCとの契約の正確な内容はたいした問題ではない。だが、わたし自身のクアントニックスとの取り決めについては少し話しておくとしよう。あれはなかなかすごい体験だった。たくさんのラットや猿がぶじに出てきたあとだったとはいえ、やはり日常で直面するようなできごとではないからね」

「むりに話すことはないんですよ、リオ」キーランは本心から言った。「おとといのあなたの熱弁を聞いたあとでも、ぼくはジューンに自分ならとてもできないと言ったんですから」

「クアントニックスの重役たちもそれは理解している」サルダは片手をさっと振った。「まあ、昔から発明家というのは自分自身をモルモットにするものだが、今回のは新型のワクチンや頭痛薬とはわけがちがう。だから、彼らは追加の報酬を支払うことに同意した——リスクに対するボーナスだな」

「ただし、支払はプロセスの実演が成功してからですね」キーランは推測した。自分だったらそういう取り決めにするからだ。

「そのとおり。昨日、さっき話した証明書がきちんと完成したことで支払の条件がととのった」

「それで、合意どおりに支払われたんですか？」

「ああ、もちろん」

「いくらなのか教えてもらえますか？」

「最初に二百万。いくつかの要件が満たされればさらに増える」キーランはなかなか好条件だと言うようにうなずいた。「そのほかに映画化権と独占取材権のアドバンスがいくつか——しかるべき場所で噂を控えめに流したんだ。すべてがおおやけになったら、最初にこれをやった者は有名人になるに決まっているからな」

キーランはまたうなずいた。「それであなたにはさらに……?」

「ああ、さらに三近くが入ってきた」

「三百万?」

「そうだ」

すると合計で五百万。それだけあれば生活の質を大きく向上させることができるな、とキーランは思った。「では、いったいなにが問題なんですか?」

「消えたんだ」

キーランとしては珍しいことに、すぐには意味がわからなかった。「なにが消えたんでしょう?」

「金だよ。ぜんぶ。わたしはすっからかんなんだ」サルダは返事を待ったが、キーランはとっさに目をしばたたくことしかできなかった。サルダが両手を広げた。「あり得ないことだが、現実に起きたんだ。金をあずけたのは、そのために開設したローウェル・バラム銀行の信頼できる口座で、専用のパスワードとIDコードが設定してあった。銀行が要求する通常の本人確認手続きだ。ところが、どれも役に立たなかった。今朝になって追跡不可能なかたちで全額が引き出されてしまったんだ。銀行の話では、すべてが合法的な手続きで、署名も信用確認も問題なかったそうだ。だから自分たちには責任がないと」

キーランは信じられない思いでサルダを見つめた。頭がふたたび働き始めていた。すでにひとつの解釈が思い浮かんではいたが、それはあまりにも奇怪な考えだった。まずは別の可能性についてたしかめてみなければ。

サルダが話を続けた。「契約がもうじき成立しようというときに、なにか問題があるのかもしれないという噂が広まっては困るんだ。当局や捜査機関を関与させたくない。そこで質問だが、これはきみが調査するような〝謎めいた事件〟と言えるのかな?」彼はビールをひと口飲んで座席に背をもたせかけた。必要なだけ考えてかまわないというように。

キーランが目を落とすと、ギネスはテーブルのかたわらで寝そべり、興味を引かれるようなことはなにも起きていないという態度を見せていた――が、念のために片目はあけたままだった。キーランはプレッツェルを一本ほうってやった。ギネスは頭だけを動かして空中でぱくりとそれをとらえると、ふたたび身を落ち着けて満足したように尻尾をぱたぱたと床に打ち付けた。

「いい犬だな」サルダが言った。

「ええ。身近な良き友人になってくれるんですよ」まちがいなく、犯人はサルダの仕事についてよく知っている人物だろう。彼が信用している相手とか? キーランは続けた。「正直なところ、ああいうことを体験すると考えるだけでも、たいへんなストレスが、たいへんな恐怖があると思うんですが」

「まあ、そうだな……さっき言ったように。だからこそ彼らもあれだけのボーナスを認めてくれたわけだし」

「そういったことを話せる相手をだれか思いつきませんか?」キーランはたずねた。これなら充分に自然な反応だろう。「気持ちを伝えられるくらい信頼している相手とか?」

サルダは返事をしようとして、急にとまどった顔になった。なにも思いつかないことに気づいたかのように。結局、返事はあいまいなものになった。「わからない。だれかいてあたりまえだと思うだろうが……いや、ほんとうにだれも思いつかないんだ」

「恐怖や疑念はただ抑えつけているということですか? 胸に秘めて?」

サルダは肩をすくめた。「まあな。そうするしかない」

「なんだか妙な感じですね。ずいぶん内向的じゃないですか。あなたはそういうタイプには見えないのに」

「ほかになにが言えるというのかね?」

キーランはゆっくりとワインを飲みながら、サルダをじっと見つめて、明白な事実に目を向けさせようとした。返事がなさそうだったので、少し手助けをすることにした。「そういうコードやパスワードを知っていて、すべてのIDチェックをパスできる人物はひとりだけですよ、リオ」

サルダは首を横に振り、考えることを拒否した。「あまりにもバカげてる」

「そうですか? 例のオリジナルは……たしか、昨日の真夜中でしたっけ? 非活性化というのはどんなふうにやるんです?」

「プラズマ分解だ。ほぼ一瞬で終わる」

キーランはずっと気になっていたことを質問してみた。「ボタンとかそういうものを押すの

「はだれなんですか?」

「自動だよ——四日まえにプロセスを起動したとき、わたし自身がその最終フェーズとなるタイマーの初期設定をおこなった」

なるほど、そうやって責任を回避しているわけだ。キーランは、サルダが躊躇《ちゅうちょ》なく〝わたし自身〟と口にしたことに注目した。

「では、もうなにも残っていないんですね？　どんなものが蒸発したのかを知る手段はまったくないと？」

「ああ……そうだ」

「実に好都合ですね」

キーランはあえてその先は言葉にしなかった。少々風変わりなところがあるかもしれないが、サルダはバカではない。自分でもすでに否定しようのない結論に到達していたはずだが、だれかに言われなければそれを受け入れることができなかったのだ。オリジナルはいまも生きていて、町のどこかに解き放たれている。しかも悪意をいだいている。

「しかし、それは筋がとおらない」サルダは反論した。「あらゆるテストの結果がしめしているように、わたしとオリジナルは考え得るあらゆる面で区別がつかない。つまり、オリジナルが事前になにか計画を立てていたのなら、わたしもそれを知っているはずだ。だが実際には知らない。とすれば、どうしてオリジナルが犯人だということがあり得る？」

「まさにそれを突き止めなければいけないんですよ」

サルダはキーランの真意を測りかねているようだった。「それは協力してくれるという意味なのかな?」

キーランはすっかり好奇心を刺激されていたので、いまさら手を引く気はなかった。こうして話をしているサルダは充分に温厚な人物と思えた――いまはそれほど心安らかではいられないと思われるにもかかわらず。この男から金をせしめたほうのサルダは、まったく性格がちがうとしか思えない。それでも、このふたりは区別がつかない存在であるはずなのだ。「ぼくも真相を知りたいんですよ」

「ふつうはこういう仕事では報酬を受け取るのではないのかね?」

「この件にふつうなところなんかひとつもありませんよ、リオ」

「なにが言いたいかはわかるだろう、ミスター・セイン」

「これはあなたにとって価値があることなのですか?」

サルダは眉をひそめてから、ほかに返事のしようがあるのかというように両手を広げて見せた。「まあ、きみがわたしのために五百万を取り戻してくれたら、それはたしかに価値があることだろうな」

「だったら、お金を取り戻したあとで話をしましょうか」

8

ジューンの自宅のリビングの壁で、壁画調のセンターパネルが映像スクリーンモードに切り替わり、クアントニックスのR実験室にある再構成チェンバーのまえで待機する人びとの様子が再生された。灰色の医療用スモックを身にまとった縮れ毛の男性――キーランがそこを訪問したときに会った、TXプロジェクトの主任医師であるスチュアート・ペレル――が、アクセスドアをあけて内部をのぞき込んだ。ペレルはすぐに振り向いて肩越しに呼びかけた。「ぶじだぞ！　成功したんだ！　リオはぶじだ！」人びとのあいだにほっとしたようなざわめきが広がった。そのあと、やはりスモック姿のサルダが手を借りて姿をあらわし、祝福と喝采のコーラスに包まれた。

「すると、サルダは一年ほどまえにこのプロジェクトを指揮するために地球から呼ばれたわけか」キーランはそう言うあいだも、スクリーンにじっと目を据え、映像のあちこちを選んでは拡大表示させていた。同じ日の昼下がり。キーランがジューンに連絡をして、問題が生じたと伝え、会いたいからアパートへ戻ってくれと頼んだのだ。この映像はふたりで何度も見ていたので、新たになにか見つかるとは思えなかったが、可能性は常にあった。「典型的なサンサイダーの契約だったのかな？」

ジューンが淡い青色のカウチの端で身を丸めたまま、こくりとうなずいた。そのかたわらに横たわるテディのものうげで満足しきった姿は、猫たちや、強欲を称賛する文化にまだ染まっていない十代の若者だけが見せられるものだった。テディと不安定な休戦状態にあるギネスのほうは、このときは近くのテラスから来たこどもたちと湖岸を駆け回っていた。

「サルダはそこで画期的な新技術に取り組んできたけど、なにか問題が起きれば大勢の弁護士たちが百年にわたってかかりきりになってしまう」ジューンは言った。「結局、彼は専属契約を結んだ。本来の年俸に加えて五百万が、どこの企業との取引もまとまらないうちに支払われるというのは、悪くないオファーだったわけ」

キーランはうなずいた。それだけでなく、実証されたテクノロジーが売れたとき、サルダは技術ブレーンとして利益の一部を受け取ることになる。サンサイダーは実際の製品を生産して販売するというやっかいな仕事には関与しないので、研究開発にかかった費用を差し引けば、あとはすべて純粋な利益となる。そこにほんとうの見返りがあるのだ。

キーランは再生を停止し、リクライニングチェアを回してジューンに顔を向けた。「真夜中に葬り去られたのがサルダ一号ではなかったとしたら、なにか別のものが身代わりになったはずだ。どこかの安置所から運んできた身元不明の死体とか？」

「あたしもそれを考えていたの。でも、停滞状態にある肉体は監視されていたはず。死体とすり替えたりしたらいっせいに警報が鳴るんじゃない？」

「そうとはかぎらないさ。センサー類は監視用コンピュータにつながっているはずだ。ソフトウェアをいじって、センサーからのデータにかかわりなく正常な数値が報告されるようにしておけばいい」

ジューンはうなずいた。「そうか。なるほどね……」

キーランは続けた。「すり替えを実行したのはほかのだれかだ。つまり協力者がいる。死体とすり替えてオリジナルを蘇生させられるほどの医学的素養があり、しかも、警報を鳴らすことなく監視システムのソフトウェアを改変できるようなコンピュータ方面のノウハウをもつ人物だ」彼は連想をうながすようにジューンを見つめた。

「ああ！　ここで行方の知れない謎の女がからんでくるのね――イレインとかいう、背が高くて、すらりとして、カールした黒髪の？」

「可能性はある。ただ、妙なことに、サルダ二号は相手がだれであれそういう手配をしたおぼえがないんだ。本来はそれを実行したサルダと同じ記憶をもっているはずだろ。ふたりは同一人物なんだから」

ジューンは眉をひそめた。「レストランで会った男の名前はなんだったかしら？」

「ウォルター――ええと、トレヴェイニーだったかな」

「ウォルター・トレヴェイニー。そうだったわ」

「きみはあの件についてどう思う？」

「謎ね。見まちがいじゃなかったはず。あのとき男が言っていたように、サルダは簡単に忘れられてしまうような地味な人ではないから」

「それにあの男はリオの名前を知っていた」

「とすると、サルダはなにか理由があって嘘をついていたのかしら？」ジューンは首を横に振った。「そうは思えないわ。本気でとまどっているように見えたもの」

「同感だ。今日も、サルダは実験の日が近づくにつれて不安がつのってきたと認めていたけど、それをだれかに話したおぼえはないと言っていた。あれも妙な気がしたんだ。いかにも口に出しそうなタイプに見えるからね」

キーランは空中でなにかをつまむようなしぐさをして親指と人差し指のあいだにコインを出現させ、それをほうり投げて反対の手で受け取ったふりをしたあと、両手をひらいてなにも持っていないことをしめした。それから、さあどうだと言うようにジューンを見返した。

まるでチェックリストでも読みあげるように、ジューンはこれまでに判明したことを確認していった。「トレヴェイニーがバーでいっしょにいるのを見たという女のことを、サルダはおぼえていない。協力者がいるはずなのに、そのことについてはなにも知らない。信頼して話ができる相手がいそうなものなのに、だれひとり思いつかない」疑問に思うのは当然だろうと言わんばかりの表情だった。「あたしたちがここで話題にしているのは同じ人物なのかしら？」

キーランは両手を広げて、ひとつではなくふたつのコインを見せた。「さあね」

「ガールフレンド、協力者、信頼できる友人」ジューンは考え込んだ。

「サルダはそういう相手をひとりもおぼえていない」

黒い、謎めいた両目が、探るようにキーランの目を見つめた。「ひとつのパターンが見えるわよね、サー・ナイト？　部分的に記憶が抜き取られているとしか思えない。あなたも同じように考えているの？」

「不思議だよなあ？　自分がサルダの立場になったと考えてみようか。動物実験でどれだけ成功したように見えても、動物たちの頭をのぞき込んでほかの部分に影響が出ているかどうかをたしかめることはできない。サルダはあらゆるリスクを負っているんだ。それでどんな見返りがあるかといえば、〝プラズマ・マン〟として歴史に名が残るだろうという見込みだけ。サルダ二号のほうは、すべての称賛を浴びて、大枚五百万を手に入れ、いずれは億万長者になるはずだ。きみならどんな気持ちになる？」

「あなたと同じでしょうね。でも、サルダは作動原理について説明してくれたとき、きっぱりと言い切っていたわ――これは自然に起きる現象をスピードアップさせているだけでしかないって」

「ぼくに言わせれば、きっぱりしすぎだ。サルダはだれよりもまず自分自身を納得させようとしているように見えたよ」

「うーん……なるほど、そうかも……」

「じゃあそういうことにしてみよう。いろいろ理屈をつけてはいても、サルダは内心ではそんな説明を本気で信じることはできなかったのかもしれない。だから保険をかけることにして、そのついでに自分が稼いだ報酬を引き出したのかもしれない。それは、なんのリスクを負うこともなく富と名声を手に入れる彼の分身が稼いだものではないんだから」

キーランは一枚のコインをじっと見つめて、のばした指の背の上をくるくるところがし、また逆方向にころがしたあと、跳ね上げたコインをひょいとつかまえ、手のひらで反対の手の甲に押さえつけて、たずねるようにジューンへ目を向けた。

「おもて」ジューンはしぶしぶこたえた。

キーランは手を持ち上げてコインが消えているのを見せた。

「筋はとおっているわね」ジューンは認めた。「とりあえずは。それで、これからどうするつもり?」

キーランはリクライニングチェアから起き上がり、酒のならぶ戸棚へ近づきながらさまざまな選択肢に思いをめぐらせた。「ウォッカ・トニックにライムのスライスだな」彼はきっぱりと言った。

「正解。どうしてわかったの?」

「わからなかったよ。連想力を働かせたんだ」キーランはジューンの酒を用意し、自分用にはアイリッシュ・ウイスキーのブッシュミルズを注いだ——高価な輸入品だ。おそらくジューンがキーランのために手に入れてくれたのだろう。「サルダ一号につながる手掛かりはこのイレインという女だけだ。本来ならサルダ二号は居所を突き止めるための情報をすべて知っているはずなんだが、その女に関する彼の記憶は、なんらかの手段ですっかり消去されている。あるいは……」彼はジューンに鋭い視線を向けた。「まだ頭のどこかにあるのに、ブロックされている」

「だったら、サルダの記憶がどうやって操作されたのかがわかれば、もとどおりにする方法もあるかもしれない」ジューンはキーランの言わんとすることを察していた。

「それと、いつ操作されたのか？　サルダ一号がコピー機に入るまえということはあり得ない。サルダ二号の銀行口座をからっぽにするためには、どういう状況にあるかを把握しておく必要がある。といって、サルダ二号が装置から出てきたあとということもあり得ない。もしも出てきたときに状況を把握していたのなら、すぐにそれを阻止したはずだ。となると、いったいどうやったのか？」

ジューンは差し出されたグラスを受け取り、キーランを見上げて言った。「なにか薬物を使ったとか？」

「特定の記憶だけ消すのはむずかしい。制御できないし予測もつかない。必要なのはもっと正確な……外科的な手段だ」キーランは満足げにウイスキーを口に含むと、充分に味わってから飲み込み、カウチの反対側に腰を下ろした。

ジューンがまた考え込んだ。「だったら、外科的処置に近いやりかたでは？　神経回路の再生を操作すれば、特定の記憶だけを削除できるんじゃない？」

「そのほうがありそうだな。もしもそれが可能だとすれば、ＴＸのようなプロジェクトには適切なノウハウがあるはずだし……」キーランはその考えにますますのめり込み、こくりとうなずいた。「実際問題、そんなことはできるのかな？　よくわからないんだが」

ジューンはグラスからライムを取って酒に搾りながら、この問題に関して読んだり聞いたりしたことをあれこれ思い返してみた。「あたしにもわからないわ」

「じゃあ、神経回路の専門家はだれなんだろう？　サルダの得意分野ではないみたいだけど」

「ええ。そっちはトム・ノージェント。記憶の抜き出しと埋め込みは彼の担当よ」

「で、きみはクアントニックスとの仕事でその男と知り合いになっているのかな？」

「ええ……それなりに」

「ふーむ……」キーランはグラスのへりを指先で叩きながら、壁のパネルに表示されている時計をちらりと見て、ジューンに目を向けた。「サルダ一号がすでに金を手に入れているとしたら、姿を消すまでそれほど時間はないかもしれない。残る手掛かりはこのトレヴェイニーという人物だけだ。ぼくはこの男を追いかけてみるから、きみはこのあとオフィスへ戻ってノージェントと話をしてくれるか？　きみの仕事は情報収集と広報なんだから、なにか口実を見つけるのはむずかしくないはずだ」

「わかった」ジューンの魅力のひとつは、なにごともあっさりと受け入れて、他人の提案にケチをつけずにいられないというよくある衝動とは無縁なところだ。彼女は酒を飲み干して数分後に出かけていった。

キーランはコムパッドを取りあげ、トレヴェイニーが滞在していると言っていたオアシスに連絡した。ホテルの名簿にはもちろん名前があったが、部屋から応答はなかった。キーランはジェネラルネットの個人コード総覧をあたって、トレヴェイニー名義の番号をすべて入手した。数分後、彼は火星のローウェル・シティに滞在中との記載がある人物と話をしていた。

「もしもし。オアシスホテルに宿泊しているウォルター・トレヴェイニーさんでしょうか?」

「ああ、そうだが。どちらさま?」

「キーラン・セインといいます。お目にかかったことはあるんですが、おぼえていらっしゃらないでしょうね」

「ほう?」

「昨日、あなたはオアシスのレストランでリオ・サルダと会いましたよね。ほかにふたりいたでしょう。ぼくはそのうちのひとりです」

「ああ、あのとき。なるほど……それが彼の名前なんだね? リオとしか知らなかったので。いったいどうなってるんだ? わたしのかんちがいではないはずだが」

「そのとおりです。いまサルダはちょっとした問題をかかえていまして。その件でお話しできませんか、ミスター・トレヴェイニー。あなたなら助けになるかもしれないので」

「きみはドクターかなにかなのか?」

「そうとも言えます」それは事実だった。なにか、のほうではあったが。「お会いできるとしたら、こちらはいつでもかまいません」

「そうだな……これから数日はちょっと忙しくてね。そのあとは現地調査に出かけることになっている」

「ああ——地質学者だとおっしゃってましたね」

「いつ会えるかはっきりしないんだ。こういう遠征の準備をしていると、いつもどたんばでゴタゴタするから。今夜はローウェルには戻らないだろうな」

「いまはどちらに?」

「ストーニー・フラッツという場所だ。ローウェルから北へ約三十キロメートル――植民初期の基地のひとつでね。タルシス台地に設営したベースキャンプへ運ぶための移動実験室の準備をしているところだ」

「ぼくがそちらへ出向いてもかまいませんが」

「いいのか?」

「もちろん。質問したいのはこちらなんですから」

「徒歩ではむりだ。移動手段はあるのか?」

「それはどのみち用意しようと考えていましたから」キーランは急いで考えた。車両を手配して出かけるだけの時間は充分にあった。「今日の夕方ではどうでしょう?」

「いいだろう。じゃあ道順を伝えておこうか……」

キーランは話を終えると、コムパッドをジャケットのポケットに戻した。「さあ」ギネスに呼びかける。「ブラザー・マホムのところへ寄ってあいさつをしようか」

9

ジューンは、R実験室の再構成チェンバーを雑然と取り巻く電子機器のラックやパイプの迷路やそのほかの機材のあいだをぬって、トム・ノージェントが使っている書類が散らばったデスクと作業用端末へ近づいていった。近くに何人か働いている人はいたが、あの二日間の大騒ぎはすっかりおさまっていた。

トムは六十代だ。白いものが交じる顎ひげ、小ぶりな鼻、火星焼けした顔、禿げ上がった頭頂部はひたいとつながっていて、残った白っぽい髪が後頭部と側頭部を環礁のように取り巻いている。彼はシャツ一枚にゆったりしたカーキ色のズボンという格好でジューンを出迎え、図表やマニュアルが積まれたテーブルのそばにある隙間から折りたたみ椅子を引っ張りだしたが、場所をあけるために箱や計測器をいくつかどけなければならなかった。

ジューンはこのプロジェクトに参加してからときどきトムとかかわることがあり、少しだけ口やかましいところはあっても、人当たりの良い人物だと知っていた。赤い制服を脱いで顎ひげをととのえたサンタクロースといったところだ。ジューンは車でクアントニックスへ戻るあいだ、この件に関与しているのはイレインだけではないのかもしれないと考えていた。サルダの部分的な記憶喪失がほんとうに神経回路の操作によって引き起こされたのだとしたら、まさにトムがもっているような内部の専門知識が必要だったはずだ。とはいえ、経験から外見の印象にだまされてはいけないのはわかっていたものの、トムが恐ろしい陰謀の片棒をかついでいると想像するのは不可能に近かった。

「いつになったらわたしが犠牲者になる番がくるのかと思っていたんだよ」トムは腰を下ろし、デスクに場所をあけて両肘をついてから言った。「リオが言っていたが、きみはほかのみんなの脳をレモンみたいにぎゅうぎゅう搾ったらしいね……。ところで、リオがどこにいるか知ってるかい？　マックスの話によると、今日の朝、なにか個人的な問題で大急ぎで出かけていったようなんだが、それ以来だれも姿を見かけていないんだ」

ジューンは首を横に振った。「いま戻ったところだから」

「このままきみが連れてきた友人はどうしたんだ――キーラン、だったかな？」

「ああ、仕事で出かけているわ。彼はここで家を買おうかと考えているの。しょっちゅう動き回っているから――そこらじゅうに家があるのよ」

ジューンは椅子のそばに置いたフォルダからメモ帳を、内ポケットからペンを取り出した。トムは驚いたようだった。「なんだ？　録画かなにかするんじゃないのか？」

「昔ながらのやりかたのほうがいいこともあるのよ」これを聞いて気が楽になったのか、トムはよりくつろいだ姿勢になった。ジューンは続けた。「いままで神経ダイナミクスについて知る機会がなかったの――どうやって人格を定義する活動パターンをひとつの神経系から別の神経系へ移すのかというところね。あなたに教えを請えばもっとくわしく知ることができるんじゃないかと思ったんだけど」

「ああ、そうか」それは明らかにトムの得意分野のようだった。「TXプロジェクトの実現につながった画期的な飛躍のひとつだな。DNAのデータマイニングも重要だったわけだが、そっちのほうはリオから聞かされているんだろう?」

「たっぷりと」

「ただ、言うまでもなく、DNAは受胎後に脳に加わる変化を規定することはできない——生まれてからのさまざまな経験だけが、ニューロンがどのようにつながって情報伝達をおこなうかを決定する。それが当然なんだよ。人間というのはそうやって形作られるんだから」

ジューンはうなずいた。「なるほど。そこまではわかるわ」

トムは握っていた両手をほどき、片方の手のひらを見せた。「ところが、実は神経の接続パターンを記した数学的なマップがあれば充分なんだ。そこには人格を再現するために必要な情報がすべて詰まっている。つまり、分子レベルでこまかく規定しなくても、必要な情報を波動関数から推測できるということだ。おかげで苦労は少なくなる」

「DNA情報から身体構造のほとんどを推定できるのと同じようなことね」

「うん……まあ、そんなところだ」

「じゃあ、それがひとつの脳から別の脳へ移されるわけね。でも、昔から言われてきたように、ホロトロニック技術かなにかで、精神をまったく別種のシステムにアップロードすることはできないのかしら?　TXのプロセスで少しはその実現に近づいているの?」

トムは鼻にしわを寄せた。「原理上は実現可能だと思う。しかし別種のシステムへのアップロードとなると……わたしの知るかぎりでは、DNAコードを発現できるほど複雑で、しかも必要に応じて変更可能なのは生物の神経系以外にはない。現時点ではなかなかむずかしいだろうな」

トムの態度からは、危険な話題にふれそうになっているという警戒心はまったく感じられなかった。ジューンはここで聞き出そうとしている本題にじわじわと近づいた。「だったら、人間の精神の一部だけを移すのはどうなの、トム？　たとえばその人がもっている特別な能力とか知識とかは？　映画でよくあるじゃない、登場人物の知識が抜き取られてマシンかなにかに書き込まれているっていうのが」

今度はトムも首を横に振った。「まあ、物語としてはおもしろくなる。だが、記憶のマッピングに関するわれわれの知識は現時点ではその域まで達していない。全体のパターンのどの部分が、きみがいま言ったような特定の能力や知識の断片に対応しているのかを突き止める方法がないんだ」

「どこが必要な部分かを知る手段がないということね？」ジューンは確認した。

「そのとおり。単純な一対一の関係ではないから、この一群の接続があの機能や概念を定義している、というようなことは言えないんだ。すべてがすべてと相互に作用している——遺伝子がおたがいに影響し合ってオンオフするように。たとえるなら、中国語の本を持っているようなものだな。その本全体を、別の紙の束、電子メモリ、写真フィルム、磁気画像、なんでも好きなものにコピーすることはできる。それはなんの問題もない。だが、ある部分がなにを意味しているのかをきかれてもわからない」

「じゃあ、その逆についても同じことが言えるのね？」ジューンはたったいま思いついたような顔でたずねた。声の調子が変わらないよう気をつけながら。「一部を選んで削除することもできないわけ？　たとえば、こっちで再構成されたリオが地下にいたオリジナルのリオがもっていた記憶をなくしてしまうようなことは？」

「いや……」妙な質問だと思ったらしく、トムは眉をひそめた。「そんなことをしたがるやつがいるか？」彼の目には警戒や疑いの色はあらわれていなかった。いっときジューンの指摘について考え込んでから、笑みを浮かべるように唇をゆがめて、ならびの悪い歯をむきだしにする。「どうした、リオがなにか忘れているのか？　きみはどんなものを書いてるんだ、ジューン？　これじゃまるで人間が洗脳されるスリラー小説みたいな――」

そのとき電話が鳴った。トムはポケットの中のパッドを無視して、デスクの片側にあるフラットスクリーンを起動した。上の階にいるハーバート・モーチの秘書らしい女性の声が流れ出した。

「トム、ハーバートから連絡が入っています」

トムはスクリーンを身ぶりでしめした。「ちょっと失礼するよ、ジューン。お偉いさんからの呼び出しだ」

「もう一度マシンを見てもかまわないかしら？」

「どうぞ」

あの大詰めの数日間はどこもかしこも大忙しだったので、ジューンは最終調整がほどこされたあとの再構成チェンバーをきちんと見る機会がなかった。スチュアート・ペレルの案内でキーランといっしょに少しだけ見せてもらったのだが、そのときの実験室は混雑していて落ち着かなかったのだ。

ジューンはメモ帳をデスクに置いて立ちあがり、ならんだコンソールと低くうなる冷却液ポンプのあいだをぶらぶらと進んだ。チェンバーの内部は狭苦しく、センサーやスキャンアレイやチューブやケーブルがぎっしりと詰まり、とても人間の体を押し込められるとは思えないほどだ。キーランは以前、博物館で見たことがある初期の宇宙カプセルを連想したと言っていた。肉体が再構成される場所がこんなに狭く囲まれているのは、厳重な環境管理が求められるせいでもあるが、位置決めのために四肢と胴体と頭を固定する必要があるからだ。リオは、意識を取り戻したときにもっとも強く感じたのは内部の熱と湿気だったと説明していた。どうやら吐き気や閉所恐怖のせいではなかったようだ。

チェンバーの壁面を飾るのはパイプやケーブルクランプやいろいろな箱や装置類。アクセスドアの内側にまでラベルや警告文がならんでいる――〈外部ラッチで動作停止〉〈均圧機を確認〉〈温度アラーム〉……。ジューンは上体を入れて内部を見回した。あの運命の日のまえにどんな心境の変化があったにせよ、オリジナルのサルダには勇気があった、とキーランは断言していた。それが彼の評価だった。

アクセスドアの内側に違和感があった。おかしな話だ。ジューンがチェンバーをじっくり観察するのは今回が初めてなのに。それでも、なにかが足りないという奇妙な感覚が消えなかった。では、どうしてなにかがあるべきだとわかるのか？　理由は少しまえにキーランといっしょに見たリオが出てくる場面の映像しかない。なにかがちがっているのだ。

実験室を振り返る。トムはまだスクリーン上のハーバートと話し込んでいた。ジューンは自分のコムパッドを取り出すと、コードを打ち込んで個人用ネットファイルにアクセスし、装置の小型スクリーンに一覧を表示して問題の映像を流してみた。画面が小さすぎて細部までは確認できない。そこでケースの裏側のポケットからグラスを取り出し、それを装着して、アパートメントの壁のパネルに映したときと同じ操作ができるように高解像度映像を呼び出した。コマ送りで進めていくと、記憶の中で引っかかっていたものが見つかった。チェンバーから出てくるサルダのクローズアップで、彼の背後にひらかれたアクセスドアの内側に、いまジューンが見ているドアの内側にはない色むらが映っていたのだ。映像を拡大してみると、それは銀色のリングに囲まれた妙に鮮明な紫色の円盤で、色とりどりの渦巻き模様が描かれていた。ジューンは鼻の上のグラスを下げて、アクセスドアの内側のそれがあった場所へ目を向けた。いまはそんなものはなかった。指先でふれてみると、接着剤のかすかなべたつきが感じられた。なにかがそこに貼ってあったのだ。

ジューンがそこをぼんやりと見つめていると、トムがそばへやってきた。「製造中や調整のときに、わたしもそこに何度か閉じ込められたことがある」彼はジューンの肩越しにチェンバーをのぞき込んだ。「言わせてもらえば、かなり威圧感があるよ。わたしよりリオが適任だ」

「でも、リオはもうやり遂げた。いまはお祝いをしてのんびりするところよね。ひどい緊張を強いられたはずだもの」くだけた口調をたもちながら、ジューンは話を続けた。「奥さんかガールフレンドでもいればいいのにね……だって、彼がそういう相手について話しているのを見たことがないわ」

「数週間まえに一度か二度、だれかの話をしているのを聞いた気がするんだが、あれはもう終わったんだろうな。サルダはほとんどいつでも忙しすぎるからな」トムは不思議そうな顔になった。「なぜそんなことを？」

「ああ……ただの好奇心よ」ジューンはとまどったようにアクセスドアの内側を見つめてから、そのあいている場所を指さした。「あたしの気のせいかしら、トム？　おとといリオがここにいたとき、キーランといっしょにこのチェンバーを見せてもらったの。人がいっぱいいて大騒ぎだったから、かんちがいかもしれないんだけど、ここには最初からなにもなかった？　なにかあったような気がするの――色のついた模様みたいなもの」

トムはその場所を見て肩をすくめた。「おぼえてないな」どう見ても、それが重要なことだとは考えていないようだ。彼は頭をめぐらし、自分のデスクがあるほうを顎でしめした。「それはそうと、どこまで話したかな？　申し訳ないがそろそろ切り上げなければならないんだよ、ジューン。続きはまた別の機会ということで」

「かまわないわ。体があいたら連絡して。おもしろい話だったから。ありがとう」

トムは無関係ね、と考えながら、ジューンは同じ建物にある自分の部署へ引き返していった。神経コードをいじって記憶を部分的に抹消するのはむずかしそうだ。彼女は頭の中でこの件を追跡リストからはずした。

キーランはときどき言っていた——よく引用されるシャーロック・ホームズの「不可能なものを消したとき、最後に残るのは真実にほかならない」という言葉はまちがいだと。不可能なものを消したとき、最後に残るのは可能性があるものだ。ホームズがいた単純な創られた世界では、考慮すべき明快な選択肢は常にひとつだけ残る。現実世界では、ほとんどの場合、同じくらい可能性があるいくつかの選択肢が残る。問題はどれが正しいのかを突き止めることなのだ。ときにはひとつも残らないこともあって、そのときは最初からやり直すことになる。現実の警察の捜査も、現実の科学も、ホームズがやり残したところから始まるのだ。

ジューンは、トレヴェイニーを追跡しているキーランはどんな調子だろうと考えた。あちらはさらに望みが薄そうだった。そして残された時間は多くなかった。

10

「おう、こりゃたまげた！　どうしたんだ、相棒？　この惑星に戻るのを許されていたことさえ知らなかったぞ」

マホム・アラザハッドは、身長が少なくとも百九十センチはある、漆黒の肌をもつスーダン人で、両肩は雄牛、胸板はゴリラ、握手する手は電動万力のようだった。キーランを出迎えたとき、彼は銀糸で豪華な刺繡《ししゅう》がほどこされたゆったりした紫色のローブをまとい、ふわふわの髪の中に真っ赤なトルコ帽をのせ、肉付きの良い顔にオルガンの白い鍵盤みたいな笑みを張り付かせていた。過去の訪問時、キーランは、アラザハッドに危機管理措置の必要性を説くことに熱心になりすぎたある警備会社に降りかかった一連の不幸なできごとについて、いっさいの関与を否定していた。

「ぼくも会えてうれしいよ、マホム。機械の調子はどうだ?」

「ああ、わかるだろう。ひたすらごろごろと動いてるよ。そっちはどうだ? いまでもあのとびっきりの美女と付き合ってるのか——ニネヴェの、湖のほとりで暮らしてる?」

「まあね」

「で、おまえさんのほうは?」マホムは上体をかがめ、ギネスの背中を力強くぽんぽんと叩いた。「おい、いい感じじゃないか! 元気そうだ。この男は相変わらずいろんなトラブルを起こしてるのか?」

「いやいや、今回はあくまでも内々の、まっとうな理由があって来たんだ」キーランはそう言いながら、駐車場にずらりとならぶ車両と、その背後の事務所の敷地内に見えるさまざまな機械に視線をさまよわせた。

「ああ、はいはい。いつだって最初はそう言うんだよな」

「なんだか疑われているみたいだな」キーランは傷ついた顔をした。

「だれが疑うって？　おれか？　なんの話だよ？　まあいい、それで用件は？」

キーランは先に立って、もっとじっくり観察しようと目を付けておいた、高価だが装備の充実した高性能モデルのほうへ歩き出した。

「そろそろこっちでもう少し長期滞在できる場所を探そうかと思ってるんだ、マホム――火星はいろいろなできごとの中心になっているからね。となると、ぼくも自力で動き回れるようにしないと。どんなのがあるのかな？」

「なんでも言ってくれ。たとえなくても手に入れることはできる――ナイト、おまえのためだったら、どこよりも安く用意してやるぞ。どんなやつを考えてる？　いまなら個人用フライモビルのほうでいいツテがあるんだが」

「飛ぶほうはまだ考えていない。とりあえず車輪があるやつ限定かな」

「聞かせてくれ」

「速くて扱いやすいこと。もちろん見た目がいいほうがありがたいが、むだな飾りはいらない。頑丈でオフロードでも運転が楽でぬかるみにも対応できること。衛星通信とナビを完備、すべての基幹システムに非常用バックアップ。ガスかヒドラジンを使ったタービン電気エンジンはどうかな。軍仕様のショックアブソーバとサスペンション、旋回式車軸、独立ホイール駆動は必須だな。誘導ピックアップとか、最適化オーバーライドとか、どんなのであれハイテクオートマチックはいらない」

ふたりは一台のユーロムコ・ブリガディアのまえで足を止めた——つやつやした金色に黒のストライプ、流麗ではあるが足まわりはしっかりしていて、内装はベージュだ。キーランはそれをざっとながめてから、目でマホムに問いかけた。マホムは首を横に振った。「金持ちのガキのおもちゃだ。ピクニックやドーム内の日帰り旅行ならかまわない。だが、強制流動酸化剤のせいで地表では行動範囲が制限される」彼はキーランの肩に手を置き、となりにあるダークブルーのコディアックのところへ引っ張っていこうとした。ギネスが身をかたくして警告のうなりをあげた。

「大丈夫だよ。もう一度あいさつしてくれるかな」キーランは言った。マホムがハムのような手をギネスの鼻先へ突き出した。「友だちだ」キーランはギネスに言い聞かせた。「おぼえているか？　今度はちゃんとファイルしておいてくれよ。友だちだ、いいな？」ギネスはうれしそうに尻尾を振った。

「縮退水素《DH》リアクターでクローズドサイクル・タービンを駆動する」マホムが言った。「これからはこいつが主流だ。一度充電するだけで一年はもつからな。惑星を一周できるぞ」

「ちゃんと動けばね。実際には試作段階だと聞いたけど」DHはまだ新しいテクノロジーで、火星を拠点とするあるメーカーがぎりぎりの資金と大きな野望を支えに推進している——それでも技術はたしかだという話だ。

「充分に信頼できるさ。ただ、競争の激化で経費を切り詰めているせいで、火星生産のモデルを提供できない。彼らがノウハウを投入した新型の豪華な量産モデルが月の工場で製造されることになってる」マホムはわけ知り顔でウインクをした。「フル装備で。おまけに二重密閉シエルだ。地球の政府から助成金が出るんだよ。まだ一般には公表されていないんだが、予約注文は何件か入ってる。最初の出荷分が届くまでこいつを貸してやるよ。どんな具合か試してみて、それから決めればいい。一カ月ほど乗り回して。いい話だろ?」

キーランはコディアックの周囲をゆっくりとめぐり、軽量だが頑丈なフレーム、余裕のある地上高、高速安定性のために広くとられたホイールベースなどをじっくり観察した。トランクに入っているクロムめっきのロゴには〈サプライド・バイ・アラザハッド・マシン〉の誇らしげなメッセージ。重力井戸の力学により、月面から火星へ貨物を運ぶほうが地球から月へ運ぶよりも現実には安上がりになるのだ。地球の各政府がその政治的影響力を月にまで広げようとして、助成金というかたちで車の購入を助けてくれるのだとしたら、どうしてキーランがそれを断る必要がある?

「新型のほうにはリアシートが折りたためるモデルがあって、それだと車体後部が事実上ハッチ付きのトラックになる」マホムがキーランの視線を追いながら言った。「汎用性ではそいつが一番だ。火星用に特別に開発された炭酸ガス圧縮貯蔵タンクで冷却能力を高めている。おまえなら正価の十五パーセント引きでかまわないぞ。とりあえずレンタルなら月ごとの支払は四百きっかり。それだけでも破格の安値だ」

キーランは手前側の二枚のドアをひらき、車内へ上体を入れてあちこちのぞいたりさわったりしてみた。内装はグレイの縁取りがついたおとなしめの黒で仕上げられていて、ゆったりして居心地がよさそうではあるが、マホムが言ったとおり追加装備は最小限だ。ギネスがひょいと乗り込んで助手席にすわり込み、はあはあいいながら、なにをぐずぐずしているのかという顔でキーランを振り返った。少なくとも、彼は心を決めているようだ。

「今日中にストーニー・フラッツまで行かなければならないんだ」キーランは上体を起こしながら言った。「試しにそこまで運転していって、明日戻ってきたら返事をする。それでどうかな？」

「取引成立のようだな、ナイト。事務所でおまえの免許証を機械にとおして、キーを取ってこないと。そうしたら出発できるぞ」

ふたりで敷地の奥へとむかい、多種多様な商用車両と、さまざまな車輪やキャタピラやバルーンタイヤにのった、ブレードや掘削機やドリルのついた珍妙なマシンのあいだを抜けていく——中には脚で歩くやつまであった。中国軍の兵員輸送車がどんな陰謀で火星までたどり着いたのかは神のみぞ知るといったところだし、あちこちの部品がはずされた車体やフレームは二度と自力で動くことはなさそうだ。事務所の入口にたどり着く直前、マホムがそのバラックの裏手にある四角いコンクリート製の建物のほうへキーランを連れていって、そこのロックを解除した。内部の明かりをぱちんとつけると、拳銃、ショットガン、アサルト・ライフル、短機関銃、数挺のプラズマ銃、ずらりとならんだ機関銃、さらには、機関銃用の十二連クリップから手投げ用の対機甲投射物や擲弾《てきだん》まで、思いつくかぎりあらゆる種類がそろっていそうな弾薬が、ラックや棚にぎっしりと詰まっていた。

「ついでに装備品のほうでもなにか買うものがあるんじゃないかと思ってな」マホムはにこやかに説明した。

「マホム、ぼくは地質学者に会うためにドライブに出かけるだけで、戦争を始めるわけじゃないぞ。でもまあ、もしもその気になったら必ずきみに連絡するから」

「わかった。たしかめただけだ」マホムは明かりを消してドアをロックした。「じゃあ、それまでにいいフライモビルを探しておくとしよう。その件はちゃんとおぼえてるからな」

「そうだと思ったよ、マホム」キーランはため息をついた。

11

道路は連続するヘアピンカーブをへて峡谷の側面をのぼったあと、岩が風化して崩れかけた孤立丘《ビュート》や砂丘のあいだを抜けて、よりひらけた平原へとつながっていた。空気はかすみ、頭上に広がる空は、奇妙な薄いピンクでかすかに発光しているように見えた。最初の十五キロメートルかそこらで、風景は押し寄せる居住施設、バブルタウン、工業建築物、天蓋農場に埋め尽くされ、それらすべてが、どんどん密度を増す道路、レール、電力網、パイプラインによって結ばれていた――キーランが軌道から降下してきたときに見た人類の拡散ぶりを地上レベルで証明する光景だ。そのむこうでは、砂漠がふたたび存在を主張して、点在するドームや孤立した建造物をすっかり支配していた。キーランはかつて日本で見た風景を思い出した。都市が遠方へむかって流れるように広がり、個々の家の細部が溶け合って切れ目なく続くリボンとなり、まるで山にはさまれた峡谷を流れる氷河のように見えたものだ。ここもいつかあんなふうになるのだろうか。

石だらけの平地《ストーニー・フラッツ》というのは、かつてマリネリス中央第2と命名されていた地域につけられた、新しいがあまり印象が強まったとは言えない呼び名だ。火星への最初期の有人着陸と入植の段階からある基地のひとつだ。それ以来、初期のドームと地下壕の雑然とした集まりは、輸送機関の車庫、整備格納庫、貨物倉庫の集合体へと成長し、隣接する飛行場はシェルブール宇宙港まで線路でつながっていた。ここはシェルブールに到着する惑星外からの貨物が、火星上の航空、道路、鉄道ネットワークに接続する場所なのだ。事前の連絡で教わっていたとおり、キーランは一本の雨裂をたどって片側の急斜面のふもとにいくつか組み込まれているトラックなみの大きさのエアロックのひとつへむかった。それらのエアロックの上は斜面が削り込まれて建物がテラス状にならんでおり、表側の窓から見渡すことのできる飛行場では、アホウドリに似た翼の長いグライダーや、推力を有する短距離離着陸《STOL》または垂直離着陸《VTOL》タイプの輸送機が行き来して、あたりに立ちこめるピンクの火星の塵《ちり》をかき乱していた。

二重ロックの扉をなんとか通過して車を進めると、そこは明るく照らされたコンクリート壁の空洞になっていて、中央のフロアではずらりとならんだ地上車両のまわりで人びとが作業にあたり、片側の壁際は作業エリア、反対側は囲いのあるオフィス用のスペースになっていた。

奥の壁の中央には大きな両開きの扉が見える。白髪頭のウォルター・トレヴェイニーが、ほこりで汚れたオリーブ色のカバーオールを着て、ふたりの年下の男女といっしょに、小型のキャンピングカーかRV車の軍用版とおぼしき大きな四角いトラックのまえに立っていた。スライドドアがひらいていて、いくつもの箱や機材が外にならべられていた。コディアックが停車するのを見てトレヴェイニーが近づいてきたので、キーランも車をおりて、空洞の反対側から聞こえてくるリベット打ちの騒音と、作業エリアのついたてで仕切られた隅で断続的にほとばしる溶接の閃光の出迎えを受けた。

「ドクター・セイン……だね？　ああ、そうだ。顔をおぼえているよ」

「どうも」

「なにごともなくここまで来られたかな？」

「大丈夫でした。あなたの道案内のおかげです」

「おや……ひとりじゃないんだな」トレヴェイニーは身をかがめて車をのぞき込み、不安そうな顔になった。

「待て」キーランはいまにも飛び出そうと身構えているギネスに命じた。ギネスはあきらめたように鼻を鳴らし、首を横に振ると、ふたたび腰を落とした。トレヴェイニーは見るからにほっとしていた。「あまり犬が好きではないのですか？」

「いや、そんなことはない。実は何匹か飼っている。ただ、ここには……」トレヴェイニーは腕を振って周囲をしめした。「機械とかいろいろあるからね。気にする人たちがいるかもしれない」

「わかります」キーランは興味深くその車両をながめた。電話で話をしたとき、トレヴェイニーはそれを移動実験室と説明していた。内部には電子機器がぎっしりで、片側の壁からはデスクがのびて椅子がその両側で向かい合い、実験用のスペースをそなえた作業エリアのほか、収納庫や、工具や機器類をおさめたラックがならんでいた。

「わたし自身は最近地球から来たばかりなんだ」トレヴェイニーはキーランの視線を追って言った。「だからオアシスホテルに滞在している。さっきも話した気がするが、タルシス台地にベースキャンプを設営している同僚たちに合流するんだ。この実験室はあと数日でそちらへ移ることになる」

キーランはうなずいた。ローウェル・シティのおよそ千五百キロメートル西方、赤道の少し北に位置する地域だ。「むこうでどんな調査を?」彼は好奇心に駆られてたずねた。

「火星の地質に興味があるかね?」

「いくらかは」

「基本的には、われわれは修正主義者で、火星とその歴史にまつわる従来の考えに異議をとなえている。ここですべてが行き詰まっているのは、地球で過去二世紀のあいだあらゆることを停滞させているのと同じ定説に原因がある。すなわち、変化はゆるやかで均一であったという確信——いま目のまえで進行しているのと同じプロセス、同じペースを、遠い過去のできごとにも適用できるという思い込みだ」

「では、あなたとお仲間たちはそうは考えていないんですね」

トレヴェイニーはうなずいた。「どこを見ても、この惑星全体がわりあい最近に、つまり数十億年ではなく数万年、ひょっとしたら数千年まえに、激しい変動によってずたずたにされたことをしめす明白な証拠がある。かつてここには海やもっと濃密な大気があったんだ。ではそれらはどうなったのか？　たとえ従来の学説で想定されている小惑星の落下や風食や塵の堆積が原因だったとしても、いまある水路やほとんどのクレーターはとっくの昔にかき消されていなければおかしい。それらはまだ年代的に新しく、浸食が始まっていない場所もたくさんある。われわれがいまいるこの場所だって氾濫原《はんらんげん》の一部なんだ。それに地殻のひび割れや亀裂の様子を見てみろ。なにかが惑星全体を揺るがして、ひょっとしたら別の軌道へ押し込んだのかもしれない」

「それは関係があるんでしょうか、一部の科学者たちが主張している一万二千年ほどまえに地球を襲った……なんらかの大災害と？」

そんな質問を予期していなかったのか、トレヴェイニーは驚いた顔をした。「まだなにも証明はされていない。だがわたしの考えかね？」口を突き出してうなずく。「どうしてもと言われたら、どちらも同じ事件の一部だとこたえるだろうな」

「では、それ以前に存在していた高度な文明については？」

「テクノリシク文明のことか」

「はい。あれはどこが起源だと思いますか？」大変動が起きた状況やその正確な時期を別にすると、これもまたことなる意見が衝突して議論が続いているテーマだった。一部の人びとはこの初期の文明の起源は地球で問題ないと考えていたが、そこまで控えめでなく因習打破の精神が強い人びとはどこかよそから来た文明だと信じていた。

「その件についてはまだ判定はくだされていない」トレヴェイニーは言った。「だが先のことはわからないぞ。たとえば、こういう場所でなにかが判明して謎の解明につながるかもしれない」

キーランはこの地質学者からはもっと話を引き出せるような気がした。急に、タルシス台地への遠征の目的や、そこのベースキャンプでなにが起きているのかを知りたくなってきた。だが、トレヴェイニーは肩をすくめてその話を打ち切った。

「いずれにせよ、きみがここへ来たのはそんな話をするためじゃないだろう。中へ入るかね、この騒音をのがれて？　コーヒーかなにか飲みたくないか？」

「いいですね」

ふたりはならんだオフィスのほうへ歩き出した。

「それで、リオはどんな問題をかかえているんだ？」トレヴェイニーが質問した。「きみは電話で、彼の名前はサルダだとか言ってたよな？」

「そうです。彼は自分の仕事についてあなたにどの程度のことを話しました？」

「べつにたいしたことは。生物学方面の研究のように聞こえたな」

ふたりはオフィスの中に入った。なにものっていないデスクがひとつ、フォルダや図面や書類が散乱したテーブルがひとつ。半端ながらくたや箱が詰め込まれた棚のあいだの壁には地図や図表が貼られていた。スクリーンにむかって作業をしていた若い女が、ふたりに目を向けて軽く会釈をした。トレヴェイニーはキーランを連れてコーヒーメーカー一式とスナック菓子がのったサイドテーブルに近づいた。

「サルダはあるサンサイダーの組織と組んでいます」キーランはふたつのカップにコーヒーを注いでいるトレヴェイニーにむかって説明した。「神経学方面の研究です——記憶とか行動とかそういったものがどのようにしてコード化されているのかを突き止めようとしているんです。そのためにさまざまな画像化装置で脳の内部を探り、どこを抜き出して改変できるかを調べることがあります」

あまり正確ではなかったが、いかにもドクターがのめり込みそうな研究の説明にはなっていた。トレヴェイニーは、そういう研究について聞いたことはあるがあまりくわしくはない人らしいうなずき方をして、片方のカップを差し出した。キーランはそれを受け取り、クリームと砂糖は遠慮した。

「それでサルダの記憶の一部が影響を受けたようなんです。いまは損傷部のマップを作成して、どうすれば修復できるか調べようとしているところです」

「なんとも妙な状況になってるんだな」

「妙な仕事ですからね」

「いいだろう。それでわたしになにができるんだ?」

「できればいくつか質問にこたえてください。妙な質問に聞こえるかもしれませんが、こちらにはそれをたずねる理由があるんです」

「わかった」

キーランは口をつぐみ、目の動きでスクリーンにむかっている若い女をしめした。トレヴェイニーはわかったというようにうなずくと、先に立ってもっと狭い、だれもいない端のオフィスへ入り、ドアを閉めた。

「あなたは以前にサルダと会ったと言ってましたね?」キーランは話を続けた。

「ああ、オアシスのレストランのすぐ外にあるバーだ。朝食でもふたりを見かけていたんだが、そのときは話をしなかった」

「ふたり? サルダと連れの女性ということですか? たしか名前はイレインとか言ってましたよね」

「そうそう、イレインだ。ある晩、われわれはバーでとなり合わせのテーブルについていた。彼らもホテルの客だとわかったから、話を始めたんだ。わかるだろう――ここでは新顔だからな。知り合いをつくりたくなるんだよ」

「そうですね。ふたりはどんな様子でした? 気さくな感じ? 友好的でした?」

「彼はそうだった――ごくふつうにね。だが女のほうは話をしたくないようだった。ずっと彼をわたしから引き離そうとしていた。だからレストランで彼にあんな態度をとられて驚いたんだよ」

「なるほど」キーランはその情報に思いをめぐらしてから、たずねた。「ふたりはそこでなにをしているか話しました？」

「ときどき滞在しているとだけ。知り合ったばかりの相手に根掘り葉掘りきけるような状況ではなかったからな」

キーランはひと呼吸おいてから、ようやく腹を割って話す決心をしたという口ぶりで言った。

「ぼくたちはこのイレインという女性を捜しているんです。サルダがすっかり記憶をなくしているので、この女性から重要な情報を得られるはずなんです。どんなふうだったかおぼえているかぎり話してくれませんか？」

トレヴェイニーはじっと考え込んだが、それまでに話した以外に付け加えられることはあまりなかった。「背が高くてほっそりしていた。カールした黒髪は――上でまとめて首にかからないようにしてあって、長くはなかった。鼻がとがった感じの顔だった」

「服装は？」

「黒が好きなように見えた。光沢のある、ぴったりしたパンツ。上着も黒だった。シャツか、ジャケットか、セーターか。よくおぼえてないな」

「ほかに思い出せることは？」

「いや。ないと思う。そんなところだ。申し訳ない……あまり助けにならなかったようだ」

「それでもありがたいです……」キーランは言葉を切って、いま聞かされた話を思い返してみた。「実際には助けになっています――それもかなり。あなたがサルダたちとバーで話したのはいつでした？　おぼえていますか？」

トレヴェイニーは眉をひそめた。「正確な日付は思い出せない。ただ、わたしがあそこに滞在して二週目のことだった。だから十三日から十七日……そのあたりだな」

キーランは名刺を取り出して渡した。そこにはKTのイニシャルが大きく記された彼の名前と、ジェネラルネットの個人コードと、剣と盾《たて》を身につけたマンガふうの人物画が記載されていた。「ほかになにか思い出したら知らせてくれますか？」

「もちろん」トレヴェイニーは名刺をしげしげと見つめた。「これはいったいどんなドクターなんだ？」

「聖ヨハネ騎士団の古いシンボルです。はるばる十字軍の時代までさかのぼる伝統があります。とても有名ですよ」

「ああそうか。どこかでそんなのを聞いたことがあるような気がするな」

「おおいにあり得ますね」キーランは謎めいた笑みを浮かべた。


トレヴェイニーの話の中でキーランが興味を引かれたのは、サルダとイレインがホテルの客だったという点だった。ふたりはただの知人以上の関係ということになる。だが、その日の午後、キーランがサルダに依頼して手持ちの記録と所持品をすべて調べてもらったときには、イレインという女性とのかかわりをしめすものはなにも見つからなかった。写真も、住所も、電話番号も、思い出の品も。とはいえ、もしもサルダのオリジナルがこの陰謀に加担しているなら、そうした痕跡はすべて消し去っているはずではあった。

それでも、ホテルの客なら宿泊料は支払うはずだ。もしも、キーランの推測どおり、サルダがあのときなるべく目立たないようにしていたとすれば、自分につながる記録を残さないために、イレインに支払をまかせた可能性が高い。となると、たとえ彼女の存在がサルダの身のまわりから消し去られているとしても、ホテルの記録としては残っているかもしれない。

「やってみる価値はあるな」濃さを増していく影の中、うねうねと続く谷間の道をローウェル目指して車を走らせながら、キーランはギネスに告げた。「宝くじは買わなければ当たらない。そうだろう?」

ギネスは目をしばたたき、あくびをして、外の風景に注意を戻した。

与圧ゾーンの中へ戻ってからは、ゴーリキーに沿ってのびるハイウェイを進み、シェルブールのトンネル出口でおりて台地の下から宇宙港の地下階層へ入り込み、ならんだサービス施設を通過して、オアシスホテルへたどり着いた。

12

キーランとギネスがオアシスのバーに着いてみると、店は夜にそなえて準備をととのえているところだった。昨日ジューンといっしょにニネヴェのプールにいたときに出会ったパティという女性が、期待どおりに勤務についていて、バーのあいている席に腰を据えたキーランに気がついてくれた。彼女はとび色の髪をポニーテールにまとめて白い上着と短パンを身につけていた。

「来たのね！　おぼえててくれたんだ！」パティは声を張りあげてカウンター越しに見下ろしてきた。「ようこそ、ギネス！　はるばるわたしに会いに来てくれたの？」

ギネスは尻尾を背後のテーブルに叩きつけて、相手の口調を読み取り、それ以外になにが考えられるんだと言わんばかりの目つきをしてみせた。

「きみは運がいい」キーランは言った。「彼はニネヴェでよそのこどもたちにあやうく奪われかけたんだ」

「ここにはスタウトがないの——ね、わたしもおぼえてたでしょ。それ以外だとなにを用意すればいいのかしら？」

「そうだな。まだ試したことがないやつはどれだろう？」キーランは棚に視線を走らせてオリンポスという地ビールをグラスでもらうことにした。

「じゃあ、あなたはニネヴェに住んでるの？」パティはビールを注ぎながら言った。「すてきな場所ね。しばらくまえにあっちのほうにボーイフレンドがいたの」

「ぼくは滞在しているだけだ。来客として」

「あのときいっしょにいた人のところね——ジューンだったかな？」

「ああ。彼女の猫とギネスが領土問題で争っているところでね」

「あの人は気に入ったわ」パティは眉をひそめ、思い出そうとしたがあきらめた。「ごめんなさい。あなたは……？　キで始まるのはわかってるんだけど」

「ぼくのことを好きな人たちからはだいたい〝キーラン〟と呼ばれている。それ以外の人たちからはいろいろだ。きみが聞いたこともないような名前もあるぞ。聞くべきではない名前でもあるが」

「キーラン、そうだった」

パティはグラスをコースターの上に置いた。キーランはひと口味わってみてうなずいた。

「それで、どうして火星へ来たの？」パティはたずねた。「どんな仕事をしてるの？」

「ああ……やるべきことをいろいろとね。まちがったことを正して。ドラゴンを倒して。乙女を救って。悪党を打ち負かして……」

「それからバーをチェックする」パティは締めくくった。キーランは〝それもある〟と言うように片手を振った。「わたしも猫派なの。ジューンはどんな猫を飼ってるの？」

「全身真っ黒で、長毛と短毛の中間くらいだな。たいていはいじわるで気むずかしい。ぼくはそのほうがいい。ほんものの猫だ――いつもべたべたじゃれついてくるやつじゃない」

「雄？　それとも雌？」

「雌だ。名前はテディ」

「テディ？」

「いや、ほんとはネフェルティティなんだ。でもジューンがおっぱい《ティティ》と呼ぶわけにはいかないでしょって言うから」

パティは笑いをこらえて目をそむけ、やれやれと首を振った。客がふたり入ってきて少し離れたところで待っていた。「すぐに戻るわ」彼女は身を起こし、新来の客の相手をするためにカウンターの別の場所へ移動していった。

キーランはグラスからピーナッツをつかみ取り、ひとつをギネスにほうってやった。「どうやらおまえを餌に使うことになりそうだなあ」犬はピーナッツをぱくりとのみこんで次のを待った。「うん、そろそろおまえもまた自分の食い扶持《ぶち》を稼いでもいいころだ。そうしよう。できるだけ哀れっぽく同情を誘う感じに見せてくれ、さあ」

パティが戻ってきて、ギネスがさらにふたつのピーナッツをぱくつくのをながめた。

「ときどき数時間でいいからこいつを連れ出してみたいと思わないか——どこかで散歩でもさせて？」キーランは犬に目を向けたままさりげなく言った。

「本気で言ってるの？」

「もちろん。なにかまずいかな？　ぼくは仕事でここへ来ているから、ギネスは暇をもてあましているんだよ。きみなら喜んでくれるんじゃないかと思って」

「ほんとにいいの？　すごい！」パティはカウンター越しに見下ろしたが、まだジョークなのかどうか確信がもてないようだった。ギネスは彼女を見返してまばたきをし、できるだけ哀れっぽく同情を誘う感じに見せていた。

キーランは声を低くした。「もしもいいと言ったら、ちょっとした頼み事を引き受けてくれたりしないかな?」

パティは一瞬だけ不審な顔になったが、口説かれているわけではないとわかるとすぐにその表情は消えた。「どんな頼み事?」

「昨日プールで会ったとき、きみはここの研修生だと言っていた――職場を回ってすべての仕事を少しずつ経験していると」

「そのとおりよ。それがなにか?」

「もうフロントの仕事はすませたのかな? 会計をしたりとかそういった?」

「ええ。バーで働き始めるまえがそれだったわ。なぜ?」

キーランはカウンターにぐっと身を乗り出した。「一週間ほどまえ、十三日から十七日のあいだに、あるカップルがここに滞在していた。わかっているのは女性のファーストネームだけ。その女性を見つけなければならない。彼女が支払をした可能性がある。だとしたら会計の記録にあるはずだ」

パティは不安そうな顔になっていた。「わたしになにをしてほしいの?」

「その期間の支払伝票に彼女のファーストネームと合致するものがあるかどうか調べてほしい。もしもあったらその詳細を教えてくれ」

「でもそれは部外秘の情報よ。わたしは解雇されるかもしれない」

「そうなったら、解雇されなかったときよりもずっと良い暮らしができるようにしてあげるから」

「あなた何者なの？　なにかの調査員？」

「まあそんなところだ」キーランは真剣な口調になっていた。「実はね、男性のほうはぼくの友人なんだ。この女性はかなりの額の金を彼からだまし取ったんだ。もしもそれを取り戻せたら、きみの働きはまちがいなく報われるだろう」彼は反応を待ち、パティの顔にまだためらいがあるのを見てとると、付け加えた。「それに彼はギネスの良き友人でもある。銀行口座に多額の入金があるだけでは不充分だというのなら、ギネスのためにやってほしい。あの目を見てくれ。あんな顔を拒絶できるわけがないだろう？」

パティはさらに数秒ほど胸のうちの葛藤と闘ってから、ため息をついて降参した。無意識にあたりを見回し、声が届く範囲にだれもいないのを確認する。「約束はしないわよ」

「そんなことは求めない。できることを試してくれるだけでいい」

「名前は？」

キーランは名刺を一枚取り出して、裏に〝イレイン〟と書き付け、調べてほしい日付を記した。ついでに、推測がまちがっていた場合にそなえて、〝レナード・サルダ〟も追加しておいた。「ふたりのうちのどちらかだ。なにか見つかったら表側の番号に連絡してくれ」

パティは名刺を受け取ると、ちらりと見ただけで、すぐに短パンのポケットにしまい込んだ。ギネスはパティを見上げ、彼女はできるだけのことをしてくれると信頼しきったように尻尾をぱたつかせた。

その後キーランがサルダに確認してみたところ、状況はさらに悪化していた。サルダの口座に身におぼえのないさまざまな請求が届き始めていたのだ。あるカードを使おうとしたときなどは、今日の午前中に解約と交換の指示があったと言われたらしい。銀行もサルダの信用に疑いをもち始めていた。だが、噂が広がってプロジェクトの信頼性に悪影響がおよぶのが心配で、問題をおおやけにすることもできないのだった。

13

ジューンはアパートメントのテーブルにのった夕食の皿のむこうからとがめるような目をキーランに向けてきた。「ギネスを使った？　あなたときたら無垢な若者からどこまで無残に堕落してしまったの。お次はポン引きにでもなるのかしら」

「恥知らずだな」キーランは臆面もなく言った。「ただ、そいつの火星での需要はすでに飽和状態に近づいていると思う。まあ、心配しなくていいよ。これでぼくはいつでも地質学者になれるから」彼はトレヴェイニーとの会話とそのチームが取り組んでいる仕事について手短に説明したところだった。

「あなたはどう思ってるのかしら、一万二千年まえに地球で起きた事件について流布《るふ》しているさまざまな説のことを――話の感じだと、火星もそうなのかな？」ジューンはキーランに問いかけた。「あたしが聞いたのはね……原因は巨大な彗星でそれが金星になったとか、やっぱり彗星だけど金星ではないとか、地殻が揺れたとか、ふたつの氷冠のバランスが崩れたとか、エイリアンがやってきて戦争をしたとか、太古の文明がとんでもない失敗をしでかしたとか……たしかもっとあったはず。あなたはどれに賛成するの？　どれもだめ？」

「そういう仮説は宗教みたいなものだ。ぼくはどれも大好きだよ」キーランは最後に残ったワインをふたりのグラスに注いだ。「多様性は健康と活力のしるしだ。この火星でいま進行しているのはまさにそういうことだ。なにがなんでも慣例に従って、それを強要しようとする姿勢──地球はそのせいで窒息しかけているんだ」

ふたりはそれぞれのグラスを手にとると、カウチへ移ってその両端に寝そべり、脚を居心地良くからみ合わせた。

「で、マホムは最近どんな調子なの？」ジューンがたずねた。

「おかしなことに、まだぶじに生きてるよ。裏にでかい兵器庫があった。しばらくまえに彼に脅しをかけようとしたチンピラたちを顧客にしているとしても驚きはないな」

ジューンはワインをひと口飲んだ。「で、コディアックの感想は？」

「すごいよ。マホムが話していた月から届くという新型を見てみたいな……。ひとつ難があるとすれば、青く見えることか。太陽の下に出るとフランス人売春婦の悪趣味なパンティの色みたいになる──濃い紫色っぽい」

「どうしてフランス人売春婦が穿《は》いているパンティの色を知ってるの？」

「噂で聞いただけだよ。知らないのかい？　いずれにせよ、ぼくの読書量は人並みはずれているからね」

「どこかで聞いたんだけど、英語には紫《パープル》と韻を踏む言葉がないそうね」ジューンがぼんやりと言った。

「そんなバカな。わずかな独創性と深い知識があれば、どんな言葉でも押韻《おういん》は可能だ」キーランは請け合った。

「じゃあやってみて。ひとつ披露してよ」ジューンは挑戦した。

　キーランはグラスを二本の指先でつまんで高くかかげ、いっとき遠い目をして考え込んでから、顔をあげて言った――

When you're choking, turning purple　（息が詰まると、顔は紫
A hearty slap and one good burp'll　背中を叩けば激しいげっぷで
Usually fix it.　ふつうはもとに戻るもの）

「キーラン、あなたって人は」ジューンはため息をついた。「じゃあね、〝銀《シルバー》〟でも同じことが言われてるの。これは絶対――」キーランのコムパッドから流れ出した音がふたりの話をさえぎった。

「いつもこうだ、ちょうどくつろいだときに」キーランはカウチから立ちあがり、コムパッド

を置いてあるカウンターへ近づいた。「はい？」

「もしもし？　そちらはキーラン・セイン？」

「やあ、パティ」キーランは相手の声に気づいて言った。「早かったな。もうなにか見つけたとか言うんじゃないだろうね」

「いまはバーが担当だから、こっちの帳簿になにかあるかと思ったの。当たりだった」

「きみならまちがいなくプロになれるぞ。それで？」

「男のほうについてはなにもなかった。でも、あなたに教わった女の名前が二カ所で見つかった。ここでわかるのはカードの情報だけ。わたしのパッドにコピーしておいた。ダウンロードできる？」

「もちろん」キーランが転送を受け付けるためのコードを入力すると、すぐに画面に完了の表示が出た。

「さっき言ってたように、宿泊記録からもっと情報を手に入れる必要がある？」パティはたずねた。「そっちはもう少しむずかしいかも」

「まずはこれでなにがわかるか調べてみよう。いずれにせよ、きみにはボーナスを出さないとな。きみがギネスを連れ出すときに渡すよ。どうしよう、きみがこっちで彼をひろうことにするか？　このあたりにはくわしいと言ってたね」

「そうね……でも、いつになるかわからない。この次の休暇次第だから。それにグレイスもいっしょに出かけられるときじゃないと」

「いつでもどうぞ。きみから連絡があるまで待ってるよ」

「まだ勤務中だから、もう切らないと。また連絡する」パティは電話を切った。

キーランは、話を聞いていたジューンを振り返り、報告した。「サルダに関する情報はない。だが、ふたりのイレインがトレヴェイニーの言っていた週にバーで支払をしていた。カードの情報はここにある」彼はパッドを振った。「きみのほうで調べてもらえるかな？」こういう見つけにくい情報を探すのもジューンの仕事だった。人捜しをするための独自の手段をもっているのだ。

「見せて」ジューンは立ちあがり、キーランからコムパッドを受け取ると、それを手に居間のオフィスコーナーへむかった。通信システムのまえに腰を下ろし、スクリーンを起動して、キーランのパッドから情報をコピーし、それを手掛かりにして調査に没頭し始めた。キーランはあらためてカウチに寝そべってコディアックの取扱説明書に集中した。

十分ほどたったころ、キーランは顔をあげてジューンの背中を見つめた。ひとつ押韻を思いついたのだ。

Gold and silver,　（金と銀
Presents wilvir-,　プレゼントで贈れば
Ginity tend to,　処女性はたいてい
Put an end to.　終わりを告げる）

キーランは待った。ジューンは無視した。才能のむだ遣いだな、とひとりごちて、キーランは説明書に戻った。

「あった！」ジューンが三十分ほどたったころに声をあげた。

「仕事の話かな？」

「聞いて」ジューンは頭だけ少し振り向いて、スクリーンの情報を読みあげた。「最初のひとりはイレイン・ドーカヴィッツ。入手したほかの支払の記録からすると、ここでの滞在は短期間で、ただ立ち寄っただけみたい。ベルトにある辺鄙《へんぴ》な居住地から来ていて、すでに火星を離れているわ」

「ひとりのイレインは削除」キーランは宣告した。「だが、ぼくの精神レーダーはもうひとりに関してびんびんに反応しているな」

「イレイン・コーリー」ジューンは続けた。「住所――14Bウォーターガーデンズ、エンバーカデーロ！　写真があるわ」

キーランは立ちあがり、ジューンのそばへ行って肩越しにのぞきこみながら、彼女のうなじをなにげなくなでた。エンバーカデーロというのは、ローウェルの南西側にのびる、より幅の広い峡谷で、ゴーリキーとニネヴェがトラピージアムを越えて一体となったことで生まれた地域だった。そこは専門職のビジネスパークと、高級な居住地と、水路のネットワークの付近に敷設された何本もの大通りから成っていた。

スクリーンからこちらを見ている女性の黒い髪は、短めでカールしていた。顔は白く、頬骨が張っていて、顎はとがり唇は薄い——きまじめな感じの女性が好きな人にとっては魅力がないわけでもない。この女性でまちがいないようには見えた。とはいえ、はっきりさせる方法はひとつしかなかった。

「ウォルターに確認してもらおう」キーランは言った。「もうひとつ回線をひらいてくれないか？」

ジューンが別のスクリーンで回線を用意し、そちらへも画像を表示させた。キーランがトレヴェイニーの番号に呼び出しをかけているあいだに、ジューンはイレイン・コーリーに関するアクセス可能な記録をさらに掘り下げて調べ続けた。

トレヴェイニーの顔がキーランの使っているスクリーンにあらわれた。「もしもし？　ああ、またきみか、ドクター・セイン」

ジューンがその肩書きを耳にしてキーランに顔を向け、一瞬あきれた表情を見せてから、ふたたび自分の作業に戻った。

「はい」キーランは言った。「遅くにすみません」

「かまわないよ。われわれはこの件で徹夜することになりそうなんだ。それで用件は？」

「あなたがオアシスでサルダといっしょにいるのを見かけたイレインと思われる女性の写真が手に入りました。ぜひ見てもらいたいんですが」

「仕事が早いな」トレヴェイニーは驚いたようだった。

「まえにも言いましたが、あなたは自分で考えている以上に助けになっているんですよ。それはともかく、これが写真です」キーランはコマンド入力で画像を送信した。

「あのときの女だ」トレヴェイニーはためらわずに言った。

「たしかですか？　まちがいありません？」

「疑いの余地はない。きみの問題が解決したようで良かったな、ドクター。サルダが快復するといいが」

「ありがとう。そちらも現地調査がうまくいくといいですね。いつか応援にいきますよ、古い学説が崩れ去るのを待ちながら」

「まあ、そいつはまだ時間がかかるかもな」トレヴェイニーはため息をついた。

キーランが回線を切ると、ジューンが肘で彼をつつき、読みあげ始めた。「イレイン・リディア・コーリー。職業、上級看護師。専門資格、神経生理学」彼女は斜め上へちらりと目を向けた。キーランは小さく口笛を吹いた。「聞いてほしいのはこれ。イレインの仕事上のパートナーとされているヘンリー・バルマーは、開業医であると同時にローウェル医療センターともつながりがある。そしてなにより、バルマーは催眠療法士として登録されているのよ！」ジューンは上体を起こしてスクリーンから向き直った。「これで記憶の一部だけを消去する方法が判明したんじゃない？」

キーランはジューンをやすやすとかかえあげ、くるりと回して、キスをした。「すばらしい、きみならやってのけると思っていたよ」彼は叫んだ。「やっぱりきみは真の天才だ。あやかりたいものだな。リオに連絡してすぐにこっちへ来てもらわないと」

14

サルダはスクリーンに表示されているイレイン・コーリーの顔をじっと見つめて首を横に振った。キーランの調査について説明を受け、トレヴェイニーの話を聞いたあとでも、まだ信じられないようだった。

「なにも。なにもおぼえていない」サルダは断言した。「きみのいまの話を聞いていなかったら、わたしは生まれてこのかたこんな女とは一度も会っていないと自信をもって言い切ったはずだ」

「では、この女性はあなたが以前から知っていた人ではなく、最近になってこの陰謀に関与したけれど、あなたの記憶からは消去されているんですね」キーランはカウチですわったまま確認した。「あなたはこの女性とつい最近会っているはずです。彼女の存在にまつわる記憶はすべて失われているわけです」

「そのようだな」サルダはキーランを振り返りながら言った。

それに、もしもサルダがこの女性を以前から知っていたとすれば、ほかの人たちが彼女に気づいたはずだ――たとえばトム・ノージェントとか。「そしてあなたはヘンリー・バルマーのことを知らない」

「ああ。聞いたこともないな」サルダは首を横に振った。「催眠術か。正直言って、昔からそんなことができるとは信じていなかった。じゃあきみは彼らがそれを利用したと考えているのか？　覚醒後に効果をあらわすなんらかの暗示が、わたしが再構成チェンバーを出るまえに発動したと」

「きっとチェンバーのアクセスドアから消え失せた例の円盤よ」ジューンが自分のデスクから言った。「あれは意識を取り戻したときに最初に目に入ったはず——あなたが知っていたはずのことをだれかに伝えるまえに、それが効果をあらわした。まだチェンバーの内部にいたあいだに」彼女はキーランに目を向けた。

「うまいやりかただな」キーランは言った。

沈黙がおりた。ジューンはなにかの入力を終わらせて、待ち、その結果をじっと見つめてから、椅子の中で体を回してキーランたちに向き直った。

「もう少しでなにが起きたかを解き明かすことができそうね」ジューンは言った。「リオとイレインはごく最近、パーティかなにかで出会った」サルダに顔を向ける。「あなたは実験が近づくにつれて強い精神的ストレスを感じたとキーランに話していた——それはよくわかるわ。あなたは自分がそういう……なんていうか、緊張をやわらげるために、人付き合いを求めるタイプだと思う？」

サルダはジューンをむっつりと見つめた。それから表情をやわらげてかすかに笑みを浮かべた。「多かれ少なかれそういう面はあると思う」彼は率直に認めた。

「キーランに話した恐怖や不安をイレインのような女性に話した可能性があると思う？」ジューンはたずねた。「あたしには充分に理解できることだけど」

それはきわどい質問だった。プロジェクトの重要な細部について、知り合ったばかりの部外者に話したかどうかを質問しているのと同じなのだ。部屋にいる全員が人間はそういうことをするものだと知っていた。だが、それを公然と認めるのはまた別の問題だ。

サルダはこの質問に考え込んだ。「そういうのはふたりの関係によるかもしれない。つまり、どれくらい親しいかということが……」彼は話を聞いてはいるがほとんど口をはさまないキーランをちらりと見た。「やれやれ、なんで自分を正当化しようとしているんだろうな？　ああ、話した可能性はあると思う」

「ぶじにやり遂げたら五百万が手に入るということも含めて？」ジューンが言った。

「そうだな……ひょっとして何杯か飲んだあとなら……うん、あり得る」

ジューンはこれ以上なにを話す必要があるのかという顔で男たちを順繰りに見つめた。「イレインはバルマーと話をして、オリジナルのサルダが損をかぶる必要はどこにもないと思いついた。少しの手助けがあれば、彼は生き続けることができる。それだけじゃない。分け前をもらうという条件で、ふたりはもともとオリジナルのサルダのものになるべきだった報酬を取り戻すための手助けをしてあげられる。だってリスクをおかすのは彼のほうなんだから。筋がとおってるわ……」

サルダがそれはどうだろうというように顔をしかめた。ジューンは言葉を切り、目で彼に問いかけた。

「そういう流れではなかったかもしれない」サルダは指摘した。「わたしのほうからだった可能性もある。イレインが催眠療法士といっしょに働いているのを知って、わたしがそのアイデアを思いつき、分け前を払うから協力してくれとふたりに持ちかけたのかもしれない。あるいは、わたしが最初からなにもかも考えて、必要な共犯者としてバルマーを見つけ出したのであって、イレインはあとで引き込まれたのかもしれない。わかるだろう？　きみたちはあのふたりに対してフェアじゃないかもしれないんだ」

キーランはサルダに温かな気持ちをいだいた。それでも、もうひとりのサルダは――オリジナルは――まったく性格がちがうと考えざるを得なかった。ちょうどジキルとハイドのように、あのプロセスによってひとつの人格からことなる特徴が発現したのだ。さもなければ、処置の前後でことなる心理的因子が作用しているのか。

ジューンはちょっと考え込んだ。「でも、どちらにしても同じことよ。バルマーは覚醒後に効果をあらわす暗示をサルダに仕込んで、彼がマシンを出る直前までおぼえていた計画をすべて忘れるようにする。イレインはどこかから手に入れた死体をオリジナルのサルダとすり替えて、接続をやり直し、監視用コンピュータに偽のコードを挿入して適切な数値が表示されるようにする。たぶん三人でいっしょにランチをとった日の夜遅く――認証手続きが完了したあとでしょうね。それからイレインは上の階のR実験室へ行って例の円盤を取り外して……」ジューンはサルダにたずねるような目を向けた。「彼女はクアントニックスの社内に入れるのかしら？」

「わたしからビルに入る許可をもらっていて、適切なアクセスコードがあるとすれば？　昨夜は静かだったからな。ああ、可能だと思う」

ジューンはこれで決まりだというようにキーランへ目を向けた。サルダは否定しようがないという顔をしていた。ふたりは期待を込めて待った。キーランは謎めいた顔つきでふたりを見返した。つかのま沈黙がおりた。

「あなたはどう思う？」ジューンが口をひらいた。

キーランはもうしばらく黙ったまま考えをまとめた。「まだなにかあるはずだ」謎が解けたわけではないのだとふたりが理解するだけの間を置いてから、彼は説明した。「ローウェル・バラム銀行にあずけられた五百万を三人で分ける？　たしかに、それだけあれば寒い冬を一度か二度乗り切ることはできるだろう。だが、その程度のことで一人前の職業人たちがこんなやっかいごとにかかわって大きなリスクをおかすかな？　それに、なぜサルダ一号はいまもここにいて、カードやクレジットの口座をいじくりまわしているんだ？　銀行に振り込まれた金をすぐに奪ったのだとしたら、どうしてなにか手違いが起きるのを待ったりする？　どうして手に入れたものをかかえて高飛びしない？」

「たぶん……そのまえにもっと悪さをしたいのかも」ジューンが言った。「ねたましいもうひとりの自分に仕返しをするとか……わからないわ、キーラン」

「ぼくにもさっぱりだ」キーランは首を横に振った。

「それならきみはどう思うんだ?」サルダがキーランにたずねた。それはおかしな質問だった——彼自身が考えていることをキーランに推測してもらおうというのだ。

「まだなにかあるはずです」キーランはもう一度言った。「彼らはもっとでかい収穫を手にするために待機しています。でも、ぼくたちにはそれを突き止めるための時間がない。すべてが明らかになるころには、彼らは姿をくらましているでしょう」

サルダが急に心配そうな顔になった。「だったらなにをぐずぐずしているんだ? これまでに集めた証拠をすぐに彼らに突き付けてやろう。詐欺師たちを通報するんだ」

「なにを通報するんです?」キーランは問いかけた。「どんな証拠がありますか? なにもないでしょう。サルダ一号は身を隠したままですし、あなたが提示できるのは突拍子もない推測だけです」

サルダは色をなした。「わたしの銀行口座から五百万が消え失せているんだ。それで足りないというのか?」

「だれか頭のいいやつがセキュリティシステムを破る方法を見つけたというだけでしょう」キーランは言った。「過去にもあったことです。捜査当局が歩く複製人間と消された記憶という仮説を必要とすると思いますか?」

サルダは助けを求めるようにジューンをちらりと見てから、キーランに目を戻した。「しかし……ほかにできることがあるのか? きみが言ったとおり、われわれは急いで行動しなければばいけないのに」

サルダはすっかり絶望しているように見えたが、キーランは落ち着いていた。自分の身に起きた新しいことが、たまらなく魅力的だとわかってきたように、目をきらきらさせている。ジューンは彼が妙案を思いつくしるしを見てとった。

「なにが起きているかを知っているのはサルダ一号とイレインとバルマーです」キーランは言った。「ぼくたちが急いでそれを突き止める唯一の方法は彼らに話してもらうことです」

サルダは困惑して首を横に振った。「いったいどうやって？」

「彼らがやったとおりのことをやって、しっぺ返しをくらわせてやるんです」キーランはこたえた。「あなたを使ってあなた自身を演じるんですよ、リオ。舞台に立った経験は？」

サルダは首を横に振った。「ないな」とまどっているようだった。

キーランはにやりと笑った。励ますように、そしてこれから楽しいことになると約束するかのように。「ではすぐに稽古を始めましょうか」

15

イレインは〝ドリーマー〟をつけて、ぐっと吸い込み、心を落ち着かせてくれる最初の煙が、水が砂漠の砂に染み込んで乾いた植物の根を探すように、肺から全身へ広がっていくのを待った。それからエンバーカデーロにある自宅の居間を横切ってベランダの窓に近づき、眼下の水路とウォーターガーデンを見下ろしながら、しっかりと効果を感じるまでさらに何度か吸っては吐いてを繰り返した。

なにごともなかったように生活を続けるのは、ふつうの日でさえきつかった。いまはひとりきりで、バルマーは町で銀行との連絡役と会って手取金の処理を手配していたし、サルダは身を隠していたので、それはいっそうきつくなっていた。最初はあまりにも奇怪な立場に追い込まれていくのを感じていた。イレインは自分が一歩ずつ混乱に巻き込まれてしまった人を助けようとしていたはずなのに、いつしか横領と詐欺に、そしていまでは紛《まが》うかたなき大規模な窃《せっ》盗《とう》に加担しているのだ——もはや自分でもかかわりをもちたいと思っているのかどうかよくわからない仲間とともに。居心地は悪かったが、急激なペースで事態が進んでいるためにもはや抜け出す余地もなかった。そんなこんなで、彼女はひどく神経をとがらせていた。

いままでは、たとえ成功したとしてもどこへ行けばいいのかさえよくわからなかった。地球にはあまり魅力を感じなかった。法に縛られない伝統的特権階級の一員であるなら、あるいは彼らに快適な環境を提供する侍《じ》者《しゃ》や技術者といった奉仕階級の一員として過ごすならいいだろうが、よそ者はそうはいかない。どんなかたちであれサルダと過ごす未来への不安は日に日に高まっていたし、たとえバルマーが手に入れようとしている大枚十億の三分の一があったとしても、ベルトや外惑星系の流儀はよく知らなかったので、そんなところでひとりでやっていくことを考えると不安しかなかった。バルマーと今後もパートナーとして組んでいくのは論外だ。

あの男とこんなに長くいっしょにやってきたのは、自分の野心と不相応なキャリア志向のためでしかない。それに、大金が手に入ると考えたバルマーがいまや全員がどっぷりはまっている陰謀にのめり込むのを見てしまったあとでは、どんな結末が待っていようが最後まで見届けるしかなかった。ときには、十億の三分の一を握っているバルマーに対して、イレインは——それを言うならサルダも——安心していて大丈夫なのかと考えることさえあった。なにしろふたりは彼の秘密を知っているのだ。ああ、いったいどんなパラノイアに取り憑《つ》かれてしまったのだろう？

友人たちが眼下の水路にかかった橋をわたっているのが見えた。ひとりがイレインのいる窓のほうを見上げた。イレインは姿を見られたくないので後ずさった。二カ月まえには考えられなかったことだ。この件で早くもこんなふうになってしまったのか？

ハウスシステムから着信音が流れた。イレインは居間の隅にあるリクライニングチェアに腰を下ろし、かたわらのスクリーンで電話を受けた。サルダだ。イレインはとまどった。

「リオ？　どうしたの？　いっさい連絡はしないことになっていたのに……」イレインは背後に見える光景に目をとめた。どこかの住居のようだ。サルダは正体がばれないように、ゴーリキーの遠いはずれにある安宿で自分の出番がやってくるまで身をひそめているはずだが、そんなふうには見えなかった。「あなたどこにいるの？」

サルダはその質問を無視した。不安でいっぱいの顔をしている。「問題が起きた。すぐに会いたい。これまでの話は忘れてくれ。状況がすっかり変わったんだ」

「ヘンリーは――」

「ヘンリーのことは気にするな。これはわたしたちふたりに関することだ。急いできみと話す必要がある。いまから会えるか？」

イレインは抗議しようと唇を動かしかけたが、口から出るまえにそれをのみ込んだ。サルダは声も目つきもいつもとちがっていた。彼女にはそのわずか数秒のやりとりからでも感じ取ることができた。数週間ぶりに、かつて笑い合い愛し合い、いつしか離れがたくなっていた男と……見知らぬ相手に変わってしまうまえのあの男と話している気がした。なにかが起きたのだ。バルマーの狂気の策略ではなく、ふたりにかかわるなにかが。リオが話したがっているのはそのことにちがいない。イレインは素早くうなずいた。

「どこで会うの？」

「車で出てこられるかな？」

おかしな質問だった。リオは彼女が運転することを知っているのに。イレインはもう一度うなずいた。「もちろん」

「ビーコン・ウェイという商業地区が、ゴーリキーの北部、シェルブールのトンネルの近くにある。自動車、トラック、移動式プラントの販売店でアラザハッド・マシンというのがあるから、そこで待ち合わせよう。店はあいていないけど、わたしは事務所にいる。だれにも言わないで。ひとりで来るんだ。半時間後でどうかな？」

場所の選び方もおかしかった。イレインはサルダがそんな場所とつながりをもっていることを知らなかった。とはいえ、彼が人目につく場所を避けようとするのは筋がとおっている気がした。「わかった。半時間後ね」

イレインが小さなオフィスや製作所やフェンスで囲われた敷地のならぶビーコン・ウェイを見つけたときにはあたりは真っ暗だった。都市の内部の人工照明は外部の自然光に合わせて変化する。入植初期には一日ずっと照明をつけておこうとしたこともあったのだが、ほとんどの人びとに不評だったのだ。

派手な光と色で明滅する看板がアラザハッド・マシンの存在を知らせていた。よくある外見の事務所と隣接する修理工場が、どう見てもよくあるとは思えない雑多な車両やそのほかの機器の奥に押し込められていた。もっとがっちりした、窓のない、コンクリート製の建物がそのすぐ裏手に見えていた。事務所には明かりがついていた。一台の車が前面にならんでいる在庫モデルからぽつんと離れてとまっていた。イレインは車をそのとなりにとめた。となりの車内はからっぽで、なにか濃い色のコディアックだったが、上で明滅する色とりどりの光のせいではっきりとはわからなかった。エンバーカデーロから車を走らせてきたあいだに気分は暗くなっていた。おそらく、不安と、希望的観測と、肺に入れたドリーマーのせいで、自分が見たと思ったものの中に多くを読み取りすぎているのだろう。失望にそなえて気持ちを引き締めながら、イレインは事務所に入った。

ところが、混沌とした事務所にあるデスクのむこうで革張りの椅子にゆったりと腰かけて笑みをたたえ、かたわらに立つランプからの唯一の明かりにその顔を浮きあがらせていた人物は、そもそもリオではなかった。青いジャケットと白いシャツをカジュアルに、しかし優雅に着こなしたその男は、瘦身《そうしん》で日に焼けていて、がっしりした顎、繊細な口、細い鼻にすっきりした頬という風格のある顔立ちだったが、ウェーブのかかった茶色の髪が全体の印象をやわらげていた。イレインをひたと見据える薄い青色の目には激しさがあり、くつろいだ姿とのんきな表情にもかかわらず見る者の心をかき乱した。

「イレインだね」男は陽気にあいさつをした。「出てこられてほんとうに良かった。こんな遅い時刻になったことと、少しばかりだますかたちになったのは申し訳ない。だが、きみ自身がいやというほどわかっているとおり、あまり時間がないんだ」男はすでにデスクのむかい側に引き寄せてあった椅子をしめした。「くつろいでくれ。良ければセルフサービスのコーヒーでもどうぞ」

「あなたはだれです？　リオはどこですか？」

「ケニルワース・トルーンがあなたのお役に立ちます。いや、リオの役に立つと言うほうが正確かな。ぼくは彼の代理だ。まあ、弁護士みたいなものだな」

「なんであろうと、わたしはいっさいかかわりたくないです」

イレインの反応は反射的だった。それはいま以上の深みにはまりたくないという意味だった。彼女は無意識のうちにきびすを返してドアをあけようとした。そこで動きを止めた。男は警告もしなかったし、引き止めようともしなかった。ただこちらを見つめているのが感じられた。

もしもイレインが現状に満足していたら、ここへは来なかっただろう。もしもトルーンの出現が——良い方向にであれ悪い方向にであれ——現状を変える手立てがあることを意味しているのなら、それを知る方法はひとつしかなかった。男の態度は、影響を受けるのは彼女自身なのだと語っていた。決めるのは彼女なのだ。イレインはドアを閉めて振り返った。トルーンは椅子をふたたび手でしめしたが、笑顔はそのままで、彼女が避けようのない結論へたどり着くのを待っていたかのようだった。

「なにか飲むかい?」トルーンは腰を下ろしたイレインにまたたずねた。イレインは首を横に振った。「それが一番かもしれないな。どのみち、きみはすでに一日分の刺激物と鎮静剤を摂取しているようだ。こういう状況がもたらすストレスのせいだろう。神経系がめちゃめちゃになるんだ」

最初の混乱を乗り切って、イレインの頭がふたたびはたらきだした。「あなたはいったいなんの代理人なんですか?」彼女は詰問した。「こんな場所でビジネスの話をするなんて聞いたことがないわ」

「ここのオーナーはぼくの古い友人なんだ。もしも車や機械を安く買いたくなったら、個人的に彼を紹介してあげるよ。値切りかたを知っておく必要があるけどね」トルーンは周囲を見回した。「まあ、きみの言うとおりだ。これは心理的な駆け引きみたいなものだな。きみだってまさかリオが人目につく場所を指定してくるとは思わなかっただろう?」

このトルーンという男はどこまで知っているのだろう?　どんな役割を果たしているのだろ

う？　イレインにはおおざっぱな推測すらできなかった。「リオはどこですか？」彼女はもう一度たずねた。

その質問を無視して、トルーンは暗唱を始めた。「イレイン・リディア・コーリー。現住所――14Bウォーターガーデンズ、エンバーカデーロ。職業――神経生理学の専門資格をもつ上級看護師」イレインをじっと見つめる澄んだ青い目からは、さっきまでの陽気さが消えていた。「停滞状態にある肉体を蘇生させて身元不明の死体とすり替えられるだけの知識があり、しかも、監視コンピュータにそれまでどおり必要な報告を続けるよう指示できる人物……そんなおかしなことをしたがるやつがいればの話だけどね。まあ、人がどんなことをしでかすかはだれにもわからないから」

冷たくねっとりした感覚がイレインの背骨をずるりと滑り落ちた。腹の中のあちこちがぎゅっと引きつり、一瞬、ほんとうに病気になってしまうのではないかと思った。唇をなめようとしたら、口はからからになっていた。膝の上でハンドバッグをあけ、中身をかき回して〝タイガー〟の容器を取り出し、黄と黒のカプセルをひとつ手のひらに振り出した。トルーンが椅子から身を起こし、事務所を横切って、窓際のディスペンサーからカップに水を一杯注いだ。背が高く、がっちりした体なのに、身のこなしは猫のようにむだがなくかろやかだ。イレインはカプセルを口にほうり込み、差し出されたカップを受け取ったが、手が震えて中身を少しこぼしてしまった。トルーンがカップを持って支え、イレインはそこから水をすすって飲んだ。ありがとう、とうなずく。トルーンはカップをデスクに置いて、ふたたびそのむこう側へまわり込み、腰を下ろした。

「そして、仕事上のパートナーであるヘンリー・バルマー」トルーンはなにもなかったかのようにまた語り始めた。「実は、ぼくは昔から催眠術に興味津々だった。よく言われているようなことはほんとうにできるのかな——痛みを消すとか、人の力を十倍にするとか、本人が忘れたと思っていることを思い出させるとか。正反対のこともできるんだろうな——覚醒後になにかのきっかけで人生の一部を忘れさせるとか」ひとつ例を考えてみようと、トルーンは肩をすくめた。「ある模様に反応するよう仕込んでおくというのはどうだろう。そういうのは可能だと思うかい、イレイン？　ヘンリーはそういうことができるのかな？」効果を出すように言葉を切る。「それとも、一般に信じられているのは少し過大評価なのかな？　ときには狙った効果が出ないこともあるのかな？」

イレインは抵抗しようという気持ちが敗北感で崩れ去るのを感じた。虚勢を張ったり話をはぐらかそうとしたりしても意味はない。この男はすべて知っている。そして、知ることができたとすれば、いま男がほのめかしたことが起きたとしか考えられない——覚醒後の暗示がうまくはたらかなかったのだ。もうひとりのサルダが処置のあとも記憶を残していたのだ。計画は完全に失敗した……。顔をあげてトルーンと目を合わせたとたん、思い当たったことがあった。彼はイレインの考えを読み取り、彼女が明白な結論を導き出すまでじっと待っているようだった。妙に気まぐれなやりかたではあったが、最初からイレインに猶予《ゆうよ》をあたえて、真っ向から対立するのを避けようとしていたのだ。

ように言った。「あの人がもうひとりのリオだったんですね――わたしが話した相手が」イレインはささやく

「もちろん。きみのほうのリオはどこかに身を隠している。こちらには彼を追跡する手段はない」

あの電話はトリックだったのだ。イレインは目のまえのデスクに置かれたカップを見つめて、残された選択肢について考えた。トルーンは待っていた。この場を離れて刻一刻と耐えがたくなっていく状況に身を戻すこともできたし、ここにとどまってほかにどんな道があるのかを見きわめることもできた。そう考えると、さほど選択の余地はなかった。

「わかりました、ミスター・トルーン」イレインは言った。「あなたの望みは?」

トルーンは満足そうにうなずいた。同時に、ビジネスライクな態度に変わった。「きみはなにが起きたかわかっているはずだ。なにも保証できるわけじゃないが、どう考えてもきみ自身にとって最善の道は協力してすべてを白状することだろう。こちらとしてはオリジナルのサルダとヘンリー・バルマーがいまどこにいて、計画をどこまで進めているのかを知る必要がある……」

イレインはトルーンの話を聞くのを途中でやめていた。かすかにうめきながら、椅子にぐったりとすわり、抗議するように首を横に振っていた。つまり、彼女がほんの一時間ほどまえにスクリーンでちらりと見たと思ったリオは、彼女にとって忘れがたいたいせつな人は、いまや彼女を裏切り者としてしか見ていないということだ。彼にとっては復讐《ふくしゅう》が唯一の原動力であり、

その目的は損害の補償でしかない。イレインが将来をともにできる可能性があるサルダはいま身を隠している男——彼女が嫌悪し拒絶するようになった男のほうだけだ。

イレインにわかっているのは、トルーンがいま彼女に会わせようとしているリオには、とても顔向けができないということだけだ。イレインはいつの間にか立ちあがっていた。なにか別の力に肉体を乗っ取られて、彼女はただそれを見物しているかのようだった。

「ごめんなさい、とてもむり……」イレインは片手を口にぎゅっと押し当てた。「こんなのきつすぎる……」

トルーンはその両目でイレインの表情をじっと読み取っていた。それでも彼はすわったままで、動こうとはしなかった。イレインがきびすを返すと、周囲に見えるものがぼやけ、混乱したイメージのトンネルとなって彼女をドアのほうへ導いた。外へ出るとまわりが急に暗くなり、明滅する色とりどりの明かりのもとで、彼女は車に乗り込んだ。ほとんど無意識のうちにエンジンをかけ、コディアックのとなりからバックしながらも、トルーンかだれかが駆け出してきて止められるのを予期していた。だがなにも起こらなかった。イレインはそのまま道路へ戻ってローウエルの中心部を目指した……。

ようやく頭がまともにはたらきだしたとき、イレインはトラピージアムを抜けてエンバーカデーロへの道のりを半分ほど走破していたが、どうやってそこまでたどり着いたのかはっきりした記憶はなかった。

16

サルダがアラザハッドの事務所に通じているとなりの部屋から飛び出してきたちょうどそのとき、キーランがドアの脇のスイッチで天井の明かりをつけた。

「いったいなにをやってるんだ？」サルダは金切り声で詰問し、ドアのところで両腕を振り回した。「イレインを逃がすなんて！　これであの女はまっすぐバルマーともうひとりのわたしのところへ行ってなにもかも話すだろう……。こっちはまだふたりの居所すらわかっていないのに！」

外へ通じるドアがあいて、ジューンがマホムといっしょに入ってきた。ふたりは敷地の前方にならんでいる車の一台の中で待機していた。キーランがポケットにあるコムパッドの再発信ボタンをひと押ししてジューンの番号へかけたら、その合図でふたりは乗っている車をイレインの車の後方へ寄せて逃走を阻止するはずだった。どうやら、キーランはそうしないことを選んだらしい。

「なにがあったの？」ジューンがたずね、困惑した視線をキーランからサルダへと移した。

「彼が……彼がイレインを逃がしたんだ！」サルダはつかえながら言った。「彼はイレインを意のままにしていた。わたしはすべて聞いていたんだ。白状したも同然だったのに。あと半時間もあれば、やつらをつかまえて金を取り戻すために必要な情報をすべて聞き出せていたはずなのに」

「ええ、たしかにあなたは金を取り戻せたでしょう……そしてイレインを失う」キーランはサルダに言った。「両方手に入れるほうがいいんじゃないですかね。実際、あなたならもっとうまくやれると思うんですよ」

サルダの帆が風を失ってしぼんだ。「なんの話をしているんだ？」

「おい、こいつを信用してやれ」マホムがサルダに言った。「おれにはわかるんだよ、ナイトにはちゃんと理由があるって」

「あなたはイレインのことをなにもおぼえていないんですね」キーランは言った。

サルダはうなずいた。「あたりまえだろう。わたしが知っているのは、自分が五百万を失っていて、きみがそれを持っているやつを逃がしてしまったことだけだ」

「そこが問題なんですよ。あなたはふたりの関係についてなにも知らないんです」キーランは手を振ってアラザハッドのデスクにあるコムスクリーンをしめした。「今日あなたが彼女とかわした会話を思い出してよく考えてみてください。それがなにを意味しているかを考えるんです。さっき会ったときも彼女の顔にははっきりと書いてありましたよ」

「ええっ？　なにを見たって？　きみはなんの話をしているんだ？」

「イレインはあなたを愛しているんですよ！　あなたを！　彼女がかつて知っていたあなたを、もうひとりの自分に仕返しをしてやろうと考え始めて別人のようになってしまうまえのリオを。

彼女がこの件に加担したのは分け前がほしかったからではありません。そのとき知っていた男をつなぎ止めるためです。あのプロセスはまったく同じ人物を作り出すと言われていましたが、イレインがそれを信じたと思いますか？　そんなはずがないでしょう？　当の本人すら信じていなかったんですから」

サルダはジューンに困惑した視線を向けて、意味がわかるかと問いかけた。ジューンはとりあえず肩をすくめるしかなかった。

「しかし、きみはそういう話をまったくしなかったじゃないか」サルダはキーランに目を戻して言った。

「必要がなかったんです。イレインの表情や身ぶりがすべてを語っていました――それと彼女がここへ来たという事実が……。彼女が来たのは失ってしまった人を見つけられると思ったからなんです」

「まあ、そうかもな」サルダはまだ理解できないようだった。「しかし、やっぱりわからないな、彼女をあんなふうに逃がしてしまうなんて。なぜあんなことを？」

キーランは辛抱強くため息をついた。「最初にあなたが電話をかけたとき、こちらの狙いどおり、イレインはあなたをオリジナルだと思いました。ところが、あのわずかな時間でも、彼女はそこに知り合ったころのリオを、のちに思いつく策略についてなにも考えていないリオの姿を見ました――なぜなら、あなたがまさにそのリオだからです。イレインはオリジナルがどうにかしてかつての自分を取り戻したと考えたんです。でも、そこでふと気づきました。彼女のリオは――ここで会えると思ったリオは――いまや彼女の敵となり、復讐心に燃えているのだということに」キーランはサルダにむかってこんなに明々白々なことはないという身ぶりをしてみせた。「イレインはその状況にとっさに対応できなかったので、出ていきました。あそこであなたを呼んだら争いになって、ふたりの関係は二度と修復できなくなっていたはずです。まあ、たしかに……熱した鉄棒と指を締めるネジで半時間も拷問すれば、必要な情報をすべて聞き出して、ハーバートとマックスに伝え、イレインの友人たちのたくらみを阻止して、あなたの五百万を取り返すことができたかもしれません。でも、あなたとイレインとのあいだにあったものは失われるでしょう。ぼくにはそれがしっかりとつかんでおくべきものに思えるんですよ、リオ」

ジューンがキーランを見つめる視線は、これだけ長く付き合ってきても彼には驚かされっぱなしだと語っていた。アラザハッドはなにが起きているのかさっぱりわからなかったので、喜んでほかの三人にすべてをまかせていた。

サルダはまだ話があるのではないかという顔でキーランを見ていた。キーランのほうは必要なことはすべて話したという態度だった。

「それで、これからどうなるんだ?」サルダはやっとのことでたずねながら、ジューンに視線を送って自分はなにか見落としているのだろうかと問いかけた。

「イレインが戻ってくるのを待ちます」キーランは当然だろうという顔で言った。「もちろん、実際にここへ戻ってくるわけではありません。たぶん電話してくるでしょう」

サルダは相変わらずなにもわかっていないようだった。「なぜイレインがそんなことをするとわかるんだ？」

「まあ、厳密な意味ではわかりません。人間性に関する長年にわたる熱心な研究によって身につけた直観と呼んでください。もしも――」

「なんだって⁈」サルダの息の詰まったような抗議の声は絶叫に近かった。両目は飛び出し、ふさふさした金髪は揺れ、ぼさぼさの口ひげは生き物のように逆立った。「つまりきみは、これだけのことをしておきながら、その根拠はただの勘だというのか⁈」

「直観です」キーランは訂正した。「勘よりも精緻で、より理性的です。はるかに洗練されているし、現実にしっかりと根ざしているとされています。論理に頼るとどうしても思い込みという弱点がつきまとうので」

「なんであろうと――知ったことか。ああもうっ……」サルダは両手を振り回しながら言葉を探した。「わたしが言っているのは、イレインが仲間のところへ戻ってすべてをぶちまけるのを止めるすべがないということだ。なのにきみときたら、彼女はそんなことはしないと思うとしか言わないんだからな！　おかげですごく気が楽になったよ、キーラン。きみは五百万ものわたしの金を危険にさらして――」

「ぼくの金でもあります」キーランは指摘した。「あなた自身がぼくはこの件で報酬を受け取るだろうとほのめかしていたじゃないですか」

「わたしの私生活について決定をくだすというのに、わたし自身が意見を述べる機会がないというのは……」

「いまはその選択肢は実行不可能でした」

「わたしはあの女についてなにも知らないんだぞ」サルダは憤然として言った。「もしもわたしが、きみがとても感動的に修復しようとしているこのロマンスにかかわりたくないとしたらどうする？」

「ぼくが正しければ、それでもこちらがずっと有利な立場になります。彼らは五百万の分け前だけで満足してはいないはずです。なにをするつもりか突き止めるには、イレインがみずから進んで協力してくれる必要があります。気の進まない密告者がその場を切り抜けるためにやむなく最低限の情報を伝えるということではだめなんです。ぼくはかつてのリオに対する彼女の思いが正しい選択をしてくれるほうに賭けますよ」

「きみがまちがっていたら？」サルダが疑わしそうにたずねた。

キーランはサルダの肩に楽しげに腕を回していっしょにドアへと歩き出し、アラザハッドは明かりを消した。「そのときはね、リオ、悲しいできごととそれに付随するあらゆることを忘れさせてくれる人を紹介しますから」

コディアックに乗り込んだ一行は、ゴーリキー・アヴェニューとニネヴェをつなぐトンネルを抜けてジューンのアパートメントへ戻った。サルダがそこに自分の車を置いていたのだ。キーランは、イレインにはさまざまな葛藤と闘って決断をくだすための時間が必要だろうと考えていた。それまでのあいだ、彼はあらゆる手を使ってその話題に戻ろうとするサルダの気をそらし続けた。

「ぼくはずっと考えていたんですよ、あなたがＤＮＡというのは完全な自己組立式工場のためのプログラムで、かつて書かれたどんなプログラムよりもはるかに複雑だと言っていたことについて」

「そうだ」キーランとジューンの背後の座席で、サルダはなにか別の考えごとから注意を戻した。「想像もつかないほどはるかに複雑だよ。スペースライナーを建造するための設計図一式でさえまったく比べものにならない」

「では、そんなプログラムが自然に書き上げられるということがあり得るんでしょうか――ランダムな偶然によって、なんの理由もなく？」

「なぜそんなことが起きたと思うんだ？」

キーランは肩をすくめた。「ぼくが学校にかよっていたころには、みんながそう教わったんです」

「地球以外では、もうそんなことを信じている研究者はいない。スペースライナーの部品を製造する工作機械用のコードをランダムに書き替えていったら、できあがるのはゴミの山でしかない――そもそも動けばの話だが。きみが言っていることなんかより何兆倍も確実な話だ。要するにバカげている」サルダはまだ説明を続けようとしたようだが、そこで視線をさまよわせ、口ひげを物思わしげに引っ張った。「きみはどうして確信がもてるんだ？　イレインをみすみす逃がすなんて信じられない。われわれは自分をごまかしている。あの女はきっと戻ってこないぞ」

「とにかく朝まで待ってください、リオ」

「朝では手遅れかもしれない。やつらはすぐにでも手を引いて行方をくらますことができるんだ」

「もっと大きな儲けを狙っているならそれはありません。今夜はなにも起きませんよ」

「だがどうして——」

「じゃあ、なぜ地球では事情がちがうの？」ジューンがキーランのとなりの座席から振り向いて、サルダに問いかけた。

「え？　ああ……同じようなことはたくさんあるだろう。彼らは自分のなわばりと評判を守ることしか考えていない。わたしもかつては伝統的な唯物論者だった。だが、考えれば考えるほど、その主張が、それに取って代わられた根本主義と同じように独断的に見えてきた。だから火星へやってきたんだ——疑問をいだくことが許されていて、ほかの選択肢を検討してもかまわない環境に身を置くために」

「それで、あなたはどう思うんです？」キーランがサルダに問いかけた。「遺伝子コードはどこからやってきたんです？」

「だれにもわからない。大勢の科学者が究明しようとしていることだ……。しかし、わたしはなんらかの知性が介在しているはずだと考えている。それ以外には説明がつかない」

「なんだか宗教がかった話になってきたわね、リオ」ジューンが言った。

「そうでもないさ——とにかく、多くの人びとが想像するようなかたちではないんだ。もっとも、本来の宗教は——堕落して政治に身売りするまえの宗教は——数多くのほんものの古代の知識を内包していると思う。真相は人びとの夢想をはるかに超える刺激的なものにちがいない」

サルダはしばらく黙り込んだ。キーランはさらに深遠なる哲学的新事実や推論が披露されるのを期待して待った。

「たとえイレインがその気になったとしても、どうやって連絡をとるんだ？　彼女はきみの本名を知らないし、きみは電話番号を教えなかった」

「愛が道を見つけるんですよ、リオ」キーランはため息をついた。

サルダが朝一番に自分のオフィスから連絡してきたとき、キーランとジューンは朝食を終えようとしていた。

「イレインから伝言が届いたぞ！」サルダは告げた。「わたしの自宅の管理アシスタントに連絡してきた——すでに名前を知っていたのか、昨夜から捜して突き止めたのか。彼女はミスター・トルーンと連絡をとる方法を知りたがっている」

「これであなたも直観と人間性を見抜く秘密のわざを信じてくれますね？」キーランはサルダに言った。

「わかった、わかった。きみが正しかったよ。わたしがまちがっていたんだ……たぶん。それで、わたしはどうすればいい？」

「あなたのアシスタントにぼくの番号を伝えて、イレインから連絡を入れさせるようにしてください」

十五分とたたないうちにイレインと回線がつながった。

「昨夜のことはごめんなさい」イレインは応答したキーランに言った。「すっかり気が動転して――でも、あなたにはわかっていたんでしょうね。あれからいろいろ考えて、話すことに決めました。できるだけ急ぐ必要があります。どこで会えますか？」

17

イレインは両目のまわりをはっきりと赤くして、ときおりあくびをしていた――さんざん考えてあまり眠れなかったせいだろう。一行が顔を合わせているのはトラピージアムの官庁街のそばにある緑の多い広場の目立たない片隅に置かれたベンチで、向かい合う場所には宇宙服を着たローウェルの創設者たちの彫像が立っていた。そこでわかったことだが、事態はおおむねジューンとキーランが推測したとおりの流れをたどっていた。

「リオとたまたま出会ったのはそれほどまえのことではありません。出席者全員がどれだけ稼いでいるかでほかの出席者に自分を印象づけようとする、よくあるディナーパーティの席でのことでした。わたしたちはそのすべてに退屈してちょっと嫌悪さえおぼえていたので、ふたりだけで話をしたんです……まあ、リオが持ち出した話題がほとんどでしたけどね。興味深いこと、刺激的なこと、想像力と先見の明にあふれたいろいろなこと。わたしは心を奪われました。意気投合して、再会の約束をして……。そういうの、わかるでしょう」

キーランはうなずいた。「それはあの実験のどれくらいまえのことかな?」

「たぶん、二カ月くらいまえです。おたがいのことを知っていくうちに、リオは自分の研究とその影響についていろいろ話すようになりました。わたしは圧倒されました。彼は何年もまえから噂になっていた太陽系内のどこへでも光の速さで移動できる技術で最先端を進んでいたんです――いつかは太陽系の外へも行けるんでしょうね」イレインは大きく息を吸って、また吐いた。「リオは動物などでおこなわれた実験について語りました。そしてある日、自分が最初にそれを試みる人間になる予定だと言いました。わたしは不安になって、動物実験では気づかなかった問題が起きることはないと、どれだけ確信がもてるのかと彼にたずねました……。そしてとうとう、たぶん安心させようとしたんでしょうが、リオはみんなが思っているようなやりかたではないのだと打ち明けました――つまり、ある場所で消えて別の場所で再構築されるのではないと。実際に起きているのはコピーの作製です。あなたは知っていましたか? となると、完全にいかれた事態になるのをふせぐために、オリジナルは廃棄しなければなりません。プロセスが商用化されれば、あっという間なのでだれにもちがいはわからないでしょう。でも、リオがかかわることになる最初の実験では、オリジナルは停滞状態に置かれます——確認がとれるまで、数日のあいだは。だからリオは心配いらないと言ったんです」

「ああ、そのことは知っている」キーランはこたえ、探るような目でイレインを見た。「きみは心配だったのか?」

「初めは大丈夫でした。リオの説明では、人格を複製へ切り替えるのは何年もかけて自然に起きていることとそれほどちがいがないって……」

「ああ、それは聞いた。リオが話してくれた」

「もっともらしい話だったから、わたしも信じたんです……。なのに、実験の日が近づくにつれて、彼はだんだん自信がなさそうな態度になっていきました。なんとか自分を納得させようとしているみたいでした。でもわたしには彼の心の中が見えていました——怯《おび》えていたんです」

「ぼくでもそうなるよ」

イレインはくわしく説明せずにすんでほっとしたようだった。「だから、リオが実験を最後まで完了せずに肉体をすり替えるというアイディアを思いついたときには、わたしは進んで協力するつもりでした。あれはわたしが催眠療法士といっしょに働いているという話をしたあとのことでした。その計画ではコピーが過去のことをすべておぼえていたら失敗するに決まっていますから」

「つまり、最初はそれだけの計画だったんだね?」キーランは確認した。「きみは自分が知っ、ている《ヽヽ》リオが生き続けるのを手助けしたかった——そして彼を自分のそばに置いておきたかった。この同一人物になるはずのコピーについてリオやほかのだれかがなにを言おうが問題ではなかった」

イレインはうなずき、指の背で目をこすった。「そのとおりです。わたしはリオを愛していました。あんな状況に置かれた人に同情せずにいられますか？　いまあなたが言ったとおり、あれは彼を生かしておくためでした。わたしたちが望んだのはそれだけです。ただ姿を消してどこかで住む場所を見つけるつもりでした。コピーのほうは大金を手に入れて有名になれます——なんでも好きなことができるんです」

「すると、彼の口座から預金をすべて奪おうという考えはいつ出てきたのかな？」

「もっとあとのことです。リオの中でなにか《ヽヽ》が変わり始めました。嫉妬《しっと》深くなり、意地が悪くなり、金を稼ぐのもリスクを負うのも自分なのに、なぜもうひとりの自分に報酬を渡さなければいけないのだと言い始めました。わたしはそういう考えが気に入らなかった。でも、いろいろな面で彼に同情せずにはいられなかったんです。緊張にさらされているからしかたないんだと考えて、自分も巻き込まれてしまいました」

キーランは待った。イレインはじっとすわったまま少し離れたところにある彫像を見つめていた。まだ話すことがありそうな様子だったが、どんなふうに切り出したらいいのかわからないのだ。

「それだけの価値はあったのかな？」キーランはきっかけをつくってやった。「まあ、たしかに、五百万の三分の一はわずかな額とは言えないだろう……」彼は話しながらイレインを観察していた。彼女は無意識にうなずいたが、その目はまだ彫像を見つめていた。これで関与しているのは三人だけだとはっきりした。「だが、一人前の職業人であるきみやヘンリーにとっては？　たくさんのやっかいごとやリスクに見合うとは思えない」

イレインはため息をつき、ようやく顔を戻した。「バルマーが関与してから、すべてがもっと大きな金の話へと進んでいきました」なにか弁解や正当な理由でも求められているかのように、訴えるような身ぶりをしてみせる。「バルマーはよくいる高圧的で自己主張の強いタイプで、いつもあんなふうになにかを乗っ取っては根こそぎ手に入れようとするんです。彼はリオが話していたよりもはるかに大きな金を狙えるのだとわたしたちを説得しました。リオはすぐに興味を引かれました……。わたしはそのころにはすっかり巻き込まれていたので、彼らに従う以外の道を思いつかなかったんです」

「では、コピーのリオをはめることについてはなんの疑問もなかったんだね？　バルマーとのあいだに個人的なつながりはなかったのかな——きみのほうは？」

イレインは愕然《がくぜん》としたようだった。「まさか、とんでもない！　リオとのつながりは誠実なものでした。わたしとバルマーとの関係は仕事上だけです……少々自分勝手なものだったと言ってもいいかもしれません。彼には役に立つコネや情報源がありました。成功と出世を目指すための完璧なチケットだったんです——ほかのあらゆる面をがまんできるなら」

キーランはうなずいた。思っていたとおりではあったが、ここはたしかめておく必要があったのだ。「バルマーはどうやって賭け金をあげようとしたんだろう?」

「クアントニックスとすでに決まっている取引先を出し抜いて、TXテクノロジーをどこかよそへ売りつけるんです。五百万どころか、十億という話になるかもしれません」イレインはキーランを見つめて、彼に考える時間をあたえた。「リオが交渉に当たることになれば――存在しないことになっているほうのリオですが――これ以上ない看板役になりますから」

キーランはすでにどういう話の流れになるかを見抜いていた。「新しい買い手とじかに会うのはサルダ一号だけになるわけだ」彼は思いつくまま考えを口に出した。「きみやバルマーではなく。技術面の専門知識があるサルダが説明するほうがいい――なにしろ自分で開発したんだからな。そのあとで彼は姿を消す。あとになってTXが売り払われたことが明らかになって、クアントニックスやその取引先が訴訟手続きを始めたとしても、彼らがサルダを告発するために集める証拠はすべてサルダ二号を指すものとみなされる――なぜなら、公式に存在しているのは彼だけだから。うまいことに、告発者がどんなにがんばったところで、サルダ二号はまったく役に立たない。彼はなにも知らないから。その件に関する彼の記憶は消去されている」キーランは心から感心した目でイレインを見つめた。あまりにも巧妙な計略なので、ぶち壊してしまうのがもったいないほどだった。「やれやれ、ブラザー・ヘンリーの独創性はたいしたものだな、イレイン。それだけは認めるよ」

イレインは疲れたように片手を投げ出した。「以上です。ほかに話すことはありません」

「クアントニックスはどこの団体と取引を進めているんだ?」

イレインはちょっとためらってからこたえた。「スリーCです。モーチ兄弟とすべての注目を集めているほうのリオは、その取引でそれぞれ十億の報酬を得ることになります」キーランはうなずいた。もちろん、とっくに知っていたことではあったが、イレインの返事は彼女の証言の信憑性《しんぴょうせい》を確認する役に立った。

これでキーランの目的だった肝心な質問にたどり着いた。彼はなるべくさりげない口調でたずねた。「それで、バルマーが別の取引を持ちかけている相手は?」

イレインはため息をついた。こうしてなにもかも白状してみると、なぜこんなことに巻き込まれたのか理解できないと言わんばかりだった。「何人かは数日まえからこのローウェルにやって来ています。リオは今日のうちにゾディアック商業銀行で彼らと会って、契約の第一段階をとりまとめることになっています。その人たちがどこの代理人なのかは知りません。そういった交渉についてはバルマーがひとりで対応しているので。ただ、お金はいかがわしい裏稼業から出てくるようです」

「契約の第一段階というのは?」

「支払は分割払いです。二億五千万の前払いでTXテクノロジーのテスト可能な一部を引き渡します。残りも数回に分けて引き渡しますが、支払についてはそれ以前の部分の検証が終わっていることが条件になります」

「つまり、リオは今日、最初の一部の情報を二億五千万の前金と交換で引き渡すということだね」

「そのとおりです」

キーランはベンチにゆったりと背をもたせかけ、周囲の広場と片側にある小さな公園へぼんやりと視線をさまよわせながら情報を咀嚼《そしやく》した。これは以前にも遭遇したことのある展開だった。あのテクノロジーを最終的に手に入れるのはどこかの大手通信キャリアなのかもしれないが、そういう大企業はライバルが合法的に購入しようとしている資産をあくどいやりかたで奪い取るときに直接関与することはない。取引を仲介するのはどこかの正体不明の業者で、場合によってはその目的のために設立され、のちに痕跡を消すために清算される。どこかでひそかに進められていたという触れ込みで、クアントニックスでのサルダの研究に不思議なほどよく似た偽の研究プロジェクトがでっちあげられ、その成果とされるものが、どこかの闇取引で正式に最高入札者の所有物となる。スリーCにとっては不運だ——しかし、彼らも商売をしていてそのリスクは承知している。こうした飛躍的な発明が世に出るときには、いろいろな偶然が起こるものだ。

とはいうものの、買い手はそもそも通信キャリアではなく、まったく別の関心をいだいているほかのだれかかもしれない。たとえば？　忘れてはならないのは、ここで焦点になっているテクノロジーが、なによりもまず、各通信キャリアが先を争って手に入れようとしている人間送信機ではなく、人間複製機だということだ。どんな波及効果があるかについてキーランが考え始めたとき、イレインがふたたび口をひらいた。どうやらまだ白状することがあって、やっと話す気になったらしい。

「リオはこの話が進んでいくうちに変わってしまいました。まるで別人になったんです——気むずかしい、執念深い人に。バルマーが賭け金をあげてほんとうの大儲けをしようと主張したとき、リオは全面的に賛成しました。でも、昨夜もうひとりのリオから連絡があったときには、記憶に残るあの人の声を聞いているようでした。あのわずかな時間でもちがいがわかったんです。まるで……まるでリオの正反対の特徴が分裂してふたりの別の人になったみたいに」イレインはキーランに顔を向けた。「あの人はこんな目にあうべきではないんです。わたしは見過ごせなかった——わたしたちが今日たくらんでいることを。だからあなたと話をしたかったんです」

キーランは頭の中で考えていた次の台詞《せりふ》をいっとき忘れた。彼は眉をひそめた。「なにを言ってるのかな？　奪った金の三分の一をもって逃げるチャンスを捨てて、その結果を甘んじて受け入れるとでも？　ただ不正をただすために？」

イレインはきっぱりとうなずいたが、いまにも涙がこぼれそうだった。「それが正しいことなんです……。結局、わたしはこういうことにはむいていなかったんでしょう」肩をすくめる。「ただそれだけのことです」

キーランはイレインを見つめた。絶好の状況が手招きしているのを感じ取って、彼は口の端にかすかな笑みを浮かべていた。イレインが話してくれたような無知蒙昧の輩《やから》がいるなら、ちょっとした道徳的指導と施しや禁欲という美徳の紹介によって啓蒙してやるのはキーランの使命だった。「ひょっとすると、きみがそこまで悲惨な目にあう必要はないかもしれないよ、イレイン」彼はそっと告げた。

イレインはハンカチを取り出してすすり泣きを抑えた。「ほかにどんな道が?」

「おそらく最初の支払はサルダ名義の口座へ振り込まれることになるだろう。そうすれば、時期が来て彼が姿を消してしまえば、銀行のほうできみやバルマーとのつながりを見つけることはできない」

イレインはうなずいた。「あなたはこういう方面にはくわしいんですね」

「チェンバーのドアの内側にあった円盤をまだ持っているかい? 覚醒後の指令の引き金になるやつ」

「いいえ……でも画像は保存してあるので、コピーなら作れます。なぜですか?」

ひとつのアイディアがぼんやりと形をとり始めて、キーランは興奮がわきあがるのを感じた。オリジナルのサルダにも同じ条件付けがされているはずだ!

「リオが出席するというゾディアック商業銀行での会合についてもっと教えてほしい」キーランは言った。「予定では何時に始まるのかな?」

18

予定外の蘇生からいままでずっと身を隠していたゴーリキー・アヴェニューの外側のはずれ

にある安宿で、リオ・サルダは、第一段階の引き渡しのために用意した文書とデータカートリッジの確認をすませ、それを銀行からダウンロードした書類といっしょにブリーフケースにおさめた。部屋は狭苦しくて、内装も安っぽく、なんだかみすぼらしかった――地表へ通じる主エアロックのすぐ内側にある建設作業員用の宿舎だ。ここを出られるのはうれしかった。とはいえ、だれかに見つかる可能性がある場所は避けなければならなかった。

「ケチくさい五百万」サルダはうなるように言いながらブリーフケースの蓋をぱちんと閉めた。バルマーは正しかった。それだけで満足していたら正気の沙汰ではなかった――有名になって得意満面のもうひとりの自分が、ハーバートとマックスのモーチ兄弟や、その後援者たちとともに数十億を山分けにしようとしているのに。まあ、そのちょっとしたまちがいは彼がもうじき正すことになる。

サルダはジャケットのジッパーをあげて、最後にもう一度、スチールフレームのベッドやデスクがわりに使っていたサイドテーブルに散らばっている雑品を見渡して忘れ物がないことをたしかめてから、階段室へと踏み出した。二階下へおりて、ほかのユニットに出入りするためのドアがならぶ灰色の壁の通路を抜けていくと、マグレブのターミナルにあるコンコースへつながる浅い階段になった歩道へ出た。サルダが駅に近づいたとき、背の高い、運動選手のような体格の男が、黒っぽいビジネススーツにネクタイを締め、ベージュの薄手のコートをはおった姿で――町のこのあたりでは群を抜いて人目につく装いだ――それまで立っていた乗車用プラットホームの入口の脇から進み出てきた。男は陽気な笑みを浮かべ、茶色の書類ケースを小脇にかかえていた。

「おはようございます、ドクター・サルダですね？」

「きみはだれだ？」サルダの居所を知っているのはバルマーとイレインだけのはずだ。

「ケニルワース・トルーンと申します。ゾディアック商業銀行からまいりました。ヘンリー・バルマー氏があなたがまちがいなく到着することを望んでいましたので、銀行のほうでお迎えの車を用意しました。下の階層で待っています」

サルダは疑いをいだいた。それがほんとうなら、なぜ事前に連絡がなかったのだ？　彼が急に気を変えるかもしれないと不安になったのか？「やめておこう」彼は見知らぬ男を大きく迂回して、足取りを速めた。

「ガード！」男が命じた。サルダはそれまで気づいていなかったが、進行方向へ数メートル離れたところでうずくまっていた黒い大型犬が、体を起こして低くうなった。サルダは足を止めて振り返った。見知らぬ男は申し訳なさそうに肩をすくめた。「すみませんね。ご覧のとおり、どうしても来ていただきませんと」

サルダはジャケットの内側へさっと手を入れたが、コムパッドを取り出して親指で緊急コードを入力しようとしたとたん、背後から腕がのびてきて、ボクシングのグローブなみの大きさがある黒いこぶしがパッドをむしり取った。振り返ると、光沢のある緑のコートを着たにこやかな顔の大男が、真っ黒な顔に両目と白い歯を浮きあがらせ、縮れた髪をなびかせていた。

「どういうことだ？」サルダはそう言いながら、ふたりの男のあいだでそわそわと視線を行き来させた。

「まいりましょうか？」トルーンと名乗った男が道路交通用の階層へおりる階段をしめした。トルーンはそのまま先に立って階段をくだり始めたが、そのかろやかな足取りは泳ぎにいくためにビーチへの階段を駆けおりているみたいだった。サルダがついていくと、黒人の大男がすぐ背後に張り付き、凶悪そうな犬があとに続いた。彼らが何者でどういう事態が起きているのか、サルダには想像もつかなかった。サルダが最初の支払金と引き換えるために運んでいる文書やデータを、ライバル企業がＴＸのデータを奪おうとしているというのは筋がとおらなかった。サルダが最初の支払金と引き換えるために運んでいる文書やデータは、残りがなければなんの役にも立たないのだ。


一台の車が通行レーンの片側の空きスペースにとまっていた——ダークブルーで、つやつやして、火星の標準と比べると豪華で、町のこのあたりを行き交う多機能車両やダンプトラックや地表用ローバーに交じるといかにも場違いだ。サルダにはどういうモデルかわからなかったが、トランクに見えるクロムめっきのロゴに供給業者《サプライヤー》の名前が入っていた。ひとりの女——少なくとも、サルダからわずかに見えるかぎりでは女と思われる人物——が、サングラスをかけ、頭をスカーフで包み、フリースの内張があるスエードのジャケットの襟を立てて運転席についていた。トルーンが後部席のドアをあけてサルダを車に乗せた。黒人がそのあとからするりと乗り込み、トルーンは回り込んで反対側から乗り、犬は女のとなりにひょいと飛び込むと、振り返って忠実に監視を続けた。

「なにも心配することはありません、ドクター・サルダ」トルーンが請け合った。「あなたにいくつか確認していただきたいことがあるだけです」

男はかかえていた書類ケースからフォルダをひとつ抜いて差し出した。サルダはそれを受け取ってひらき……気がついたときには妙に鮮烈な模様を見つめていて、どうしてもそこから目を離せなくなっていた。銀色のリングに囲まれた紫色の円盤で、内側には赤、黄、アクアマリンの渦巻き模様が描かれている。それはサルダの精神になにか影響をおよぼしていた。思考がばらばらになって、万華鏡の中に見えるイメージのように再配置され、いくつかの断片が消えていく……それでも目をそむけることはできなかった。

そのとき、サルダをとらえていたなにかがその手綱を放したように思われた。彼は座席にじっとすわり込んだまま、目をぱちぱちさせてぼんやりと頭を振った。

「興味深いデザインだと思いませんか?」トルーンがとなりから話しかけてきた。「ちょっとうかがいたいのですが、これを以前にも見たことがありますか?」

トルーンの声を耳にして、サルダはようやく目を引き剝がすことができた。だが、彼はいまやすっかり混乱しきっていた。トルーンという名前は知っていたが、なぜそれを知っているのか……あるいは自分がどこにいて、どうやってここに来たのかはわからなかった。いっしょにいる人びとは上の階層でサルダに話しかけてきて、銀行に関することをなにかしゃべっていたが、自分が銀行へ行かなければいけない理由は見当もつかなかった。考えてみるといまがいつなのかさえはっきりしない……。どこともしれぬ安っぽい部屋に閉じこもっていたことはわかっていたが、その理由はわからなかった。あの実験にまつわるばらばらの記憶は残っていた。

あれこれ準備をしていたこと、T実験室でスキャン処置にそなえてワイヤをつながれていたこと……。だが、プロセスを終えてR実験室から出てきた記憶がないのはなぜだ？　あれからあとのことはなにひとつはっきりしなかった。あれはどれくらいまえのことだった？　なにかの理由で実験が失敗したということなのか？　彼の身になにが起きたのだ？　いまどこにいるのだ？　この連中は何者なんだ？

「ヘンリー・バルマーという名前になにかおぼえはありますか？」トルーンがサルダをじっと観察しながらたずねた。「イレイン・コーリーはどうです？」

サルダは手に持っていた円盤を握りつぶして、トルーンの膝へ荒っぽく投げつけた。「このたわごとはなんなんだ？　わたしにはきみたちと話す義務はない」

トルーンが、少し離れたところにとまっている、サルダがそれまで気づいていなかったもう一台の車に合図をすると、ひとりの女が外へ出てきた。そちらの車内にもまた別の人影が見えた。それは男で、帽子を深くかぶって顔を隠していた。女は背が高くほっそりしていて、カールした黒髪に、柄編みのセーターと黒っぽいパンツという姿だった。女が近づいてくると、トルーンがすぐ横のウインドウを下ろした。

「この女性のことがわかりますか？」トルーンがなにげなく問いかけた。

サルダは車の中をのぞき込んできた女にむかって頑固に顎を突き出した。「いや、知らないな。知っている理由があるのか？　なあ、こんなゲームにはもううんざりだ。ここでなにが起きているのか、だれでもいいから説明してくれないか？」

女は信じられないという顔でサルダを見つめてから、首を横に振った。なんだか苦しそうで、妙なやりかたでなにかを訴えているようにも見えた。なるほど、この女には問題があるらしい。だが、サルダのほうもいまこの瞬間に山ほどの問題をかかえているのだ。

「なにを見ているんだよ、あんた?」サルダは女にむかって言った。「なあ、わたしはきみを知らないんだ。これでいいか? みんな満足か?」トルーンが女にむかってうなずいた。女は向きを変えて急ぎ足でもう一台の車へ戻っていった。「さあ、もうたくさんだ。わたしはおりるぞ」

サルダは動き出そうとしたが、彼の腕をつかんでいるトルーンの手は鋼鉄製のクランプのようだった。同時に、黒人が反対側から腕をのばして彼の行く手をさえぎった。まえの助手席で犬が低くうなった。

「やめておこう」トルーンはサルダが上の階層で口にした言葉をそのまま繰り返した。急に権力者の響きを帯びたその声は、静かだがきっぱりしていて、それだけでサルダを思いとどまらせるには充分だった。「実を言うと、われわれはきみの医療チームから派遣されたんだ」トルーンは続けた。「リオ、きみにいくつか悪い知らせがある。あの実験でなんらかの異常が生じた。どこがまずかったのかはまだ解明できていないが、きみは行動がおかしいし、ものを忘れるし、そこらじゅうタガがはずれている。わたしはもう行かなければならないが、ここにいるすてきな人たちがきみをもとどおりにしてくれる。あまり心配するな。なにもかもとても快適で文明的だよ」

サルダはすっかり混乱して、もはやトルーンを見つめることしかできなかった。優しく、しかしきっぱりと、トルーンはサルダが持っていたブリーフケースを取りあげた。サルダは自分がなぜブリーフケースを持っていたのかよくわからなかった。

「大丈夫だ、リオ。きみにこれは必要ない。わたしがすべてを本来あるべき姿に戻すから」

そのあと、サルダが我に返って抗議を始めるより先に、トルーンが車をおりて、ドアを閉め、もう一台の車へ歩き出した。トルーンがそこへたどり着くまえに、スエードのジャケットを着た女がエンジンをかけ、サルダは自分たちの乗っている車が走り出すのを感じた。


ゾディアック商業銀行のローウェル・シティにあるオフィスは、ゴーリキー・アヴェニューの内側の端、トラピージアムとの合流地点に広がる商業地区に位置していた。キーランとサルダ二号が到着したのは、サルダ一号がバルマーの手配した仲介業者の代表たちと会う予定になっていた時刻の十分まえだった。出迎えたウォルワースという銀行の重役は、笑顔でふたりを会議室まで案内し、そこでは四人の男たちがすでに待っていた。彼はサイドテーブルに用意されているコーヒーとそれ以外のいろいろな飲み物や軽食をしめし、ほかになにか必要なことがあったら呼んでくれとまくしたてたあと、当事者たちだけで交渉をまとめられるように部屋から出ていった。ウォルワースはあとで細部を詰めるために戻ってくることになっていた。

男たちのうちのふたりは高級だがいささか派手な身なりで、ひとりは太いストライプのスーツにえんじ色のシャツと白いネクタイ、もうひとりはロイヤルブルーの服にカフスリンクスとスタッドボタンと指輪をきらめかせていた。どちらも銀行の中では落ち着かないようで、盗聴器や隠しカメラがあるのではないかとこっそりあたりへ視線を走らせていた。もうひとりの男は簡単に忘れられそうなずっと地味な格好をしていた。技術方面の専門家で、ブリーフケースの中身を吟味するために来ているのだろう。四人目はダークグレーのスリーピースに無地の青いシャツときっちり結んだネクタイというきまじめな服装で、連れの男たちをそれぞれミスター・ブラウン、ミスター・ブラック、ミスター・グリーンと紹介したあと、自分は彼らの名無しの弁護士だと説明した。彼はサルダがひとりではないことに困惑しているようだった。

「こちらは?」弁護士はキーランをしめしてたずねた。「わたしの理解では、窓口はあなたひとりのはずですが」

「ケニルワース・トルーンと申します、みなさん」キーランはにこやかに笑って、片手を差し出した。「ドクター・サルダの専門分野が科学方面に限定されていることはおわかりでしょう。このような状況では、プロの代理人を立てるほうが賢明だと感じるのは当然のことです——あなたの依頼人の方々がそうしているように」

彼は持参したブリーフケースをテーブルの上に置いて蓋をひらき、その裏側にある標準的なコムスクリーンと、中にぎっしり詰まっているきちんと仕分けされてラベルがついた文書の束と、いくつかの書類フォルダと、大容量データカートリッジをおさめた複数のケースが見えるようにした。

「なにもかもきちんとしていると思います」キーランは陽気に説明して、あいている椅子のほうを身ぶりでしめした。「さて、始めましょうか？」

19

これで二十回目だったが、ドクター・ヘンリー・バルマー医学博士《MD》、情報医学協会会員《MMCM》、精神衛生近代科学協会会員《MSMH》、化学者協会会員《FCP》は、トラピージアムの高級住宅地ウエルズ・プレイスにある個人医院のビロードのカーペットが敷かれたオフィスをうろうろと歩き回り、エンバーカデーロの水路システムにつながる灌木《かんぼく》で縁取られた人工河川を窓からにらみつけたあと、やはり二十回目になるが、またどすどすとデスクに戻った。ずんぐりした屈強な体、赤みがかった白髪、患者が期待する鋭い視線を演出するときに役立つ立派な眉毛。だが、このときのバルマーは、その眉毛を暗いしかめっ面の上で不安そうにゆがめて、指をいらいらと打ち付けながらコムスクリーンを見つめていた。

バルマーは自分がやるべきことをすべてやり終えてあとはほかの人びとにまかせている状況が好きではなかった。ほかの人びとを待つのも好きではなかったし、ほかの人びとに頼るしかないというのも好きではなかった。状況を支配していないという感覚に慣れていないのだ。特に気に入らないのが、これだけの金がかかっているときにすべてをひとりの科学者の手にゆだねるしかないことだ。科学者というのはそもそもが財政面や政治面では単純素朴だ——そうでなければ、現実世界から身を隠して人間ではなく物事を相手にすることに人生を費やすはずがないではないか？　ましてサルダのような、物事の現実からすらのがれようとする〝夢想家〟は、最悪の部類といえる。だが、そうするしかなかったのだ。サルダだけは三人の中で公式には存在していないので、取引がすんだあとで痕跡を残すことなく永遠に消え失せることができるのだ。

バルマーはスクリーンに表示されているフォーマット上の〈発信〉ボタンへむかってためらいがちに指をのばした。だが、その指がふれるまえに、装置が着信音を発して、外の続き部屋にいる、受付係であり助手でもあるフェイをしめす内線アイコンが点滅を始めた。「接続」バルマーは命じた。

フェイの顔がひとつのウインドウにあらわれた。「申し訳ありません、ドクター・バルマー、今日の午前中はおじゃまをしてはいけないのはわかっているんですが――」

「どうした？」バルマーはいらいらとたずねた。

「ミセス・ジェスコムから三度目の連絡がありました。また発作が始まりそうだから、どうしても――」

「どうしても？　どういう意味だ、〝どうしても〟とは？　だれだろうとわたしに電話して強要などさせるな、わかったか？　きみにはっきり言ったとおり、いまわたしには別の、きわめて重要な仕事があるんだ。そちらで対応して来週ということで話をつけたまえ」

「しかし彼女の話では――」

「この件に〝しかし〟はないんだ。頼むから給料分の仕事をしてくれ。つまり自分で工夫をしてプロらしく考えて行動するよう努力するということだ。そこでただすわって脳みそを切り離してメッセージを伝えるだけではないぞ。それなら作業員用の安宿にある受付ロボットだってできる。これで理解できたかね？」

　フェイはごくりと唾《つば》をのんでうなずいた。「はい、ドクター」

　バルマーは回線を切って窓の外へ目を戻した。一台のダークブルーの車が幹線道路を離れ、ビルの私道をたどって玄関へ近づいてくる。

　そしてなにより、このところイレインの態度がおかしくて、常にプレッシャーをかけてやる必要があった――どうも腹の中ではあらゆることに不満をいだいているような気配がある。ただでさえ面倒なことが山積みだというのに。いま必要なのはバルマーを信頼して言われたとおりに動く者であって、疑問をもったり肝心なときに怖《お》じ気《け》づいたりする者ではない。たしかに、バルマーに近づいてきたときのイレインは自信家で利己的で、彼の頭脳とコネだけを利用して先へ進もうと考えている女だった――彼がそのことを見抜いていないとでも思っているのだろうか？　そのくせ、彼女が新しい科学者の友人といっしょに生煮えのアイディアをたずさえてやってきたときには、バルマーが采配を振ってリスクにふさわしいだけの大きな可能性についてふたりの目をひらかせてやらなければならなかった。あのときもイレインには最後までやり遂げるだけの根性はなさそうだと感じたのだ。最近では、彼女とサルダとの関係も冷えてきているように見える。なにかちょっとした口実があれば、イレインを当初の金額の三分の一だけで満足してグループから離れるよう仕向けられるかもしれない。なにしろ、彼女はもう役目を終えている。サルダさえ計画に残って辛抱してくれればいいのだ――ケチくさい五百万ぽっちのことで個人的な復讐心に心を乱されたりせずに。それがあるからサルダは長期的にはあまり信頼できない。もっとも、バルマーが彼を必要とするのはあとしばらく、段階的な取引が完了するまでのことだ。

それまでのあいだは、イレインのほうが心配だった。朝から何度も電話しているのに連絡がつかないし、昨日の夜もなぜか不在だった。バルマーはきびすを返し、またもやデスクへ戻ると、もう一度彼女に電話をかけてみた。スクリーン上のコードが、最優先であるにもかかわらずイレインには連絡できないと告げていた。バルマーはひとり毒づき、彼女が精神的にまいってこの肝心なときになにかバカなことをしでかさなければいいのだがと願った。取引にあの女を加えたのがそもそもまちがいだったのかもしれない。

内線アイコンがふたたび点滅した。「接続」バルマーはマシンにむかって怒鳴り、それから続けた。「はい？ 今度はなんだ？」スクリーンにはフェイの不安そうな顔が映し出されていた。

「お客さんが見えています、ドクター・バルマー」

「だれだ？」

「ドクター・サルダです。彼の話では――」

「サルダ⁈ あいつがここでなにをしてるんだ？ 本来は……すぐ行く」

バルマーが外の続き部屋へ出てみると、フェイがすでにサルダを案内してくるところだった。サルダはとまどったような表情を浮かべていた。バルマーは彼の肩をつかんで自分のオフィスへ通じる戸口のほうへ導いた。

「いったいなにをやってるんだ?」バルマーは小声で言った。「このオフィスへは来るなと言っておいただろう。なにがあった?」

サルダは暗い目で見返してきた。「わたしはあなたを知っているはずなんですか? 実験はどうなったんです? 彼があなたならこたえてくれると言ったんです」

「彼? だれのことだ?」

だがサルダは耳を貸そうとせず、手掛かりを求めるようにオフィスのあちこちへ視線を走らせた。バルマーは少し離れたところで所在なげにしているフェイに目で問いかけた。彼女は受付のデスクのむこう側にある待合室へちらりと目を向けた。

「別の人といっしょに来られたんです。あちらはもう帰られたみたいですね——大柄な黒人男性でした。以前にお見かけしたことはありません」

「くそっ!」バルマーはサルダを自分のオフィスへ押し込んだ。「すぐにゾディアック商業銀行のウォルワースに連絡をとれ」彼は背後のフェイに呼びかけながらドアを閉めた。

サルダは怒ったように腕を振り払った。「どういうことなんです? だれもかれも銀行の話ばかり。あなたならこたえてくれると言われたんですが、あなたもなにも知らないようですね。わたしはなにが起きているのか知りたいだけなんです。あなたはだれです? ここはどういう場所なんですか？　わたしはなぜここへ連れてこられたんです？」

「わたしはバルマーだ、決まってるだろう」

「それはなにか意味があるんですか？」

「イレインの仕事上のパートナーだ。わかるか？」

「イレインってだれですか？」

バルマーは首を横に振った。こんなことはあり得ない。「いいか、おまえはクアントニックスで働いている。そうだな？」

「それはわかっています」

「ＴＸプロジェクトのことは？」

「あなたはＴＸプロジェクトとどんな関係があるんですか？」

「こたえてほしいなら、まずわたしの質問にこたえてくれ、頼むから」

「わたしはあのプロセスに入りました。出てきた記憶はありません」

「おまえは出てきていないんだ」バルマーはうめいた。「つまりなにひとつ知らないというのか、われわれの――」

デスクのコムスクリーンで着信音が鳴った。フェイだ。

「市内のクアントニックス・リサーチャーズというところのミスター・モーチから連絡が入っています。いまそちらにいるお客さま、ドクター・サルダと関係のあるご用件だとか……」

「ああ、わかった。つないでくれ」

スクリーンに表示されたのは肉付きのいい顔の男で、薄くなった髪をまっすぐうしろへなでつけていた。「ドクター・バルマーですか?」

「そうです」

「こんにちは。ハーバート・モーチと言います。市内にあるクアントニックス・リサーチャーズの代表取締役です。われわれは量子物理学のさまざまな効果の応用について研究をしています」

「あなたがクアントニックスと仕事をしているなら、どうしてその人はあなたのことを知らないんですか?」サルダがバルマーに問いかけてきた。

バルマーは唇をなめた。「ちょっと待ってくれ」彼は小声で言ってから、スクリーンにむかって声を張りあげた。「それで?」

「たったいま、あなたがご存じらしいイレイン・コーリーという女性から連絡がありましてね。彼女の話によると、われわれのある研究プロジェクトの被験者がたったいまあなたのところにいて、なんらかの見当識《けんとうしき》障害に苦しんでいるとか——ドクター・リオ・サルダという人物です。あなたがこの件にどのように関与しているのかは知りませんが、ドクター・バルマー、これは重大な問題になりかねません。われわれはいまそちらへむかっているところです。ドクター・サルダが快適に過ごせるようにしていただくとありがたいですし、もしも可能であれば、彼がおたくの医院から離れないようお願いします。われわれはすぐに着きますので。それでは」

バルマーが返事をする間もなく、スクリーンから顔が消えた。

「いつごろからTX――」サルダが言いかけたが、すぐにまたスクリーンが着信音を鳴り響かせた。

「ゾディアックのミスター・ウォルワースです」フェイの声が画像にかぶさった。

「ミスター・ウォルワースですか？　わたしはドクター・サルダの仕事仲間ですが、彼は今日の午前中にそちらで人と会うことになっていました。ご連絡差しあげたのは、彼がそちらへ到着できなかったことを謝罪するためです。ちょっとした障害がありまして」バルマーはなんとか愛想のいい笑みを浮かべた。「しかし、なにもかも大丈夫です。われわれの取引先に申し訳ないが辛抱していただきたいとお伝えください」

ウォルワースはきょとんとしていた。「よくわからないのですが、ミスター……」

「あー、バルマーです。ドクター・バルマー」

「ドクター・バルマー、ドクター・サルダはこちらに時間どおりいらっしゃいましたよ、ミスター・トルーンといっしょに。すべてとどこおりなく進みました。おふたりとも十五分ほどまえに帰られたところです」

バルマーはもはや冷静にものを考えられる状態ではなかった。サルダをスクリーンのまえに押し出して、ほとんど意味不明なことをまくしたてた。「理由はあとで説明するから……。金が……その男はきみのことを知っている……。とにかく代金がきみの口座に振り込まれたかどうかきいてくれ」

相変わらずなにも理解できず、顔を疑念で徐々に暗くしながら、サルダはスクリーンと対面した。「あなたはわたしを知っているんですね？　なにかの代金がそちらにあるわたしの口座に振り込まれましたか？」

「ええ、もちろん存じ上げていますよ、ドクター・サルダ……」今度はウォルワースが困惑する番だった。「しかし、あなたがドクター・バルマーといっしょにいるとしたら、どうして彼は……」ウォルワースは首を横に振った。これは自分には手に負えないと、あるいは、こんなのはまともな銀行員の仕事ではないと判断したようだった。「とにかく、ええ、あの代金はこちらにあるあなたの口座に振り込まれて、その後のあなたの指示に従ってさらによそへ移されました……」

20

キーランは夕食の残りをまえにじっと遠くを見つめ、ジューンはキッチンで皿を片付けていた。英語には〝オレンジ〟と韻を踏む単語がない、と彼女は主張していた。少し離れたところでは、テディがカウンターのスツールの上でうずくまり、居間の端で寝そべって顎の先を前足にのせているギネスに目を向けていた。

An Irishman green,　(アイルランド人のグリーン

Can take the potheen,
But an Irishman orange,
Just falls to the flooranj-,
Ust doesn't seem able,To stay at the table.

密造酒を飲んでもへっちゃら
でもアイルランド人のオレンジ
あっさり床にぶっ倒れて
とても戻れそうにない
おなじみのテーブル）

キーランは勝ち誇った目をキッチンへ向けた。「なにか賭けてなかったっけ？」

ジューンは絶望したように首を振った。「キーラン、あなたって人は」

「驚くことはないだろう。ぼくの創造的才能はとどまるところを知らないからね。実を言うと、シェイクスピアをアメリカ南部で普及させるために南部人《レッドネック》むけの翻訳プロジェクトを立ちあげようかと思っているんだ。最初のサンプルは『おめえらのお気に召すまんま《アズ・ヨール・ライク・イット》』あたりがいいかなと。どう思う？」

「いまはなにも考えたくないの。ここの重力と空気組成のせいじゃないかしら。人によっては妙な影響があるのよ……」ジューンはしぶしぶキーランに目を向けた。「あなたは大丈夫みたいね、あまり不思議じゃないけど」

「コケにするがいいさ。いつか後悔するぞ、アトランタにぼくの銅像が建って女たちが大騒ぎして群がるようになったら。あるいは、アラバマとカロライナを横断する高速道路にぼくの名前がつけられたら。そのとき、きみはぼくの知り合いだと自慢したいだろ？」

「空港ぐらいじゃだめなの?」

キーランはその提案に真剣に考え込んだ。「ふむ、まあいいか……でも国際空港より小さななところでは妥協しないぞ」

ジューンが返事をするまえに、部屋のサウンドシステムから着信音が流れた。彼女は近くに置いてあったコムパッドを取りあげ、ちょっと耳をかたむけてから、通話を居間のスクリーンに切り替えてキーランも話に加われるようにした。

「フォボスにいるリオとイレインからよ」彼女はキーランに伝えた。「ドナが今夜離陸するトライプラネタリーにふたりの席を確保してくれたの。これから搭乗らしいわ」

「すばらしい!」

キーランは立ちあがり、壁のスクリーンが見える位置にあるカウチへ移動した。ジューンもすぐにそこへ加わった。スクリーンに映っていたのは、口ひげを剃《そ》り落とし、髪を短く黒くしたサルダで、イレインといっしょに立ってコムパッドを見つめていた。ふたりともサングラスに似たイメージンググラスをかけて、公共スペースに用意されている携帯端末用に双方向の視覚接続を可能とするミラーパネルのひとつにその姿を映していた。昨日、あの離れ技をやってのけた数時間のうちに、ふたりはかつての感情を一気に取り戻していた。キーランはふたりをせっついて、なにかの悪い影響がおよんでくるまえにと、昨夜のうちにローウェルから脱出させた。ふたりがフォボスの乗り換えターミナルでまる一日待機していたあいだに、キーランのどこにでもいる〝仕事上の友人〟のひとりが裏から手を回して座席を確保したのだった。

「やあ、キーラン、これから出発だよ」サルダがあいさつした。「トライプラネタリーのシリウスという快速船で、ローカルタイムの三時十分にケレス宙域へ向けて離陸する。そこから先は……」肩をすくめ、にやりと笑って、イレインの手を握る。「さてどうなるか」

「あなたたちならきっとなにかおもしろいことを見つけてくれると信じていますよ」キーランは言った。「いずれにせよ、たくわえは充分あるのでしばらくは快適に過ごせるでしょう。まわりで起きていることをよく観察してください。信じられないほどいい話があったら、たぶんそれが当たりです」

「あなたたちがしてくれたことにどうやってお礼をすればいいのかわかりません」イレインが言った。「ジューン、あなたがあらゆることに興味をもつ男性を選んでくれてほんとうによかった」

「それはそれでいろいろあるけどね」ジューンはそっけなくこたえた。

「いただいた手数料で経費は充分以上にカバーできます」キーランは言った。「ですから、ぼくだってほかの人たちと同じように厚かましくて商売第一なんですよ、ほんとうは」

サルダが首を横に振った。「いや、ほかの人たちとはちがう。絶対に。きみはもっと別の……まさに〝騎士《ナイト》〟だ」

「ギネスはどうしてます？」イレインがたずねた。

「餌を食べて、満足して、世界の自分に関係がある部分とだけ平和に過ごしています」

「わたしたち、あなたは彼のことをシリウスと呼ぶべきだと思っていたんです」イレインは言った。「犬の星。わかります？　彼にぴったり」

キーランはにっこりした。「いいですね。早く思いつけば良かった」

サルダがグラスをほんの少しずらしてあたりを見回した。「さて、そろそろ移動したほうがよさそうだ。ぎりぎりになってせわしないが、連絡する時間がとれて良かった。わたしからもあらためてお礼を言わせてくれ。これは言うまでもないことだが、もしもわたしたちになにかできることがあったら……」

「ぼくもあなたたちが次にどんな道へ進むのか知りたいんですよ」キーランは言った。「だからときどき連絡をください。番号は名刺に書いてありますから」

「期待してくれ」サルダは約束した。「じゃあ……とりあえずお別れだ」

スクリーン上でふたりが手を振った。サルダが手にしたパッドのボタンを押すと、映像は消えた。

「そしてふたりは幸せなカップルになり、末永くいっしょに暮らすでしょう、どんな結末が待っているにせよ」キーランは言った。「しかし、人間がいまだにどこかへ行くときにはブリキ缶に閉じ込められなければいけないというのは悲しいことだな――とにかく、いましばらくは。サルダ一号が今日が何日かもわからずにうろうろしているもんだから、業界ではあのプロセスにはなにか致命的な欠陥があるという噂が広まっているだろう。これで手を出そうとする者はいなくなる。もはや市場に出せるテクノロジーではないということだ」

「かえって良かったのかもしれないわ――だれかが正しいやりかたを思いつくまでは」ジュー

ンが言った。「バルマーたちはうまくだませると思って、しっぺ返しをくらった。現実を見てよ、キーラン、この世界でもどこでも、まだTXみたいなテクノロジーを受け入れる準備はできていないし、たぶん……どうかな、あと百年くらいはむりかもしれない。たった一度、慎重に準備された実験をおこなっただけでこんな騒ぎになったのよ。事実上それを発明した人でさえ、結局は確信をもてなくなってしまった。彼がどうなったか考えてみて」ジューンは首を横に振った。「あんなものを世間に広めるわけにはいかない。一日に何百万という勢いで同じことが起きるのよ？　一週間で太陽系全体がめちゃくちゃになってしまうわ」

「しかもそれはほんの一部でしかない」

「どういう意味？」

「トラピージアムの広場でイレインの告白を聞いてからときどき考えていたことがある。バルマーが取引を持ちかけた相手がどこかの汎太陽系通信キャリアだったかどうかはわからないんだ。そいつらはまったく別の狙いをもっていたのかもしれない」

「超光速の転送装置ではなく？」

「そのとおり」

「たとえば？」

「きみはあれがそもそもどんなものだと言っていた？　人間複製機だ。それでなにができるか考えてくれ。生命保険会社は記録をファイルに保管する。もしもオリジナルになにかあったら、代替品を用意できる。あるいは、まれに見る天才の能力がきわめて貴重なものだとしたら、それを大量複製することで人類の状態を千倍も豊かにできるのでは？　そう考えると、スポーツのスターとかエリート軍人のようなそこそこすぐれた専門家を大勢選び出して訓練することに労力を割くより、ごくひと握りのほんものを集めてコピーすることに注力するほうがいいのでは？　いったいどんないかれた社会ができあがるんだろうな、人びとが重荷を分かち合うために自分をふたり、あるいは三人、四人とコピーし始めたら……。わかるだろう――きりがないんだ。きみがさっき言っていた騒ぎなんか、裁判官の会議なみに厳粛なものに思えてくるだろうな」

ジューンはどこかにまちがいがあるはずだと一瞬眉をひそめたが、それを特定することはできないようだった。彼女の表情は当惑へと変わっていった。「明白なことというのは、どうしていつもほかのだれかに指摘してもらわなければいけないのかしら？」

「なぜなら、いつでもそれは最後に考えつくことだからだ。なくし物がいつも最後に捜した場所で見つかるのと同じ理由だよ。見つけたあとで捜し続けるやつはいないだろう？」キーランの口調はさらに不吉な気配を帯びてきた。「だが、これにはさらに別の側面がある。もしもまちがった人びとがあんなテクノロジーを手に入れたら？　たとえば、ファー・レンジャー号の乗員を皆殺しにしてアーベック・ステーションを乗っ取ろうとした連中だったらどうだ？　今回はナイトの害虫駆除会社で対処できたかもしれないが、あのリーダーが何十人も野放しになってまた最初からやり直そうとしたとしたら？　ぼくの言いたいことがわかるかな？」

「バルマーがどこかでそういう人たちにあれを売っていたかもしれないと考えているの？」

「きみは不安にならないか？」

「それなら、とうぶん現状維持のほうがいいという思いがより強くなるわね」ジューンは遠い目をしてカウチに背をもたせかけ、ぱっと起きあがってかまってもらおうとしたテディに無意識に手をのばした。「あのね、ひとつだけ気の毒に思っているのはハーバートとマックスのことなの。あの兄弟はすべてをこのプロジェクトに注ぎ込んだのよ。自分たちの持ち場でリオと同じように熱心に働いて。リオが引き受けるリスクについてはちゃんと埋め合わせをして……。リオとイレインがここから飛び去って新たに出直すというのに、あの兄弟が残されて損失を計算するなんて正しくない気がするの。それはなんだか……」彼女はキーランの表情に目をとめた。「なにがそんなにおかしいの？　あの兄弟だけあんまりじゃないかと思ってるだけよ。だって、彼らはやり遂げたのよ、キーラン！　プロジェクトは成功したの！　いまとなっては、ふたりは永遠にそれを知ることはないでしょうけど」

「実は、送金が完了するまでくわしく話す気になれなかった小さなことがひとつだけ残っている。二億五千万という金額はリオひとりが扱うには少しばかり多すぎる。そういう大金は人におかしな影響をおよぼして、たいていはその性格をゆがめてしまう。ブラザー・ヘンリーがいい例だ……いや、かんちがいしないでくれよ。リオとイレインには自動調理器《オートシェフ》を買っても自分たちの事業を始めるのに充分すぎるほどのたくわえがある。それに、ぼくの直観が少しでも当てになるなら、それほどたたないうちにリオはまたなにかすごいことを始めるはずだ。もちろん、キーラン・セイン退職基金にも少なからぬ利益が入るだろう……。ただ、それに加えて、今日の午後のどこかで、ハーバートとマックスはクアントニックスの口座にかなりの大金が振り込まれているのに気づいたはずだ。出所は不明で昨日起きたどんなできごととも結び付けることはできない。あれだけあれば彼らが再出発するには充分なはずだ。ぼくとしては、次回はもうちょっとまともな企画を選んで、それがもたらす影響まできちんと考え抜いてほしいところだけど」

ジューンは頭をのけぞらせてうれしそうに笑ってから、身を乗り出して両腕をキーランに巻き付けた。「考えればわかることだったのに！　あなたがこっちへ来たときにフォボスのターミナルでポーカーをした男の人たちと同じじゃない。あなたは優しすぎてそういうやりかたしかできないのね。お願いだからいつまでも優しいままでいて」

「ふん、そうすると、ぼくはいつまでたってもスリーCみたいな大企業の経営はできないわけか。それでも、こういうやりかたのほうが人生は楽しいと思う」キーランはしげしげとジューンを見つめた。「きみはスリーCの年俸一千万のＣＥＯに興味があるかい？」

ジューンは首を横に振った。「尊大すぎるし堅物すぎるわ。たぶん、ずっとお金の話ばかり聞かされるわけだし。それに、だれがバカみたいな押韻を考えついてくれるの？」

キーランはカウチに背をもたせかけて頭のうしろで両手を組んだ。「良かった。ここへ来てまだ一週間もたっていないけど、きみは早くもぼくをこんな騒ぎに巻き込んでくれた。やっかいごとや常軌を逸したことは絶対に起きないところで過ごすはずだった休暇について、これからぼくたちはどうすればいいのかな？」

第二部　タジキスタンのカール

1

パークビュー・アパートメントを含む複合施設の住民組合は、ダンスフロアをそなえたレストラン&バーを湖の近くに増築する提案を検討していた。ダンスフロアは日中は講習会のために使うこともできる。もちろん反対する住人はいて、そういう建築物は近隣の田園ふうの雰囲気の破壊につながる第一歩だと考えていた。対抗するグループが結成され、支援の署名を集めていた。

キーランがペンをほうり出したとき、ジューンがコーヒーポットを手に朝食のテーブルへやってきて、それぞれのカップにおかわりを注いだ。彼はペンを走らせていた紙片を逆向きにして、ジューンが置きっ放しにしていた請願リストの横へ滑らせた。「どう思う?」その紙片には彼が書き写したリストの最後の六人の名前があった。

ジューンはそれをじっくりながめた。どのサインもそれぞれの筆跡が完璧に再現されていて、まるでコピーしたみたいだった。「おっかないわね。あなたがここにいるあいだは小切手帳をそこらに置いておかないようにしないと」

「名前のサインを偽造する秘訣《ひけつ》は上下逆さまで書くことだ」キーランは教授した。「そうすれば、目は名前をただの図とみなす。単語を見ていないから、脳の文字を書く部分が割り込んで自分なりの書き方をしようとすることがない」

「筆跡は遺伝性のものだという話を聞いたことある?」ジューンはそうたずねながら腰を下ろした。「あたしの筆跡は母親のとそっくりなんだけど、かよった学校も育った場所もまったくちがうのよ。だれかが同じことを言っていたのを聞いたこともある」

「ふむ。わからないな……。そうならなければいけない明確な理由を思いつかない」

「あたしも。だから興味があるの」

「そういうことはリオに質問するべきだな。彼の専門のような気がする」キーランはコーヒーのマグカップを取りあげて椅子に背をもたせかけた。ジューンを見る目は陽気にきらめいていた。「そういえば、会社のほうではサルダ一号についてどれくらいのことがわかってきているのかな」

ジューンはその日の午前中にクアントニックスへ出社することになっていた。前日に聞いた話では、バルマーの医院から引き取られたサルダの錯乱ぶりと、彼が実験以降のできごとを事実上なにひとつおぼえていないことが、たいへんな驚きを引き起こしているようだった。当然ながら、だれもが彼をプロセスによってぶじに転送されたほうのサルダだと信じていた。別のサルダは存在しないことになっているからだ。そのため、プロセスになんらかの悲惨な欠陥が明らかになったものとみなされて、プロジェクトには重苦しい雰囲気が立ちこめていた。キーランはあの財務健全化基金ともいえる匿名の寄付でその重苦しさが少しでもやわらぐことを祈った。

「昨日の話では、サルダはすごく感じが悪くて非協力的ということだったが」キーランは言った。「ふたつのことなる個体にまったくことなる側面が分裂したように見えるのは気味が悪いな。もしも——」キーランのコムパッドで着信音が鳴った。彼は手をのばしてカウンターからパッドを取りあげ、ハンドピースを引き出した。

「はい。ナイトライフ・エンタープライズです」

「あー、ドクター・セイン？」

「ぼくですが」

「ウォルター・トレヴェイニーだ」

「ああ、ウォルター！　おはようございます！」

「きみが写真を送ってくれた女性、イレインのことだ。ほかに思い出したことがある。彼女はなにかの看護師だった。たいしたことじゃないが、気がついたことがあったら連絡すると言ったからな」

「感謝しますよ。実を言うと、こちらで彼女を見つけました。ほとんどはあなたのおかげです。あのとき言ったように、あなたが話してくれたことはあなたが考えている以上に役に立ったんです」

「そうか――それは良かった。リオはどうしてる？　少しは記憶が戻ったのかな？」

「大勢の人たちがいまも彼の支援を続けています」キーランは正直にこたえた。「イレインもぼくが期待した以上に助けになりました。成り行きを見守りましょう。ところで、タルシス台地への遠征はどうなっていますか？　そろそろ出発するころですよね」

回線越しにため息が届いた。「それが……ジャガーノートに機械的なトラブルがあってね。われわれは――」

「ジャガーノート？」

「移動実験室の愛称だ。部品を手に入れるのに苦労していて。いつも最後になってなにか起きるんだ。わたしはここでは新参者だからね。だれかいい業者を知らないかな？」

「アラザハッド・マシンはご存じですか？」

「ああ。まだ問い合わせてはいないが。役に立ちそうか？」

「ぼくがあなたに会いにいったときに車を借りたところです。オーナーのマホム・アラザハッドは古い友人でしてね。彼は魔法使いでもあります。ローウェルでだれかがあなたの必要とする部品を持っているとしたら彼でしょうね。在庫がなくても、どこからともなくひょいと取り出してくれますよ」

「情報をありがとう。問い合わせてみるよ」

「ぼくの名前を伝えてください。幸運を祈ります」

キーランはトレヴェイニーが電話を切ると思ったのだが、短い沈黙のあと、彼はふたたび口

をひらいた。「もうひとつ頼みたいことがある。予定していた救護要員が遠征に参加できなく
なった。彼の本来の仕事は生物学方面の研究なんだが、予定していた救護要員が遠征に参加できなく
が、彼がローウェルで関与しているなにかの調査が重要な段階を迎えているらしい。きみはど
ういうドクターなんだ？　急な話だが手伝ってもらえないかと思ってね。けっこういい報酬を
出せるんだ……もしも興味があるなら」

キーランはにっこりした。「ぼくのことを考えてもらってうれしいです。ただ、正直なとこ
ろ、ぼくの天職である治療技術は医師のそれとはちがうんです。正すべきまちがいを是正する
と表現するほうがいいかもしれません」

ジューンがもの問いたげな顔でキーランの視線をとらえた。

「そうか……わかった。このイレインという女性が看護師だとしたら、だれか知っているかも
しれないな」

「そうですね。ただ、残念ながら彼女はもう火星を離れました。しばらく行ったきりになりま
す。でも、ほかにも知り合いはいますよ、ウォルター。ちょっときいてみましょう。仕事を受
けられる可能性がある人が見つかったら、そちらに連絡をさせますから」

「まあ、あまり手間がかかるようでなければ……」

「大丈夫。今度はぼくが協力する番です。まかせてください」

「ありがとう。じゃあ期待して連絡を待っているよ」

「それじゃまた、ウォルター」

193

「なにがあったの？」ジューンが電話を切ったキーランにたずねた。「その〝ウォルター〟はウォルター・トレヴェイニーのことだと思うけど」

「ああ。イレインについて思い出したことを知らせてくれたんだ。それと、ジャガーノートの修理部品を見つけるのに苦労している——彼らは移動実験室のことをそう呼んでいるらしい」

「へえ。いい名前ね」

「とにかく、マホムを紹介しておいた」

「じゃあ、治療技術とか医師がどうとかいう話は？　トレヴェイニーはまだあなたのことをドクターだと思ってるようだけど」

キーランは状況を説明した。「まずはドナに連絡してみよう。旅の合間にここへ立ち寄っているどこかの船医を紹介してもらえるんじゃないかな。地表へ遠足に出かけるのは魅力かもしれない。話を聞くかぎりでは、なにかすごくおもしろいことに参加できそうな気もするし」

ジューンはなにやら思案しながらキーランを見つめ、キーランはコーヒーをひと口飲んでから、偽造サインを書き付けた紙片でオリガミを始めた。

「だったらあなたはどうなの？」ジューンがようやく口をひらいた。

「え？」

ジューンはテーブルに身を乗り出し、熱心に主張した。「あなたはしばらく姿を消すべきじゃないかしら。あたしのほうはクアントニックスでどんな余波が広がるかわからないからしばらく身動きがとれないと思う。でも、もっと重要なのは、このローウェルにはまだあなたに感づいてもおかしくない人たちがいるということ――そうなったらひどく面倒なことになる。あなたが姿を消すのはいい考えかもしれない」

ジューンに言われたことを考えるうちに、キーランの手の動きがゆっくりになった。彼は顔をあげた。もちろん、ジューンが見過ごすはずのないささやかな問題はあった――キーランは医師ではないのだ。その思いを読み取ったかのように、ジューンは続けた。

「軍隊にいたときにそっち方面の訓練を受けなかったの？　ウォルターが必要としているのが、事故とか非常事態とかが起きたときに対応できる人だとしたら、あなたでも衛生兵みたいなものとして期待に添えるかもしれない。最近はいざとなったら助けも呼べるしね。ぜひ考えてみるべきだと思う」

キーランは椅子に背をもたせかけて顎《あご》の先をなでた。その顔に浮かぶ表情はすでに、反論する理由はひとつもないと語っていた。しかもどんどんその考えのとりこになっているということも。「ギネスをきみにあずけることになるかもしれない。どのみち、ウォルターを訪ねたときに、彼はぼくが犬を連れていたことに少しだけ不満そうだった。連れていっても部屋に閉じ込めておくしかないし……。犬用のスーツは開発されているのかな」

「それは問題ないわ。パティとグレイスがときどきあずかってくれるはずだから。あのふたりはギネスが大好きでしょ」

キーランはその提案をもう一度頭の中でひねくり回した。それからふたたびコムパッドを取りあげて、ハンドピースを引き出し、トレヴェイニーの番号へ電話をかけた。「ウォルター」

彼は応答したトレヴェイニーに告げた。「またキーラン・セインです。あなたのかかえている問題について考えていたんですが、やはりぼくが協力できるかもしれません。具体的にどういう人材を探しているのでしょう……？」

2

ヘンリー・バルマーは小柄でずんぐりした、顔の肉がややたるんだ男で、立派な眉毛の下には燃えるような目がおさまり、髪はうしろへまっすぐなでつけられ、口ひげはきれいに刈り込まれていた。小柄な男にはよくあることだが、彼も背が低いぶんを攻撃性によって必要以上におぎなおうとする傾向があった。めったにないこととはいえ受け身の立場に追い込まれたときは、身を守るように両肩をすぼめて、姿も態度も砲弾さながらになるのだった。いまこのとき、クアントニックスにあるハーバート・モーチのオフィスで、ハーバートとマックスと、プロジェクトの主任医師であるスチュアート・ペレルと対面して、彼は受け身の立場にあることをひしひしと実感していた。

二日まえにハーバート・モーチから連絡を受けたあと、バルマーはパニックを起こし、急に患者のミセス・ジェスコムが無視できない危機的な状況にあると判断して、混乱しているサルダを受付係のフェイにゆだねた。それからというもの、彼は身を隠したまま、自分の医院には近寄らず、フェイの必死の連絡も無視して、火星を遠く離れてしまいたいという自衛本能と、ゾディアック商業銀行が保証人となる二億五千万内星系《ないせいけい》ドルを手に入れるわずかな可能性を捨てたくないという根の深い強欲とのあいだで板挟みになっていた。ところが、バルマーがそのジレンマに折り合いを付けるより先に、メールシステムに〝監査役〟から簡潔なメモが届いて、彼が姿をあらわしてふたたび連絡に応じるほうが長期的な健全性の観点からは得になるかもしれないと強く勧められたことで、彼は最終的にクアントニックスに出向くことになったのだ。そこはサルダがいる場所であり、いまは機嫌の良くない暗黒街の仲介者たちをなだめる可能性がひとつだけあるとすれば、それはバルマーがサルダの頭の中のどこかにまだあると期待している情報を解き放つことだった。

「リオ・サルダがきみの患者だったとすれば、われわれに告知があってしかるべきだったんだよ、ドクター・バルマー」そう言ったハーバートは、いかにも不機嫌な様子で、少なからぬ疑念をあらわにしていた。「彼はわれわれのメインプロジェクトの中心人物だ。きみは彼がしばらくまえから心を乱されていたと言う。だったら彼の不調の原因はそれかもしれない。しかし、いまはプロジェクトそのものが批判されている。われわれの計画全体の市場価値が暴落してしまったんだ」

バルマーは歯を食いしばったままむりやり笑顔のようなものをつくり、叫び出したい衝動をこらえた——クアントニックスの連中が当然やるべきこととしてサルダをきちんと監督していれば、こんなことは起こらなかったはずなのだ。「職業倫理と患者の守秘義務の問題です。あなたがたの状況には同情しますが、しかし……」肩をすくめる。「こちらの社内事情はわたしには関係のないことです。わたしが義務を負うのは患者だけです」

「最初にあなたを訪ねたとき、サルダはどのような問題をかかえていたのですか?」スチュアート・ペレルが質問した。

バルマーは、迫り来る実験に対する不安が高まったことがサルダが錯乱したそもそもの原因だと説明した。広く公表されているわけではなかったが、TXプロジェクトの本質はサルダが絶対に口にしてはいけない極秘事項というわけでもなかった――従って、バルマーがそれについて知っていると明かしたところで問題はなかった。それでクアントニックスの人びとに今回の失態の責任を感じてもらう助けになるなら、ますます好都合だった。

「深刻なストレスと不安」バルマーはこたえた。「規則性のない記憶の部分的欠落。わたしはそれを、新しい人格と一体化する必要があることを予期して古い人格と縁を切ろうとする意識下の試みと解釈しました。自分に言い聞かせてきたことと意識して信じていることを脳内で矛盾なくまとめようとしたことが問題だったのです」

「ふーむ」ペレルは困惑しているようだった。「うちの検査でこういった症状がまったくあらわれなかったのは不思議ですね」彼はおそらく、サルダがプロジェクトの主任医師ではなく部外者に助言を求めたことでも気分を害しているのだろう。「あなたはリオと以前から知り合いだったんですか?」

「わたしの仕事上のパートナーであるイレイン・コーリーから紹介されました。ふたりはしばらくまえから友人だったようです」

「リオはそのような人物のこともなにも話してくれませんでした」

「それもまた、わたしのオフィスにあらわれたときに彼が忘れていたことでした。完全な神経衰弱だったのだと思います」

「そのようですね……。その女性はこの件でなにか助けになるのですか?」

バルマーは居心地悪そうに身じろぎした。「実は、その、二日まえから彼女と連絡がとれなくなっています。電話にでないんです」

「妙ですね」ペレルはそう言って首を横に振った。どう考えたらいいのかわからないようだった。

バルマーは肩をすくめた。「わたしの意見を言わせてもらえば、イレインは多くのストレスにさらされている非常に神経質な女性です。このサルダの件は彼女にも影響をおよぼしています。さまざまなかたちで常軌を逸した行動をとっていましたからね。連絡を絶ってもまったくの驚きとは言えません」

ハーバート・モーチが口をひらいた。「それはいいとして、肝心の――」

声はそこで途切れた。外の続き部屋でなにやら騒ぎが起きていて、あげくの果てには彼の秘書の抗議する声が聞こえてきたのだ。一瞬おいて、サルダがオフィスに押し入ってきた。目をむき、顔を紫色に染めている。彼は部屋をさっと見回してから、バルマーに飛びかかり、両手でその襟をつかんだ。

「あれは策略だ！」サルダは叫んだ。「なにもかも仕組まれていたんだ！　どこにある？　さっさと話せ、バルマー、さもないと絞め殺すぞ！」

ペレルはふたりを引き離そうとしてまえへ踏み出し、ハーバートはさっと立ちあがってデスクを回り込んできた。ハーバートの秘書のディーリアは戸口からなすすべもなくそれを見ていた。

「サム・イーソンをここへ呼ぶんだ」ハーバートがマックスに声をかけた。マックスは真っ青な顔でうなずき、コムパッドを取り出した。

「こいつはどうかしてる！　引き離してくれ！」バルマーが叫んだ。

ハーバートとペレルがサルダの両腕を引っ張った。「放せ、リオ！」ハーバートが怒鳴った。ふたりはなんとかサルダを引き離したが、手をゆるめたとたん、サルダがふたたび飛びかかろうとした。ハーバートがサルダとバルマーのあいだへ強引に割り込み、両手でサルダを押しとどめた。「なにを騒いでいるんだ、リオ？　なにがあった？」

サルダはハーバートの肩越しに非難するように指を突き付けた。「わたしが銀行に入れた五百万の報酬だ！　こいつはそのことを知っていた！　それが消えたんだ！　わたしが混乱しているあいだに暗証コードを聞き出したんだろう。そうにちがいない！」

「バカなことを！　なんの話かさっぱりわからないぞ」バルマーはハーバートの反対側の肩越しに怒鳴り返した。

もちろん、姿を消した複製版のサルダはすでにそのことを知っていただろう。こちらのサルダはいまになって気づいたらしい。その情報も失われた記憶の中に含まれていたのだ。なにもかも不合理だった。サルダは自分で金を盗んだのにそのことを知りもしないのだ。

「いや、これではなにも解決できない」ハーバートがふたりのあいだで体をねじって双方に話しかけた。「落ち着いてくれ、リオ。それがほんとうなら、さぞかしショックだろう。しかし、もしもドクター・バルマーが犯人だったらこんなふうに姿を見せるはずがないだろう？　とにかくすわって文明人らしく話し合いをしないか？」

「ほかのだれにそんなことができる？」サルダはまだ興奮していたが、しぶしぶ身を引いた。ハーバートの言葉にも一理あった。

「さて」ハーバートは言った。「最初から話してくれ、リオ。なにがあった？」

サルダはじりじりと離れていくバルマーに憎々しげな目を向けた。「どういう取り決めになっていたかはきみも知っているだろう、ハーバート。実験がおこなわれるずっとまえからわかっていたように、いくつかの特殊なリスクがあって……」彼は言葉を切った。クアントニックスの警備員、サム・イーソンが、戸口にいるディーリアの背後に姿をあらわしたのだ。

「どうしました？　なにか問題でも？」

「ああ、もう大丈夫だ、サム」ハーバートが言った。「ちょっとした行き違いがあってね。そうだな、しばらくのあいだ外でディーリアといっしょに待機していてくれると……」

「了解しました」サムはサルダとバルマーに厳しい目を向けて、状況はいまや彼の監視下におかれたということを伝えてから、部屋を出て、ドアを少しだけあけていった。

「できれば——」ハーバートがふたたび話し始めたが、バルマーは手をあげて制した。

「全員が知っていることをおさらいしてもしかたがないでしょう」バルマーは言った。「リオが知らない失われた記憶という大きなギャップの中にこそ答があるのです」

「時間と忍耐が必要なんですよ、リオ」ペレルがサルダに言った。

それはバルマーがもっとも避けたいことだった。彼は首を横に振った。「ここではだめです。実験が始まって危機的状況になるまで、治療は正しい方向に進んでいました。彼をここから出してわたしのオフィスへ戻さなければ——環境も交友関係も変えて、ここで作用した負の誘因から距離を置くのです」

ハーバートは訴えかけるようにサルダを見た。「そうしてくれるかね、リオ？　きみの金がどうなったかについて手掛かりを得るためにはそれが一番良さそうだが」

「まあ……効果はあるかもしれない」サルダは疑いをあらわにしていたが、反論はできないようだった。

「スチュアートが同行するべきかもしれないな——つまり、われわれも関与を続けられるように」マックスが提案した。バルマーだけでサルダの相手をするのは不安ではないかと遠回しにたずねているのだった。

バルマーは急いで片手をあげた。「ご提案には感謝します、みなさん、ですがわたしには独自の手法があります。それには外部からの影響を完全に排除する必要があるのです」

ペレルは少しむっとしたようだったが聞き流した。

「いつから始めたいかね？」ハーバートがバルマーにたずねた。

「早ければ早いほどいいですね」バルマーはこたえた。「これからいっしょに戻るというわけにはいきませんか？」

ハーバートがサルダに目で問いかけた。サルダはあきらめたように肩をすくめた。

「サム」ハーバートが部屋の外へ呼びかけた。イーソンが頭をのぞかせた。「リオ・サルダはすぐにドクター・バルマーといっしょに帰ることになった。きみが受付まで同行して、しっかりお見送りしてくれるか？」

「了解です」サムは言って、ひらいたドアを手で押さえた。

サルダは目をあけて周囲を見回した。彼はバルマーの医院の診察室にいて、患者用に使われる黒い革張りのリクライニングチェアにすわっていた。バルマーがそのむかいに立ち、じっと彼を見つめていた。サルダは混乱した。バルマーといっしょにクアントニックスからここへ来て、そのあいだずっと辛辣《しんらつ》なやりとりを続けていたことはおぼえていた。バルマーがクアントニックスでなにをしていたのかはよくわからなかった。ローウェル・バラム銀行にある口座から五百万が消えていることに気づいて激怒し、バルマーが盗んだと非難したこともおぼえていた。意味不明だ。それはもうひとりのサルダの、コピーのほうの損失だ——そういう筋書きだったのだ。サルダ自身の計画だったのだ。なぜ彼がバルマーを非難する？　あのときはスチュアート・ペレルがモーチ兄弟といっしょにいて、サルダがいろいろなことを忘れているようなので心配していた。まったく意味不明だ。

「リオ?」バルマーの声は妙に不安そうだった。サルダは彼に意識を集中した。「気分はどうだ?」

「気分は……妙だ――いろいろと混乱していたみたいなんだが、理由がわからない」サルダは自分がトランス状態から目覚めたところだと気づいた。これは予定外のことだ。しかも恐ろしいことにあの取引をまとめた記憶がなかった。表情が暗くなった。彼はバルマーのことを最初から好きでもなかったし信用してもいなかったのだ。「どうなっているんだ?」

「少し辛抱してくれ、リオ。最後におぼえていることは?」

「ここ二日ほどクアントニックスのほうへ戻っていて、そこへきみがあらわれて……おかしいな。わたしはあそこでなにをしていたんだ? なぜコピーがいなかったんだ? スチュアートやトム・ノージェントやそのほかの連中からさんざん質問された……バカげた質問ばかり。まるでわたしがたくさんのことを忘れているかのようだった。理由はわからない。きみはどうしていたんだ、ヘンリー?」

バルマーは勇気づけられたようだった。彼はなだめるように両手をあげた。「もう少しさかのぼろう――実験のまえまで。五百万を奪う計画をおぼえているか? あれはおまえが固執《こしつ》していたことだったんだ、リオ――おまえがイレインといっしょにわたしのところへ来て自分を蘇生《そせい》させたいと提案したときからずっと。その後、わたしといっしょにもっと価値ある取引を考えたんだが……?」

サルダはうなずいた。「わたしはあのプロセスに入った。そのあと、たぶん、二日ほど空白があった」それは停滞状態に置かれていた期間のことだ。

「ああ、そうだ。続けて」

「蘇生して目覚めたことはおぼえている。イレインといっしょに建物を出た……。きみと合流して、しばらくここに戻ったあと、きみに連れられてゴーリキーのはずれにあるあの安っぽい宿へ移って、何日か身をひそめていた」

「すまない、だが必要なことだったんだ、リオ。あの時点でおまえがだれかに気づかれてコピーと勘違いされる危険はおかせなかった」

サルダはあたりを見回した。「イレインはどこだ?」

「あー、ここにはいない。いまは町を離れている。あとで話すよ。それで、技術的な詳細にまつわるやりとりや、ゾディアックで取引をまとめるための会合の準備についてはおぼえているんだな……」

「時間どおりに出て、マグレブのターミナルへむかって……」

「それで……?」バルマーはいまにもはじけ飛びそうな巻きすぎたバネのように神経を張り詰めさせた。彼は両手を小さく、そわそわと、円を描くように動かした。

サルダは眉をひそめた。それからおかしなことになったのだ。「マグレブまでたどり着けなかった。男がいて、スーツ姿で、弁護士かなにかのように見えた。名前を言ったが——おぼえていないな。〝トゥーン〟とかなんとか。ゾディアックから来てわたしを車で送るとか言って。

きみの考えだと言っていた」

「わたしの？　なにも知らないぞ。それで？」

「わたしは男を信用しなかった。だが、とおりすぎようとしたら、どこかから別の男があらわれた――でかいやつで、黒人だった。それと犬がいた」

「犬？」

「大きくて、黒くて、警察犬か軍用犬みたいだった。意地の悪そうな。そいつはスーツ姿の男の犬だった。男が指示を出していた。抵抗するすべはなかった。そいつらに連れられて道路のある階層へおりた。車を待たせていたんだ。それから……」サルダは眉をひそめた。その時点まではっきりしていたのに、そこから先はすべてが断片的になってしまったのだ――ジグソーパズルからピースがばらばらと落ちて隙間だらけになるように。

「どうした？」バルマーがうながした。

「よくわからない……。わたしたちは車の中ですわっていた。それほど離れていないところにもう一台の車があった。イレインがそれに乗っていた。彼女は近づいてきてわたしをのぞき込んだ」サルダはほつれ髪を払いのけるようにひたいをなでた。「イレインはうろたえていた。むりもない。おかしかったんだ――わたしは彼女がだれなのかわからなかった。彼女はスーツ姿の男といっしょにもう一台の車で去っていった……。それから車に残った黒人の男がわたしをここへ、このオフィスへ連れてきたんだ。きみはパニックを起こし、ゾディアックのウォルワースと話をした。あのときはなにが起きているのか理解できなかったが、いまとなっては明白だ。取引は成立したが、わたしたちはそこに加わっていなかった」サルダの心の中でなにか胸くそ悪い扉がひらいたらしく、怒りがふたたびあふれ出してきた。彼はリクライニングチェアから立ちあがろうとした。「なにがあったんだ、ヘンリー？　もしもきみが裏切ったんだとしたら――」

「いや、ちがう、絶対にちがう」バルマーはサルダをなだめてすわらせた。「犬を連れた男だ。そいつを見つけないと」

「まさかあの取引で入った金まで消えたというのか？」サルダは険悪な口調で言った。「それはかんべんしてくれ、だって――」

　バルマーのジャケットのポケットにあるコムパッドから着信音が鳴り響いた。彼はそれをひっつかんで応答した。

「はい？……そうです」バルマーの顔が青ざめた。「いま調べているところです。答は見つかったと思います。もう少し時間がほしいだけで……」耳をかたむけ、音をたてて唾《つば》をのみくだす。「はい、わかります……。いえ、もちろんちがいます……。三日ですね」

「なにが――」サルダは言いかけた。バルマーは手を振ってそれをさえぎった。サルダは彼が汗をかいていることに気づいた。

「この犬を連れた男。どんなふうだったか説明できるか？」

「まあ、さっき言ったように、スーツ姿だった――暗い色で、黒か、濃紺かもしれない。背は高く、髪にウェーブがかかっていた。おおらかで、笑顔を絶やさないタイプ。目は澄んでいて、青い氷みたいだった――人の心を見抜くような感じの」

バルマーはいらいらと手を動かした。「ほかには？　車を運転していたやつは？　その男だか女だかについてもっと思い出せないか？　あるいは車そのものは？　ナンバーを見なかったのか？」

「運転者についてははっきりしない。それに車を見るたびにナンバーを暗記するわけじゃないからな。そうだろ？」サルダは思い返した。「高級車っぽくて、色は濃かった。型式ははっきりしないが……」そのとき、ひとつ思い出したことがあった。「ただ、クロムめっきのロゴみたいなのがトランクについていた。なんとかマシン。おかしな名前だった。アリスとか、なにかそんなふうな」

サルダは記憶をさかのぼり、ロゴを心に思い描こうとした。バルマーはまたコムパッドを取り出し、起動して、ローウェルにある車の販売業者とレンタカー屋のリストを呼び出した。

「アラザハッド？」バルマーは言ってみた。

サルダはうなずいた。「いい読みだ、ヘンリー。たしかそれだよ――アラザハッド・マシン」

「ちょっとそこのウェブサイトを見てみるか」バルマーはつぶやいた。またコムパッドを操作して結果を見つめる。「ふむ。オーナー兼経営者、マホム・アラザハッド」別のコマンドを入力し、結果をじっくりながめてから、部屋の片側のデスクに置かれた大型スクリーンへコピーを表示させた。そしてサルダに目で問いかけた。

サルダは映し出された顔をじっと見つめた。真っ黒な肌、がっしりした体格、もじゃもじゃの縮れ毛に埋もれた赤いトルコ帽の下に広がる満面の笑み。下のキャプションには——〈商売無敵のミスター・ホイールズ〉。サルダが会ったときは光沢のある緑のコートを着ていた。

「この男だ!」サルダはためらうことなく言った。

3

ソロモン・レッポは火星で生まれてアメリキオンと呼ばれる場所で育った。共同生活と分ち合いという理想の実践を目指して、入植最初期に南方の高地に設立された居留地だ。そこでは、家庭用品や私物のほかは、すべて共同体が所有していた。専用の住居が許されるのは結婚した夫婦と家族だけで、それ以外の人びとは共同宿舎で眠り、いっしょに食事をし、いっしょにくつろぎ、運動し、階級と制服を用いる軍隊式の指令システムで職務を割り当てられていっしょに働いた。各人の好みや能力に応じた貢献を広く社会で認められることで全員が達成感を得るというのがその狙いだった。ソロモンが共同体を離れたのは十五歳のときで、地表用トラクターとトレーラーから成るとおりすがりのアラブ人の隊商が、どこかで居をかまえるための旅の途中に近くでキャンプを張った折に、そこへこっそりもぐり込んだのだった。いろいろあってローウェルに流れ着き、そこの機械工場で見習いとして仕事を見つけた。やがて機材の保守や修理をまかされるようになり、十九歳になったいまは、マホム・アラザハッドの住み込みの整備士としていい金を稼いでいた。

ソロモンは人生で魅力あるものを手に入れる鍵は金だと考えていた。たしかに、一部の人びとが言うように、それがすべてではない。しかし、それ以外のあらゆるものが金次第なのだ。長年にわたって人生を観察し、限られた時間でそれをめいっぱい楽しむということについて洞察を深めてきた結果、ほんとうに重要なものが三つあることがわかってきた。女――アメリキオンにおける婚約とは、当事者の選択というより共同体の要請によって認められるものだったが、ソロモンがどんなかたちであれ承認を得られる可能性はほとんどなかった。品物――自分で選ぶ服、自分が気に入って住むと決めた場所、あるいは乗り回すためのかっこいい車。たとえば、マホムの敷地の最前列にならんでいるやつならどれでもいい。そして自由――ソロモンの語彙《ごい》では、それは最初のふたつを手に入れるためにエネルギーを注ぎ込むことができるという意味であり、ほかのだれか――たとえばアメリキオンで監督をつとめる裁定機関――にやるべきことを決められるのは論外だった。とはいえ、ただ自分の目的を追い求める自由があっても、それを達成するために必要な手段がなければたいして意味はなかった。要するに、すべては金なのだ。たしかに、墓場まで金を持っていくことはできない。だが金なしでほかのどこへ行ける？

ソロモンは、修理工場にある火星産〝キャメル〟トラクターのタービン圧縮機のギヤを再接続する作業から顔をあげた。ビーコン・ウェイから車が乗り入れてくる音が聞こえたのだ。つやつやした黒いメトロサインが、銀と白のホイールと車体のトリムを輝かせながら、事務所のある建物のドアのまえへ近づいてきた。ソロモンはその車を町で何度か見かけていた。落ち着いた、火星標準よりも高価そうな服を着た三人の男がおりて、事務所へ入っていった。数秒後、マホムの営業部長であるフィル・ヴァーランが売り物の車列から姿をあらわし、有望な顧客を獲得できそうなにおいに引き寄せられて、脇のドアからゆっくりと事務所へ入っていった。

ほら、おれが金について言っているのはああいうことだ、とソロモンは作業に戻りながらひとりごちた。しゃれた生き方をしていればいかした女を引き寄せられる。火星のような場所では、有能な整備士はいつでも家賃を払えるし、請求書の支払もできるし、職探しにだって苦労しない。だが、それがしゃれた暮らしにつながることはない。それでも、マホムのところで働いていれば、店へやってくるトラックや乗用車やそれ以外の妙なマシンを修理するだけではなく、もっと別の可能性がひらける。裏手にある〝貯蔵庫〟には革命を起こせるほどの銃器類がおさまっている。機械いじりや修理工場でみがいた技術と少しばかりの応用力があれば、ソロモンはここで過ごす時間を使って武器と弾薬の専門家になる第一歩を踏み出すことができるだろう。いまは、それこそがほんとうにでかい金を意のままにできる分野なのだ。成功に必要なものをもっている連中は、彼らがそこにしがみつくのを助ける者にはたんまり給料をはずんでくれる。

火星で生まれ育ったために、ソロモンは地球での暮らしがどんなものかうまく想像できなかった——隅々まで政府に管理された土地で、異議の許されないルールに縛られ、どこへ行こうがそれほど代わり映えがしないなんて。火星では、ローウェルには〝運営議会〟が、タルシス地域にあるオーサカには〝保安協議会〟が、南半球でヘラスの北側に位置するゼロロンには〝理事会〟があり、もっと小規模な地域にも別の仕組みがあって、そのすべてがおおむね似通った機能を果たし、ほとんどの人が賛同するごくわずかな基本ルールを明示して、腕力と火力による支援でそれを徹底していた。たとえば、自分がたまたま立場が強くて卑劣だからといって、気に入ったものを他人から勝手に奪うことはできないし、意見がちがうからといって他人を撃ち殺すこともできない。それは理にかなっているように思えた。ローウェルを築きあげたのは商取引と産業なのだから、彼らにはそこで暮らして働きたいという人びとのために必要な法と秩序を維持することに金を使う権利があるはずだ。それが気に入らなければ、〈辺境〉とかアメリキオンのような自営の居留地でどこか気に入った場所を見つけて、運試しをすればいい。

いつまでもこんな状況が続くはずがないという人びともいる。ローウェル、オーサカ、ゼロロンのような場所の周辺にいくつもの町が生まれて、ほかと同じようにじわじわと外側へ広がり、小さな町をのみ込んだりしていったら、いずれはすべての境界が接してどこにも隙間がなくなるだろう。そうなったら、そのまま状況が落ち着くか、さもなければほんとうに深刻なトラブルが起きることになる。いずれにせよ、地球を支配しているのと同じパターンが最終的に出現するのは時間の問題だ——とはいえ、それはソロモン・レッポにとっては遠い未来の話でしかない。それまでのあいだは、専門知識と技術をもつ者なら、保安、警備、法執行関係の多種多様な業務で雇われて金を稼ぐことができる。その分野でうまく名をなせば、人生に女と品物をもたらすうえで驚くほどの効果があるはずだ。

　フランジボルトを締めて各センサーを再接続しようとしたとき、修理工場のあけっぱなしの戸口に影が差した。ソロモンが顔をあげると、いつのまにか工場に近づいていた男が中へ入ってきて足を止め、なにげなくあたりを見回した。黒髪はとさかのようなスタイルで、年齢を考えれば少しは交じるはずの白髪もなく――おそらく若返り処置だろう――肌は最高級のスポーツクラブやスパで焼いたようなむらのない金色で、火星の空の下であまり長く屋外で過ごすとできてしまう染みも見当たらなかった。身につけているのは、しわの寄った部分が銀色の蛍光を発する黒っぽいスーツと、灰色のタートルネックのシャツだ。

「やあ、若いの」男は声をかけてきた。

　ソロモンはぼろきれで両手のグリスをざっとぬぐって立ちあがった。「なにかご用ですか？」

「調子はどうかな？」

　ずいぶん親しげだな？　ソロモンはどうとでも対応できるように、あたりさわりのない態度をたもった。「トラクターのことですか？　修理が終わるのは遠い先ですね」

　男は感心したようになった。「頭の回転が速い。ユーモアもある。きみはきっと成功できるぞ」

「そのつもりです……準備ができたら。それで、あなたはだれなんです、ヘッドハンターかなにかですか？　自動車の整備工が求められているというのは初耳ですよ。業界の裏でなにか急な動きでもあったんですかね」

「すまない、今日はきみの番ではないんだ。だが、われわれはある意味ではヘッドハンティングをしているともいえる。われわれがどうしても話をしたい男が三日まえにウーハンへ出かけたときに乗っていた車の出所がここなんだ。長身で、髪にはウェーブがかかっていて、体格は細身でがっちりしている……。それに犬を連れているんだ。黒い大型犬で、顔のまわりに明るい茶色の部分がある。その男を見かけたことがないかと思ってね、たとえば彼がここへ来て車を手に入れたときとか。これは仕事上のことなんだ。どんなことでも教えてくれれば礼はさせてもらう」

この連中が何者だろうと、犬を連れた男を捜している理由がなんであろうと、質問をするのは彼らのほうだというメッセージは明確に伝わってきた。ソロモンは記憶をたどってみて、首を横に振った。「できればお役に立ちたいんですが。どんな車ですか？」

「コディアックで、色は濃い——青か黒だ。トランクにクロムめっきでここの名称が入っていた」

「ああ、その車なら知ってますよ。四、五日まえに借り出されたやつです。でも、おれの休みの日かなにかだったんでしょうね。そのときにはここにいなかったので」ソロモンは首を横に振って肩をすくめた。「お話しできるのはそれだけです」

男はそれをあたりまえのように受け入れた。ジャケットの内側から札入れを取り出して名刺を一枚抜き出す。両手はたくましかったがきれいにマニキュアが塗られていて、高そうな指輪がいくつかきらめいていた。名刺にはリー・マレンと記され、〝債務督促係〟という肩書きに、郵便連絡先とネットコードがくっついていた。ソロモンがそれをじっくりながめていたら、二十の札がその上に滑り出てきた。彼はちょっとためらってから、札を取ってシャツのポケットに押し込んだ。

「だれだってささやかな手当てはむだになるまい？」マレンが言った。「ほかになにか思い出したら、あるいはこの男がふたたびあらわれることがあったら、ぜひ連絡してくれ。さっきも言ったとおり、礼はさせてもらうよ」

「なにかあったら連絡します」

「きみはきっと成功できるぞ、若いの」男はもう一度言った。そしてきびすを返し、ぶらぶらと事務所へ戻っていった。

4

ストーニー・フラッツで出発準備の最終段階にあるジャガーノートの、運転室のすぐうしろにある中央区画で、キーランはハリー・クオンの手の甲にのびるはさみの形をした縫い目――ぱっくり裂けていたのを洗浄してからクランプ留めしてあった――をチェックし、傷口に沿って速硬性の凝固剤をスプレーした。傷が治ったらどちらも乾いて剝がれ落ちてしまう。ハリーは車両と機材の専門家で、やはりウォルター・トレヴェイニーのタルシス台地への遠征隊に加わっていた。油で汚れた足台で滑って、手を熱交換器の冷却フィンにぶつけたのだ。マホムはトレヴェイニーのために必要な部品を見つけていた。ジャガーノートは翌朝一番に出発することになる。

「きつくないかな?」キーランはたずねた。「まだやわらかいあいだ保護するために当て物をしておくよ。二日もしたら必要なくなるから」

「大丈夫だ、先生《ドク》」ハリーが見つめるまえで、キーランはテーブルの上にひらいてある救急箱から必要なものを選び出した。「そう呼んでいいか? ウォルターの話だとあんたはピエールが辞退するしかなくなったから急遽《きゅうきょ》呼ばれたそうだな。以前は軍で衛生兵だったとか?」

「正直に言うと、そんな経験すらないんだよ、ハリー」キーランはこたえた。「まだ若くて血気にはやっていたころ、ぼくは何年かSAFの連隊にいた。そこで受けたクロストレーニングの一環なんだ」

SAF、すなわち宇宙強襲軍《SAF》は、宇宙環境にある艦船や構造物の防衛および攻撃を専門とする戦闘兵たちのことで、軌道上からの迅速な降下および散開も得意としている。この用語は軍事的能力のカテゴリをあらわす一般名称であって、特定の政治的あるいはそれ以外の組織が有する軍隊をしめしているわけではない。さまざまな政府や営利企業などが独自のSAFを持っており、金で雇われる傭兵《ようへい》部隊として、なにかの主義のため、チャンスをつかむため、あるいは単に太陽系全域に広がる対立や同盟のごった煮の中で身を守るために奮闘している者ならだれでも採用していた。

ハリーは感銘を受けたようだった。「あんたはどこに属していたんだ？」

「まあ、だいたいは、ある複合企業体が小惑星帯《ベルト》宙域のひとつで組織した部隊に所属して、土地の不法占拠者たちに対処していた。そのあとは傭兵部隊でガニメデに建設中の打ち上げ基地を襲撃して破壊した。ただ、そのときは自分たちが善玉なのかどうか確信がもてなかった。だから最近は自分のためだけに働いている」

「なぜそんなことをしたんだ？」

「もちろん、自分がタフだと証明するためさ。まさにそういう時期にはまってしまうんだよ」

「おれの感覚だと、そういうことならあんたがいてくれればよけいに役に立つんじゃないかな。このあたりじゃそれなりに荒っぽいことが起こるらしいから」

キーランは当て物のへりを絆創膏《ばんそうこう》でとめてから顔をあげた。「これでよし。あまり振り回さないようにしてくれよ」片付けを始めながら、彼は好奇心から質問してみた。「ピエールが辞退することになったのは、どんな生物学的研究にかかわっていたからなんだ？」

「ああ、ナノ方面だよ——体細胞の内部で分子が組み合わさるんだ」

「なんのために？」

「代謝の化学反応を遠隔操作するとかなんとか。トロイに着いたらデニスとジーンにきいてみるといい。もっとくわしく知ってるから。ピエールはあのふたりの友人だったんだ」

〝トロイ〟というのは遠征隊の隊長であるハミルがタルシス台地のベースキャンプにつけた呼び名だ。デニス・カリーとジーン・グラースは地質学者で、聞いた感じではカップルらしいが、どちらもハミルたちとともにトロイに残っていた。トレヴェイニーの仕事仲間のファニータとハリーだけがローウェルに戻り、地球から来たばかりのトレヴェイニーやそのほかの研究者たちと合流して、ジャガーノートを運んでいくことになっていた。ハリーは処置がすんだ手をながめて満足したようだった。

「で、あんたのことはなんて呼べばいい？」

「ただの〝キーラン〟でどうかな？」キーランは提案した。「〝ナイト〟とも呼ばれているけど――KTのイニシャルから」

ハリーはそれぞれの選択肢について考え込んだ。「やっぱり〝先生《ドク》〟でいいか？」

「ぼくはかまわない――ただ、ルディを刺激することになるのはわかるよね」

「わかってるさ。だから気に入ってるんだ」

ルディ・マグルズバーグはグループの科学技術者だ。彼はチームに新人が加わるというトレヴェイニーの告知に対し、仕事への適性があるならばという条件付きで受け入れたが、あからさまな批判まではしていなかった。キーランはハリーの姿勢を、少なくとも自分だけは強力な味方であると伝えているものと解釈した。

側面のエアロックの外部扉の下にある金属製の階段で足音がした。扉がひらいて姿をあらわしたのはトレヴェイニーで、身につけているカーキ色のブッシュシャツとベージュ色のジーンズはここ数日の作業のせいで汚れてしみだらけになっていた。彼はあけっぱなしの内部扉を抜けてちらりとハリーの手に目を向け、そのあいだにキーランは立ちあがって手を洗うために厨《ちゅう》房《ぼう》のシンクへ移動した。

「時間がむだにならなくて良かった。きみは早くも報酬に見合った働きをしているようだな」

トレヴェイニーは言った。

「だれも脱落しないよう努力しますよ」キーランは約束した。

「こいつは使えるよ」ハリーがトレヴェイニーに言った。「とりあえず臓器移植や心臓手術の予定はないみたいだしな」

「手の具合はどうだ？」トレヴェイニーがたずねた。

「かなりいい」

「それで作業ができると思うか？」

「もちろん、なにも問題ない」

「最初がピエールで、次は早くもこれか。まだ出発もしていないというのに」トレヴェイニーは首を横に振った。「この遠征には悪運がつきまとっているのか」

「科学者でも悪運を信じるんですね」キーランはタオルに手をのばしながら言った。

「以前は信じなかったよ。いまはあまりにもおかしなことを目にしてきたから笑い飛ばす気にはなれない。だれだったかな、人間は自分が知っていると思っていることを学ぶことはできないと言ったのは？」

「エピクテトスだったと思いますが？」

「ふむ。きっとそうなんだろうな」トレヴェイニーは少し驚いたようだった。

「さて、おれはまだやり残したことがあるんで」ハリーが立ちあがった。「応急処置をありがとう、先生《ドク》……あー、ナイト。この治療があんたにとって一番きつい仕事になるといいんだがな。あんたが乗ってくれて良かった」

ハリーはトレヴェイニーが入ってきたところから出ていき、外部扉を閉めていった。いろいろな物品が引き出しや戸棚にがちゃがちゃとしまわれる音が、後部の寝台区画のうしろにある実験室から聞こえてきた。トレヴェイニーの科学パートナーであるペルー人のファニータ・アナバレスが、そこで器具や機材の整理をしているのだ。

キーランはいま使った道具を救急箱に戻した。「ところで、ウォルター」彼は蓋を閉めてしっかり留めながら言った。「これはどういう遠征なんですか？　数日でわかることだとは思いますが、好奇心はぼくの心の平穏に大きな影響をおよぼすんですよ」

トレヴェイニーはシートのひとつに腰を下ろしてゆったりと背をもたせかけ、テーブルに両手をついた。「初めてこっちへ来たときのことをおぼえているかな——きみがあの女性、イレイン・コーリーだったかの手掛かりを探していたときだ。きみは地球の太古の〝技工石器《テクノリシク》〟文明に興味をしめしていただろう」

「ええ」キーランは肩越しに返事をしながら、救急箱をベンチシートの上の収納スペースに戻した。「その文明の消失が火星で起きたできごとと関係があるのかどうかについて」

「ああいう呼び名が付いたのは、彼らが中東やインド北部や中南米で巨大な石の建造物を作ったからだ——失われた技術的手腕を用いて。作ったのはすべて同じ、あるいはとても近い関係にある人びとだった」

「では、ピラミッドを作ったのはファラオたちではなかったんですね？」キーランは問いかけた。そういう話を聞いたのはこれが最初ではなかった。「あれはアイルランド人が作ったんだという古い歌がありますが、ぼくは本気で信じてはいませんでした」彼は興味をそそられてテーブルのむかいに腰を下ろした。

「いや、ファラオたちもいくつかは作ったよ」トレヴェイニーは言った。「たとえばサフラー王のピラミッドが建造されたのは第五王朝の紀元前二四五〇年ごろだ。ぼろぼろの廃墟《はいきょ》で、砂漠の瓦礫《がれき》の山とほとんど見分けがつかない。ギザのピラミッド複合体はそれとはおおちがいで、数十トン、場合によっては数百トンもの重さがあるブロックが、機械なみの正確さで切り出されて積み上げられている。それがなにを意味するかわかるかね？　後世のエジプト人たちは、彼らが発見した、王朝時代よりもずっとまえに作られた建造物を複製しようとしたんだ。だがどうすればいいのかわからなかった。知識が失われていたんだ」

「でも多くの書物ではいまでもそう言われていますよね？」

「ああ、十九世紀イギリスの横暴なエジプト学者たちが時代を下らせた」トレヴェイニーは歯を見せた。「ギザのピラミッド群は第四王朝のものとされている——大きいやつはクフ王、またの名をケオプスが、紀元前二五五〇年ごろに建てたのだと。そんなに短い期間にそんなに大きく技術水準が低下することがあり得ると思うかね？」

「たしかに、かなりの激変に聞こえますね」キーランは同意した。「では、どうして〝されている〟と言うんです？　そうではないと信じる理由があるんですか？」

「すべての定説がたったひとつの証拠を頼りにしている。それがどれほど強固なものかは自分で判断するといい。どんな話か聞きたいかね？」

キーランはゆったりと身を落ち着けた。「もちろん、絶対に聞き逃せませんね」

「ヴィクトリア朝時代の人びとは、生命は原始的な初期状態から着実に進歩して優越の極致であるヴィクトリア人という形態まではるばるたどり着いたと考えていた――自己鍛錬が必要なのはまさにそのためだと。とすれば、それよりまえの時代に進歩した文明が存在することはあり得ない――ましてそれが白色人種の文明ではないとしたら。ゆえに、ここで言っている建造物はエジプト人が王朝時代に作ったものでなければならない」

「たとえそのテクノロジーが明らかに別の時代のものだとしても？」

トレヴェイニーは手をさっと振った。「そんなことは問題じゃない。これは教義を守るためなんだ。まさか守るべきは科学かなにかだと思ったのか？　しかし、彼らはそれを証明する物的証拠を提示できず、そのことが一部の人びとを狼狽《ろうばい》させた。正統派の主張に従うなら、ピラミッドは墓として作られた。ただ墓として。ところがその中では死体やミイラはひとつも発見されていない――例外はメンカウラー王の小ピラミッドだが、これはのちにキリスト紀元初期の遺体だとわかった。あとから建造物内に埋葬する習慣はかなりありふれていたからな。エジプト人が大好きだった宝物や工芸品も発見されなかった。完全にからっぽだった。定説では盗掘によって紀元前二〇〇〇年ごろまでに失われたとされている。だが、これもまた仮説に合わせてひねり出された説明でしかない。しかもすごく信憑性《しんぴょうせい》があるというわけでもないんだ、くわしく調べ直してみれば」

トレヴェイニーはシートから立ちあがり、テーブルの片側の壁に固定されたホワイトボードの下にあるトレイからマーカーペンを一本選び出した――手近に書き付けるものがないと落ち着かなくなる科学者みたいだ。彼はピラミッドの断面をあらわす三角形を描いたあと、ひとつの面の下部から中心部の地下の岩盤の奥深くへのびる通路を追加した。彼が書いているあいだに、ファニータ・アナバレスが後方の実験室から印刷したリストを手に姿をあらわし、足を止めて耳をかたむけた。肌の浅黒い女性で、まっすぐな髪にウェーブをかける努力は徒労に終わっていたが、大きな、茶色い、探究心旺盛《おうせい》な目をしていた。その仕事に取り組む姿勢からすると、きちょうめんでまじめな性格のようだ。

トレヴェイニーが話を続けた。「謎はキリスト紀元九世紀に始まった。カイロのあるムスリムの統治者が、クフ王のピラミッドの北側の面にトンネルを掘るために石切工《いしきりこう》のチームを編成した。宝物を見つけられると言って」

「あの大きいやつですね?」

トレヴェイニーはうなずき、いま描いた通路に〝下降通路〟の文字を追加した。「彼らは運良くこの通路に出くわしたが、これはローマ時代に知られていながらその後忘れられていたものだった。彼らの作業で花崗岩《かこうがん》の栓がはずされると、おおむね同じ方向へ、今度は上昇する別の通路があらわれた」彼はその通路を書き足して〝上昇通路〟と付記した。「しかし問題があった。通路の下端は、明らかに建造されたときからある一連の頑丈な花崗岩の栓でふさがれていたので、一行はトンネルを掘ってまわり込んでからもっと上で上昇通路に再合流するしかなかった――主要構造の材料であるやわらかい石灰岩を抜けて。だが要点はそこじゃない。彼らが迂回しなければならなかった障害物はそれまで破られたことがなかったんだ！　一行はそれ自体があり得ないほど高度な工学技術をしめしている〝大回廊〟と呼ばれるやや幅の広い部分をのぼり続け、ピラミッドの中心にあるいわゆる〝王の間〟までたどり着いた。ほかにも通路や部屋はあったが、結局はその内部にはなにもなく、例外は王の間にあった花崗岩の箱だったが、これはのちに、特に明確な根拠もなく石棺《サルコファガス》であると結論づけられた」トレヴェイニーはからっぽの手を見せた。「では、エジプト学者たちが主張するように、本来はそこにあるはずだった宝物やそのほかのものはすべて持ち去られてしまったのか？　だが、例の花崗岩の栓はだれにも突破されたことがなかった。それなら、密封されたときからずっとからっぽだったというほうが可能性は高いのでは？」

「中へ入る別の道があれば話はちがいますが」キーランは言ってみた。

トレヴェイニーは、問題を混乱させるかもしれない要素を比較検討でもするように、いっときキーランを興味深く見つめた。「実を言うと、あったんだ」そう言って、彼は下降通路をずっとおりた地点から大回廊の基部へのぼっていく狭い連絡路を描き、そこに〝縦孔〟と付記した。「これはほかにましな説明がないので井戸の縦孔と呼ばれている――発見されたのは十九世紀になってからだ。岩盤の中をほぼ垂直に五十メートルのぼってから、ピラミッド本体の石

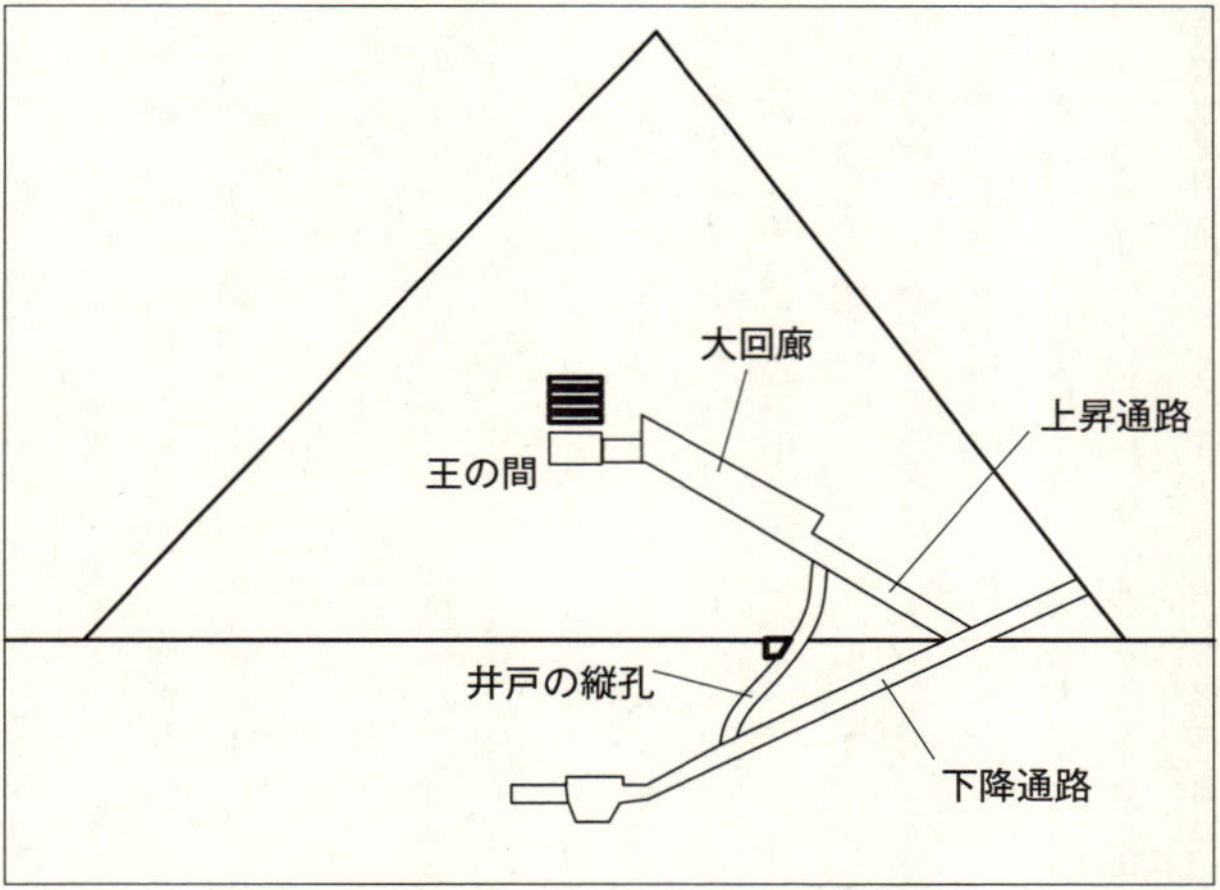

灰岩の中を六メートル以上のびている。そう、これが花崗岩の栓の迂回路になるんだ……。しかし、縦孔の上端が発見されたのは下降通路との接続部が見つかるまえのことだった。シャフトには瓦礫が詰まり、下端はふさがれていて、わずか一メートルの幅しかなく、危なっかしい垂直の部分が何カ所もある。これが壮麗なる第四王朝のもっとも偉大なファラオだったクフ王の宝物を運び出した通路だったというのが、ほんとうに信じるに足る説明だといえるのか？　まちがいなく墓だったと判明している場所は、ほとんどが王家の谷にあるが、そこで発見されたような彫像や聖壇はもちろんなかった。だがなにもないというのは？　盗掘者たちがふつうは残していくゴミもないのは？　割れた壺や衣服の切れ端や道具の破片もないのは？」トレヴェイニーは首を横に振った。「とても信じがたい」

ファニータが口をはさんだ。「エジプト人はなにをするときでも気前よく飾り立てた——象形文字や、図形や、碑文や、装飾品で。でも、これらの建造物は飾り抜きで精密に作りあげられている。それが暗示するのは記念碑というよりなにかの道具か機械ね。あれほど巨大な建造物で面角《めんかく》を正確に出して頂点が中心の上にくるようにするのは、とても信じられないほどむずかしい。でも彼らは正確にやってのけた。どの角も直角でわずか数分の誤差しかない。例はいくらでもあげられる」

キーランはトレヴェイニーの描いた図を見上げ、いま聞いた話についてじっくりと考えてみた。「でも、あなたはさっき、正統派が頼りにしている証拠があると言いましたよね」

トレヴェイニーはうっすらと笑った。「あれを証拠と呼べるかどうか。ええと——」彼はファニータに顔を向けた。「デーヴィスンが最初の〝軽減の間〟を見つけたのはいつだったかな?」

「一七六五年」ファニータがこたえた。

トレヴェイニーはキーランに顔を戻した。「イギリス人だ。彼は王の間の上に部屋をひとつ見つけた——重すぎる建造物にかかる圧力を軽減してよそへ逃がすために用意されたものらしい。そこもまたからっぽで殺風景だった」

「高度な工学技術よ」ファニータが補足した。

トレヴェイニーは続けた。「およそ七十年後、別のイギリス人、ヴァイス大佐は、莫大な経費をかけた成果のないピラミッド調査を終えようとしていて、本国から矢継ぎ早に非難を浴びていた。彼には起死回生の大発見が必要だった。そしてどうなったか」

キーランはにっこりした。「そんなまさか。都合が良すぎませんか？」

「自分で判断してくれ。ヴァイスは道を切りひらき、デーヴィスンが見つけた部屋の上にさらに四つの軽減の間を発見した……。そしてその中に、大ピラミッドのほかのどこでもないその空間に、〝石工《いしく》の印〟とされる象形文字が記されていて、クフ王が建造主であることをしめしていた。それはひさしぶりの大発見として迎えられた――まさに専門家たちが待ち望んでいたものだった」トレヴェイニーはキーランにいっとき考える時間をあたえた。「きみが言ったように、ちょっと都合が良すぎないか？」

キーランは愕然《がくぜん》とした。「それだけ？　それが絶対的な定説になったんですか？　それ以来だれも疑問をもたなかったと？」

「学界の公式な場ではな……あとになっていくつかの象形文字が逆さまに書かれたり文法がまちがったりしていたことが判明しても気にしない。そんなことは問題じゃないんだ。学説はすでに証明されたのだから」

「つまりあなたは、もっと古い時代、テクノリシク文明までさかのぼると言うんですね？」

「そうだ――ずっと、ずっと古い」

「そしてアメリカでは」ファニータが言った。「インカ人やマヤ人は巨石建造物を作ったわけではなかった。彼らはスペイン人に語ったのよ、それは自分たちが見つけたもので、ときにはジャングルに埋もれていたと。それらもすべて同じ消えた種族によって作られたものなの」

キーランはこれで最初の話につながるのだろうかと考えた。「これはあなたがたが火星に来ていることとどんな関係があるんです?」キーランはふたりにたずねた。「タルシスでなにか見つかったんですか? ここにも同じ種族がいた痕跡があったとでも?」

「まだ確証はない」トレヴェイニーは言った。「なんであれ、トロイにいるハミルは興奮しているよ」ハミル・ハシカーは遠征の指揮をとっている考古学者だ。「だが、自分の期待に添う結論に飛びつくという同じまちがいをおかさないようにして、しっかり成り行きを見守らないと」そうは言っても、彼の目はきらきらと輝いていた。キーランはトレヴェイニーがすべてを明かしていないという印象を受けた。だが、いまは辛抱するべきだろう。

そのとき、キーランの電話が鳴った。彼はそれを取り出して応答した。連絡してきたのはマホム・アラザハッドだった。「ちょっと失礼」キーランはふたりに言った。

ファニータがまえに進み出て、持っていたリストをトレヴェイニーに見せた。「小型ドリル用のキットから付属品がいくつかなくなってる。あれはあきらめて別のキットを手に入れるしかないと思うの。わたしのほうで今日の午後に……」

「どうした、マホム?」キーランは電話の相手にたずねた。

「知らせておきたいことがあってな。三人の男たちがここへおまえのことをききに来た。でかいメトロサインに乗ってあらわれたんだ——スーツに指輪、クールなおっさんたちで、精力もりもりだった。そいつらはおまえの犬のことを知っていて、おまえのことは弁護士タイプだと説明してた。あの口ぶりからすると、おれたちがウーハンのターミナルで例の男をさらったときから捜していたようだ。知らせるだけは知らせておくぞ、ナイト。おまえはどこにいてものんきだからな。気をつけるんだぞ。いいな?」

5

フラクタルパターン。それ自体とよく似た構造がことなったスケールで出現すると、ある岸辺が私道の水たまりのふちなのか大陸のふちなのか、ある枝分かれした放電が実験室の火花なのか空の雷光なのか、見分けることができなくなる。

キーランはジャガーノートの運転室のベンチシートの右側にすわり、何本もの赤茶色の砂と小石の急流が右手に見える崩れかけた控え壁のような崖の隙間を抜けてから、一行が進む平原のへりを三角州のように広がって侵攻しているのをながめた。スケールを判断できるものがないと、見る角度によっては、このならびは満ちてくる潮の最初の波に屈服しかけているこどもが作った砂の城か、カリフォルニア南部の嵐によって浸食された小峡谷の側面のようにも見える。同じことは水の流れで生み出された傷跡や堆積物にも言える――あれは大地を削る莫大な量の水が惑星から吸いあげられるか蒸発するかした名残《なごり》なのだろうか? 火星にはかつて海があり、大気もことなっていた、とウォルターは言っていた。その水がどこへ行きなぜそうなったかについては仮説も議論も百出しているが、真実はだれも知らないのだと。過去に環境がそれほど大きくちがっていたのなら、ほかにどんなことが大きくちがっていたかわかったものではない。

二座あるフロントシートのうしろでは、ハリー・クオンがCコムステーションでだらりとすわり込み、どこか前方の無限の彼方を見つめてもの思いにふけっていた。いまはルディ・マグルズバーグが交代で運転をしていた。キーランは最初、この男にはドイツ人の血が入っているのではないかと思っていたが、本人の話ではオーストリアらしい――そういうことは移り変わるパッチワークのような火星社会ではさほど意味があるわけではなかった。それでも、ルディには北欧ゲルマンっぽい部分があった――短く刈り込まれたほとんど白に近いブロンドの髪、立派な眉毛、痩《や》せて骨張った顔立ち、とがった顎と口。このときは、白い短パンでブロンドの毛を濃密にまとう日焼けした両脚をあらわにし、真っ赤なシャツに、やわらかいブッシュハットと金縁のサングラスといういでたちだった。キーランには、ルディのものごとをやり遂げようとする意欲やそれをきちんとやりたいというこだわりが、科学的調査の遠征で貴重な資質となることがよくわかった。とはいえ、ルディの言う〝きちんとした〟やりかたとは彼のやりかたを意味しがちだった。キーランは宇宙船で何度も過ごした経験から、閉鎖空間にある集団においては小さなことで妥協ができないと起爆装置になりかねないと知っていた。ただ、これまでのところ、キーランの資質に対する当初の冷ややかな反応を別にすれば、先々なにか問題が起きそうな気配は見当たらなかった。キーランとしてはその状態が続くことを祈るだけだった。さもなければもっと風当たりが強くなっていたはずだ。

「それで、火星へ来たのは今回が初めてなんですか、ミスター・セイン?」ルディが目を前方へ向けたまま質問した。ジャガーノートは砂と粗石の上でぐらぐらと揺れていた。キーランの脳裏に、いっそ返事を印刷しておいて新しく人に会うたびに渡したらいいのではないかという思いがよぎった。

「初めてじゃないよ」(では今回はどんな用件でこちらへ?)「古い友人と会うためだ。ただ、そろそろこっちで住む場所を見つけてもいいかもしれないとも考えている」(どこか意中のエリアでも?)「たぶんローウェルの中心部のどこかで」

「わたしが見たかぎりではなかなかいいところですよ。まあ、それほどしっかり見たわけでもないんですが。ローウェルがここ数日で——少なくともある特定の科学分野では——有名になったことをご存じですか? 悪名を馳《は》せたというべきかもしれませんが」

「ほう?」キーランは驚いたふりをした。「どうして? なにがあったんだろう?」

「あるサンサイダーの研究チームが何年もまえから噂になっていたテレポーテーションを実現したようなんです。彼らは実際に人間をそのプロセスにかけました——科学者たちのひとりです。初めはだれもが成功したと思いました。被験者は行動もなにもかもふだんどおりだったようです。それから突然、記憶の半分が消え失せて、彼は正気を失ってしまいました。わたしはどのみち成功するはずがないと思っていましたが」

「たとえうまくいくと言われても、おれならそんなものの中へ踏み込んだりはしないな」ハリー・クオンがうしろでのんびりつぶやいた。

「どこでそんな話を聞いたんだ？」キーランは好奇心でルディにたずねた。

「わたしの兄はある大きな汎太陽系通信キャリアの財務担当幹部なんです。いまもすべての重役用会議室がパニック状態だと言ってますよ。わたしですか？　わたしは考古学一本ですから」

「おもしろいな」キーランは言った。

料理のにおいが厨房から隔壁のひらいたドアをとおって流れ込んできた。厨房は中央区画の一番前方、運転室のすぐうしろに位置していた。

「ああ、急におなかがへってきました」ルディが言った。「すぐに食べないとだめですか、ハリー？　それともわたしがうしろへ行って食べているあいだ交代してもらえますか？」

「待てるよ」ハリーは言った。「どのみち、そろそろおまえが休憩をとる時間だ」

「場所をあけるよ」キーランはふたりに言った。彼は立ちあがり、ベンチシートの端のアームレストと壁との隙間をすり抜けてドアへむかい、待っていたハリーがまえへ出てルディと席を替わった。隔壁のむこう側では、遠征隊の六人目のメンバーであるカトリーナ・アーソンが、積み上げたパンケーキの山にさらに一枚追加するためにバターをひいていた。すでに用意してあるスチール製の皿には焼いたベーコンがならんでいた――スライスが分厚い。火星の豚は低重力で大きく育つのだ。カトリーナはちらりと目をあげて、あらわれたキーランに素早く笑みを見せた。

「わあ、呼ぶまでもないのね！」

「飢えた群れが殺到してくるよ」キーランは告げた。「むりもない。すごくうまそうだ」

「こっちでもお金を稼げるかしら」

少しぽっちゃりした体つき、白い肌の鼻のあたりにかすかに浮いたそばかす、薄茶色の髪は本人のまっすぐにとかそうとする努力とは裏腹にファニータなら大喜びしそうなウェーブがかかっていた。カトリーナはヨーロッパのある私立大学の大学院生で、その大学がトレヴェイニーにかなりの財政的支援をおこなっていたおかげで今回の遠征に彼女も参加することができたのだ。トレヴェイニーやルディと同じように、カトリーナも地球から最近やってきたばかりだった。

「これまでのところ火星の感想は?」キーランは問いかけた。

カトリーナは調理を続けながらこたえた。「あんまりあちこち見てまわる暇がなかったの。なにもかも勝手気ままで混沌としているみたいで……」

「支配されていないと言うほうがいいかな」

「でも同時に、ここはとても……いい、いい、生き生きしてる」カトリーナはうなずきながらフライ返しでパンケーキを裏返した——厨房が狭いので空中へ派手に飛ばすことはできなかった。「必要とあらば、慣れることはできると思う」

「気をつけて。最後には帰りたくなくなるかもしれないよ」

「そういう話はよく聞くけど。ほんとなの?　みんな海や、森や、青空の下で町を歩くことが恋しくならないの?　そういうものが必要だと感じることはないの?」

「多くの人びとは最初からそういうものを知らない」キーランは指摘した。「でも、知っている人たちは、そうだな、たいていは恋しくなると思う。そのいっぽうで、彼らはここの自由や、荒削りで広々とした雰囲気にすっかり夢中になっている。圧力鍋の中へ戻されたような感じがすると言う人もいるよ」彼はちょっとカトリーナを見つめたあと、いつもの説明できない突然の寄り道から心を引き戻した。「きみはダンスをする？」

カトリーナは声をあげて笑った。「えっ、ここで？　どうかしてるわ」

「火星ではまったく新しい経験になる。テンポの速いウインナワルツだと雲の中でくるくると舞っているような気分になれる……」

ルディが運転室から戸口に姿をあらわした。

「一カ月もあればルディでさえロマンチックな気分になるはずだ」キーランは言った。

「なんの話ですか？」ルディが言った。

「ウインナワルツよ」カトリーナが言った。「あなたは得意なんじゃないの？」

「実を言うと、かなりの達人だと自負しています」ルディはこたえた。

キーランは返事をして彼を刺激するリスクはおかさないことにした。「ウォルターとファニータに食事がもうじきできると伝えたほうがいいかな？」彼はスクランブルエッグをつくるために卵を割り始めたカトリーナに呼びかけた。

「そうね」

キーランはリビングと寝台のエリアを通過し、後部隔壁を抜けて、車体の少なくとも三分の一を占める実験室に入った。リアウインドウはシャッターがひらいていたので、補給品と機材を積んだ牽引《けんいん》トレーラーがごとごとと揺れている様子や、後方へじわじわと流れていく火星の荒野を見ることができた。ずらりとならんだガラスの管や容器が脇の作業台にある装置につながっていて、そこでトレヴェイニーとファニータがなにかの化学的試験をおこなっていたのだが、いまはふたりとも奥の隅にあるCコム端末で一台のスクリーンに映った画像に没頭していた。それは地表の一部で、不規則な形のブロックが奇妙なパターンで組み合わさっていた。火星用の軽量耐環境《EV》スーツを着ただれかが左下のほうに立っていて、片手を基底部の大きめのブロックのひとつに置いていた。

「そろそろ一段落できませんか」キーランはふたりに声をかけた。「カトリーナが食事を用意しています。パンケーキと卵とベーコン。うまそうですよ」

　トレヴェイニーがキーランに目を向け、スクリーンを身ぶりでしめした。「ちょっとむりだな。ハミルとの話は終わったんだが、彼がデータを用意してまた連絡してくるから待っているんだ……。ハミルはあそこだよ、スーツを着ている。このまえきみはこの遠征がどういうものなのか質問していたな。あのときはまだ、見た目どおりではない可能性があるものについて説明したくなかった。だが、今朝になってトロイからこれが届いた。なにか気づくことがあるかね？」

　キーランはさまざまな形とサイズの物体を仔細《しさい》にながめた。それらの輪郭線は自然のものではあり得なかった。なにかの現象で生まれたわけではない。作られたのだ。同じ形の石はふたつとしてなく、中には一ダースかそれ以上の面と角と切り込みで複雑な多角形の輪郭を形作っているものもあるのに、それらすべてがぴったり組み合わさって目を見張るようなジグソーパズル的効果を生んでいた。しかもそれらは巨大だった。ハミルが手を置いている石は彼の背丈の二倍以上の高さがあった。

「どこかの建設会社が作ったものにしか見えませんね」キーランは言った。「なんとまあ、あいう連中はどこへでも行くんだな」

「ペルーのクスコのすぐ北にサクサイワマンという古代の城砦の遺跡があるの」ファニータが言った。「定説ではインカ人が建造したとされているけれど、わたしたちの多くはそんなことを信じていない。ブロックの中には重さ数百トンのものもあるのに、機械の部品みたいにぴったり組み合わさっている。しかも、それほど離れていないマチュピチュという別の場所でも同じものが見られるんだけど、そこはあり得ないほど到達しにくい山のてっぺんに築かれているの。どちらの遺跡でも不規則な形のブロックを三次元的に組み合わせるというきわめて特徴的な手法が使われている。内側を削った直角のブロックを隅に使うというのも同じ。不気味なほど似通ったデザインが世界中のあちこちで見つかっている。偶然？　だとしたら、どこも同じ特異な手法を用いてひとかたまりの岩に大きな出入口を掘り抜いていることになる」ファニータはとても賛成できないという顔をした。「あるいはインカ人がこれまで考えられていた以上に遠方まで広がっていたとか？」彼女はまだスクリーンをにらんでいるキーランの視線を追った。「そしていま、ここにまたもや同じものがあらわれた。非常によく似ているだけなのかもしれないけれど、画像を見るかぎりでは、わたしにはちがいがわからない」

生まれてこのかためったになかったことだが、キーランはすっかり圧倒されていた。これほどの感動がこの科学者たちの感じているにちがいないもののごく一部でしかないのだとしたら、彼らの自制心はたいしたものだ。

「つまりどういうことなんです?」キーランはふたりに問いかけた。うわついた態度は消えていた。「テクノリシク文明の担い手はやはりエイリアンだったということですか? 一部の人びとがずっと主張してきたように」

「いまの段階ではなにも言えないな」トレヴェイニーがこたえた。「このまえも話したように、わたしはどんな結論にも飛びついたりはしない。早まった断定は、わたしの知るかぎりなによりも大きな問題を科学に引き起こすものだ。少なくとも、これできみにもわれわれがなにをやっているか少しはわかっただろう」

そのとき、ハミルの顔を映したウインドウがスクリーンにあらわれた。肌は褐色で、顎はたるみ、うっすらと灰色の顎ひげも生えていたが——少なくともキーランが何度か話をしたかぎりでは——陽気でおおらかな印象があり、それは主として大きな生き生きした目から伝わってくるのだった。

「だめだ、まだ数字が出ない」ハミルは言った。「あとで送るよ……。おや、ナイトじゃないか。きみはこれについてどう思う? 知らせはウォルターとファニータから聞いていると思うが」

「たったいま聞いたばかりです」キーランは言った。「まだきちんと理解できているとは思えませんね」

「これはでかいぞ。約束する、これはでかい。ルディやほかのみんなはどう考えてる?」

「これからまえへ行ってみんなと食事をするんだ」トレヴェイニーがこたえた。「そこで話をするつもりだった。なあ、一度にひとつずつにしてくれ、ハミル! きみは気を抜くということがないのか? われわれがそっちに着いたらずっとこんな調子になるのか?」

ハミルは悪びれもせず、にやりと笑った。「ものごとをやり遂げなかったら人生がなんの役に立つんだ? きみはそう思わないか、ナイト?」

キーランは唇《くちびる》をすぼめた。「おそらくこれほどのチャンスは二度とないでしょうね」

「ははっ! 自然哲学者でもあるのか。彼はうまく溶け込みそうだな、ウォルター」

「ああ、ところで、きみが哲学を語り始めるまえに、われわれにはランチが待っているんだよ」トレヴェイニーは言った。「きっとにぎやかな食事になるはずだ」

「食事を楽しんでくれ。きみたちが食べ終わるころには数字も出ているだろう」ハミルの顔が消えて、謎めいた石群のかたわらに小さく見えている、彼のもうひとつの画像だけが残った。

6

太陽系のおもだった部分で小惑星に穴をうがったり、トンネルを掘ったり、亀裂に橋を架けたり、クレーターにドーム都市を作ったりする大手の建設・採掘会社、ゾーケン・コンソリデーテッドは、タルシス地域に新しい宇宙港を建設する可能性を探るための予備調査と試掘作業をおこなってきた。その後、プロジェクトを続行するかどうかについて結論が出ないまま、技術者と作業員は現場から引きあげた。彼らがデータの分析を進めていたあいだに、ハミルとフアニータが小規模な考古学および地質学の調査チームを連れて到着し、ゾーケンのチームが放置していった現場をじっくり調べるためにキャンプを設営したのだった。

トロイのキャンプを構成するのは、科学者たちと五人の作業員が生活する二台のトレーラーと、食堂や作業スペースになる三区画に分かれたエアフレーム式キャビンと、ゾーケンの作業員たちが残していった二棟の小屋だ。一棟は気密式で、もう一棟はそうではなかったが、発電機や空気再循環装置をおさめるシェルターとしては好都合だった。いまはそこにジャガーノートも加わっていた。それらの構造物と車両は、巨礫《きょれき》や粗石のただなかにあるひらけたエリアの端に寄り集まっていた。そこは幅が百メートルかそこらあるでこぼこした岩棚の上で、とある岩石丘《メサ》の崩れかけた側面を半分ほどくだったあたりに位置していた。このメサの上に宇宙港が建てられる予定になっていたのだ——ちょうどローウェルのシェルブール宇宙港のように。メサの側面から見ると、むこう側にオレンジ色の絶壁が立ちあがる荒れ果てた谷底が広がっていて、いずれはそこに新たな大都市が築かれるのかもしれなかった。傾斜の比較的ゆるい下側の斜面を整地して作った一本の道路が、四カ所のスイッチバックをへて岩棚まで続いていた——

それでも傾斜がきつくてヘアピンカーブにはできなかったのだ。岩棚の両端からは、もっと細い道がメサの荒廃した側面をうねうねとのぼっていたが、中央部には、斜めの切り込みに組み込まれた開放式ケージのエレベータがあり――これもゾーケン・コンソリデーテッドが残したものだ――それでメサの頂上へあがることもできた。岩棚のキャンプとは反対側の端のずっと上方には、小さな家くらいの大きさの途方もない巨岩があり、基部よりもてっぺんのほうが幅が広い形をしていたが、下に詰まったいくつかのもっと小さな岩で支えられ、絶壁のぎりぎりの端でバランスをとっていた。ハミルによると、それは〝砦〟と呼ばれていて、かつて存在した水のはたらきをしめすもうひとつの実例であり、昔から主張されてきたような風による浸食の結果ではないとのことだった。

火星の地表用のスーツを着ていても丸っこくて小柄に見えるハミルが、最初からチームにいた地質学者のひとりであるジーン・グラースとともに先頭に立ち、落石や壁面から剝がれた垂直なブロックのせいで次第に狭くなっている岩棚の左の端からのびる小道を進んでいった。山積みになった岩屑《がんせつ》を上り下りし、十数メートル下まで落ち込んでいる雨裂のへりをたどるのは、当初は油断のならない行程だったはずだが、いまは日常的に使用するために幅を広げてあったし、もっとも危険な場所にはロープで手すりが設置されていた。キーランとカトリーナがふたりに続き、トレヴェイニーとルディがそのうしろ、やはり最初からチームにいたデニス・カリーがしんがりをつとめた。デニスとジーンは仕事を通じて知り合ったようだが、キーランにはいずれふたりが夫と妻のチームになるのが見えるようだった。ファニータとハリーは雑用を片付けるためにキャンプに残った。ふたりはすでに全体のレイアウトを把握していたし、新たな発見はあとでも確認できる。

ハミルが腕を振って一行の頭上にそびえる台地をしめした。彼の声がキーランのヘルメットのスピーカーを通じて聞こえてきた。「現場の表土は百五十メートルの厚さがある。地表から最初の六十センチほどは、地層や土砂の配置が液体のはたらきでこまかな砂礫によって固められた特徴をしめしている。風による堆積ではなく」

ではいま見ているのは大規模な洪水の痕跡なのか、とキーランは頭の中でふつうの言葉に翻訳しながら考えた。しかも、考古学的発見物がその下にあるとすれば、わりあいに新しいできごとになる。

「それをやった海がいまどこにあるのか、だな?」そう言ったトレヴェイニーは、火星の低い重力にもかかわらず回線で音が伝わるほど息を切らしていた。

「そのとおりだ、ウォルター」

「地球のお歴々はいつになったらそれを受け入れるの?」ジーン・グラースが言った。

ルディがあざけるように口をはさんできた。「そもそもあの連中が受け入れると思いますか? 地球でも同じことが起きて充分な証拠がそろっているのに、それを見るのを拒んでいるんですよ。これだけが例外になる理由がどこにあるんですか?」

「その証拠というのは?」キーランは好奇心をだしてたずねた。

「急速に積もった莫大な堆積物——場所によっては数千メートルの厚さがあります。何百万年もかけてゆっくり積もったのではありません」ルディはこたえた。

「地質は常に均一に変化するという考えはもう滅びたんだ」別の声が言った。デニス・カリーのように聞こえた。

「もしも海の堆積物がゆっくりと均一に積もったんだとしたら、海嶺《かいれい》から距離が離れるにつれて着実に厚みを増すはずです。海底は広がっているんですから」ルディが続けた。「実際、学界の重鎮たちはそれが真実だと信じて疑わなかったので、新たな事実が出てくるまでは教科書にもそのように書かれていました。ところが、やっとのことでボーリングを実施してみたところ、正反対の事実が明らかになりました。堆積物がもっとも厚いのは海嶺のそばや大陸棚のへりに沿った部分でした。たっぷりあるはずだった海嶺から離れた場所には、事実上なにもなかったんです」

「しかし、惑星規模の洪水が起きたとすれば、ちょうどそういう障害物がある場所で流れがゆるやかになって沈殿物を残していくはずだと」キーランは声に出して締めくくった。それは筋がとおっているように思えた——もっとも、彼はそうした仮説とは相容れない考えに凝り固まってしまった学者というわけではなかった。

「そのとおり」ハミルがこたえた。「きみは忙しいドクターにしてはいろいろなことに関心があるんだな。ちょっとききたいんだが、どこの医学部を卒業したんだ?」

「それについては話しておかなければいけないことがあるんだ、ハミル」トレヴェイニーがあわてて言った。

行く手には、山塊からかしいで剝がれた岩の塔が頭上十数メートルの高さまでそびえていて、その側面には風化で生まれた垂直の溝やそれを形作った地層をあらわすうねがついていた。小道が行き着いた先では、岩の塔と山塊とを隔てる亀裂のへりに沿って平坦なテラス状のスペースが広がっていて、缶や箱やそのほかの機材があちこちに置かれていた。一行がへりに沿って散開したとき、キーランは岩の塔だと思っていたものがてっぺんの一部でしかないことに気づいた。亀裂は下向きにだんだん狭まっていくくさび形の空間で、すぐに闇にのみこまれてしまい、下のほうに唯一の助けとなる照明の黄色い輝きがあっても、その深さを見きわめることはできなかった。キーランの見たところ、それらの照明はメサの周囲の谷底と同じくらいの高さにあるようだったが、外側からたどり着けるルートがあるわけではなかった。

亀裂のふちに設置されたコンクリート製のプラットホームには動力付きの巻上げ機とドラムが据え付けられていて、突き出した桁の先端にあるガイドホイールをとおったケーブルが岩に固定された二本の垂直なレールに沿って降下する。やや明るい色をした塵《ちり》の筋が、岩のあいだを巻上げ機のあるプラットホームからテラスの反対側までのびているのは、下から運び上げられた石くずをへりまで持っていって投棄しているということかもしれない。

ハミルがヘルメットの中でしゃべっていたが、別の回線を使っているようだった。そのあと彼が警告を発する声が聞こえてきた。「機械のそばには近づくなよ、みんな」しばらくして巻上げ機が動き始めた。ハミルが腕をのばして眼下の亀裂をしめした。「ゾーケンは台地の地下深くから手っ取り早くサンプルを採取するために、この亀裂の底から斜行掘削を始めた。彼らがあけた掘削孔にわれわれも興味を引かれた。こちらで独自に周辺をつついてみたところ、舗装されたような痕跡や、自然に形作られたとは思えない石が見つかり始めた。そこでウォルターが地球からやってきてわれわれに合流することを決めたんだ」

「わたしは状況をずっと追っていたんだ。ファニータとは昔からの仕事仲間でね」トレヴェイニーが言った。「すでにカトリーナの大学とは現地調査のスポンサーになってもらう話をしていた。ルディからはいっしょに行きたいと連絡があった。彼はこういう調査の経験が豊富だからな」

「それにゴットフリートも」ルディが言った。

「ああ、そうそう。もちろん彼もいる」

「ゴットフリートというのは?」キーランはたずねた。

「小型のキャタピラ式リモコンロボットです。わたしが中東での現地調査のために製作しました」ルディが言った。「狭いシャフトとかやっかいな場所で調査をおこなうのに最適です。自律稼働モードもありますから、特定のエリアのマッピングや広大な空間の探査にむいています。すぐに会えますよ。これから行くところにいますから」

下からあがってきたエレベータは、レールのついた約二メートル四方の金属製のプラットホームで、側面に接続された巻上げケーブルに引かれてガイドレールの上を移動する。男がふたり乗っていて、着用している二層構造の頑丈なスーツにはオレンジ色と茶色の塵の筋がついていた。エレベータがコンクリートのへりと同じ高さで止まると、ひとりが安全柵の内側の部分を門のようにあけて、もうひとりといっしょに、砂と粗石を満載したゴムタイヤの小型ワゴンを人力で押して出てきた。ひとりは白髪交じりのまばらな口ひげを生やしていて、もうひとりは黒人だった。

ハミルが年かさの男の肩をぽんと叩いて一行に顔を向けた。「おーい、みんな！　この現場でほんとうの仕事をやってもらっている仲間たちのうちのふたりだ。こっちはジーク。濃い褐色の肌をしているのがルー。諸君、こちらが新人たちで、ドクター・ウォルター・トレヴェイニー、ルディ・マグルズバーグ、カトリーナ・アーソン。そしてこっちがきみたちにも話したキーラン・セイン、ピエールの代役だ。ここではみんな家族なんだ」

「親睦を深めるのはあとでいい」ジークがぼそりと言って、ワゴンの前方の端を誘導しながら歩き続けた。

ルーはそのあとに続きながら集まった人びとに順にうなずきかけた。「悪く思わないでくれよ、先生《ドク》」彼はキーランのそばをとおるときに言った。「仕事のうえであんたの世話にはなりたくないもんだな」

「ジークに確認しておくことがあるんだ」デニスがわきへよけながら言って、ハミルに目を向けた。「あとから下へおりるよ」

ジークとルーはワゴンを押してテラスを投棄地点へとむかい、デニスはそのあとを追いかけ、残った人びとはエレベータに乗り込んだ。ハミルがゲートを閉めてボタンを押すと、降下が始まった。

岩が流れ過ぎ、レールに当たるピンチローラーのうなりやきしみが薄い火星の大気をとおしてかすかに遠く聞こえてきた。亀裂が狭まるにつれてむかい側の壁がじわじわと近づいてくる。するといきなり影が落ちて、遠ざかる頭上の淡いピンクの空が黒く縁取られた。闇が周囲に迫ってくると、キーランはあらためて考えずにはいられなかった。いつでも奇妙な予想外の状況へ引き寄せられてしまうのは、彼の生き方のどういうところに原因があるのだろう。火星へやってきたときには古い友人をたずねてユニークな科学実験の進展を見守ることしか考えていなかった。それがいまは、火星の砂漠にひらいた穴を急下降して、またもや当初の目的とはなんのつながりもない案件にかかわりながら、今回はどんな急展開でどこへ行くことになるのだろうと思いめぐらしている。そういえばだれかにきみの人生はまるで避雷針のようだと言われたこともあった。

いまや岩にあいた幅広の隙間くらいになった亀裂の側面に設置されている最初の照明をエレベータが通過すると、光がふたたび自己主張を始めた。さらにいくつもの照明があらわれて光はさらに強くなり、断層線や岩の剝がれた裂け目がのぞく垂直な壁が見えるようになってきた。エレベータが止まったのは、直立した薄岩がごちゃごちゃとならぶ壁の下にある洞窟のような場所で、上から落ちてきた岩屑やびくともしない巨礫が詰まっていた。爆発で割れた面とえぐられた穴はそれが人為的なものだとしめしていた——少なくとも、人為的に広げられたものだと。別の小型ワゴンのそばには、さらに奥から運び出してきたと思われる粗石が山になっていた。さまざまな道具や機材、積み上げられた伸縮可能なスチール製のルーフの支柱や足場の部品、うなりをあげる電動発電機からはケーブルが洞窟の奥へうねうねとのび、エレベータの周囲のスペースはすっかり埋め尽くされている。ハミルが乗り込んだときとは反対側のゲートを持ちあげてみなを外へとうながした。一行は無言で彼のあとを追い、上の小道でのようなおしゃべりもせず、ひとつの世界を離れていよいよ別のまったくかけ離れた世界へ踏み込むのだと強く意識していた。

洞窟の左側の突き当たりは四角く削られたくぼみになっていて、明らかに人為的なものであり、長さ二メートル直径三十センチくらいのスチールパイプの一部が、赤いプラスチック製の栓で蓋をされて、床から斜めに突き出していた。

「これがゾーケンのもともとの掘削シャフトだ」ハミルは手を振って説明しながら、先に立ってそこを通過し、天井の低いのぼり坂の通廊に入った。床面はところどころに支柱があるだけで、台地の下をさらに奥へとのびている。「だが、われわれが周辺の調査を始めたときに注意を引かれたのはこれだ。幸運なことに、ゾーケンの連中が発掘していながら気づいていなかった痕跡を見つけたんだ。そこからもっとたくさんのものが出てきた」

ハミルは床のひらけた部分で立ち止まり、両手でそこをしめした。ほかの人びとも彼の両側で足を止めた。そこには、おおむね長方形の、表面が凸状になった石板が敷き詰められていて、ふちは縦も横も一直線にそろっていた。奥のほうは重なった岩の下に消えていたが、もともとかぶさっていたものをそこまで削り取ったように見えた。手前側の、グループが立っているあたりは、下層の岩が亀裂へ崩れ落ちたところで石板が乱れたふちを残して途切れていた。片側に切ってある溝はおそらく基礎や土台を調査するためのものだろう。

「ふむ。これまでに見た枕状溶岩とはあまり似ていませんね」ルディの声には疑いがあらわれていた。

「これは変成岩《へんせいがん》であって、火成岩《かせいがん》ではないぞ」ハミルが応じた。

「地下を調べてみてもマントルプルームはどこにもないしね。これは切断されて敷かれたのよ」ジーン・グラースが付け加えた。

「ふむ」ルディはまた言った。彼でさえ反論はできなかった。

一行は、まだゆるやかにのぼっている通廊を、徐々に狭くなる奥のほうへと進んだ。ハミルがふたたび足を止めて、片側にならんでいる形も角度もさまざまな大石をみなにじっくり調べさせた。長短さまざまな長方形のブロック、アーチの一部らしき湾曲が見られる割れた破片や丸いかけらがいくつか、そしてごく一部のしるしがついているものは、堅い表面がたんねんに削り取られていて、なにかのシンボルのように見えなくもなかった。ただ、いずれにせよ、キーランの訓練を受けていない目で見ても、それらの物体は加工されたものだった。トレヴェイニーは、南米やエジプトで発見されたのとよく似ているふたつのへこみが、ならんだブロックをI字形の金属片でいっしょに締め付けたあとをしめすものだと気づいた。ハミルもそのとおりだと認めた。別の丸みのある石の破片はまちがいなく人間のような顎の先端と鼻の形をしていた。

通廊の奥にある開口部は、初めはトンネルのように見えたが、実際は別の小室への入口であり、そこからは何本かのシャフトや這《は》ってしかとおれない通路が放射状に広がっていて、のぼっているのもあればくだっているのもあった。ハミルが先に立ち、今度は一列で、少しかがまなければならない一本のシャフトをとおり抜けた。出た先はいきなりひらけていて、それまでがごちゃごちゃしていただけに驚かされた。そこは幅は狭いが高さがあって、水平方向につっかい棒となる支柱が設置されていた。片側の岩は削られて一連の斜路と岩棚が上へ上へとつらなり、そこに足場やケーブルボックスや照明が固定されていた。しかし、だれもが注目したのはその反対側だった。一行は壁のあいだの粗石が散らばる細長い床にならび、畏敬《いけい》の念に思わず背筋をのばしてたたずんだ。彼らが見上げていたのは、キーランがジャガーノートのスクリーン上で目にした壁だった。

「入口を破って踏み込んだら、これがあった。どこかの時点で起きた崩落であらわになっていたんだ」ハミルが説明した。「われわれはほとんど掘る必要がなかった」

それで、発掘に数週間かかりそうな規模の遺跡が出現しているのに、二日まえにいきなりニュースになった説明はついた。スクリーン上で見た印象よりも閉塞感のある空間で、その大半を成す垂直方向の岩の断層では、壁の一部がてっぺんまでずっとあらわになり、およそ八メートルの高さで持ち送りのようなラインを描いて途切れていた。そこはなめらかで風化のあともなく、周囲の岩よりも灰色がかっていて明るかった。左側では、壁は突き立った岩のむこう側へ消えていたが、その岩は基底部からのびる試掘トンネルらしき開口部へ向かってかしいでいた。その開口部のすぐ外に、小型の、砲塔に似た車両がとまっていた。靴箱より少し大きいいくらいで、ゴム製のキャタピラらしきもので走行するようだ。照明と、回転アームに付いた小型カメラと、多種多様なセンサーと、マニピュレータと、付属肢をそなえている。

「あれが友人のゴットフリート？」キーランは指さしながらたずねた。

「そうです」ルディがこたえた。「今日のうちにまた稼働させる予定ですよ」

右手の壁は天井まで届く倒れた岩のむこうに隠れていたが、下のほうはそれなりに片付けられていくつかの巨大な石段と出入口の片方の側面だったのかもしれない垂直な角石の一部が見えていた。トレヴェイニーとファニータが地球で発見された謎の建造物について語っていたように、これらの巨大な石が組み合わさっている様子は異様に複雑でありながら精密だった。キーランはこれだけのものを作りあげるのにどれほどの計測、切断、試験、調整、再配置、再計測が必要になるのか想像してみようとした。とてもむりだった。それなのに、いまも地球にはびこる正統派の教えによれば、これは梃子《てこ》と滑車までしか進歩していない文明が、土の傾斜路ところを使って成し遂げたことになるのだ。トレヴェイニーは、そんな説明は大学の研究室ですわっているエジプト学者たちの自信満々な創案でしかないとあざ笑った。

「建築技師たちなら」トレヴェイニーは言った。「ただ首を横に振るだけだ」

では、これはなにを意味しているのか？　もしも地球の建造物との類似性が確認されたとしたら、いまはいないどこかのエイリアン種族が、太陽系のどこか別の場所あるいはどこかまったく別の星系から、遠い過去に両方の惑星を訪れて、その謎めいたサインを残していったのか――いまだ解き明かすことのできない目的のために莫大な労力を費やして？　一部の人びとが信じているように、そのエイリアン種族が人類の祖先あるいは創造者だということがあり得るのか？　さもなければ、彼らはどこかの進歩した、しかし忘れられた地球の種族だったが、惑星を超える規模の災厄によって絶滅し、その存在の痕跡すらほとんど消し去られてしまったのか？　あるいは、火星からもその大陸や海といっしょに一掃されたのか？　このような大発見から始まる調査は何世代にもわたって続くかもしれない。最終的に判明する結果にこの惑星がどれくらい貢献するかはわからない。だがキーランにはすでに、人類の知識に追加や訂正が入るという観点から、長期的な見返りが計り知れないものになるのが見えていた。

「どうなの、ルディ？」カトリーナがちょっぴり辛辣な口調でたずねた。「これはあなたが以前に見た枕状溶岩と似てる？」彼女はバイザーをとおしてキーランにウインクした。

「ふむ……」ルディはこたえた。スーツの中でばつが悪そうに足を動かしている。「どうやらたくさんの仕事が待っているようですね。付け加えるなら、きわめて重要な仕事が。わたしの推測が正しければ、これは従来の学説を完全にひっくり返すものになります」

「だったらそのことを胸に刻んで仕事にかかろう」ハミルが全員にむかって言った。「そして科学のことを考えよう。ちっぽけな競争心や嫉妬《しっと》は置き去りにして。それこそここへ来た人びとがのがれようとしたものなんだから」

7

そのフライモビルは、ソロモン・レッポと相棒のケーシー・フィッブがガレージ兼作業場として借りている倉庫に鎮座していた。場所はゴーリキー・アヴェニューでもウーハンのターミナルドーム寄りにあるごちゃごちゃした商工地域の中で、以前はルーフ付きクレーターでファームを経営していた裕福な農場主の息子が所有していた機体だった。その息子は友人たちを乗せるのにレーシングマシンにするかパーティ用ワゴンにするか決めかねていた。そこで、何度も独自の高価な改造をほどこして、最終的に両方を妙な具合に組み合わせたものができあがった——六座シートの基本レイアウトに、ファン＝ラム・ハイブリッド型スーパーコンプレッサ、強化二重バブル式メインフレーム、失速感知ジオメトリ修正装置、ツイストウイング空力構造。その後、マシンは不経済なことに華々しく墜落してしまい、彼がその経験からレース方面でそれ以上の野心をもつのが怖くなったのか、あるいはもっと友人や親族や保険会社にとって好ましいライフスタイルでがまんしろと説得されたのか、いずれにせよ、機体の残骸はアラザハッド・マシンの裏庭へ運び込まれることになった。

それはマホムにちょっとした難問を突き付けた。あまりにも重くてでかいのでレースに本腰を入れている人たちは興味をもたないし、あまりにもつくりが型破りなので実用性を求める買い手は二の足を踏んでしまう。そんなちぐはぐな仕様を考えると、売れる見込みが薄いのに金をかけてまで改装する価値があるのか？　マホムがあきらめて部品だけ取ろうとしたとき、ソロモン・レッポが、これは自分の計画にぴったりだと言って、週末の残業と引き換えにマシンを譲り受けたいと申し出た。肩をすくめ、困惑はしたものの、人間という動物がなにをしようが望もうがけっして驚いたりすることのないマホムは、この提案に同意し、帳簿から負債を消せることを喜んだ。

「フライモビルじゃないぞ、ケーシー。防御マシンだ！　空飛ぶボディガードだ。いまから五年後には、いっぱしの人物ならだれでもこいつなしで外出したりはしなくなる――ごつい護衛抜きで家を出ないのと同じようにな」レッポはしゃべりながら工具類を作業台の上のラックに戻し、ここ三時間の作業で出た破片とドリルくずをトレイに払い落として、それを下のゴミ箱にあけた。「新しいことを考えないと――イノベーションだよ。そうやってでかい金があるところへ割り込む。需要をつくりだすんだ――新しい市場を。ほかの連中がとっくにさらっちまったところで残りかすを必死に集めてもむだなんだ」

　ケーシーはストーニー・フラッツにある輸送ステーションでエンジンと飛行システムの技術者として働いていた。いまは油で汚れたスチール製のスツールに腰を下ろし、改造されたフライモビルをながめながら、電子レンジで温めて紙ナプキンに包んであるローストビーフサンドを、適当にぬぐったオイルだらけの手でつかんでむしゃむしゃ食べていた。ふたりはその機体を〝守護天使《ガーディアン・エンジェル》〟と呼んでいた。青と白で塗装して銀のサイドラインを入れたそれは、ふたりの宣伝用モデルになる予定だった。キャビンのまわりや重要な部分に宇宙グレードの軽量装甲を追加するのはまあ当然のことだったし、飛行用と保安用の電子機器を隠し区画に入れて二重化するのもそうだった。敵の車両を奪ったりハイジャックしたりするときの電波妨害は予防策として真っ先に考えるべきことだ。機体中央に設置される、前方射撃用機関砲はそう簡単にはいかないので、またマホムと取引をしていろいろ助言をもらわなければならないが、幸いなことにあの男はわりと成り行きにまかせてよけいな質問はしないタイプだった。いま取り組んでいるのは、機体後部に搭載する、パッシブ赤外線および電子式の、あるいはレーザー／レーダー照射式の、対歩兵クラス自動追尾ミサイル用の発射管だ。目標捕捉および飛来追尾用レーダーや、高性能反撃パッケージの計画もあったが、そのためにはいまもマホムのさまざまなつてを頼って探している部品が必要だった。とはいえ、ふたりには少なくともふたたび飛べるようになったマシンがあった。

「いまやってるこれはみんな貴重な経験になるよな、ソル」ケーシーは同意した。「だけど札束がうなるほどある大物たちをつかまえられると本気で思ってるのか？　だってさ、材料とか仕様だけの問題じゃないんだよ。きみが相手の名前を知っていて、相手もきみのことを知っている必要がある。これは処世術の問題でもあるんだ、意味わかるかい？　コネがないとだめなんだよ」

「方法はいろいろあるさ」レッポは応じた。「ひょっとしたらマホムより先は考えなくていいかもしれない。あの男は政界や軍隊の人たちを知ってて、たいていは金持ちだし、中には口にするのもはばかられるような連中や想像すらできないような人もいる。彼らはおたがいにつながってるんだ。どういう流れになるかわかるか？　あちこちでドアにつま先を突っ込んで、いい仕事をして彼らが目を見張るようなものを見せてやりさえすれば、気がついたときにはむこうからやってくるんだよ」彼は棚のレーザー式ニードルドリルのとなりにあるおんぼろ自動調理器《オートシェフ》のボタンを押してコーヒーを注いだ。「特に、その中にもぐりの麻薬の売人と医薬品のディーラーみたいなライバル関係にある連中がいたり、警備会社の大物の顧客とかがいたりするときはな。だれかが装備の性能をあげようと決めたら」〝ガーディアン・エンジェル〟のほうを身ぶりでしめす。「じきにそれ以外の連中もあとに続くしかないだろ？」

ケーシーは口をもぐもぐさせながら機体の後部をじっくり見ていた。カバーがあいて、取り付けたばかりの六連再装塡機構《さいそうてん》がむきだしになっていた。「尾部の整流板は調整してもっと間隔をあけないとな」

レッポは続けた。「つまりだ、おれが死ぬまでこんなところでグリス止めの中を這い回るつもりでいると思うか？　それじゃ一流の女の関心は引けないんだよ、ケイス。秘訣はしゃれた生き方をすることだ……」レッポは言葉を切ってマグカップからコーヒーをひと口飲み、ぼんやりと付け加えた。「このまえうちへやってきたああいう男たちだな……」

「どんな男たちだって？」

「しゃれてるんだよ――わかるだろ、生き方がクールなんだ。いつも最高の場所で過ごしている感じで、その風景の一部になりたくてうずうずしている女たちがそこらじゅうにいるんだろう。連中はでかいぴかぴかのメトロサインに乗ってあらわれた――スーツ、マニキュア、クリップ、それに宝石がぎっしりの指輪。ひとりがうちの修理工場に入ってきたんだ」

「用事はなんだったの？」ケーシーはたずねた。

「ある男を捜していた――仕事上のことだと言ってたが、もっとヤバいことが起きていたんだと思う。その三日まえに大きな黒い犬を連れてウーハンにいた男で、うちの店で借りたコディアックを運転していたらしい。それで連中が捜しに来たんだ」

ケーシーはちょっと考え込んでから、レッポにいぶかるような目を向けた。「わりとでかい男かな？　引き締まった、タフな感じの。笑顔は親しげなんだけど、必要とあらば相手をばらばらに引き裂くこともできそうな？」

レッポは驚いたようだった。「どんぴしゃだ。なんで？」

「その男を見たんだよ。ストーニー・フラッツへ来たのは、たしか、あー……一週間くらいまえだったな。そういう犬を連れていた。濃い色のコディアック――おかしな紫っぽい青じゃなかった？」

「それだ」レッポは興味を引かれた。「その男はなにをしていたんだ？」

「どこかへ遠征するために車両の準備をしている科学者たちに会いに来たんだ。どういう事情なのかは知らないよ。それから、科学者たちが出発する直前にまた姿を見せて、いっしょに出かけていった――でもそのときは犬は連れていなかったな。だれかがその男はドクターみたいなものだと言っていた」

レッポは目をしばたたいた。人生においてこんなチャンスはそうめったにあるものではなかった。「地表の遠征?」彼は繰り返した。「行き先は知らないのか?」

「うん。でも、たぶん一本電話をかければわかるよ。なんでそんなに興味津々《しんしん》なの?」

「ああ……なにかあったらうちの店に来た男に知らせると約束したんだ」レッポはあいまいに返事をした。「あとな、ケイス。その電話をかけてくれるとありがたいんだが」


十五分後、ケーシーが点火回路制御装置を固定するためにブラケットの準備を始めたとき、レッポはおもての路地にとめてある自分の車から必要なものをとってくると告げた。彼は外へ出て車に乗り込み、ドアを閉めると、財布から取り出した名刺に書かれていた番号にコムパッドで連絡をとった。男の声が淡々と応答した。「本社です」レッポはその声に聞きおぼえがあった。

「ミスター・マレンですか?」

「そちらは?」

「ソロモン・レッポです。あなたがビーコン・ウェイのアラザハッド・マシンへ来たときに話をしました。たしか犬を連れた男について知りたがっていましたよね。おれはなにか聞いたらあなたに連絡すると言いました。いいでしょう、その男がどこへ行ったか教えられると思いますよ……」

8

キャンプを陽気なムードが支配すると、それは掘削と整地のほとんどを受け持つ雇われ作業班にまで伝染した。ジークとルーのほかには、体格のいいカナダ人のシェイン、アジア系の血も引くナイリカー、それに現場監督のチャズ・ライアンという顔ぶれだ。〝穴《ホール》〟で作業をしたり、掘削で出る土砂を運び出したり、カードをしたり、オリンポスという地ビールの冷えた缶を手にたまっている映画を楽しんだりする合間に、彼らは科学者たちに仕事の背景について質問し、太古の地球の建造物とそれにまつわる謎や、地球の最近の激動の歴史に関するさまざまな仮説に、興味津々で聞き入った。彼らは独自の推測さえしていた。

チャズは、テクノリシク文明は自分たちの身になにが起きるかを予見していたので、まず破壊されることのない巨大なモニュメントという、進歩した種族ならいつかは必ず解読できる言語を使って、自分たちが何者でいつ存在していたのかを伝える証拠を残したのではないかと考えた。ハミルは大勢の科学者たちが同じことを考えていて、すでにその暗号を解き明かす作業を始めているのだと認めた。ジークは聖書を初めとする太古の創世物語に出てくる〝神々〟は宇宙をわたる種族だったのかもしれないと考えた。だがそれは目新しい思いつきではなかった。折に触れてマスコミが流していたのだ——善と堕落した〝天使たち〟との戦い、あるいはギリシア神話のオリンポスの神々と巨人たちとの戦いなどは、ほかの世界からの訪問者の太古の権力闘争と内乱を描写したものであり、当時の人類には自分たちが見ているものをほかに解釈しようがなかったのだと。

キーランは、ローウェルでの一件のほとぼりが冷めるまでは世間から離れて比較的静かな日々を送ることになると思っていた。ところが、あらゆる面において、ここの仲間たちとその調査対象はキーランの飽くことなき好奇心にとって新たな興味の源となり続けていた。

それは古くからあるパズルの変形版で、牧師館の午後のお茶会でさえ意見がまっぷたつに割れて議論になることまちがいなしのものだった。キーランはエアフレーム式キャビンの食堂にある長いテーブルの上で三枚のカードを裏向きにならべた。

「よし、単純な話だ」キーランはむかい側の壁沿いに置かれた長椅子にすわっているチャズ・ライアンとハリー・クオンに言った。「このうちの一枚がキングだ。どれだろう?」

「ただ当てればいいのか?」ハリーが確認した。

「そうだ」キーランは言った。彼はおもて側を見せてからカードをあっちこっちへ動かしたわけではなかった。明らかに古典的な三枚カードの手品とはちがうのだ。

「きみはどれがキングか知ってるんだな?」チャズが質問した。

「もちろん」

ハリーは肩をすくめ、ならんだカードに視線を走らせてから指さした。「それだ」

キーランはチャズに目で問いかけた。

「まあいいかな」チャズはこたえた。「わたしも同じので」

「けっこう。さて、ぼくはこのカードがキングではないことを知っている」キーランはほかの二枚のカードのうちの一枚をひらいてダイヤの3であることをしめした。「では質問だ——正解となる確率をもっとも高くするために、きみはどうするべきだろう？　選択をそのままにするか？　もう一枚に変えるか？　あるいはどちらでも関係ないか？」

キーランは椅子に背をもたせかけてふたりに考えさせた。ファニータは隅にある折りたたみ椅子にすわり、なにかの書類に目をとおしていた。ほかの人びとは〝穴〟におりているか、ジャガーノートの実験室で忙しくしているか、キャンプ周辺で雑用をこなすかしていた。

「ちがいがあるわけがない」ハリーが言った。「残ったカードは二枚だ。五分五分だ。変えようが変えまいが、なにも関係ない」

チャズは少しためらってから、こくりとうなずいた。「同感だ。それで確率が変わることはない」

キーランはもうちょっとだけ再考の時間をあたえてから、おどけた笑みを浮かべた。「実は関係あるんだよ。ここは選択を変えるべきなんだ。正解の確率は二倍になる」

ここからが楽しいところだった。数学者たちでさえわからないことがよくあるのだ——しかも彼らは自説を擁護しようとしてだれよりも好戦的になりがちだ。キーランはどうやって相手の性格を見抜き、それに合わせてうまく説明する方法を選ぶかという難題を楽しんでいた。ある人にとってはすぐにのみ込める論証やたとえが、別の人にとっては理解不能だったりするのだ。

チャズが首を横に振った。「わからないな。ハリーが言ったように、残りは二枚。そのどちらかだ。きみは正解を知っているかもしれないが、わたしたちは知らない。だったらわたしたちの選択でどうやったらちがいが生まれるんだ？」

ハリーはやや確信がゆらいできたようだったが、理由については見当もつかないようだ。彼は顎の先をなでて裏向きの二枚のカードを天啓を待つかのようにじっと見つめていた。

キーランはポーカーで相手の手を探るようにふたりの表情を観察した。「きみたちが最初に選択をしたとき、それが正解である確率は三分の一だった。それは変わりようがない。となるとこっちの残ったカード――きみたちが選ばなかったカード――の確率は三分の二ということになる。選択を変えれば正解するチャンスは二倍になる」

チャズは考え込み、また首を横に振った。「最初は最初だ。いまはちがう。ここにあるカードは二枚。五分五分だ」

キャビンの三つの部屋で共有されている入口から、外のエアロックに空気を満たすポンプの作動音が聞こえてきた。ファニータは眼鏡を鼻の上で押し下げて、読んでいた書類越しに会話の流れを追っていた。

「こう考えてみて」ファニータは言った。「あなたたちが最初に三枚だけじゃなくてひと組のカードぜんぶから一枚を選んだとする。キーランはどれがキングなのか知っている。彼はその知識を使ってあなたたちのために五十枚を取り除いて、キングともう一枚だけを残す。それでもまだあなたたちの選んだカードがキングだと思える？」

ハリーの目に理解の光がともった。「なーるほど！　やっとわかったぞ！」

今度はチャズが自信をなくす番だった。

話がそれ以上続くまえに、どすどすというブーツの足音とスーツから塵が払い落とされる音が部屋の外から聞こえてきた。すぐにドアがひらいて、デニスがヘルメットを脱ぎながら入ってきた。彼は三十代の初めで、薄茶色の髪に、さっぱりした無邪気な顔をした、理論の構築よりも世界へ飛び出して体を動かすほうが好きな実践的な研究者だ。仕事に没頭するせいで政治的なことにはまったく関心がなく、それと人当たりの良い性格とが相まって、ほとんどだれとでもうまく付き合うことができる。デニスはトレヴェイニーといっしょに地球で働いていたこともあった。だが、この二年間、彼とジーン・グラースはハミルやファニータとともに火星のあちこちを調査して回っていた。

「どんな調子？」ファニータがデニスにたずねた。

「順調だよ。シェインとジークがＥ２オブジェクトのてっぺんをきれいにしてくれた。あれはまちがいなく門だね。驚いたことに一枚岩なんだ。ウォルターの推定だと、地球だったらあの一片で二百トン以上になる。あっちでもよく似たデザインの物体があちこちで発見されているしね」

チャズがテーブルから身を引いて両手を広げた。「いったいどうやってそんなものを作ったんだ？　わたしはたくさんの建築プロジェクトにかかわってきたからそのたいへんさがよくわかるんだ。大勢の人間がロープで引っ張ったとかいう話も聞いたことがあるが、わたしにはとても信じられない。ああいうものはどこかに置いたら、もうそのままだ。だとしたら、どうして積み木みたいに組み合わせることができたんだ？」

「インカのある王も同じ疑問をもったの」ファニータが言った。「そこで彼は、同じことができるかどうかをたしかめるために、ペルーのサクサイワマンにある城砦に同じくらいのサイズの大石をひとつだけ追加してみようとした。十六世紀のスペイン人の記録によると、王は二万人の住民にその石を引かせて山を越えていった。とある断崖でロープが切れて、三千人ほどの男たちが押しつぶされた。実験はそこで終わった——世界のいたるところで成し遂げられていたはずの偉業なのに、それを再現しようとした試みは、知られているかぎりではそれが唯一なの。あまり説得力があるとは言えない」

「つまり、もともとの技術がどんなものであったにせよ、当時のインカ人にはその知識も経験もなかったわけだ」キーランは言葉を換えて言った。

「そのとおり」デニスが言った。「そして今度はこれだ。どんどんおもしろくなってくると思わないかい？」

ちょうどそのとき、ファニータがすわっているそばの壁にあるCコムユニットから呼び出し音が鳴った。彼女は手をのばして応答した。スクリーンにはウォルター・トレヴェイニーの頭と両肩が映っていた。彼がいるジャガーノートは、いまはキャビンのそばにとめてあり、だれかが行き来しようとするたびにスーツを着なければならないわずらわしさを避けるために、自在に曲がるトンネルで接続されていた。トレヴェイニーの顔には困惑があらわれていて、かすかに不安の色もあった。
「ただの報告だが、数分まえになにかが接近してくるのをレーダーが探知した」トレヴェイニーは告げた。「訪問者があるようだ。だれなのかはわからない。ハミルは〝穴〟からあがってくるところだ。ほかにだれか顔を出したい者がいるなら、外で落ち合うとしよう」

軽量タイプの地表用スーツに身を包み、キーランはデニスとファニータとともに、寄り集まった小屋や車両のとなりにあるひらけたエリアの端に立っていた。トレヴェイニーとジーン・グラースもハミルといっしょに近くにいた。全員がヘルメットのバイザーの奥で顔をあおむけて〝ミュール〟輸送機を見つめていたが、占有者がいる痕跡に気づいたのか、それは降下を途中でやめて、いまは上空を旋回していた。機体は濃いメタリックグレイで、全体が箱のように角張っていて、高い尾翼部分には三枚の安定板、中央部からのびる短くて太い両翼は、その先端に大きなエンジンナセルを搭載している——人や貨物を火星のいたるところへ運んでいる標準モデルだ。キーランのヘルメットの中で、全員が合わせている航空管制回線を通じて声が流れ出した。彼の手首のスクリーンに表示されたのは、肌のつるりとした三十代後半の男の顔で、髪は淡い金髪、顎の下には飛行用ＥＶスーツのネックリングがのぞいていた。男は自己紹介はしなかった。

「このエリアはゾーケン・コンソリデーテッドによって申請された使用登録証明書にもとづいて保有されています。あなたがたは広く認められた規約に違反しています。身元を明かしてここにいる目的を述べてください」

ハミルが応じた。「こちらはハミル・ハシカー、考古学教授だ。われわれは独立した考古学遠征隊で、さまざまな民間企業および学術機関より支援を受けている。きみたちの当地における活動は停止されていた。放置されたままの試掘場は、科学界がめったに手にできない非常に貴重な調査の機会をもたらしてくれるんだ」

いかにもハミルらしいな、とキーランは胸のうちでつぶやいた。のんきでおおらかで、人生をそぞろ歩くように楽しみ、自分にとって重要なことが自動的にほかのすべての人びとにとって同じ重要性をもつわけではないという疑いをもつことはけっしてない。ほんとうに必要に迫られないかぎり、思いあがった役人から許可を得たり杓子定規でいらだたしい手続きを片付けたりするために、ハミルが現場でのたいせつな時間を犠牲にするはずはなかった。

「調査をするなら惑星上のよその場所がいくらでもあります」回線上の声が言った。「このエリアは保有地域です。わたしたちがここへ来たのはゾーケンによる作業の再開準備をおこなうためです。あなたがたには退去を求めます」

「会って話をすれば変わるような気がするんだが」ハミルは応じた。「この距離ではあまり具合が良くないな」

ミュールはバンクして旋回を開始し、低空でゆっくりキャンプの上空を通過した。あまりにも低すぎて、エンジンの振動を感じ尾翼に塗装されたオレンジに白のZCのロゴを見きわめられるほどだった。搭乗者たちが付近に武器かなにかの怪しいしるしがないかチェックしているのは明らかだった。

「わかりました」金髪の男がようやく応答した。「着陸エリアから離れてください」

輸送機は速度を落としてキャンプの真正面に垂直降下し――エンジン音は高まったが、薄い空気の中ではそれでも遠い響きだった――渦巻く塵と砂のただなかへ着陸した。音と騒ぎがおさまった。短い間があった。それからミュールの搭乗ステップが外殻の一部とともにヒンジでひらき、スーツ姿の三つの人影が姿をあらわした。彼らはステップをおりたところで立ち止まってあたりを見回し、待っている一行を値踏みしてから近づいてきた。金髪の男が中心で、先頭に立っていた。いっしょにいる、唇の薄い、青白い顔をした女は、灰色のメッシュが入ったまっすぐな髪を短く刈り込んでいて、もうひとりのアジア系の男は、チャーリー・チャンのような短くとがった顎ひげを生やしていた。ハミルは、独特の陽気な態度で、手袋をはめた手を差し出した。

「ハミル・ハシカーだ」

金髪の男はそれを無視して笑みを見せようともしなかった。「そうした社交辞礼はこのような状況にはふさわしくないでしょう。わたしの名前はバンクス。ゾーケン・コンソリデーテッドの代理人です。わたし個人の資格は問題ではありません。すでに通告しましたとおり、こうした作業には正式な使用登録が必要です。火星で広く通用している規約により、あなたがたにはここを使用する権利がないのです。これ以上議論することはありません」

ハミルはなだめるような身ぶりをした。キーランはすでにこの段階での説得の試みには意味がないと判断していたが、ハミルは気づかないようだ。彼は続けた。「どうもわかっていないようだね、ミスター・バンクス。われわれがここで見つけたものは今世紀最大の考古学的発見のひとつになる可能性がある。きみたちのプロジェクトの最高責任者と話をする必要があるんだよ」

バンクスは目を閉じてため息をついた。「わかっていないのはあなたのほうです。ここには巨大な宇宙港が建設されるんです。あなたがたに岩を掘って議論をさせるためにそれを止める人がいると思いますか？」

「それはないだろうな。しかし失われた文明まるごとだとしたら？」

「それが我が社の収益性をどれだけ高めてくれるというのですか？　すごく興味を引かれる人がいるとは思えません」

「しかし、いま言っているものは地球の起源とも深いつながりがあって……」

ハミルは信じられないというように声を張りあげた。そしてバイザー越しに冷徹な視線をむけてくる三人の顔を順繰りに見つめた。もっと理解ある対応をしてもらおうと説得するのがいかに無益なことであるかようやく悟ったようだ。彼は言葉を失って首を横に振った。張り詰めた沈黙がしばらく続いた。ジーンがデニスに身を寄せた。

するとファニータが爆発した。「俗物！　野蛮人！　そんなことしか頭にないの――あんたたちのだいじな経常収支と利益のことしか？　彼の話が理解できない？　わたしたちは人類の起源を決定づけるかもしれないできごとについて語っているのよ！」

「この情報には計り知れない価値があるのに」トレヴェイニーは困惑していた。「計り知れない価値が……」

「ほう?」バンクスがあざけった。「そういうことなら、必要な人びとの同意があれば、あなたがたが金額をしめしてここを買い取ることにはなんの問題もありません。わたしたちはいつでもオファーを受け付けています」彼はファニータをちらりと見た。「どうです——完璧に理性ある人びとでしょう」表情がけわしくなった。「それまでのあいだは、あなたがたもその装備もここから退去していただきます。わたしたちには仕事があって、あなたがたはそのじゃまをしているのです。もしも平和的に退去していただけないのでしたら、こちらとしてもより強硬な手段に頼らざるを得なくなるでしょう」

9

ヘンリー・バルマーが住んでいる小規模だが豪華な分譲マンションは、トラピージアムがエンバーカデーロと接するあたりの峡谷の上に架かるガラス壁の階層がかさなる居住区に位置し、そこは全体として〝水晶の橋《クリスタル・ブリッジ》〟と呼ばれていた。サルダの消えた金を追跡するための捜索活動は、ローウェルの運営議会の捜査局の主導で進められていて、それがほんとうの問題から彼らの注意をそらしていた。ゾディアック商業銀行へ代理人を送り込んだシンジケートは、業界の噂では問題だらけで投資の価値はないと見限られたテクノロジーのために前払いした二億五千万の返金を要求していた。金を見つけるのは建て前としてはバルマーとサルダの問題だったが、シンジケートはその任務のために人と資源を投入していた。チャンスがあるなら、銀行口座の現金のほうが霊安室の死体よりましだ——すべての試みが失敗に終わったときにほかの連中への見せしめにできるとはいっても効き目は怪しい。

リオ・サルダは隅のリクライニングチェアに身をゆだね、親指と人差し指で口ひげを引っ張っていた。スチュアート・ペレルの提案により、サルダは一週間の快復期休暇をとってクアントニックスから離れていた。なにしろ、わかっている範囲ではバルマーによるセラピーが効果を発揮しているにもかかわらず、あの実験の直後からの期間についてサルダの記憶には少し抜けが残っているのだ。もちろんそれは、彼が記憶しているはずの当時のできごとというのが、クアントニックスのだれも事情を知らない、行方不明のもうひとりのサルダが体験したことだからだ。そのおかげで、シンジケートに対してはもうひとりのサルダとイレインがどうなったのかを突き止めるには時間が必要だという口実ができていた。これまでのところ、バルマーの多種多様なコネをもってしても、手掛かりはまったくなかった。あのふたりの失踪を仕組んだのがだれであれ、その仕事ぶりは徹底していたようだ。

「われわれは最初からはめられていたんだ」バルマーが暗い声で言った。彼はじっとすわっていられず、居間の奥にあるスライド式のガラスドアのそばに立っていた。外は熱帯の花や植物がならぶ小さな温室になっていて、そのむこうの強化展望ウインドウからは、エンバーカデーロにつらなる屋根とマリネリス地溝へむかって続く峡谷という壮大な風景を見渡すことができた。「たぶん実験のまえからだ。おまえが関与していなかったのは明らかだろう、さもなければおぼえているはずだからな。となるとイレインしかいない。だが、彼女にこんな裏切りを仕組めるはずがない。仕事を熟知しているプロのしわざだ。となるとその一味は最初から関与していたことになる」

「実験のまえから？」サルダは言った。「つまりどういうことだ？　きみを使ってわたしを生かしたいという話がぜんぶ詐欺の一環だったと？　そんなにまえからイレインがこんなことを考えていたと？」

「もちろんそうに決まってる」バルマーはガラスドアから振り返った。立派な眉毛の下で両目がぎらぎらと輝いていた。「イレインがおまえにそんな話を吹き込んだのは、一味が利用できるカモを必要としていたからだ。それから、あの女はおまえの心に恐怖心と、なんのリスクも負わないもうひとりのサルダに対する反感を植え付けた。そうだろう？」

サルダはその指摘にうなずいた。たしかにそう仕向けられたにちがいない。イレインが挑発的な言葉を使ったりなまめかしくせがんだりして、彼に正当な権利があるものを手に入れさせようとしたのを思い出すことができた。「そしてわたしはまんまとひっかかった」彼は陰鬱《いんうつ》な声で言った。

「イレインがわたしのコネを利用しようとしていることはずっとわかっていた」バルマーは言った。「しかし、あの女のすべてを見抜いていたわけではないことは認めるしかない。利己的なのはわかっていた。だがそこまで利己的になれるとは思いもよらなかった」

　サルダは片手をあげた。「そしてあの苦しげな、道徳心あふれる口調で、道義に反しているのはわたしだと言わんばかりに……そのあいだずっと彼女はわれわれから金を巻き上げる算段をしていたのか」

　バルマーは重々しく息をついた。「こんなことがあるとおまえは信じられなくなってしまいそう――」玄関のチャイムが鳴った。「だれだ?」彼はわずかに声を張りあげた。「ハウスマネージャ。ドアの映像を」

　カウチのむかい側のウォールスクリーンが起動して、外にいるふたつの人影が映し出された。日焼けした、洗練された雰囲気の男はリー・マレン、地元の〝世話役〟で、シンジケートに雇われてその調査活動を手伝っている。もうひとりは褐色の肌に顎ひげをたくわえ、やはり高そうなスーツに身を包んでいた。見おぼえのない男だ。

「機能、ドアをあけろ」バルマーはそう命じて、玄関へむかった。マレンともうひとりの男が部屋に入ってきたちょうどそのとき、バルマーは戸口を抜けてふたりを出迎えた。

「やあ、先生《ドク》」マレンがあいさつした。彼はバルマーの肩越しに居間へ目を向けた。そこではサルダがすでにリクライニングチェアから起きあがっていた。「おや、もうひとりもいるのか。こいつは手間がはぶける。ちょっと話したいことがあってね」彼はふたりに言った。「そのまえに言っておくが、ありがたいことに例の犬を連れた男について情報が入った。そいつもドクターらしい——セインという名前で活動している。一週間まえにあるグループといっしょに岩を掘るために砂漠へ出かけたようだ。そちらへは連れて帰って話を聞かせてもらうために友人たちを派遣することにした。それで、あんたたちはしばらく出かける予定はないよな？　この男に適切な質問をするためにいっしょにいてほしいんでね。会社《ファーム》のほうではこの件についてひどく気をもんでいるんだよ……」

〝ガーディアン・エンジェル〟は、アラザハッド・マシンの事務所の裏手にある修理工場のまえで、水からあがった青と白のサメのように、その低くすらりとした姿を見せていた。マホムのミニチュア兵器庫から出した機関砲を装備するために、ソロモン・レッポがそこまで牽引してきたのだ。営業部長のフィル・ヴァーランは、マホムのとなりで腕を組んで考え込んでいて、レッポとマック——マホムの友人で航空電子機器の専門家——は、操縦室の前部にある点検用ハッチの中に火器制御ボックスを取り付けたところだった。

「さて、おまえはどう思う、フィル？」マホムはそうたずねながら、真っ白なフェンスのような歯でにんまり笑った。「ソルはいずれこいつが一大市場になると言ってるが」

「相手はだれなんだ？」ヴァーランはこたえた。「うちは軍需産業にまで手を広げるつもりなのか？」

「民間の警備用ですよ」レッポがカバーパネルをおさえてマックにネジ止めしてもらいながら

肩越しに言った。「火星にはみんなが同意している法律がないのに、人はどんどん増えています。重要人物たちはもう独自に警備や提携の契約を進めています。あと五年もしたら、そういう人たちがみんなこいつをほしがりますよ」

「そんな流れになると思うか、フィル？」マホムはヴァーランにたずねた。「こいつに投資することを検討するべきなのか？」マホムの推定の中ではあらゆる有望なビジネスが等しくランク付けされていた。そうあるべきかどうかという判断が、彼の計算に影響をあたえることはなかった。

「返事をするまえにいくつか問い合わせをさせてくれ」ヴァーランが言った。彼はちらりと腕時計を見た。「そういえば、これからふたりの人と会うことになっているんだが、すでに遅刻しそうだ。事務所から取ってくるものもあるし」

「いっしょに行こう」マホムは言った。

「がんばれよ、ソル」ヴァーランはマホムとともに歩き出しながら背後へ声をかけた。「たしかに、いいところに目を付けたかもしれない。いま言ったように、わたしのほうで少し問い合わせをしてみるから」

「絶対に失敗はしませんよ。見ててください」レッポはふたりの背中にむかって自信たっぷりに呼びかけた。

マックが数メートル離れたところにとめてある自分のトラックから出したツールボックスに工具を戻し始めた。「照準器の調整がすめばそれで大丈夫だ。明日ストーニー・フラッツの射撃場まで飛んで試し射ちをしてみよう。十時くらいに寄ればいいか?」

「それでいいです」レッポは言った。「ケーシーを連れていきます。どのみちあいつはむこうで仕事なんで」

「曳光弾《えいこうだん》を二箱と実弾のミニパックをひとつで充分だ。裏の倉庫に在庫があったぞ。もうチェックした」

「用意します。あなたが帰ったらすぐにマホムと話をつけます」

「よし」マックはツールボックスを閉じてなにかを待つように上体を起こした。「取り決めはどうなってたかな……?」

レッポはジャケットの内側を探って、マレンから渡された封筒を取り出した。そこから四枚の五十内星系ドル札を抜き出す。マックはそれを確認し、折りたたんでジーンズのうしろのポケットに押し込んだ。

「よし、ソル。じゃあ明日またここで」

「十時ですね」

「きっかりに」マックはツールボックスを持ちあげて自分のトラックへ歩き出した。レッポは彼が乗り込んで、エンジンをかけ、ビーコン・ウェイを走り去るまで見送った。

封筒はまだレッポの手の中にあった。彼はそれをいっとき見つめてからゆっくりとジャケットの内ポケットへ戻した。それは金だった。彼は金こそがほしいものを手に入れる鍵だとずっと思っていた。だが、かなりの確率で密告の報酬となると? 考えただけでひどく落ち着かない気分になる。彼がまだ悩んでいたとき、エンジンのかかる音が事務所のむこう側から聞こえてきた。一瞬おいて、フィル・ヴァーランの車が視界にあらわれ、ビーコン・ウェイへ乗り出して、マックとは逆方向へ走り去った。レッポはもう一度ジャケットの内側にある封筒を探った。それから事務所に近づいて側面のドアから中へ入った。

マホムはデスクのきちんと閉まらない引き出しを調節していた。「フィルに考えさせたじゃないか、ソル」彼はくすくす笑った。「個人で戦争をしたがる連中を顧客にするというアイディアはどこから出てきたんだ？」

レッポは肩をすくめた。「このあたりだと防護ビジネスは成長すると思っただけです」

「まあ、見習いとして働くにはいい場所へ来たな。それが狙いだったのか？」

「ちょっと、給料をもらってる仕事がいつだって最優先ですよ。わかってるでしょう」

「いや、文句を言ってるわけじゃないんだ。おまえはよく働いている。あれはかなり鋭い考えに思える。そんなことで悪く思ったりはしないさ。おまえがこの先やっていくにはああいうのが必要なんだろう」

短い沈黙がおりた。

レッポは冷水器に近づいてカップに水を注いだ。「最前列にあった青いコディアックはどうなりました？」振り返らずにたずねる。「しばらく見ていませんけど。売れたんですか？」

「貸したんだ。月の工場から来る豪華な縮退水素《DH》モデルにだれかが興味をもつかもしれないからな。コディアックであちこち動き回っているうちに、あいつはＤＨの良さを味わうという寸法だ」

「知ってる人ですか?」レッポはなんとかさりげない口調をたもった。

「ああ、ほんものの親友だ。最上級の」

レッポの胃が引きつった。「へえ、そうなんですか」

マホムはふわふわの縮れ毛をうなずかせた。「あいつはナイトと呼ばれてる。あちこち行き来しているうちに、とても信じられないありとあらゆる事件に巻き込まれるんだ。ほんとうに頭が切れてな――そのくせいつでも誠実だ。正義の味方で、助けを必要としているのがどこかの平凡な人たちのときは特にそうなる。儲けている連中から分け前をいただくのが好きなんだよ。以前、おまえがここで働き始めるよりずっとまえ、おれは荒っぽいスタイルの防護組織から脅迫を受けていて、あのままなら自分の住みかの家賃集金係にまで落ちぶれていたはずだった。そのとき解決してくれたのがナイトだ」マホムは思い出してくっくっと笑い、引き出しを試しにあけてみた。「ほんとにみごとに解決してくれたから、そいつらは二度とここへあらわれなくなった。いまどこにいるのかは知らないが、いずれあいつがここへ戻ってくるときには、おまえも自分のもくろみについて話してみたらどうだ。思いも寄らないものの見方を教えてくれるはずだ」マホムはうなずき、満足して、引き出しをもとどおり閉めた。「最上級だよ」彼はもう一度言った。「あれほどの友人に出会うことはまずないぞ、ソル」

レッポはその晩、しばらくまえから軽く付き合っているミツィという娘とデートした。夜が過ぎていく途中、ミツィはレッポがいつものように饒舌《じょうぜつ》ではないことに気づいた。なにかまずいことでも？　レッポはふたりには関係のないことだとこたえた。仕事上の問題で悩んでいるだけだと。

10

三室あるエアフレーム式キャビンの中の空気は、いつになくたくさんの人体が押し込められているせいで蒸し暑く、遠征にたちこめる暗雲のせいで重苦しかった。緊迫した夜が明けてみると、指示を待っていたらしいバンクスは、ゾーケンが置き去りにしていた二棟の小屋を奪還してミュールをそのとなりへ移動させていた。彼らは遠征隊とは別に小さなキャンプを設営し、金属製の杭《くい》でまわりを囲んでそれらを侵入者を発見するための赤外線ビームでつないだ。二棟の小屋はまちがいなくゾーケンの所有物だったので文句を言うことはできない。従って、遠征隊としてはあきらめて明け渡すしかなかった。次の問題は彼らの〝穴〟への立ち入りをいかにして阻止するかだろう。最悪の事態にそなえて、ハミルとファニータがそこへおりて現時点での発見を写真で記録していた。キーランは、ハミルがまだ話し合いで解決できるチャンスがあるうちはと、もっとも熱くなりがちなメンバーを交渉の場からはずしていることに気づいた。その話し合いについては、トレヴェイニーとジーンがミュールへ出向き、相互理解のための共

通基盤を確立しようとしていた。ハミルは、地球からわざわざやってきた研究者というトレヴ
ェイニーの立場が、発見物の重要性を強調するのではないかと考えたのだ。ハリー・クオンと
チャズ・ライアンは外に出て、小屋から出した発電機と空気再循環装置を二台あるトレーラー
の片方に設置し直していた。遠征隊のそれ以外のメンバーは、不安なときには身を寄せ合うと
いう人間の性質を反映してか、エアフレーム式キャビンにある食堂という顔ぶれだ。当面のあ
キーラン、デニス、ルディ、カトリーナ、それに五人の現場作業員という顔ぶれだ。当面のあ
いだ、作業員たちの仕事は事実上中断していた。

「ハリーから聞いたんだが、ピエールはきみとジーンの友人だそうだね」キーランはデニスに
言った。ふたりは、合法性や土地の所有権について熱心に議論しているほかの人びとから少し
離れたところにすわっていた。

デニスはうなずいた。「ジーンがずっとまえから彼を知っているんだ。ふたりともヨーロッ
パのどこかの学生クラブに所属していたらしいよ」

「きみはピエールがローウェルでかかわっている仕事についてなにか知っているんだろう——
ナノスケールの生物学的研究だとか」

「自己組織化人工分子構造だね。どうして?」

「いや……なんにでも興味があるだけだ。ハリーの話だと、体細胞の内部で分子が組み合わさ
るとか。それが自己組織化ということなのかな?」

「そうだね。ひとつひとつの分子部品は充分に小さいから、経口摂取か吸入で体内へ取り込め

278

ば、あとは通常の流れで体細胞まで運ばれる」デニスは言葉を切り、この概念が伝わるかどうか目で問いかけた。キーランはうなずいて先をうながした。「そのあと、各部品は細胞の代謝機構を利用して組み合わさってタンパク質合成機になる」

「つまり人工リボソームみたいな?」

「そのとおり。でも、こいつがユニークなのは、遠隔操作ができることなんだ」キーランがきょとんとしたので、デニスは説明を加えた。「どんなタンパク質を合成するかを指示するんだよ。合成機の一部は分子版の共振回路になっていて、外部から届く電子信号を解読する。細胞内でどんな種類のタンパク質を作りあげるかについて、体の外からプログラムできるというわけだ」

「それは初めて聞いたな」

「ね、すごいだろ?」

「それで、どんな使い道があるんだ?」

デニスはなにかをほうるような身ぶりをした。「まだすべての可能性が明確になっているわけじゃない。ひとつあげるなら遠隔指示による薬物の投与だね。なにか問題に出くわしたときに適切な薬をぜんぶ持参していることを祈るかわりに、必要な薬物を生成するための指示を遠方の診断センターから送信してもらうことができる。太陽系全域に散らばってあらゆる種類の困難に直面している人びとにとって、それがどれほど役に立つか考えてみてよ」

キーランは興味をそそられ、椅子に背をもたせかけてほかにどんな使い道があるか考えてみた。だが、まだなにも思いつかないうちに、長いテーブルに集まった人びとのあいだからルディが呼びかけてきた。

「サー・ナイト、ちょっと教えてください——こういうのは火星ではどうなるんです？　土地の権利証書を発行する官庁が存在しないとしたら、ゾーケンは実際にはこの現場を所有することはできないでしょう」ルディはひらいた手をぞんざいに動かした。「彼らはわたしたちよりも先にここへ来て何本かシャフトを掘りました。それがなんだというんです？　わたしにはあまり意味があるようには思えません。彼らは立ち去って現場を放置したんですよ。たまたま先にそこに来ていたというだけで、どこでも好きなところの権利を主張できるわけがないでしょう」

「ゾーケンはこのエリアで生産的な活動があったことを証明する書類を届け出たんだ」キーランはこたえた。「ちょっと寛大すぎる気はするけど、火星上のさまざまな形態の行政当局やその他もろもろはだいたいそれを認めている」

「バンクスがハミルに言っていた、ゾーケンは必要とあらば力ずくで現場を取り戻すというのはどういう意味なのかしら？」カトリーナがたずねた。「完全な自由競争でうまくいくはずがないわよね？」

「あなたは少しまえに不動産の購入を検討していると言っていました」ルディがキーランに言った。「では、だれが土地の所有権を管理しているんです？　不動産業者にどこかの土地の代金を支払ったとしても、ある日だれかがあらわれてわれわれが先に来ていたからここはわれわれのものだと主張したら、だれがあなたの権利を守ってくれるんです？」彼は両手をひょいと見せた。「バカげていますよ。もう支離滅裂です」

「たいていの場合、みんなどうにかうまくやっているんだ」キーランに言えるのはそれがせいいっぱいだった。満足のいく答には聞こえないが、ほかにきちんとした説明のしようがなかった。「しばらくここで過ごしてみないと、感じがつかめないと思う。簡単には説明できないんだよ」

「しかし、道理や分別が通じなかったらどうするんです？」ルディはくいさがった。「話に聞く雇われ警備隊を呼んで、私的な戦争に突入するんですか？　バンクスが言っていたのはそういうことですか？　わたしがここへ来たのは考古学者としてであって、だれかの歩兵隊に加わるためではないんですよ」

作業チームの黒人男性、ルーが口をはさんできた。「ときどき小競《こぜ》り合いや不和はあったかもしれない。だけど、だれかがでかい土地を力ずくで我が物にしようとしたことは一度もなかった……」彼はちらりと仲間たちに目をやった。「とにかく、おれは一度も聞いたことがないな」

「それはまだ空き地がたくさんあるからだ」ジークが言った。「全員に行き渡るだけのものがたっぷりあれば、人びとは仲良くやっていける。いさかいが起こるのは全員がほしがるなにかが不足したときだ。おれはほかの場所で何度も見てきた。なんらかの体制が出現して全員のためになにをどうするか決めないかぎり、事態が落ち着くまでにたくさんのトラブルが起こることになる」

「地球でも世界の体制ができあがるまでずいぶんかかった」シェインが指摘した。「いまでさえ彼らが望んだようには完成していない。だが、それ以前だって長いあいだなんとかやっていたんだ」

「ああ、そうやって手間取っているあいだにどれだけの惨事が起きたか見てみろ」ジークが反論した。

ルディが評決を求めるようにキーランに目を向けた。

「それが唯一の道というわけじゃない」キーランは言った。「いたるところで数多くの実験が進められている。もう少し様子を見てみようじゃないか」

「それではわたしたちにとってあまり助けにはなりませんが」ルディが言った。キーランは反論できなかった。

「じゃあどうすればいいの?」カトリーナが問いかけた。「あたしたちが頼れる絶対的な警察機構や裁判制度はどこにもないのよ。あたしはルディに同意するわ。こんなのバカげてる」

「公的機関に期待しすぎるのも考えものだ」キーランは警告した。「遠征隊に公有地占有権は適用されない可能性がある。ゾーケンの主張のほうが有利かもしれない」

「だったら信頼できる対抗手段を用意するんですか——独自の軍隊を組織して?」ルディがあざけるように言った。「本末転倒でしょう!」

「どのみちハミルがそんなやりかたをするとは思えないし」カトリーナが言った。

「あれこれ悩むのは時間のむだかもしれない」キーランは全員にむかって言った。「まずは待機して、ウォルターとジーンが戻ってくるのを待つべきじゃないか?」

バンクスの最初の印象からすると、あまり期待はできなかった──だが、それは試しておくべきことだった。そして、バンクスが上層部から命令を受けて動いているのだとしたら、キーランがネット経由で調べることのできたわずかな情報から見て、そちらの方向から態度が変わることに多くの望みをかけるのもむずかしそうだった。

広大な範囲で事業をいとなむゾーケン・コンソリデーテッドの本拠地はアスガルドと呼ばれる巨大な人工建造物で、ベルトが遠日点《えんじつてん》、地球と火星のあいだが近日点《きんじつてん》となる楕円軌道をめぐっていた。現在は火星軌道に接近中で、あと二週間でかなり近いところを通過する。ゾーケンには買収と敵対的合併を繰り返す捕食者としての歴史があり、地球の勢力圏の外側では支配的な自由経済状態の中で、活動的すぎる競争相手に対処するためにひるむことなく幾度も軍隊を雇っていた。支払がとどこおっているとみなした顧客が居住する小惑星に侵攻してそこを永続的に占領したこともある。そしていま、ゾーケンは明らかにこのタルシスの開発に狙いをつけていた。キーランには彼らが、自社に利益をもたらす見通しのまったくない、資金もささやかな科学者グループに対し、善意からその方針を変えるとは思えなかった。

「まあ、もしも放牧地戦争みたいなものが始まるんだとしたら、だれもおれたちがここにとどまるとは思わないよな」シェインが力説した。「おれたちの契約書にはそんなことはひとことも書いてないんだから」

ルーが居心地悪そうにうなずいた。「それについては同意するしかないな」

「あわててびくびくするなって」ジークがふたりに言った。「それこそむこうの思うつぼだ。すぐにはそんなことにならない。ここの住人は自立を好んでいるかもしれないが、だれかがあんまり強引なことをし始めたら、たちまち共同戦線を張るんだ。このゾーケンのやつらも意地は悪いかもしれないが、それがわかるくらいの頭はある。これからしばらくは話し合いと脅しが繰り返されるんだよ」

キーランはそこまで確信はもてなかったが、パニックを起こすなという助言はなんであれ良い助言だった。だから静観することにした。

テーブルの端の壁に設置されているCコムユニットをにらんでいたナイリカーが、急にあたりを見回した。スクリーンには数百メートル離れたところに駐機しているミュールにむけられた外部カメラの映像が表示されていた。「みんなが出てくるぞ」彼は告げた。会話は途切れ、だれもが見やすい位置へ移動した。スーツ姿の人影がふたつ、ミュールの搭乗ステップをくだっていた。ナイリカーはズーム映像のウインドウをひらき、遠征隊のキャンプへ歩いて戻ってくるふたりの頭と両肩をクローズアップで表示させた。ヘルメットのバイザーの奥のトレヴェイニーは幸せそうには見えなかった。ジーンもほぼ同じだ。

「こちら基地、ウォルター、聞こえますか」ナイリカーが呼びかけた。「どうなりました?」

トレヴェイニーは首を横に振った。重苦しいため息が音声で届いた。「努力はしたんだ。ぜひ現場を見てくれと提案もした。風変わりではあるが興味は引かれないという結論だった――

ただ古い岩が積んであるだけだと。彼らは本部からもしもわれわれが退去しなかったらなんらかの説得手段を講じろと命じられている。もうどうすればいいのかわからない。わたしはここでは新顔だ。ハミルたちが〝穴〟から戻ってくるまで待つしかないと思う」

だが、そのときすわっていた場所からでも、キーランにはトレヴェイニーの顔にくっきりと落胆の色があらわれているのが見えた。ここにいる人びとにはこんな状況に対処できるような知識も経験もないのだろう。カトリーナが言ったように、力に力で対抗するのはハミルのやりかたではない。しかも、地球の科学界の正統派から訣別したこのグループには、ああいう方面からの攻撃に対してなんらかの防御策を講じようとしたときに頼れるような公的組織も政治的な人脈もほとんどないのだ。

とすれば、それはナイトの仕事だった。

11

どんな仕事でも最初に必要になるのは充分な情報だ。科学者たちが議論を繰り返して堂々めぐりを続けているあいだに、キーランはジャガーノートに腰を据え、ゾーケン・コンソリデーテッドがこのエリアで進めている計画に関して、公表されている記録をできるかぎり頭に入れ始めた。驚いたことに、タルシスでの宇宙港の開発プロジェクトは無期限に保留になっていた。

予備調査の結果、建設地として不適格となっていたが、それ以上の詳細は公表されていなかった。ゾーケンはすでに見込みがありそうな別の候補地の調査を進めるための届け出をおこなっていた。これでキーランの胸にはすぐさま好奇心と疑いが芽生えた。もはや当初の理由ではタルシスの土地に興味がないのだとしたら、ゾーケンはなんのためにあそこをほしがっているのだろう? バンクスがいっしょに連れてきた人びとについてもう少し調べておけば役に立つかもしれない。

トライプラネタリーのドナが少しまえに教えてくれたコードで、最近このスペースラインで火星にやってきた乗客のリストにアクセスできた。ゾーケンのグループを特定するのはたいしてむずかしくはなかった。全員がチケット代の請求先を会社にしていたのだ。ジャスティン・バンクス、ガートルード・ハイセン、トラン・ジーディダン、クラレンス・ポーター。ミュールに乗っていたそれ以外の人びと――乗組員、ほかの作業員、エージェント、相談役――は、地元で加わったのだろう。スペースラインの記録でわかるのはそれだけだった。こういう貧弱な骨格にたっぷりと肉付けをするのもジューンが得意とする魔法の一部だった。いずれにせよ、これでキーランには彼女に連絡する理由ができた。ジューンはニネヴェにある自分のアパートメントで応答した。

「あら、しばらく! 荒れ野からのごあいさつね。あなたは禁欲主義の隠遁者《いんとんしゃ》として人生を歩んでいくつもりなのかと思い始めていたところなの」

「ああ、そういうのが魅力的に思えた時期もあったんだけど、幸い長続きはしなかった」キーランは応じた。「大都会の状況はどうかな？」

「いかにも都会的よ。サルダはクアントニックスであびていたスポットライトから身を引いたわ――おもてむきはしっかり休養して自分を取り戻すことに集中するため」

「ドクター・バルマーのスパ＆万能薬か」

「そういうこと。もっとありそうなのは、出資者たちの忍耐が底をつくまえに、お金のありかを見つけることに集中するため」

「連中は地域全体に情報網を張りめぐらしている。一週間ほどまえにマホムから連絡があったんだが、どこかの下劣な輩《やから》が店に来てぼくのことをきいていったらしい。ぼくの健康と幸福を気にかけていたからではなさそうだ」

ジューンが眉をあげた。「ほんと？　となると、あたしがあなたを目立たないところへ追いやったのも心配しすぎじゃなかったのね」

「そのようだな」

「その人たちはあなたの手掛かりをマホムのところでつかんだのかしら？」

「わからない。ぼくは自分で思ってるよりも有名人らしいからな」

ジューンは頭をひと振りして、それをキーランを取り巻く説明のつかないできごとのひとつとして片付けた。「で、新米考古学者業のほうはどんな調子？　あなたもそろそろ、これまでの自分の人生がずっとまちがったほうへ導かれていて、ほんとうの使命は孤独と静穏と魂《たましい》の平和を探し求めることだと気づいたんじゃないの？」

「そうでもないな。でも、ちょっとやっかいな問題に出くわした」

「なぜか驚きはないわね」

「彼らがここで発見したものは、こと科学方面に関しては驚異的といえる――長らく忘れ去られていた文明の手になる建造物だからね。それについては疑問の余地はない。ただ、さらに度肝を抜かれるのは、それらに地球上のテクノリシク文明とのつながりをしめす明確な痕跡が見られることだ。ウォルターがなぜ火星へすっ飛んできたのかやっとわかったよ」

ジューンの顔からうわついた表情が消えた。「ほんとに?」それは質問ではなかった。キーランがどんなにきまぐれでややこしい人間だろうと、ジューンには彼がジョークを言っているときとそうでないときの区別はついた。「で、やっかいな問題というのは?」

「ゾーケン・コンソリデーテッドという、ベルトから来たでかい建設・採掘会社が、最初にあの土地を使用する権利をもっているんだが、彼らは石ころや滅びたエイリアンとかいう妄想なんかにドルの聖なる流れをじゃまさせるつもりはないようだ。その会社から派遣された連中があらわれて、立ち退き通知を振りかざして脅迫している」

ジューンは少しも意外ではないという顔でうなずいた。「彼らはなんのためにそこを確保しようとしているの?」

「そこがおかしなところなんだ。当初の計画は新しい宇宙港の建設だった。ところが、ローウエルの土地の登録状況をチェックしたら、計画はすでに棚上げになっていた。では、ゾーケンからやってきたあの連中は何者で、なにを求めているのか?　スペースラインの乗客リストで火星外からやってきた四人の名前を確認した。きみのほうで調べてみてくれないかな」

「いいわよ。名前を送って」

キーランはボタンをクリックしてリストを送信した。「きみの荘園の新たな領主はどうしてる?」

「ギネス? ああ、オアシスのパティとその友人といっしょにどこかへ出かけてるわ。よほど運が良くないとあなたは彼を取り戻せないと思う」キーランは返事をしようとしたが、急に遠くを見るような顔つきになった。ジューンは待った。「どうかした?」

「ギネス……そこかもしれない。ぼくたちが銀行へ向かう途中のサルダ一号をつかまえたとき、あいつもいっしょにいた。バルマーはもう彼の記憶を復活させたんだろう。あちこちで聞き込みをするなら、ギネスはいいとっかかりになるからな」

「彼らはどうやってそこからマホムのところまでたどり着いたわけ?」

キーランはもう少し考え込んでから、首を横に振った。「わからない。どのみち、それでなにが変わるわけでもない。たしかめたいことがまだいくつかある。この四人についてなにかわかったらできるだけ早く連絡をもらえるかな、美しきレディ?」

「お世辞を言えばたいていの望みはかなうものよ。わかったわ、キーラン、すぐにとりかかるから」

著名人や政治的指導者と同じように、企業の上級幹部にもエゴに駆り立てられる傾向があり、その気位の高さは、みずからの成功体験や、人生観や、珠玉のごとき知恵や、それ以外の後世の人びとにとって価値があるかもしれないと思えるさまざまな貢献が広く流布《るふ》して世俗に消費されることではぐくまれる。要するに、彼らは目立つことが大好きで、知名度を高めるための資金と影響力にも事欠かないので、記事の埋め草や別の切り口を求めるマスコミの餌《えさ》あさりどもの望みは喜んでかなえてやるものだ。おかげで、さほど苦労することなく、インタビューや、ゴシップ欄や、経歴紹介や、ジェネラルネットで利用できるそれ以外の情報源から、驚くほど詳細な人物像をまとめあげることができる。キーランはこうした作業で得た結果に、メディア調査部やそのほかの場所にいる情報源と連絡をとってひろい集めたいくつかの内部情報を付け加えた。

ゾーケンの最高経営責任者兼社長であるハミルトン・ホレイシオ・ギルダーは、五十八歳の時点で、法務部の部長からその地位に昇進してすでに八年たっていた——もっと規模の大きな企業でもたいていは法務課で間に合わせているのに、ゾーケンが独立した法務部を必要とするというのは興味深いことだった。そこにいたるまでのギルダーは、金融、法律、経営管理の知識を活用して昇進を続けたのだが、その際のしかるべき方向へ精密に適用された忠誠と背信の実演ぶりについては、マキャヴェリから〝申し分なし〟のお墨付きをもらえるはずだった。道を切りひらいてトップにたどり着くまでは——少なくとも、おべっか混じりの証言によれば——親族のつながりや相続した財産の恩恵を受けることはなかったが、現在のギルダーは、結婚を初めとするさまざまな個人的契約が複雑にからみ合う王朝を取り仕切り、太陽系中央の全域でゾーケンが管理する資産のかなりの部分を所有する立場にあった。一族はベルトと木星の各衛星に散らばる住居で遊び戯《たわむ》れていて、地球のフロリダ州西部のビーチ、バイエルンの山岳リゾート地、南アフリカの観光都市ダーバンなどの社交界を描いた記事の中で大きくとりあげられていた。

ギルダー自身には三人の子がいるが、いずれも、若いころの短い、一度でこりた結婚生活で授かったわけではなかった。この方面では、彼はいまでも上級管理者には期待される旧弊な社会的慣行から逸脱していたが、悔恨の念を表明するどころか、それがもたらす反逆と一匹狼のイメージを楽しんでいた。「高潔さというのは凡庸《ぼんよう》な連中のための避難所でしかないんだよ」あるインタビューでこの話題が出たとき、彼はそう語っていた。長女のディアドラは、三十六歳、ベルトのとある修道会へ引きこもっていたために、〝だれがどこに《フーズ・ホエア》〟のレビューや華やかなページではあまり言及がなかった。だが、二十七歳でプレイボーイの息子、アキリーズの狂態やスキャンダルについては山ほど記事があった。そして二十四歳のマリッサは、美しく、魅力にあふれ、しかも溺愛されていて、今週に予定されている彼女の結婚式は、会社所有の宇宙要塞アスガルドが火星に接近するタイミングに合わせてひらかれることになっていた。

支払がとどこおっていた顧客の小惑星にある採鉱施設を押収するようけしかけたのはハミルトン・ギルダー自身だった——そこまで広く知られてはいないが、ほかにも似たような事例はいくつかあった。その弁解として、彼は二十世紀初頭にソビエト秘密警察を指揮したフェリックス・ジェルジンスキーの言葉を引用していた——「信頼は良い、だが支配はもっと良い」ギルダーは格言を引用するのもされるのも好きなようだ。ほかにふたつ、キーランがギルダーの人生観をよくあらわしていると感じたのは、はるか昔の合衆国の鉄道王、コリス・ハンティントンの言葉――「釘付けされていないものはすべてわたしのものだ。引き抜けるものは釘付けされているとは言えない」それとチャールズ・ディケンズの――「他者の役に立て、そうすれば彼らもこちらの役に立つ」ほかにも、ギルダーの言葉とされている「われわれの仕事は商売だ。自由と正義を保証するのは企業の仕事ではない」というのがあるが、とてもよく似た台詞《せりふ》を、キーランはまちがいなくどこかよそで見かけたことがあった。

いつか権力が衰えることを心配する多くの重要人物と同じように、ギルダーは健康に気を遣っていて、それを促進するためのアドバイスをよく口にしていた。病原菌は主たる原因ではない、というのが彼の立場だった。病気になるのは身体が別の理由ですでにストレスとダメージを受けていてそれを抑えきれなくなるからだ。薬で病原菌を攻撃するのはそれらの症状に対するあやまった対策のひとつでしかない。ほんとうの原因は心の状態にある。興奮したり病的嫌悪や執着の対象に出くわしたりするだけで、発汗とか動悸《どうき》とか赤面とか貧血とかいったすぐに目につく症状が出るなら、何カ月も、何年も、あるいは生涯にわたって深く根付いた心構えはどれほど大きな影響をもたらすだろう？　ギルダーのお気に入りの台詞のひとつは、「目に見えるものの裏にある現実と結びつきをもたなければいけない」それから、自分の頭を指さして、「ここにあるものをコントロールする方法を学ぶことが、ほかのあらゆるものをコントロールするための鍵なんだ」

これがハミルトン・ホレイシオ・ギルダーの基本的な世界観であり、彼はほかのあらゆることを説明したり正当化したりするためにそれを利用していた。その点でマリッサからは多くの影響を受けているようだった。キーランは、マリッサはもっと若いころにディアドラの明らかに精神的かつ神秘的な知識に影響を受けたのだろうかと考えた——だが、それはいまは問題ではなかった。

ギルダーはなんらかの至高のエネルギーかパワーが宇宙の富を導いていて、彼と一部の選ばれた人びとはそれらと一体化する特権を享受《きょうじゅ》しているのだと信じていた。いうまでもなく、それこそが彼の手法や成功の要因であり、彼を批判する人びとがよく引き合いに出す〝さもしい直感〟などにはいっさい頼っていない。ギルダーは単にものごとの有り様に通じているだけなのだ。彼は人間たちが描く複雑なパターンの中で起こるさまざまなできごとの潮流を生み出す法則について理解しているふりはせず、自然をよく知る有能な航海士たちと同じように、それを巧みに乗りこなして、自分の意にかなうものにはたいていの場合高次の存在による導きと承認があるのだと主張した。

ほかの人びとを窮地に追いやる強奪行為の釈明として、それは物質主義やダーウィンよりはましな構成概念だった。法律がないと訴えるかわりに、ギルダーがより高次の法律を体現するわけだ。そしてもちろん、彼は格言によってそれを正当化した——「自由な人間にとって他者ではなく自分自身のために生きるのは義務といえる。搾取とは社会の堕落や未発達をしめす証《あかし》ではない。それは卓越と成長を求める自然な衝動がもたらす結果なのだ」これはニーチェからの盗用だな、とキーランは断定した。ふと興味がわいたので、まえに疑いをいだいた、自由と正義を保証するのは企業の仕事ではないというギルダーの教えについて参考文献をあたってみた。案の定、それはアルベール・カミュからの引用だった。

キーランがこの新たに仕入れた情報について思いをめぐらしていたとき、コムパッドで着信音が鳴った。ジューンからの連絡だと思って、彼はそのとき使っていたメインスクリーンへ回線をつないだ。ところが、発信者は音声のみでの通話を好むだれかだった。

「そちらはキーラン・セイン?」声がたずねた。若い男の声に聞こえた。「ナイトと呼ばれてる人?」

「そうだが」

「犬も飼ってるよな? それと借り物のコディアックに乗ってる?」

キーランは眉をしかめた。「きみはだれで、用件はなんだ?」

「友人だ。ただ警告したかったんだ、あんたを捜してる男たちがあんたの居所を知ってるって。おれが教えたから……でもそのときはあんたがだれか知らなかったんだ。うまく言えないけど、あやまりたくて。まちがいを正したいんだ」

キーランの頭が勢いよく働きだした。すでにジューンにはギネスがきっかけになったにちがいないと伝えていた。だが、たとえだれかがあの車に気づいてアラザハッド・マシンまでたどり着いたとしても——それで遠征隊がストーニー・フラッツを離れるまえにマホムからあんな連絡があったのだ——この人物はどうやってキーランのネットコードを手に入れたのか? マホムのところの名簿か記録を引っかき回すしかない。キーランはいちかばちか言ってみることにした。

「おいおい、きみはアラザハッド・マシンで働いているんじゃないのか？　マホムへ一本電話すればきみがだれかはわかるんだ。芝居がかったことはやめて、身元を明かして文明人らしく話をしたほうがいい」

数秒の間があった。それからスクリーンがついて、おそらく二十代になったばかりの若者の姿があらわれた。痩せた浅黒い顔、細い黒髪、それと黄色いバンダナ。おどおどして、不安そうだったが、そこには驚きもあらわれていた。「どうしてわかったんだ？」

「質問をする権利があるのはぼくのほうじゃないかな」キーランは快活に言った。「だが、そのまえに名前を言ったらどうだ？　きみはぼくの名前を知っているんだし。そのあとで最初から話をしよう。だれかがアラザハッドにあらわれて、犬を連れた男について質問をしたわけだ……」

こうして事情が明らかになった。キーランは天がチャンスをあたえてくれたのだと信じて疑わなかった——彼なりに、至高の力の導きを信じることもあるのだ。かすかに形をとり始めていたアイディアが頭の中に浮かびあがってくる。ギルダーはあれだけ自信満々であるにもかかわらず——というか、たぶんそのせいで——弱点をさらしているのかもしれない。

「よし、ソロモン」キーランは話を終えたレッポに言った。「正直な告白はいつでも称賛に値する。だが罪の許しを得るには天使祝詞《しゅくし》三回では足りないようだ」

「え?」レッポは用心深く言った。

「エアロボット6Cのことは知ってるな? マホムが裏の兵器庫に二機置いているやつだ」

「もちろん」エアロボットは小型の飛行ドローンで、火星全土でさまざまな使い走りや届け物に活用されていた。

「こっちで使いたいもののちょっとした買い物リストがある。マホムといろいろケリをつけたら、すぐにそれを送り届けてほしいんだ。あとで進入ルートと着陸コードを送る。やってくれるか?」

キーランの表情と口ぶりは、ここでレッポが分別ある行動をとれば、価値ある力強い生涯の友人をひとり手に入れられると伝えていた——マホムがすでに手に入れているように。なにより、この男は敵に回したいタイプではなかった。

レッポはごくりと唾をのんでうなずいた。「いいよ。なにが必要なんだ?」

12

レッポとの話を終えたあと、キーランはエアフレーム式キャビンへ戻り、ハリー・クオンに、ミュール汎用低高度中距離輸送機について機体と標準通信機器の図面を手に入るだけダウンロードする任務をあたえた。もう午後も遅くなっていた。ほかの人たちが議論を中断して休憩をとり、あちこち動き回ったり外へ出てこわばった手足をほぐしたりしているあいだに、キーランはペンとメモ帳を手に食堂の隅の肘掛け椅子にすわり込み、じっと物思いにふけって、矢印や疑問符や感嘆符が大量にちりばめられた徐々に増えていくメモやいたずら書きに、ときおりなにかを書き加えていた。一時間近くたったころ、彼はペンをくわえて、短い詩のかたちをとった労働の成果を見つめた。

帝国と、名声と、富で満腹し、
ハミルトンは精神と健康について思い悩む。
追い求める至高の存在は、
司祭たちや王たちの運命を導く。
そんな魂は太古の力を恐れるだろうか、
ピラミッドや塔の中に閉じ込められた力を？

それからキーランは立ちあがり、マグカップにコーヒーを注ぐと、デニス・カリーとジーンがすわっている長いテーブルの端へむかった。
「やあ、おふたりさん」
「きみがこっちへ戻ってきてくれて良かったよ」デニスが言った。「まるで回顧録かなにかを執筆しているみたいに見えたからね」

「考えをまとめていたんだ」キーランは椅子を引き寄せてふたりのむかいにすわった。「今朝、話したピエールのナノ方面の研究について」

「それがなにか?」

「この遠隔操作のタンパク質合成機は人体のどの細胞の中でも自己組織化が可能だろう。もしもそれらが経口摂取あるいは呼吸によって取り込まれたら、それらを見分ける手段は存在しない」

「そう理解しているよ」

「だが、信号を受信したときに人体のすべての細胞でスイッチを入れるわけにはいかないはずだ。それじゃおおざっぱすぎる。体中がぐちゃぐちゃになる。どの細胞を活性化させるかを選ぶ手段があるはずだ」

「当たり。この合成機は細胞内の酵素活性に反応して、自分がどんな種類の細胞に入っているか判別できるんだ。だから信号にはどの細胞を活性化させるかの指示が含まれている」デニスはジーンに目を向けた。「そういうふうに機能するんだよね?」

「まあそんなところ。こまかいところはおぼえてないかも。ピエールにきいてみないと」

「どうして興味があるの?」デニスはキーランにたずねた。

だがキーランはまだ自分の考えに没頭していたので、そのまま返事はしなかった。「それなら、特定の種類のタンパク質を、標的となる特定の種類の細胞だけで作り始めるよう指示できるんだな? 無害な色つきのタンパク質——色素とか?」

298

「まあ……そうだね。まさにそれが狙いだから」

「きみたちふたりはどれくらいピエールと親しいんだ？　ハリーの話だと、ジーンは何年もまえから彼を知っているとか」

「そうよ」ジーンが言った。「地球での話。同じ学生グループでよくいっしょにいて、ハイキングに出かけたり、キャンプをしたり、海外へ旅行したり――そんな若者らしいことをしていたの」彼女はデニスにとまどったような視線を送った。

「ピエールはきみたちにこのテクノロジーを利用させてくれると思うか？」キーランはたずねた。「たとえば即席の実地テストに協力してもらうとか」

ジーンは眉をひそめた。デニスは疑いをあらわにしていた。

「いやいや、ちょっと待って」デニスは警告した。「それはわからないよ。知っているかぎりでは、あれはまだ公表されていない内密の研究だから……」

「決めるのはピエールじゃないしね」ジーンが言った。「彼になにを頼もうというの？　盗めとでも？」首を横に振る。「どうして彼がそんなことをしなくちゃいけないの？」

「ピエールはきみたちのここでの作業にどれくらい関心があったんだ？」キーランは搦《から》め手を試してみることにした。「ただの医師として加わっていたのかな？　彼の関与はそれだけではないような気がするんだが」

「そのとおりよ」ジーンが認めた。「地球の初期の歴史とテクノリシク文明の謎は常にピエールが情熱をかたむける対象のひとつだった。あたしたちが遠征について話したら、どうしても参加したいと言ってきたの。だからハミルに話したわけ。ハミルはあたしたちが推薦するならそれで充分だと言って、ピエールをローウェルからウォルターに同行させる手配をしてくれた。仕事の都合で辞退するしかなくなったとき、ピエールはひどくがっかりしていた。あたしたちがここでなにを発見したか聞いたから、いまはもっと落ち込んでるわ」

「すると、ピエールはぜんぶ知っているのか?」キーランは言った。

「うん、連絡はずっと続けてるよ」デニスがこたえた。「さっきも言ったけど、親友だからね。当然のことさ」

「じゃあ、なにもかも終わりになるかもしれないと知ったらうろたえるだろう」

「ひどくがっかりしていた」ジーンがもう一度言った。

キーランはふたりにさっきの話を考え直す時間をあたえた。「だったら、それを救う手助けをするチャンスを彼にあげたらどうだろう?」

デニスとジーンはとまどった視線をかわしたが、興味も引かれているようだった。「話が見えないな」デニスが言った。

「ピエールはいまローウェルにいるんだね?」キーランは言った。「彼に連絡をとって、ぼくを紹介してもらって、研究についていくつか質問ができるようにしてほしいんだ。それがいま聞いたとおりのものだったら、ぼくたちのほうで彼のために実地テストを提案したい……ただ、そこの部分はぼくにまかせてもらう」キーランは立ちあがった——いまの話が友人をランチに誘うのと同じくらい自然でありふれたことであるかのように。「ジャガーノートへ行ってそこからピエールに連絡しよう。そのほうが内密ですませられる」

ジャガーノートの中央区画にあるスクリーンから見返している顔は、三十代で、少年の面影を残していたが、顎には無精ひげが生え、黒い両目は力強く、モップのような黒髪が渦を巻いてひたいに垂れさがっていた。キーランが最初にピエールから受けた印象は、内省的なタイプで、口数はあまり多くなく、きまじめで、おそらく根はロマンチスト――なにもかもが良いきざしだった。しかも、ピエールはデニスとジーンの判断を信頼しているようで、ふたりがキーランの経歴を紹介したときも冷静に受け止めていた――むりもない好奇心も見せながら。

キーランは用意しておいた質問を投げかけた。ほとんどは使われる符号化方式とその送信方法についてだ。返ってきた答は驚くほどシンプルだった。分子の受信機は、人体を取り巻く低強度の無線周波数フィールドに加えられたパルス変調に反応する。遠隔操作で体内に医療用の薬剤を生成する場合、現段階では、ベルトに付けるとかポケットにいれるとかブレスレットやペンダントにするとかして患者の体に密着させた変換器へ信号を送ることになる。

「でも接触している必要はないんだね？」キーランは確認した。そのとおりだった。フィールドの強度が足りてさえいれば、送信機はなんでもよいのだ。聞いたかぎりでは見込みがありそうだ。しかし、もっとも重要なのはここからだ。キーランは秘密を打ち明けようとしている表情をつくった。

「きみはとても率直だね、ピエール。感謝するよ」キーランは言った。「では、ぼくがなぜ興味をもっているかを話そう。ぼくが遠征に参加しているのは単にきみの代役というだけの理由ではない。実はこの件には政治的な側面があって、ハミルもウォルターがこっちへ来るまでは話すことができなかった。ハミルもほかのだれもそれについては知らなかったのだ。「ある巨大建設コングロマリットから幹部が派遣されてきた。彼らはこのエリアにおける優先権を主張していて、もしもそれが認められたら、遺跡を完全に破壊するだろう。遠征隊はなにも見せてもらえなくなるし、なにひとつ記録にすら残らない。すべてが失われてしまうんだ」

ピエールは愕然とした。「まさか！　そんなのは犯罪行為ですよ！　絶対に許されるはずがありません！」

「ファニータに聞いてみてくれ。百年まえにメキシコのオルメカ文明の何十という未発掘の遺跡に石油産業がどんなことをしたか」

ここで初めて、ピエールは少し冷静さを失い、目のまえにある三人の映像にそわそわと視線を走らせた。「なんとか止めないと！」

「ぼくがここへ来ているのはその手段を見つけるためなんだよ、可能であれば」

ピエールはキーランを見つめて、いまの話を頭の中で思い返しているようだった。「わたしになにかできることがあるというんですか？　わたしのここでの研究がなにか役に立つとでも？」

「可能性はあるよ——きみがひとつかふたつ規則をねじ曲げてくれたら」キーランは陽気に言

った。その口ぶりは陰謀の打ち合わせというより誕生日のサプライズについて話しているようだった。「とはいえ、いくらか見返りもあるかもしれない。さっきも言ったように、きみとしてはちょっとした非公式な実地テストをおこなって自分の会社を助けるんだという見方もできるかも……」

ピエールとの話を終えたあと、キーランはソロモン・レッポに連絡を入れた。「あの買い物を積んだドローンはもう送ったかな？」
「マホムとの話はついたし、頼まれた品物も手に入れた。あんたに言われたように、暗くなってから送るつもりだ」レッポはこたえた。
「よし。もう少し待ってくれ。追加の品物がひとつある。ある女性からそっちへ連絡を入れさせる。彼女がそれを届けるから。準備ができたら教えてくれ」

ジューンはゾーケンが火星へ送り込んできた四人のプロフィールを調べ上げて連絡してきた。ジャスティン・バンクスは、明らかにグループ内では古参であり、ゾーケンの組織系統図の中では、上級プロジェクトリーダーとして、鉱業部門のプロジェクト評価責任者でありハミルトン・ギルダーの派閥の一員でもあるソーントン・ヴェルテの配下にあった。バンクスが組織の建築部門やエンジニアリング部門ではなく鉱業部門を代表しているというのは重要な事実だし、彼といっしょにやってきた三人の背景を考え合わせるとその重要性はさらに増す。ガートルード・ハイセンは、バンクスがハミルと最初に会ったときにその場にいた唇の薄い、青白い顔をした女で、会社専属の鉱物学者とされていた。ひげを生やしたアジア系の男はほぼまちがいなくトラン・ジーディダンで、やはりゾーケンに雇われている惑星科学者だった。火星へやってきた四人目で、あのときは姿を見せなかったクラレンス・ポーターは、岩石学方面で磁気および放射線を専門としている外部コンサルタントだ。

「すばらしい！」キーランは称賛した。「これでつじつまが合ってきたぞ。実は、きみにもうひとつ頼みたいことがある。ローウェルに生物学でナノ関係の研究をしている男がいる。彼のところにこっちへ送ってもらいたい荷物があるんだ。きみのほうでそれを受け取って、ビーコン・ウェイのマホムのところにいる整備士に届けてもらえないか？　あとは彼がほかの荷物といっしょに送ってくれるから」

「いったいなにをたくらんでるの、キーラン？」ジューンは疑いをあらわにした。

「遠隔プログラムされた体細胞で肌の色を変える。きみはどう思う？　ボディアートの分野に新しい世界がひらけるんだ。これまでにない自己表現の手段としてどうかな？」

「いまはそんな話を聞く気になれないわ。届け物の詳細だけ教えて」ジューンはため息をついた。

ハミルは遠征隊の独自の調査によってタルシス台地で異常に高いバックグラウンド放射線が検知されていたことを認めた。彼がキーランにそのことを話さなかったのは関係があるとは思わなかったからだ。しかしその事実は、ゾーケン・コンソリデーテッドがタルシス台地のこのあたりに関心をもっているのは埋蔵されている鉱物資源に期待をかけているからだと示唆していた。

「これでつじつまが合う」キーランはこれまでにわかったことを科学者たちに説明したあとで言った。「地下にあるものを掘り出すのが第一の目的なんだ。それで棚上げにしていた土地の使用権を持ち出した」

「とても効率的で、とても周到だ」ハミルは認めた。「それで答は見つかったのかね？　えらく忙しくしていたようだが」

ほかの科学者たちは重苦しい顔で話を聞いていた。キーランは一同をぐるりと見回してから、全員にむかって語り始めた。「地球のテクノリシク文明の建造物や遺跡のことを思い出してほしい……。ああいうものは〝呪い〟とか〝災い〟とかいった言い伝えと結びついていることがよくある——民衆のあいだに恐怖を広める、説明がつかないとされる謎。それについてもっとくわしく知りたいんだ。なにか話してもらえることはないかな？」

聞き手の何人かは面食らったようだったが、彼らも徐々に口をひらき始めた。墓所の神聖を汚したものに降りかかったと言われている奇妙な事故。天体の配列や春分・秋分点の歳差《さいさ》周期を模しているように見える建造物のならび。高さと底面の辺一周の長さとの比率が円周率の正確な倍数になっていることから生じた、エジプトと中米のピラミッドは地球の半球を多面体として表現したものではないかという推測。カトリーナは、フランスのカンペールとイストルとベルギーの巨人の墓《トンボー・デュ・ジエアン》にある遺跡がつくる三角形が、ギザの大ピラミッドの側面とまったく同じ比率になっていて、その千四百万倍大きいのだという話をした。カトリーナ自身は、これにとりたてて重要性を認めていなかった――ただの観測結果に一部の人びとが注目しているだけだと。だが、キーランが求めているのはまさにそういうものだった。ジーン・グラースが話したペルーにある謎めいたナスカの地上絵は、上空から見たときにだけ意味のある図形になる――全体が見える位置からの指示なしでどうやってそれほど正確に描くことができたのかについても、やはりなかなか想像がつかなかった。

「いったいなにが目的なんですか?」しばらく話が続いたところで、ルディがわずかにいらいらした声でたずねた。「こういう話はほとんどが気まぐれな空想や希望的観測にすぎません。それがどうしてわたしたちの現在の状況に役立つのです?」

「それはまだわからない。あれこれ考えをひねくりまわしているところだ」キーランはあいまいにこたえた。

トレヴェイニーは少しためらってから口をひらいた。「一九六〇年代までさかのぼる別の話がある。個人的にはくわしく調べる理由はなかったんだが、これにはアメリカ人物理学者のルイス・アルヴァレズがかかわっていた。彼は宇宙線検出器をギザのカフラ王のピラミッドの内部に設置し、存在が噂されていた科学記録を保管している隠し部屋を見つけ出そうとした。透過力のある放射線なら、もしも空洞に出くわしたときは、硬い岩の中だけを通過したときよりも強度があがるはずだ。さまざまな方向からそのパターンを分析すれば、内部構造の見取り図を作成できると期待したんだ。だが、結果はぐちゃぐちゃでまったく理解不能だった。外形を見分けることさえできなかった。ピラミッドの内部か下にあるなにか別の発信源が測定に干渉しているかのようだった。機材は外へ運び出され、分解されて検査されたが、機能は正常だった。それなのに中へ戻すと同じ結果になった。わたしの知るかぎりでは、だれもいまだに説明できていない」トレヴェイニーは異論を歓迎するように全員を見回した。だれもが肩をすくめて首を振るだけだった。

この発言に刺激されて、ファニータがあとに続いた。「テオティワカンではもうひとつ奇妙なものが発見されているの」

キーランはこの数日間に聞いたさまざまなことを思い返してみた。「それは……〝神々の都市〟だったかな、メキシコの?」

ファニータはうなずいた。「メキシコシティの少し北——ケツァルコアトル神が祀《まつ》られているところ。そこにある建造物のひとつは〝太陽のピラミッド〟と呼ばれている。二十世紀の初頭に、その上部のふたつの階層のあいだに分厚い雲母《うんも》のシートがはさまれているのが発見されたの。なぜそこにあったのかはわかっていない。だれもきちんと調査しないうちに剝がされて売り払われてしまったから」

「雲母？　コンデンサや高圧絶縁で使われるやつか」キーランは言った。

「ええ、それよ」

「原子炉の減速材としても使われてるね」デニスが付け加えた。「高速中性子をとおさないいんだ」

ハリー・クオンは半信半疑のようだった。「話ができすぎだ。そういうふうに消え失せたもの の話を聞くと、そもそもほんとうにあったのかと思っちまうな」

「たしか、ほかにもあったんじゃないか？」トレヴェイニーがファニータに言った。「〝雲母《マイカ》の神殿〟と呼ばれているのがどこかになかったか？」

ファニータはうなずいた。「同じ場所にある別の建物ね。二枚の大きな雲母のシートが頑丈な石板の下に重なって敷かれているの」ちらりとハリーに目を向ける。「ええ、いまでもそのまま。どちらも三十メートル四方の大きさで、ていねいにカットして敷き詰めてある――かなりの技術が必要なはず」

「だれもその目的を解き明かしていない？」キーランは言った。

ファニータは肩をすくめた。「どちらも装飾としての機能はない――どのみち見えるところにないし……。ただ、ひとつおかしなことがあって。雲母は構成元素などのちがいからわりあい簡単に産出地を特定できるの。ここで使われた雲母は四千キロメートル以上離れたブラジルだけで産出されるタイプ。建造者たちにはそこまで運んでくる手間をかけるだけのはっきりした理由があったみたいね。ほかのタイプが地元で手に入るんだから」

「おもしろい」キーランは考え込んだ。その理由は見当もつかなかった。

「で、いったいなにが目的なんですか？」ルディがまたたずねた。「ゾーケンの連中を言い伝えやよた話で怖がらせて追い払えるかもしれないとでも？」

「そうかもしれない」キーランは言った。

「絶対むりです！」ルディは首を横に振って、外のミュールが駐機しているほうへ指を突き出した。「バンクスみたいなタイプの人間のことは知ってるでしょう。あの男はそういう話はけっして信じませんよ」

「そこは重要じゃない」キーランは冷静に応じた。「バンクスのことを本社にいる上司へつながるパイプと考えてくれ。その上司はまったく別のタイプの人間だ。狙いはそっちだ。その男が信じるかどうかが重要なんだ」彼は好奇心をあらわにしている一同を見回した。「どういう結果につながるかはわからないが、思いついた中で試してみる価値が一番ありそうなのはこれなんだ。きみたちは活動を中断させられているが、それはいいことかもしれない。なにしろ、全員が大忙しになるだけの仕事が待っているんだから」

キーランはハミルに目を向けて承認を求めた。ハミルはちょっと彼と目を合わせてから、同意のしるしにうなずいた。どうやらキーランがこのグループの事実上のリーダーになったようだった。


レッポからのエアロボットは二時間後に到着し、キーランが指示したとおりゾーケンのキャンプとは反対側の方角から峡谷に沿って低空で接近してくると、ミュールのレーダーに探知されないように数百メートル離れた稜線の下に着陸した。キーランは運ばれてきた品物をチェックして満足した。それからハミルにミュールのジャスティン・バンクスへ連絡してもらい、バンクスにぜひ会わせたい人物が遠征隊に同行していると伝えた。そのころには、時刻は真夜中に近くなっていた。キーランが予想したとおり、バンクスは翌朝まで待てと命じることでみずからの権威を維持した。

それはキーランの計画にとって好都合だった。

ふたつのキャンプが夜を迎えて静まると、ルディが小型のキャタピラ式ロボット、ゴットフリートを送り出し、昼のうちにあたりをつけておいたふたつの岩のあいだのくぼみへむかわせた。そこならゾーケンのキャンプの保安境界線に張りめぐらされたもっとも低いビームでもくぐり抜けられるのだ。ロボットには伸縮アームが装備されていて、その先端に付いた関節のある三本指の手が、ミュールのたっぷりしたサイズの飲料水タンクの外部補充パイプのキャップをはずした。ロボットは一本のチューブを挿入し、それをとおしてピエールから提供された一定量の溶液を流し込んだ。

13

キーランは地表用スーツに身を包み、ふたつのキャンプを隔てる百メートルほどの地面を歩き出した。彼もハミルもこの段階での直接的な対立は避けたかった。チャズ・ライアンとルーとジークが、遠征隊が撤退を余儀なくされたときにそなえて、機材をならべて在庫調べを進めていた。ミュールのひらいた外部扉の奥に設置されたカメラが接近するキーランをじっくりと撮影していた。ステップをのぼってエアロックに入ると、扉が閉じて内部が与圧されたので、内側の扉がひらくのを待って、メインキャビンに踏み込んだ。

ミュールの設計は過酷な環境を前提としていたので、乗り物であると同時に長期間の居住施設としての機能も用意されていた。いろいろな意味で飛行バージョンのジャガーノートであり、実験用設備のかわりに貨物スペースがあって、きちんとした厨房や地表でも耐えられる生命維持システムをそなえ、メインキャビンは娯楽室と寝室の両方に使われる。もうひとつのキャンプから観察したかぎりでは、バンクスとそのグループはおおむねミュールにとどまり、仮設小屋に比べるとずっと快適な環境を活用していた。キーランの推測では、いずれやってくるであろう支援部隊は、より基本的な装備しかない手狭な乗り物を使うはずなので、あの仮設小屋はそのときのためにあけてあるのだろう。

ハミルと初日に顔を合わせた三人がキャビンで待っていた――バンクス、ガートルード・ハイセン、それとトラン・ジーディダン。クラレンス・ポーターは、これまでに判明している三名の乗組員のうちのひとりとともに、半時間まえに徒歩でミュールを離れていた。ほかのふたりはおそらく機首のほうにいるのだろう。キーランはそこへ立ち入りたかったので、ふたりの乗組員は障害になるかもしれなかった。不機嫌な顔のバンクスのまえで、キーランはヘルメットと手袋をぬいで脇の棚に置き、勧められもしないのに腰を下ろして、薄くコンパクトになっているとはいえバックユニットがある軽量スーツでできる範囲でくつろいだ。彼は髪の白髪を少し増やして顔にしわを加え、実年齢より何歳か年上に見せていた。

「ようこそ、ミスター・ケザイア・タール」バンクスがあいさつをした。

「よければ〝ドクター〟でお願いしたい」

バンクスは肩をすくめた。「いいでしょう。さて、用件に入ってもらえますか？　あなたの教授によると、直接会ってお話をしたい問題があるとか。それがどのようなものかは想像がつきますが、ぜひうかがわせてもらいますよ」

「わたしはハシカー教授の遠征隊の正式なメンバーというわけではない」キーランは語り始めた。「考古学や地質学といった分野は専門ではないのだ。むしろ外部のコンサルタントといった立場で、なぜここへ呼ばれたかといえば、わたしの知識が当地における発見のもっと……」

彼はデリケートだが重要な問題をどうやって言葉にするかをじっくり考えているように言葉を切った。「深遠なる側面に特化しているからだ」反応を待つようにバンクスへ目を向ける。

「続けてください」バンクスは淡々とした声で言った。彼のふたりの連れは相変わらず無表情だった。キーランは彼らに、他者を新たな概念領域へやさしく導くことに慣れている人物の笑顔を見せてやった。

「地球の太古のテクノリシク文明についてはきみたちも知っているだろう」キーランの声はかすかに震え、深い響きを帯びていた――隠された宇宙の秘密へ敬意をしめすように。「人類のどんな文明が出現するよりもずっとまえに、かの文明はエジプトのピラミッドや、ヒンドゥークシュ山脈の失われた都市や、メキシコやペルーの工学的奇跡を築きあげた。重力そのものを無視する技巧をあやつり、あらゆる資源と知識を自在に活用できる現代のゾーケン・コンソリデーテッドでさえなし得ない驚異を実現したのだ」彼は身のうちにわきあがる興奮を抑えきれなくなったように立ちあがり、両手を広げてぐるりと体を回すと、震える指を下向きに突き出した。「そしていま、われわれがいるまさにこの下に――」

「ええ、ええ」バンクスがいらいらと口をはさんだ。「そういう話はすべてそちらの――なんていいましたっけ？――トレヴェイニーから聞きました。もしもあなたがここの建造物の製作者について、やはりエイリアンとか祖先とか――とにかくどんな理論であれ――同じ話を繰り返そうというのなら、むだなことはおやめなさい。わたしたちはこのエリアについて優先権をもっていて、すでにあなたがたに助言したとおり、それを行使する準備を進めています。あなたを失望させるとしたら申し訳ありませんが、わたしたちは営利企業であり、学問に理解のある慈善団体ではありません。そのテクノリシク文明の人びとがここにいたとすれば、火星のいたるところに痕跡が残っているはずです――あなたのおっしゃることを考えれば、もっとほかの場所にも。わたしとしては、あなたの職業のすばらしい伝統である忍耐と粘り強さをしめしてくださいとお願いするしかありません。とはいえ、ほかのだれも興味をもたない岩をいくつか見つけるたびに本格的な開発事業や商業活動が止まることなどあり得ないのです。そんなことを許していたら、人類はそもそも地球から離れることができなかったでしょう」

キーランは断固として首を横に振った。「いや、きみは誤解している。さっきも言ったように、わたしの専門はドクター・トレヴェイニーとその同僚たちの学問分野とは別物だ」彼はおおげさな身ぶりをして、その拍子に棚に置いていた自分のヘルメットと手袋を床へ払い落としてしまった。バンクスたちがあざけりの目を向けるまえで、キーランはあたふたとそれらをかき集めて立ちあがり、なんとか気を落ち着けた。「わたしがここへ来たのは科学的な詳細について懇願したり非難したりするためではない。きみたちに警告するためだ」

バンクスは目をしばたたいた。その顔に初めて反応があらわれていた。「警告？」

キーランは目を輝かせて、三人を順繰りに見据えた。キャビンの中央へむかって一歩踏み出し、腕をぶんと振り回してジーディダンをのけぞらせる。「テクノリシク文明の人びとによって神聖化された場所を侵害した者がどうなったか、何世紀にもわたる歴史を振り返ってみるがいい。どうしてそんなことが起きたのか、それはわからないが、その場にいて実際に見た人びととの記録と証言ははっきりしている。奇妙な事故や不運が降りかかったのだ。成功をおさめた裕福な者が破滅した。不可解な病がその体をむしばんだ……」これはギルダーのために入れた一節だ。「ある者は正気を失い、自殺をはかり、おたがいに対して暴力を振るった……」

ジーディダンが途方に暮れたようにバンクスを見て、狂人が機内にいますがどうしましょうと無言で問いかけた。キーランが引き返してきたので、彼は足を引っ込めかけた。キーランは避けようとしてバランスを崩し、隔壁に体を押し付けてなんとかこらえた。

「こんなのバカげていますよ」ガートルード・ハイセンがバンクスにつぶやいた。

キーランは体をまっすぐに起こして話を続けた。「きみたちはわかっていない。きみたちの経験は科学者たちが語ることが宇宙のすべてであるという物質主義的プロセスに限定されている。だが、そんなものはほんの一部でしかない。テクノリシク文明の人びとは、何者であるにせよ、どこから来たにせよ、われわれには想像するほかない力に関する知識を有していた。彼らが作った建造物は巷《ちまた》で言われているような墓所でも記念碑でもない。その内部ではわれわれがもっとも高度な科学的創造物でしか利用しない物質が発見されている。あれは精密な機械なのだ——現代のわれわれには未知の力で作動し、われわれには想像すらできない目的のために使われたのだ」キーランはふたたび外の地面のほうを指さした。「そしてあそこには、われわれが立っている場所の下には、その——」

「そこまでにしましょう」バンクスがさえぎった。「もう充分に話はうかがいました。あなたがハシカー教授のスタッフの正式な一員であろうとなかろうと、彼のところへ戻って伝えてください。もしも——」

　だがキーランはすっかり興奮していて相手の言葉が耳に入らないようだった。くるりと体を回し、投げ出した手でハイセンにびくっと首をすくめさせ、啓示を求めるようにうっとりと天を見上げ、その拍子にキャビンで使われている折りたたみテーブルのそばのあいている椅子にどすんとすわり込んだ。だが、彼の勢いと気力が衰えることはなかった。

「きみたちをここへ送り込んだ人たちに連絡して、任務を終わりにさせるのだ。こうした場所では奇妙な力がはたらいて、放射線フィールドや磁気の乱れというかたちであらわれる。まさにここに存在しているのだ！」バンクスやほかの人びとがまだ気づいていないとでも言うように。「そうした力は悪意をもつ人びとが来ればわかるのだ。見分けることができるのだ。まだぶじなうちに立ち去りたまえ！　科学者たちには説明できないことが起こる。彼らの計器は機能を止める。こうしてすわっているあいだにも――」ふとなにかに気づいたように、キーランは機首へ通じる扉のほうへ顔を向けた。「この飛行機の計器もそうかもしれない。それならきみたちも考え直すか？　乗組員にきいてみてもいいかね？」だれもその意図に気づくことも止めることもできないうちに、キーランはいきなり立ちあがり、扉を引きあけて、機首のほうへ踏み込んだ。乗組員たちの座席からふたつの驚いた顔がさっと振り返った。「失礼、諸君、きみたちにたずねたいことが――」

「なんだおまえ？」ひとりが詰問した。

「その男をそこから連れ出せ！」バンクスの声が背後から呼びかけてきた。「そいつにはなんの権限もない。そもそも招かれざる客なんだ」

キーランはフライトデッキへあがる階段でつまずいて膝をついてしまった。コンソールに手をついて立ちあがったものの、手が滑ってとなりのユニットとの隙間に入りこみ、そのまま横向きに倒れ込んだ。荒っぽい手が彼を引きずり起こしてメインキャビンへ連れ戻した。「わたしはただあのふたりに質問を――」

「そいつにヘルメットをかぶせて機外へ連れ出せ！」バンクスが叫んだ。「もしもそいつがあとひとことでもしゃべったら、そのまま機外へほうり出せ。もうたくさんだ！」

数分後にミュールの搭乗ステップをとぼとぼとくだってエアフレーム式キャビンへ引き返し

てきたキーランは浮かない様子だった。だが、キャビンに入ったとたんにその顔に広がった笑みを見るまでもなかった。ハリー・クオンはすでにふたつの盗聴器——レッポに送ってもらった——からの電波を受信していた。キーランが、ひとつはミュールのメインキャビンに、もうひとつは操縦室で通信士のテーブルの下に仕掛けたものだ。最初のはいまもあの〝狂人〟に激怒しているバンクスの熱弁をとらえていた。二番目のほうではキーランの乗組員室への侵入で中断していたらしいローウェルやオーサカのあちこちのバーにいる女たちの格付けが再開されていた。

わざと倒れ込んだときに、キーランはハリー・クオンが手に入れた設計図に記載されていたケーブルも見つけていた。それはCコムのパネルとアンテナシステムにデータを送る増幅出力ユニットとをつなぐケーブルで、そのユニットがメッセージの暗号化と解読を受け持っている。従って、ケーブルを流れるメッセージは暗号化されていない。キーランがそのケーブルに留めた小さなクリップ式の環状の部品は、入力信号と出力信号によって生じる外部磁場を検出し、それらをコード化したものをチャズとその部下たちが外に埋めた装置のひとつを経由してジャガーノートへ送信する——彼らが機材の整理をふたつのキャンプのあいだでおこなっていたのはたまたまではなかったのだ。こうして、いまやチームは、ミュールの外部への通信リンクだけでなく機内のマイクからも情報を得られるようになった。

バンクスはキーランの異様なふるまいについての報告書を、アスガルドにいる上司のソーントン・ヴェルテへ送るはずだ。それがそもそもの狙いであり、うまくすればその概要がギルダ

ーまで届くかもしれない。もしもそうなったら、ギルダーはケザイア・タールに関する情報を
ネット上で捜せと命じるだろう。それはかまわない——彼らはタールのことをやや風変わりで
興奮しやすいタイプだが、自分の専門分野では高い評価を受けている人物とみなすはずだ。ほ
とんどひと晩中かけて、トレヴェイニー、ファニータ、デニスが、タールの経歴と活動の紹介
文や、公表論文とされる文書からの抜粋や、それ以外に思いついたあれこれを書き記し、ジュ
ーンがその架空の人格のために作成したサイトにアップし続けたのだ。

ミュールの通信リンクから得た情報により、支援部隊の派遣についてはアスガルドから承認
が得られていて、その日のうちに現地に到着することが判明した。これを見込んで、チャズと
その部下たちは遠隔操作可能な小型の無線信号・干渉波送信機をいくつか、軍の航空機が到着
したあとに駐機するであろうエリアの近くに設置していた。

デニスのほうは、メモや記録を片付けるという口実で最後にもう一度だけ "穴" を訪れ、さら
にいくつかを発掘現場に設置していた。そこにいたあいだに、彼らは現場を歩き回り、選び出
した地点にジャガーノートの実験室から持ち込んだ蛍光染料を塗りつけた。それは紫外線で刺
激を受けると時間差をつけて発光する染料で、キーランの話によれば、おそらく軍隊が持ち込
んでくるセキュリティ機器が紫外線を発してくれるはずだった。とりたてて驚くことではなか
ったが、バンクスの反応はそっけない無関心だった。最後に、ルディが岩棚を見下ろすごつご
つした岩場へゴットフリートを送り出して、キーランとハリー・クォンが用意した煙と加圧さ
れた揮発性の液体を噴き出す多数の缶を一帯に配置させた。

318

さしあたり待つ以外にできることはなにもなかった。もっとも、キーランが提案したように、古代人たちの守護霊に祈ってみるのはいつでもできることだった。

14

ルディはチョコレートとピーナッツのスナックバーを少しかじり、不機嫌な顔でしばらくもぐもぐやってから、濃縮還元のフルーツジュースを一気に飲み干して、ジャガーノートの中央区画でテーブルに集まった面々を見回した。彼はこれでは脅しに屈服するようなものだと不満をいだいていた。

「ですから、まじめな話、彼らになにができるというんです?」ルディはそう問いかけながら、キーランのところで目をとめた。「わたしたちを外へ引きずり出して射殺するとでも? 無防備な少数派に対する公然たる暴力が許されるはずがありません。ものごとはそういうふうにはならないんです」

「どこでもそういうふうになってるんじゃないのか、ルディ?」キーランは運転室へ通じる前方の戸口のそばでゆったりと腰を下ろしたまま、首を横に振った。「もめごとを起こそうとする連中はいきなり武力に訴えたりはしない。それが正当化されるまで挑発を続けて事態をエスカレートさせる。そういう状況はだれにとっても不快で痛ましいものになる。ぼくたちはそれを避けたいと思っているんだよ」

「ここにいるのは共通の関心事を脅《おびや》かす存在に対してはともに行動を起こそうとする人たちだと思っていたんですが」ルディが言った。

「共通の関心事となるためにはそもそもの主張への敬意が必要だ」トレヴェイニーが念を押した。「だれもがわれわれの立場に共感してくれると思ってはいけない。騒ぎを起こすのは得策ではないかもしれないんだ」

ルディは憤慨したようだった。「しかし……しかしわたしたちはあくどい儲け主義ときわめて貴重な知識との対立について話しているんですよ。つまり、どこに議論の余地があるんですか？　考えれば――」

トレヴェイニーは首を横に振って話をさえぎった。「たいていの人びとはそういう見方をしないんだ。彼らは自分に関係のあるものにしか興味がない。土地の使用権は身近な話だ。学者が主張する特権はそうじゃない」

「特権を求めているわけではありません」ルディはくいさがった。「基本的な価値観を認めてほしいだけです」

「人びとはそういうふうには考えないんだよ」

話を聞いていたファニータが口をはさんだ。「ここのシステムの基本は――なんて言うのかな？――自分のだとわかっているものを執拗《しつよう》に守ることよね」

「財産所有権」トレヴェイニーはこたえた。

「そう。それが意味するのは、ほかのだれでもあたえたり奪ったりできる資産について、それを保持する権利を認められているというだけのことじゃない。その資産をどんなふうに使ったり、売ったり、交換したりするかを決める独占的な権利をもっているということ」ファアニータは肩をすくめた。「ゾーケンがやっているのはそれ。もしも判断を迫られたら、たぶん火星は彼らの権利を認めるでしょうね」

ルディは顔をしかめて片手を振った。「ええ、しかしこういう問題は分別ある話し合いによって解決するものではないのですか？　わたしは強制することに対して異議をとなえているんです」

ほかの人びとはルディを見て、それからキーランへ視線を移した。

「独占権の話をするなら、最終的にはそれを実現するための能力についても考慮しなければならない」キーランは言った。「話し合いでは解決できない争いが起きて、仲裁も失敗に終わった場合、人びとは戦いという手段に訴えてどちらかが考えをあらためるまで続ける」彼はファアニータにうなずきかけて彼女の言い分を支持した。「言葉を換えると、独占的な特権がふたたび認められるまでだ。そして土地というのはもっとも基本的な財産権だ――人体が占める空間から、もっと広い、居住スペース、家、町、国まで……。土地について独占権を行使するというのは、競争相手の要求があってもそれを確保するということ。つまりそれを守るために必要な力があるということだ」

「なるほど、言いたいことは理解できました」ルディが言った。「しかしあなたもわたしの主張を理解しているようです。自分の家やその中の財産を所有していられるのは、ほかの人たちには罰を受けることなくそこへ踏み込んで居座る権利がないからですね？　しかし、なぜそのような権利がないかといえば、力を行使する単一の法体系のもとで住人の独占権が認められているからです。土地の共同所有は——あるいは、競合する武力集団による共同管轄でも同じことですが——実効性のある取り決めとは言えません。安定した家庭は全員が認める家長がひとりいることで実現します。さもなければその共同体は争いを始めるか分裂します。もっと大きな土地でも同じことが起こります。国家の集団結婚が破綻すれば、その結果は別居、離婚、移住というかたちの殺人、革命、戦争であり、それは領土についてなんらかの独占状態が固定化されるまで続きます。しかしここではそういうことにはなっていません」

「そのとおりだ」キーランは認めた。「それは火星ではまだ起きていない。土地はいくらでもあるし、人間はとても少ない。しかし、それぞれの境界線がぶつかるようになれば、一気に再編成が始まるだろうな」

「ええ、しかしそれまでのあいだ、この状況でわたしたちに残されている選択肢は自分たち専用の軍隊を見つけるか密猟者のように逃げ出すかのどちらかでしょう」

キーランは唇をすぼめていつもの謎めいた笑みでこたえた。「まあ、あわてて結論に飛びつくつもりはないよ、ルディ。いつだってほかの道はある。さもなければどうしてぼくたちがこんなに忙しくしていると思うんだ？」

運転室から討論会を見守っていたハリーが、戸口へ姿をあらわした。「やつらが来たようだ」

彼は報告した。「レーダー上で北東からふたつの光点があらわれた。ミュールからアスガルドへ送られたメッセージを見ても、支援部隊が接近しているのは確実だな」

その支援部隊は、二十名の人員および装備品を積載する能力をもち、コックピット後方の連装タレットと吊《つ》り下げ式機関砲を装備する〝ヴェニング〟兵員輸送機に、ミサイルとレーザー用ポッドを搭載した司令兼偵察フライヤーという構成だった。着陸地点はキーランの予想どおりで、ふたつのキャンプのあいだではあったがミュール寄りだった。部隊の展開はきわめて迅《じん》速《そく》だった。戦闘用の装備に身をかためたグループが兵員輸送機からおりてきて、考古学者たちのキャビンと各車両を封鎖してミュール周辺の安全を確保し、同時に別のグループが〝穴〟の採掘現場で見張りについた。こうした作業が進んでいるあいだに、司令機からおりてきた士官たちがミュールに乗り込み、バンクスに報告をおこなってから打ち合わせに入ったが、キーランたちはそこに仕掛けた盗聴器で内容を追うことができた。驚くようなことはなにもなかった。それから少しあとに、バンクスがローカル回線でジャガーノートの内部へ連絡してきて最後通告をおこなった。遠征隊は四時間以内に片付けを終えて立ち去れと。もしもそれまでに岩棚から退去していなかったら強制的に排除されると。

ハミルとウォルターがミュールへ出向いて、あらためて自分たちの主張を繰り返し、ここでのプロジェクトの責任者であるアスガルドの上層部とじかに話をさせてくれと要請した。それは申し訳程度の抵抗で、おそらく予想されていたことだったが、キーランが形式的にでもと強く勧めたのだ。要請は予想どおり拒否された。バンクスは完全な権限をもって派遣されていて、彼に決定権があるのだ。これで残された時間は三時間半になった。

チャズとその部下たちが三室のキャビンをたたんでトレーラーにおさめ、残りの物品を詰め込んだ。期限の少しまえに、ジャガーノートと二台のトレーラーと数台の運搬用車両から成る隊列は、岩棚の下の坂道で前進と後退を繰り返してメサの斜面をくだった。それから峡谷の底を進んで、約四キロメートル離れた地点、ゾーケンが定めた境界の外側で停車した。

トロイの発掘現場では、残されたゴットフリートが、巨大な〝砦〟の岩から少しだけくだった見晴らしの良い斜面の高い位置で、移動可能な目とセンサーを提供していた。ミュールの通信回線に付けられた盗聴器によれば、バンクスはアスガルドに対して作戦は順調に進んでいると報告していた。スケジュールどおり、トラブルもなく。その後のメッセージのやりとりで、満足感が表明され、台地の地下に眠る鉱物資源の埋蔵量についてより広範囲にわたる調査の計画が復活した――それがバンクスの任務のそもそもの目的だったのだ。ケザイア・タールの異様なふるまいについては、バンクスの上司であるソーントン・ヴェルテが対応していたが、これはギルダーが娘のマリッサの結婚式の準備に没頭しているためだった。式の招待客はオアシスホテルに集まったあと、アスガルドが接近してきたところで火星から現地へ運ばれるらしい。ヴェルテはなにもかもバカげていると一蹴したが、ギルダーはタールの見たところまともな経歴に感銘を受けていた。とはいえ、考え直すという話はいっさい出てこなかったし、この段階ではキーランもそれは期待していなかった。ギルダーは相変わらずビジネスに全面的に傾注していて、〝至高の力〟との結びつきはいっさいなかったものの、頭の別の場所ではそれが宇宙のはたらきを支配していると信じていた。

「だから、ぼくたちはギルダーが結びつきを果たすのを手伝ってやればいいんだよ」キーランは、ハリーが再生した最新のミュールの盗聴記録の一部を聞いたあとで言った。彼はデニスに、予定どおりピエールから教わったひと組のコードを送信するよう伝えた──すでにミュールにいる人びとの肉体に存在しているタンパク質合成機の集団がこれで起動することになる。選ばれた細胞型の一部は皮膚に、それ以外のは消化管の中にあった。

「それでギルダーがなにか考えたところでどうなるというんです」ルディが言った。「軍人たちが影響を受けるとは思えません。いま問題なのはあの連中なんですよ」

「ぼくは兵隊たちの心理に通じている。傭兵というのはどこでもそうなんだが、おもてむきの強面のイメージの下は根っこがなくて不安定だ。だから暗示にかかりやすく迷信深い──昔の船乗りみたいに」

ルディは疑いの目でキーランを見つめた。「あなたはそんなことがこちらの有利にはたらくよう利用できると思っているんですか?」

「きっとびっくりするぞ」そう言って、キーランはにっこり笑った。

325

15

ザクッ……ザクッ……ザクッ……ザクッ。

兵士スレザンスキーは、スーツの内部をうつろに伝わってくる足音を聞きながら、キャンプ地の下に広がる入り組んだ洞窟や採掘現場をゆっくりとパトロールしていた。これだけ地下深くになると、彼とディレーニーの当直が午前二時から午前四時までだとしてもなんのちがいもないはずだったが、周囲の暗さと陰鬱さがその時刻が呼び起こす寒々とした感覚をなぜか強めていた。どこかからの断続的な混信でいらいらがつのるせいでローカル回線を切っていたため、緊急用帯域以外では基地と連絡がつかなくなっていた。それもまた彼の味わっている孤立感を深めているのかもしれなかった。

とはいえ、以前はもっときつい任務もあった——今回の仕事で彼らをここへ派遣したローウェルを拠点とする強制執行サービスでツアーに出るまえのことだ。たとえば、ベルトのどこかにある小惑星で無法者の砦を襲撃する任務。その手の仕事を熟知しているはずの士官たちは敵が同盟を結んでいる可能性を考慮に入れておらず、後方からの反撃でいい仲間を何人も失った。盗人たちがおたがいを守っていたのだ。スレザンスキーが加わっていた突入部隊は撤退を余儀なくされ、結局どうなったのかはわからずじまいだった。ほかにも、彼らがずっと警備を担当していた辺境の開拓地があって、そこが支払をしなかったか、あるいはその後になにか意見の相違があったのかはわからないが、防衛部隊がくるりと向きを変え、これは正当な権利だと言いながら略奪に走ったこともあった。あれは長いあいだずっと後味が悪かった。だがどんなことでも仕事は仕事だ、仕事なのだ……。

スレザンスキーがたどっていた通路がひらけてくさび形をした空洞があらわれた。片側の壁沿いにのびるケーブルにつらなったふたつの照明が薄暗い光を投げかけていて、その上はだんだんと影に沈んでいる。足を止めてフラッシュライトをぐるりと上へ向けると、酔っ払ったようにかしいで頭上の空間を横切っている岩の板が見えるようになった。それは上の暗闇の中へのびている亀裂の片側から落下してきたように見えた。目の錯覚なのかどうかよくわからなかったが、上のほうの岩や割れ目のあいだにかすかな緑がかった光が見えるような気がした。死んだ惑星のはずなのに台地の地下深くに照明があるのか？　スレザンスキーにはわからなかった。だがそれは不気味だった。フラッシュライトのビームを振ってころがっている岩にあてると、まるで砂の上に突き出した頭蓋骨のように見えた。曲がりくねる影が上へのびて、音もなくのしかかる岩の柱のあいだへ消えている……。この場所全体が不気味だった。

スレザンスキーは先へ進んで、通路や縦坑が何本も分岐しているさらに大きな洞窟に入り込み、だれかが作ったように見える発掘途中の遺構を通過して、このエリア全体に配された警備システム用のモニタパネルが置かれている場所までたどり着いた。型どおりの点検で紫外線トランスミッタも各センサーも機能していることが確認された。動作感知装置は彼の通過を記録したあとそのID信号によってリセットされる。赤外線フェンスはしっかり作動していた。ログを更新して基地へ報告するためにふたたびローカル回線を試してみたが、やはり通話は困難でろくに言葉をかわすこともできなかった。彼は選び抜かれたいつもの悪態によって意見を伝えたあと、回線を切り、先へ進んだ。

少なくとも、ここにはプラズマボルトはなかったし、頼れる遮蔽物もない真空空間を飛来するスマート銃弾もなかった。それでも、何人かの教授たちだかなんだかを、彼らがいるべきではない場所から追い払うには、過去に見てきた作戦行動のいくつかよりもずっと多くの努力が必要だった。まだ若くてなにかほかのことを始められるうちに、そして五体満足でいられるうちに、この仕事から足を洗うことを真剣に考える必要があった。身につけた技術が売りになるけれど、こんなに暴力的ではなく消耗率も低いなにか。企業の警備チームとか、個人のボディガードあたりか。どこかの用心棒でもいいかもしれない。もっとも、とりあえず給料はいいので、この生活にもそれなりの埋め合わせはあった。彼が自分の計画とそれをいかにして実現するかを話すとき、ホロックスとマロットには好きなだけ笑わせておけばいい。実際に見せてやるのだ。

ふたりはスレザンスキーの気力を萎《な》えさせようとして、彼の計画が現実離れしていることをジョークにしたり、この先予定されている仕事にまつわる噂を聞かせたりする。今回もそうだった。ホロックスは彼にあの教授たちといっしょにいる占い師だか賢人だかの話をして、部隊の指揮官であるコバート少佐に、ここの現場は太古のエイリアンの建造者たち……だかなんだかの霊に取り憑《つ》かれていると言っていた。スレザンスキーには、それがほんとうのことなのか、それとも彼を動揺させるための作り話なのかよくわからなかった。

スレザンスキーは入口の切り通しへ続く通路に入った。角を曲がっていくらか明るい光の中へ踏み込んだとき、グロテスクな形をしたものが、壁から天井へ音もなくすべるように流れて飛びかかってきた。スレザンスキーは警告の叫びをこらえて、壁に背を押し付け、同時に手探りで武器を肩からはずそうとした。そこでようやく、メインのアクセス坑からやってきて受け持ちルートのパトロールをしているディレーニーの影が投じられていることに気づいた。みっともないまねをしたと思ってうろたえながら、スレザンスキーはあわててライフルをスーツの肩のグリップに戻して先を急いだ。だがディレーニーはこちらに気づいてもいなかった。一瞬だけバイザー越しにフラッシュライトの光を当てたとき、その顔がなにかに気をとられてこわばっているのが見えた。

「どうした?」スレザンスキーは問いかけた。これだけ近ければ通話は問題なかった。

「なんだかおかしい……よくわからないが。ここ全体がおかしいんだ。おまえも見てどう思うか聞かせてくれ」

ディレーニーが先に立って通路を引き返し、片側にある開口部へ入り込むと、その先は幅の広いゆがんだ形の洞窟になっていて、起伏のある床には巨礫や粗石がころがり、岩の天井が通路からの薄暗い明かりの中で低く威圧的にのしかかっていた。ディレーニーは脇へ寄って、スレザンスキーに奥のほうをのぞかせた。ディレーニーの姿は影に沈んでいたのに、スレザンスキーには彼がこちらを見て反応をうかがっているのがわかった。スレザンスキーは少しまえに感じた疑念と予感が一気によみがえるのを感じて顔をしかめた。

ふたりがいる場所は、使われていないトンネルや古い坑道のような、ただ岩を掘っただけの穴ではなかった。周囲の岩そのものが生きていた。さっきまでいた明るい通路を離れてようやく目が慣れてくると、奇妙な、青紫色のやわらかなゆらめきがあちこちに見分けられるようになり、それ以外の場所では、背景にうっすらと広がる黄、ピンク、緑の筋が、この世のものとは思われぬ深みを周囲にあたえ、あいだに見える岩のへりを輪郭のくっきりしたシルエットに変えていた。

「どう思う?」ディレーニーの声がまたたずねた。

スレザンスキーは返事をしかけて、回線に別の音が入っているのに気づいた——雑音や干渉が増えたのではなく、大海のうねりのようにため息のリズムで高まっては消えるなにかが、かすかではあるが催眠術のように執拗に、空間あるいは時間的に遠く離れたところからざわめく声のかけらを招き寄せているかのようだ。それらの声の語る内容は理解不能だった。それともこれは——彼はいまやこの場所を築きあげた太古の人びとの存在を感じることができた——別の、まったく異質な種類の精神でなければ理解できないものなのだろうか?

スレザンスキーは、過去の亡霊が岩のあいだから立ちあがるのを予期したかのように恐怖で目を見ひらき、やってきたルートをちらりと振り返って、無意識のうちに脱出路がひらけているのをたしかめた。

「当直の時間はあとどれくらい残っている？」スレザンスキーはたずねた。声が乾いてしゃがれていた。

「一時間弱だな」ディレーニーがこたえた。

「いますぐ上に戻ろう」スレザンスキーは言った。「通信障害が出ていると伝えて」

ディレーニーは抗議しなかった。


ふたりでヴェニング兵員輸送機へ戻ったころには、スレザンスキーはすでに過剰反応だったと感じていた。ところが、機内のほうも落ち着いているとは言いがたい様子になっていた。通信の問題は、ローカル回線だけではなく、長距離リンクのほうにも断続的に影響をおよぼしていた。しかもミュールにいるゾーケンの科学者たちは、キャンプの上の斜面のあちこちで奇妙な蒸気や色のついた霧が出現していることに頭を悩ませていた。それは起こるはずのないことだった。ホロックスでさえ辛辣な批判やさげすみの言葉を吐くことはなかった。噂によれば、教授たちの仲間で、ミュールの機外へほうり出されたあの頭のおかしい男は、ゾーケンの本部にいる大物と連絡をとってなんらかの疫病が広まると警告していたらしい。

「なにかあるのかもしれねえな」マロットが口をひらいたのは、ディレーニーとスレザンスキーが地下での体験を報告したあとのことだった。「ひとつ言えることがある。おれはその話が気に入らねえ」

ホロックスは気を取り直して反論した。「おまえたちはそれでも兵士なのか、ちょっとした光や煙くらいでびくびくして。いままで洞窟に入ったことがなかったのか？　おれはそのいかれたやつが口走ってた疫病とやらでみんなが倒れ始めたら信じてやるよ」

ディレーニーはちょっと考え込んでから、きっぱりとうなずいた。「ああ」彼は昼の光の中へ戻ってきてなじみの顔に囲まれてから目に見えて口数が多くなっていた。「ああ」彼はもう一度言った。「おれもそれに賛成だ」

一時間後、コバート少佐がミュールから戻ってきて、むこうの機内にいる人びとが見た目も気分もあまり良好ではなくなっていると告げた。乗組員たちも含めた全員が、吐き気、発熱、下痢の症状を訴えていた。コバートは彼らの状態を〝船酔い〟と表現した。

四キロメートルほど離れた地点では、キーランたちがミュールの機内に仕掛けた盗聴器でコバートとバンクスやそれ以外のゾーケンの人びととの会話を追っていた。外部アンテナへのケーブルに仕掛けた盗聴器は、アスガルドへ送信された最新の状況に関するメッセージを伝えてくれた。その後キーランは、バンクスを迂回して、部隊の司令機にいるコバートに直接連絡をとり、考古学チームのドクターだと自己紹介して、キネアス・オトゥールという新しい名前を使うことにした。過去の経験で仕入れた軍の専門用語を自在にあやつりながら、彼は医療方面の情報網でミュールの人びとが病気で苦しんでいることを知ったと伝えた。コバートは面食らった。

「しかし、バンクスがこの件を上層部に報告してからまだ半時間もたっていないのに」

「医療コミュニティは情報交換の効率の良さを誇りにしているのです」キーランは謙虚にこたえ、症状を次々とあげていった。コバートはそのとおりだと認めた。

「いったいなんなんだ?」コバートは不安そうにたずねた。

キーランはこのうえなく専門家らしい顔をつくって見せた。「おそらく肺扁豆状大腸炎《はいへんとうじょうだいちょうえん》でしょう。閉鎖キャビン感染症とも呼ばれています。わたしはベルトや長期の旅行で多数の症例を見てきました。病原菌の一種で、肺から血流に入って閉鎖再循環系の化学的性質を不安定にするのです。高い感染力があります」

「どれくらい深刻なんだ?」

「外見が損なわれ衰弱もありますが、恒久的なものではありません。しばらくは見た目が悪いでしょうが、しかし……」キーランはなにか注意を要する問題について考えているかのように言葉を切った。「あなたの部隊に最近あちらへ出向いた方はおられますかな――ミュールの中へ?」

「わたしがいましがた戻ってきたところだが……」コバートの声は途切れた。キーランがなにを言わんとしているかに気づいたのだ。「わたしがそれをこっちへ持ち込んだと思っているのか?」

「可能性は大きいですな」

「まさか!」少佐はショックをあらわにしてうめいた。

「しかしわたしなら止められるかもしれません――迅速に行動すれば。これは潜伏期間がないのです」

「どうやって止める?」

「わたしは老練な宇宙医師です。適切な抗生物質を持っています。わたしがそちらへ行ってあなたと部下のみなさんにただちに注射をすればいいのです」

「良さそうだな。バンクスに承認を得よう」

「なぜです?」

「ここでは彼がゾーケンの責任者だからな」

キーランは顔をしかめた。「時間をむだにしないほうがいいと思いますよ、少佐。企業の官僚的制度がどんなものかご存じでしょう。彼は本部からの許可がなければ鼻をかむこともできそうにありません。ここだけの話にしておくほうがいいのでは。それに、そちらの部隊の指揮官はどなたなのですか――あなたですか彼ですか?」

コバートは一瞬気分を害したような顔をしたが、キーランの言わんとすることはわかっていた。彼はうなずいた。「いいだろう、ドクター・オトゥール。できるだけ早くこちらへ来てくれ」

こうして、キーランはジャガーノートの〝スクーター〟の一台でトロイの現場へ引き返し、ミュールの死角から二機の軍用フライヤーへ接近した。おまけとして、ジャガーノートのハリーとデニスが、キーランの到着に合わせてさらに干渉を強化したりいくつか派手な通信障害を起こしたりして注意をそらしてくれた。

キーランが投与した〝予防薬〟には、言うまでもなく、それぞれに一定量のピエールの調合薬が含まれていた。これでいつでもゾーケンの部隊を無力化する準備がととのった。

こうして計画はさらに前進した。

16

ジャスティン・バンクスは恐ろしい姿になっていた。顔は緑がかった壊死《えし》したような色合いに染まり、紫色をしたいぼのような斑点《はんてん》があらわれていた。まるでホラー映画で墓石の下から這い出してきた死体のようだ。キーランですら、ジャガーノートにあるスクリーンのひとつで映像ウインドウに表示されたそのみじめな顔を見て感心したほどだった。ピエールが提供してくれた情報からデニスといっしょに考え出したコードはたしかに充分な働きをしていた。いや、それ以上だ。

キーラン自身も、ケザイア・タールの目をぎらつかせた人格を身につけて、別のウインドウでまくしたてていた。「古文書に記されているとおりだ——〝アクナートンの疫病〟がきみたちを襲ったのだ！〝そして彼らの肌は亡者《もうじゃ》のまとう病んだ肉のようになり、彼らの両目は澄んだ黄色い沼地のようになる……〟いつの世でも警告に耳を貸そうとしない者はその代償を支払うのだ……」

それはキーランが個人的にギルダー宛に送っておいたメッセージで、驚いたことに、どうやら本人までたどり着いたようだった。残ったふたつのウインドウでソーントン・ヴェルテとならんで表示されているギルダーは、ヴェルテとバンクスに向けてそのメッセージを再生していた。

「そんな大昔の人の言ったことがどうしてわかるんだ?」ヴェルテが文句をつけた。「そいつがでっちあげたのかもしれない。部下に別の文献をいくつかチェックさせているが、まだなにも見つかっていないんだ」

「この男は人知れぬ専門的な知識をもっているように見えたぞ」ギルダーが言った。

「偶然にしてはできすぎです」バンクスがもごもごと言った。「ここでなにも症状が出ていないときにこのメッセージを受け取ったとおっしゃいましたよね?」

「この男はどうやって病気のことを知ったんだ、ソーントン?」ギルダーがヴェルテに問いかけた。

ヴェルテは唇をゆがめて説明を探した。「この男は機内に入ったんだろう? なにかを散布したのかもしれない。だれがこいつを中へ入れた? いったいどんな警備態勢を敷いているんだ?」

「やれやれ、どれほど真相に近づいているか教えてやれたらなあ」キーランはショーを楽しみながら、いっしょにいる人びとにむかって小声で言った。

「ギルダーは信じるかな?」ハリーが言った。

「彼のような人はそんなに簡単に考えを変えたりしない」ファニータが言った。

「だが、ヴェルテよりは真剣に受け止めているように見える」ウォルターが口をはさんだ。

「ギルダーはいまは深入りしたくないんだ」ハミルが一同に言った。「娘の結婚式のことで頭がいっぱいだから」

スクリーン上では、ギルダーがこれはすぐに解明できる問題ではないと受け入れたようだった。彼は別のやりかたを探すように、不機嫌に周囲を見回した。「部隊のほうで起きているトラブルというのは?」

「コバート少佐の話では、兵士たちはずっと続いている通信障害と、掘削現場の蛍光の影響でいらだっています」バンクスがこたえた。「さらにガスの噴出も起きています。そういうことに気を取られて、全員が混乱しているんです」

「ふむ。それでどうする?」

「クラレンスは蛍光には驚かされたと認めています。しかし、理論に更新が必要になるのは珍しいことではありません。トランはむしろ噴出のほうが不可解だと言っています。彼らは現場にいるべきではないと」

「だれかが現地へ行って調べるわけにはいかないのか?」ヴェルテが憤然と言った。

バンクスがカメラにむかって訴えるように変色した顔をあげた。「われわれにとって、いまはこれが最優先事項というわけではないんですよ、ソーントン」彼はボスに直接言うのではなく、直属の上司をさとした。

ギルダーはそわそわと足を動かした。「まあ、いまは別件で身動きがとれないからな。少なくとも、不法占拠していた連中を排除できたのは有意義なことだ。ソーントン、この件の指揮をとって下でなにが起きているのか徹底的に調べてくれないか？　ローウェルから医者を呼んで。なにかの病原菌が広まっているだけかもしれない。わたしは常々こういう小規模な生態系は蓋をしたシャーレみたいなものだと言ってるんだ。このタールという狂信者がなにか持ち込んだというのはあまりにも不自然だ。聞いたかぎりでは自分の頭に帽子すらのせられないようだからな。コバートとも話をして、自分の部隊の規律を維持できないのなら交代させるぞと伝えるんだ」

「まかせてくれ、ハミルトン」ヴェルテはこたえた。

医療専門家たちを乗せた救急機は一時間もたたないうちにローウェルから到着した。ミュールの乗員たちの状態を見て、責任者である医師のファークイストは、途方に暮れていると認めた。こんな症状は見たことも聞いたこともなかったし、類似した症例が記載された文献も存在しなかった。救急機にある機器を使った簡易スキャンと生物学的検査の結果も意味不明なものだった。さまざまな専門家たちと回線越しに話をしてもまったく手掛かりがなかったので、ファークイストはバンクスに、もっと大きな輸送機を手配してミュールの乗員すべてをローウェルへ連れて帰り、そこで観察下におくことを提案した。そのころには、バンクスたちはあまりにも具合が悪すぎて勝手にしてくれという気分になっていた。ほどなく、ヴェニング兵員輸送機にいるコバート少佐から自分と部下たちもやはり見た目と気分がかんばしくないとの報告が入った。

いたずらっぽい喜びの笑みをたたえながら、キーランは敵のキャンプでおこなわれているやりとりを見物していた。

「なんだと！」バンクスはなんとか声を出したが、それはこんな体調でなければ金切り声になっていたはずだった。「部外者がそこに？　きみが入れたのか？　なぜわたしに相談しなかった？」

「これはわたしの部隊の兵士たちの健康にかかわる問題だ」コバートのきまじめな返答は遠く聞こえた――ヴェニングへのローカル回線には盗聴器を仕掛けていなかったので、ミュールの機内で流れる音声がひろわれるのをなんとか聞き取るしかなかったのだ。「外部の指示を仰いでいるうちに手遅れになるという事態は避けたかった」

「言っておくがきみはわたしたちの指揮下にあるんだぞ」バンクスは息巻いた。

「部隊の秩序に関する問題についてはそれでもわたしに権限がある」コバートは反論した。

「彼らのドクターはなんという名前でしたっけ？」バンクスとともにミュールの機内にいるフアークイストがたずねた。

「そいつの名前はなんといったかな？」バンクスが質問をまわした。

「オトゥールだ」コバートがこたえた。

「聞いたことがないですね」ファークイストがうなった。

「タールのことじゃないのか？」

「オトゥールだと言っただろう」

「見た目はどんなだった？」

「わかる範囲では、スーツ姿で、長身で、がっちりした体に、痩せた顔──日に焼けていて、髪は茶色。三十代後半か、ひょっとしたら四十代」

「頭は白髪交じりで、五十代くらいじゃないのか？」

「ちがう。いま言ったとおりだ」

「ふんっ」

「〝肺扁豆状大腸炎〟というのはどの文献を見ても記載がありませんね」ファークイストが言った。「そもそも意味不明です。それに閉鎖キャビン感染症というのも聞いたことがありません」

アスガルドからのリンクで話を聞きながらいらだちをつのらせていたヴェルテが、ここで口をはさんだ。「これではどうにもならない。その男の名前がトゥールだろうが、タールだろうが、とにかくそこへ連れてきて本人の口から説明させるんだ。この問題を解き明かすにはそれしか方法がない。これではなにもかも茶番だ」

「ハシカー教授に連絡して──」バンクスが言いかけた。

「だめだ！」ヴェルテはぴしゃりと言った。「わざわざやつらに知らせて、なにか別のことをたくらむチャンスをあたえるつもりか？　小隊を送り込んでそいつをつかまえてこい。聞いているか、少佐？」

「聞いています」コバートの声がこたえた。

「きみの部下たちの状態はどれくらい悪いんだ？　この任務に耐えられるか？」

「吐き気はありますが、兵士たちはもっとひどい状態でも戦ってきました。いますぐが一番でしょう、さらに症状が悪化するまえに」

「ではその線で進めてくれ」ヴェルテは命じた。

そのとき、機内のスピーカーから流れているらしい別の声が聞こえてきた。〈警告！　警告！　敵襲の可能性あり。レーダー上を、距離三十キロメートル、方位一九〇から低空で接近中、識別要求には応答なし。射撃チームは配置につけ〉

明るいオレンジ色のフライトスーツに身を包んだリー・マレンは、パイロットと通信士の背後で折りたたみ式補助椅子の最前列に腰を下ろしていた。その後方、南方から地上すれすれを飛来してきたエアチーフ輸送機のメインキャビンでは、彼がキーランをとらえて連れ帰るために集めた十名の武装した荒くれ者たちが、側面に沿って二列にならんで無表情にすわり込んでいた。ちょろい仕事だと全員が思っていた。迅速な襲撃。相手は車で遠征に出ているオタク野郎と学校教師……全員を地面に伏せさせて、男を確保し、老賢人が文句を言い終えるまえに引きあげる。

パイロットが振り向き、顎で前方をしめした。「見えてきたぞ」

〈標的を視認。ヘルメット着用。〈小隊は準備を〉通信士がキャビンのインターコムで告げた。装備と武器の最終確認〉

マレンは首をのばして前方へ目を向けた。地形はストーニー・フラッツの連中から提供された情報をもとに再構成したグラフィックそのままだった。側面が急な斜面になった高い台地が広くて平坦な谷にそびえ、その背後には丘陵地が広がっている。科学者たちのキャンプは連絡員が言ったとおりの場所にあった。斜面の途中にある岩棚で、ジグザグな道がそこまでのぼっている。

「三機……いや、四機の航空機が見える」パイロットが告げた。驚いている声だ。「陸路でやってきたんじゃなかったのか？」

「客が来ているんでしょう」通信士が言った。

「パーティをだいなしにするのは申し訳ないな……ところでトラックは？」

「奥に見えるふたつの箱形のやつじゃないですか？」

「おれには可搬式の小屋に見えるがな」パイロットはまた問いかけるようにマレンを振り返った。「まずは旋回してチェックしたほうがいいかもしれないぞ」

「進入も脱出も迅速にだ」マレンは念を押した。「奇襲のメリットを捨てる愚をおかすな。計画どおりにいくぞ。まっすぐ突っ込むんだ」

「あんたがそう言ったんだからな。進入ルートをセット。着陸地点の選択を確認。降下プロググラムを起動。このまま進行する」

〈あと三十秒。ラッチを解放。突入の準備〉短い間があった。〈だれか病気らしい。下に救急機がとまっている〉

行く手に見える台地のてっぺんが平坦になり、次いでせりあがった。眼下の岩棚が大きく広がっていく。そのとき突然、通信士が声を張りあげた。〈離脱！　回避！　回避！　本機は攻撃を受けている！　右前方で爆発！〉

マレンは目のまえにある座席の背をつかんで頭をのけぞらせた——パイロットが手動操縦に切り替えてエアチーフを胃袋のねじれるような急上昇へ突入させたのだ。いくつものオレンジ色の火球が機外を流れ過ぎていく。後方は大混乱になっていて、ベルトをはずして行動を起こそうと身構えていた男たちが倒れてぶつかり、激しくののしり合っていた。ならんだ真っ赤な斑点は急上昇する機体と岩棚との中間地点にあらわれていた——機体の手前で爆発させて警告しているのだ。それでも、いくつかの破片が機体にあたって散発的にカチンカチンという音が響いた。

「連中はどんな学校の教師なんだ？」パイロットが肩越しに怒鳴った。「あんたはピクニックみたいなもんだと言ってただろう。作戦は中止だ。こっちにはあんな火砲を相手にできるような装備はない」

マレンは口の中が乾ききっていることに気づいた。どんな種類であれ火線の中に身を置いたのはずいぶんひさしぶりだった。「あのクソガキ！　だれかに買収されたのか！　おれたちは罠《わな》にはまったんだ。戻ったらただじゃおかない！　おれを裏切ってただですむと思うな！　よし、引きあげだ」

キーランたちは、まだ岩棚の上の斜面にとどまっているゴットフリートがレンズ越しにとらえている映像で、事態の推移を追っていた。ゾーケン陣営のだれもが理解できなかったように、彼らにも理解不能なできごとであり、それは監視用の盗聴器から伝わってくる大騒ぎでも明らかだった。あげくの果てには、指示を求めるバンクスからアスガルドへの必死の呼びかけの合間に、ファークイストの金切り声が割り込んできて、彼とその配下の医師たちは戦闘に巻き込まれるために来たわけではないのだからなにが起きているのか説明しろと要求し始めた——そこにいるだれかに説明ができると思っているかのように。

キーランはここではもう充分に騒ぎを起こしたようだと判断した。そろそろ別の方向へ攻撃を仕掛けなければ。彼はピエールの自己組織化ナノ合成機にすっかり魅了されていて、そこにギルダーを最終的に屈服させるための手段がひそんでいると確信していた。だが、そのためにはギルダーとじかに接触する必要があり、それを実現させる手段はここにはなかった。それでも、例の結婚式の招待客がローウェルに集まるときにチャンスが生まれるかもしれない。そこで、キーランはソロモン・レッポに連絡をとり、なんでもいいから使えるフライヤーでタルシスへ来て、すぐに彼を連れて帰ってくれと伝えた。

レッポはケーシーという相棒といっしょに、自分たちで改造したすらりとした〝特別な〟航空機で、キーランの期待よりもずっと早く到着した。キーランがふたりといっしょにローウェルへ出発したのは、ちょうどコバートの誘拐部隊が彼をつかまえるためにトロイを飛び立ったころだった。キーランはハミルとウォルターに、当面はふたりにバンクスとコバートの相手をしてもらって、彼がいない理由をなにかでっちあげてもらわなければならないと伝えた。もっとも、ケザイア・タールのような変人の行動について筋のとおった説明をもとめるのはそもそもむりな話かもしれなかった。イエス・キリストや、二十世紀のマッカーサー将軍や、古い映画でシュワルツェネッガーが演じたターミネーターのように、キーランは必ず戻るとふたりに約束した。

17

ローウェルに帰れるのはうれしかった。ここは都会だし国際的《コスモポリタン》だ——実際には人類のほんのわずかな一部が砂漠に囲まれた一群のドームや地下壕に集まっているだけなので妙な言い方ではあったが。それでも、車両や、可搬式のキャビンや、地表用スーツの中に閉じ込められた生活とは大ちがいだった。

ジューンの住まいは監視されている可能性があったので、キーランは彼女に電話して町へ戻ったことを伝えてからオアシスにチェックインした——なにしろ、彼がうまく利用したいと考えているできごとはすべてそこで進行していたのだ。ロビーの階層にある店できれいな服を新調し、砂漠で薄汚れた服をホテルのクリーニングに出したあと、シャワーを浴び、ひげを剃り、ヴィヴァルディを聴きながらブッシュミルズのブラックブッシュをストレートで少しだけ味わって半時間ほどくつろいだ。すっかりリフレッシュして、若返り、身も心も軽く、爽快な気分になったので、状況を確認してこれからの選択肢について検討するためにバーへ出かけた。運のいいことに、パティがシフトに入っていた。キーランに気づいたとたん、彼女はぱっと顔を輝かせた。

「あら、キーラン！　おかえりなさい。ジューンから仕事でしばらく町を離れていると聞いたわ。ぜんぶ片付いたの？」

「とにかく、むこうで片付ける部分はね」

「じゃあ、またオリンポスでいい？」

「もちろん。髪を切ったんだね。ポニーテールはどうしたんだ？」

パティはグラスを取り出してビールを注ぎ始めた。「ああ、なんだかわずらわしくなっただけ。ここの重力だとうまく垂れさがらなくて」

「ところで、ギネスは行儀良くしているかい？　相変わらずきみやグレイスを散歩に連れ出しているのかな？」

「ええ。彼はすごいわよ。いまじゃ友だちの半分が奪い合いをしているの。ということは戻ってからまだジューンたちに会ってないの？　どうして？」

「むこうへ戻っていないんだ。いまここにチェックインしたところでね」

「ええっ！　まさかふたりが喧嘩《けんか》してるとかそんなんじゃないわよね？」パティは驚きをあらわにした。

キーランはにやりと笑って首を横に振った。「そんなんじゃないよ。しばらくはむこうではなくてここにいる理由があるんだ」

「ああ、良かった。あなたたちふたりはお似合いだから」パティはグラスをコースターに置いた。「ただ、ちょっとおかしなことがあったの。重要なことかどうかわからないけど、グレイスの話だと、彼女ともうひとりの女の子がギネスを連れて出かけたとき、ふたりの男が車を止めてだれが飼い主なのか教えてくれと言ってきたらしいわ。なんだか……意地の悪い感じだったって。グレイスは面倒な話になるのがいやだったから自分の犬だとこたえたの。かまわなかったかしら？」

「ふーん……うん、もちろん」

「すぐ戻るわ」パティは別の客の相手をするために離れていった。

キーランはスツールに深く腰かけてパーティションに寄りかかり、周囲を見回した。このあたりを変装もせずに堂々と歩き回るのはあまりいい考えではないのかもしれない。

バーはふだんよりも混み合っていた。そこにいる客たちには和気あいあいとした雰囲気があり、まるでほとんどの人が知り合いみたいだった。これがふつうの宿泊客や旅行者なら、ひとりか、ふたりか、小人数のグループでかたまっているものなのに。

「店でパーティをひらいているみたいだな」キーランは戻ってきたパティに言った。

「惑星外でひらかれる大きな結婚式のためにそこらじゅうから人が集まってきてるの」パティはこたえた。「みんな明日の遅くに出発するわ――でも酔っ払いすぎね」

「だれが結婚するのかな？　わかるかい？」

「ハミルトン・ギルダーの娘、マリッサよ。あなたどこにいたの？　彼が何者かは知ってるわよね？　顔がさんざんネットで流れてるから」

「ゾーケン・コンソリデーテッドの大将だろう？　建設と採掘の会社だ」

「そう。本部が軌道上にあって、それがいまぐるりと火星に近づいているの。結婚式はそこでおこなわれるわけ」

「娘さんはだれと結婚するんだ？」すでに知っていたが、キーランはたずねた。

「マーヴィン・クイン」実写映画のスーパースターだ。「でも、彼のグループのほうはゼロロンのどこかで集まっているの――ほら、昔のしきたりで婚前は別々に過ごすってやつ。ふたりはそれぞれの船で出発するんじゃないかしら」

キーランはうなずいて、ビールをひと口飲み、この新しい情報をのみ込もうとするかのようにいっとき黙り込んだ。「近くで見るとどんな感じなのかな――そのうるわしきマリッサは？」彼はたずねた。「これまでに見た画像ではとても美人だったけど」

「あのね、キーラン、わたしは彼女を見たこともないの。あんな特別な人がこんなバーにおりてくるわけないでしょ。上のほうのフロアをそっくり借り切っているから、彼女はそっちのどこかのスイートで過ごしてるはず。ほら、自前の警備員たちがドアやエレベータをしっかり見張ってるのよ」パティは首を横に振りながら、きれいに洗ったグラスを頭上のラックにおさめ始めた。「彼女にどれだけ財産があるとしても、わたしはそんなふうな暮らしがしたいとは思わない。こっちで働いてあなたみたいな人とおしゃべりができるほうがいい」

「そしてギネスを散歩させる」キーランはパティに思い出させた。

「もちろん。マリッサ・ギルダーが外へ出てそんなことをさせてもらえると思う？」

グラスをあけたあと、キーランは目立たないようにあたりをぶらつき、見るべきものを見てまわりながら、いかにして気づかれずに入り込むかを考えていた。結婚式の招待客のグループがそこらじゅうにいて、大きな祝典のために羽をのばす準備を始めていた。侵略されたホテルのスタッフがあわただしく行き交い、ならんだ個室のほうでは、雇われたケータリング業者と、花屋と、納入業者と、買付代理人のチームが、招待客といっしょにアスガルドへ運ばれるおびただしい数の贈り物や装飾品を用意していた。ふだんここを支配しているビジネス本位で気配り過剰な空気をやわらげ、地球を思わせるお祭り気分をかもし出すために、南太平洋風のテーマが選ばれていた。ハワイとポリネシアのダンサーやミュージシャンたちの一団がこのイベントのために呼ばれていた。メニューにその一端をのぞかせているヤムイモ、トロピカルフルーツ、ルアウの肉料理は、オセアニア全域から集められた香辛料によって完璧なものとなっていた。地元の温室や養樹園からはつぼみのふくらんだ花が届いていて、火星上のほかのどこを見てもこれほどの数が一カ所にまとまっていることはなさそうだった。

キーランはひとりの花屋のところへぶらぶらと近づいておしゃべりを始めた。名前はマリオン。彼女の説明によれば、花はどれも遺伝子操作でつぼみのまま低温で輸送されており、到着して常温になるとみずみずしく咲き誇ることになる。彼女が見せてくれた、そうした遅延開花ユリの一種は、香りを活発に振りまくよう改良されているとかの評価されて花冠やブーケ用に選ばれていた。それはおもしろいね。それはあなたのための空気を作り出すんですよ」

「花があなたのための空気を作り出すんです──文字どおりに」マリオンはそう言って、束になったつぼみにいとおしそうに指を滑らせた。「明日はこの子たちが最後に荷造りされるんですよ」

キーランはそれから半時間ほどもの思いに沈みながらホテルをぶらついた。そのあと自分の部屋に戻って、ジャガーノートのデータファイルをあさり、体細胞に組み込まれたナノ合成機を起動するために必要な外部から加える電界の強さについてピエールから教わった数値を呼び出した。その情報を用意したうえで、通信方面の専門家である古い友人に連絡をとり、あるデジタルコードを通常の電話回線で多重送信し、受信側の音声コイルを振動させてそのレベルの電界勾配を生み出すことが可能かどうか、もしも可能ならそのやりかたを教えてくれと伝えた。システムからの案内によれば、受信者は一光時近く離れたベルトの中にいて、返信は転送されるとのことだった。それからしばらくして、キーランはふたたび階下のロビーにある部屋に顔を出した。

そこではマリオンと白い作業着姿の数人の助手たちが、相変わらずつぼみにある部屋の花のラッピングと箱詰めを続けていて、花束をつくったり、緑樹の小枝を束ねてアレンジしたりしていた。

「そのユリを少しだけ拝借できないかな？」キーランはさりげなくたずねた。「二日後にだいじなデートがあってね。咲いたばかりのユリがあればすばらしいじゃないか！」

「根はロマンチストなんだとか言わないでくださいよ」マリオンは言った。

「それのどこがいけないんだ？　名は体《たい》をあらわすんだよ。見まわしてごらん、そういう人たちが何百といるから」

マリオンは笑顔で首を横に振り、キーランにユリをひと束差し出した。「はい。わたしだってだれかに親切にすることはあるんです」

「ほらね、主人公を助けてくれる妖精というのはひと目見ればわかるんだ」キーランは花をじっくりながめた。「どれくらいまえに常温に戻せばいいのかな？」

「八時間くらいまえだと一番いい結果になりますね」

「そうか」キーランはつぼみのひとつの花びらをめくって観察した。「香りはどういう仕組みで放出されるんだろう？」彼はただの好奇心からのようなふりをしてたずねた。

「なぜそんなことを知りたいんです？」

「ぼくはエンジニアだからね。エンジニアというやつはなにを見ても分解してその仕組みを知りたくなるんだ」

「よくわかります。一度エンジニアと結婚したことがありますから」マリオンは内側の層をひ

らいて雌しべと雄しべの構造をあらわにし、受粉のプロセスとそれがどのように香りの生成に

ひと役買っているかについて簡単に説明してくれた。

キーランは熱心に花を見つめながら聞き入った。「いやはや!」説明が終わったところで彼

は言った。「こんな話を聞くと自分が脊椎動物で良かったと思わないか?」

マリオンはそのコメントを無視した。「デートがうまくいくといいですね。たとえだめでも、

わたしたちやこの花のせいだなんて言わないでくださいよ」

「ほんとうに感謝するよ」キーランは笑顔でその場を離れた。

　部屋に戻ったキーランは、まず最初にマリオンからもらったユリのつぼみを冷蔵庫におさめ

た。それからピエールに電話して自分の居所を伝え、翌朝までにナノ合成機の溶液の追加が必

要になったので、空気中に急速に広まる基剤と併せて用意してくれと頼んだ。ピエールにもな

うひとつ、あるにおいをもつ物質でやはり急速に広まるものについてお勧めをきいてみた。タ

イプが決まったあと、地元の医療用品会社にそれを注文し、各種とりそろえた医療用注射器と

いっしょに宅配便ですぐにオアシスまで届けてもらうよう手配し、ホテルのルーム・サービス

は部屋に追加のゴミ箱を半ダース持ってきてくれと伝え、翌朝にホテルへ来てくれと依頼した。それからソロモン・レッポに電

話してやれば翌朝ホテルへ来てくれと伝え、マホム・アラザハッドには急に使うことになる

かもしれない私設武装チームを彼の不埒な交友関係の中から編成できるかときいてみた。とり

わけトロイで武力の誇示があってからは、不条理と激しい怒りがそこらじゅうに渦巻いている

352

気がしたので、タルシス台地にいるハミルたちのためになんらかの防護策を用意しておいてもむだにはならないような気がしていた。

　最後に、もう一度ジューンに連絡して、追加で必要になった物品のリストを伝えた——実験室の技術者や種苗店の従業員が着るような白衣と、火星の砂漠から持ってきた記念品だ。「ほら、つるつるになった岩のかけらとか、きれいな模様が入った鉱石——灰皿にしたりおみやげにしたりするようなやつだな。あとは、それを入れるための結婚式の贈り物にできるような化粧箱と、白紙のカードを一枚」

　演劇用品の販売業者か、アジアスタイルのショップか、貸衣装屋か、とにかくジューンが思いつくところならどこでもいいから、東洋風の衣服を手に入れてほしい。ゆったりしたパジャマ風のズボン。トルコのドルマンジャケットかそれに似た上着。ターブーシュかなにかそんなふうな帽子に、ふさわしいシャツとサンダルとアクセサリー。それといっしょに、ステージ用のメイクセットと、かつらをひとそろい——黒から白まで、濃さがそれぞれちがうやつを。キーランは最後に付け加えた。

「アパートメントにあるぼくの服を何着かバッグに詰めて、宇宙港の手荷物ロッカーにあずけたら、その暗証番号を送ってくれ。それともうひとつ、ぼくのためにオアシスに部屋を予約してほしい」

「もうオアシスにいるじゃない」

「いや、ぼくじゃなくて、別の人物のためだ。なあ、察しの悪いふりはやめてくれ。その男の到着は明日、二泊で頼む」

「で、今度はだれになるの？」

「まだわからない」

「予約するには名前がいるんだけど」

キーランは眉をひそめてちょっと考え込んでから、いきなり満面に笑みを浮かべた。抵抗できない突然のひらめきが舞い下りてきたのだ。「タジキスタンのカール」まるでファンファーレをかなでるような口調だった。「どう思う？　気に入った？」

ジューンはうめき、思いきってたずねた。「どういうことなのかきいてもいい？」

「この男はぼくたちがブラザー・ハミルトン、別名〝至高の力を追い求める男〟と接触するための鍵になる」キーランはジューンに説明した。「そして彼がそれを実現するための仲立ちとなる人物が、まさにここ、オアシスにいる。なあ、いとしい人、ぼくまであやうく信じてしまいそうだよ――どこかに〝至高の救いの手〟があることを」


注射器とテスト用の溶液が到着すると、キーランはペンとメモ帳と実験に使うために冷蔵庫から出したユリのサンプルを手に腰を据えた。いろいろな注射器を使って溶液を注入する方法を試し、くわしくメモをとってから、つぼみを慎重にほぐして結果をたしかめた。失敗したものを排除していくと、内部に損傷をあたえたり外見を損なったりすることのない四とおりの手順が見つかった。それぞれに番号をふったラベルを付けて、新しい、さわっていないつぼみでその四とおりの手順を繰り返してから、ひと晩で常温に戻るように部屋にならべて、さかさまにしたゴミ箱をそれぞれにかぶせた。その先については、ジューンが集めている荷物が届き始めるまではほとんどなにもできることはなかった。キーランは階下へおりて夕食をとり、さりげない質問によって、結婚披露宴の流れや、警備員の配置や、翌日のスケジュールなど、役に立ちそうなあらゆる情報をできるかぎり聞き出した。

その夜の締めくくりとして、キーランはジャガーノートにいるウォルター・トレヴェイニーに連絡をとり、盗聴で得たトロイからの最新情報を教わった。コバート少佐とその部下たちは、いまや全員が明らかにバンクスたちと同じ症状をしめしていたので、ドクター・ファークイストがすべての部隊を——ゾーケンの人びとも兵士たちも——この日のうちにローウェルの病院へ入院させて経過を観察するべきだと忠告したようだった。

全員が——アスガルドでも、トロイでも、ハミルのグループでも——あのときトロイから追い払われたエアチーフにだれが乗っていてなにを求めていたのかについては同じように首をひねっていた。トレヴェイニーは、だれかがキャンプにいるはずの遠征隊を訪ねてきたのだろうという意見だったが、それで相手の正体や目的がわかるわけではなかった。キーランは、侵入者がどこから来てなにを——もっと正確に言うなら、だれを——捜していたのかについてだいたいの見当がついていた。明日の朝になったら、彼はもう一度しばらく身を隠したほうがよさそうだった。

18

翌朝、キーランがメールをチェックすると、ベルトにいる通信方面の専門家から返信が届いていた。キーランがナノ合成機を起動するために定めた周波数は、通常の電話の帯域幅からはずれているため、音声コイルはキーランが狙ったようには振動しない。グラフィック関連のパワーオシレータ回路を使えばうまくいくかもしれないが、そのためには電話が使われているあいだにデータチャネルに信号を挿入する〝多重変調器《マクスモッド》〟と呼ばれる追加のハードウェアが必要になる。メッセージはいくつかのモデルをくわしく説明してキーランの幸運を祈っていた。キーランが次にピエールに電話すると、要請どおり追加分の溶液を準備したとの回答があった。キーランは午前中のうちにそれをオアシスホテルにいる〝タジキスタンのカール〟の部屋まで届けてくれと伝えた。ピエールはキーランのことがだんだんわかってきていたのでわざわざ質問はしなかった。キーランは、電話システム経由によるナノコードの遠隔起動に関してこれまでに得た情報を、必要となるマクスモッドの詳細も含めて説明した。ピエールはなにかわかるかどうかいろいろあたってみると約束した。

キーランはシャワーを浴びて、ひげを剃り、服を着て、部屋の自動調理器《オートシェフ》で軽い朝食をすませた。そのころには選ばれた四つのユリのつぼみを冷蔵庫から出してから八時間近くが経過していた。三つを部屋の中の充分離れた位置に、ひとつをバスルームに置いて、それぞれがどれだけ効果的にその香りを広めているかをしっかりと感じ取れるようにした。サンプル1と3は、見た目は損なわれていなかったが、まったく機能していなかった。2は強い香りを発していて、4の香りはくっきりしていたがおだやかだった。キーランは2を選び、メモ帳でそれを処置したときの手順を参照して、ソロモン・レッポが到着するまでのあいだに、冷蔵庫から出したいくつかの新しいサンプルでさらに何度か練習をしておいた。レッポは部屋に集められた医療器具や、つぼみを切られた花や、いくつものゴミ箱をとまどったように見回した。

「ゆうべパーティがあったわけじゃないよね」レッポは言った。

「心配するな」キーランは楽しげに言った。「葬式の準備をしているわけではない。きみには植物手術という新しい科学の短期集中講座を受けてもらう」

「手術？　植物に？　そりゃ新しいね」

「たったいま発明した。で、こいつを卒業したら――ぼくにはやることがたくさんあるから一時間以内ですませたい――きみは今日の午後に新しい技法を披露することになる。さあ、説明するぞ。下の階の奥にある部屋で、結婚式のためにアスガルドへ送られる遅延開花する花々が荷造りのときを待っている」キーランはとっておいた切り花を一本取りあげた。「花々の中にはこういうユリの束も入っている。ぼくがこれから見せるものをしっかり見て集中するんだ、ソロモン、良き友よ、なぜなら二度目のチャンスはない……」

キーランは決定した手順を実演して、その目的を説明し、それをいくつかのユリのつぼみで繰り返してから、花をひらいてレッポに結果を見せた。それからレッポに自分でやらせて、こつをつかむまで何度もやり直させた。そのあと、注射器と、残っているテスト用の溶液と、残ったつぼみを彼に手渡した。

「これを持っていって、絶対に失敗しなくなるまで練習するんだ」キーランは言った。「午後二時に下のロビーで会おう。注射器を忘れるなよ。必要になるから」

「あんたのまわりではずいぶんまえから物事がふつうにまともに進んだことがないんじゃないの？」レッポは首を横に振りながらたずねた。

「好奇心から何度かそうしてみたこともあったんだが、どうしても退屈してくるんだよ」キーランはこたえた。「格言をひとつ――人生のどれか二日が同じ日だったとしたら、そのうちの一日は必要がない」

このころにはジューンが送った荷物はすべて届いていた。キーランはそれから一時間かけてメイクセットと衣装で自分の外見を一変させた。白髪で、茶色い目で、肌が日に焼けた、どこともしれぬ中央アジア出身の族長が鏡から見返していることに満足すると、彼はジューンが選んだ贈り物へ注意を移した。

それは彫刻がほどこされた〝火星十字〟で、灰色がかった緑色の母岩をカットしてきれいに磨きあげてあり、キーランの見立てでは、火星の赤い層の下で見つかるドロマイトと同じ堆石《たいせき》性だ――この赤い層は地表を広く覆っているもので、それほど遠くない過去にどこか外部からやってきて火星を包み込んだという説が現在では広く受け入れられていた。デザインのほうは、マルタとケルトの十字の要素を借りてきて、それをナバホの砂絵を思わせる独特の角張ったスタイルと合体させてある。もともとは初期の開拓時代に火星へやってきた宗派のひとつが出所で、それ以来、日本の太陽やアイルランドのシャムロックと同じように、ここの文化全体のシンボルとなっていた。まさに理想的だ——キーランが望んだとおりだ。いっしょにあった箱は銀の合金製で、かなり珍しく高価なものも交じったさまざまな色合いの土地の石や鉱物を磨きあげた粒が、模様を描いてちりばめられていた。箱の中にはパッドが入っていてサテンのような栗色《くりいろ》の内張がついていた。

これまた十二分に満足したので、キーランはウォルター・トレヴェイニーに連絡し、トロイ経由でアスガルドの最新情報を仕入れた。もっとも興味深かったのはヴェルテとバンクスのやりとりで、ヴェルテが一時間ほどまえに火星でマリッサと話していたときに仕入れた情報によると、ハミルトン・ギルダーは娘に、タルシスの資源調査グループとその支援部隊を襲った災難と、それがみずからの作品を冒瀆《ぼうとく》された太古の建造者たちに関係があるという噂について話していたとのことだった。

「そもそもマリッサの影響でハミルトンはこういうものにはまるようになったんだ」ヴェルテは忠告した。「彼が娘の話に耳を貸すようになったら、こっちは永遠に身動きがとれなくなりかねないぞ」

「ここでできることはほとんどありません」バンクスはぼやいた。「病名についてさえ意見が一致しないドクターたちが相変わらず言い争いを続けています。どのみち、彼のそばにいるのはあなたであって、わたしではないので」

「だが、ドクターたちの言い争いはたいしたことではないというふりをしないと」ヴェルテは言った。「どこかから問い合わせがあっても、そのやっかいな問題をおもてに出さないようにしろ。まだわからないだけで完璧に合理的な説明がまちがいなくあると伝えるんだ。少し時間がかかるだけだと。もしもハミルトンが急に道をはずれたら、あらゆるところで計画をぶち壊し始めるぞ」

「わかりました、ソーントン。まかせてください」バンクスは約束した。だがキーランにはバンクス自身が不安をおぼえ始めているように聞こえた。

「完璧だな」キーランはそうつぶやいてトレヴェイニーとの接続を切った。

彼はジューンが火星十字といっしょに入れていた白紙のカードを取り出し、それをひらいて内側に華麗な字体で書き入れた――

このお守りにあなたの未来を見守らせてやってください。

未来を見る男、タジキスタンのカールより。

キーランはカードを火星十字の上に置き、箱を閉じて、わきへどけた。それからコムパッドでメッセージを作成した――

このうえなく親愛なるマリッサへ。

会ったこともない相手からのこのような呼びかけが不適切であると思われましたならお許しください。しかし、ある意味では、すでにお会いしているのです——われわれの精神が大きく広がってふれ合いをもつ次元においては。まだ物質的な生の初期段階にあるので自覚しておられないかもしれませんが、あなたはたぐいまれなる洞察力と理解力に恵まれていて、それはいつの日か魂のさらなる成長と悟りに貢献することでしょう。それこそがわれわれが現世の旅を続けている理由なのです。

しかし、わたしがここで記したいのは、より差し迫った深刻な問題のことです。お父上が今日あなたに打ち明けられたように、それはお父上が派遣された人びととそれを守る人びとの外見の異常にかかわりがあります。お父上は真実を探し求めておられますが、けっしてそれを見ることも信じることもない身近な人びとによって惑わされているのです。〝アクナートンの疫病〟は太古の謎の創造者たちからの警告です。帝国は崩壊し、敵は打ち倒され、都市は崩れて瓦礫と化す……それが警告を無視する者たちの末路です。

わたしが遠方よりやってまいりましたのは、秘められた領域のはたらきについてあなたに説明し、ただちにあなたの協力を仰ぐためです。まだ時間があるうちに、われわれに災厄が降りかかるまえに。正午までにはそちらへ到着いたします。

心を込めて

タジキスタンのカールと呼ばれる者より

キーランはメッセージを読み返し、自分を褒めてやってから、それを外部回線経由でオアシスホテルへ送信し、印刷して封をしたうえでミズ・マリッサ・ギルダーのもとへ届けるよう依頼した。

これでとりあえずリストにある用事はすべて片付いた。キーランは植物実験の証拠だけを始末してあとはホテルに掃除をまかせ、薄手のコートを上にはおって帽子をポケットに押し込み、たとえ異国風のスタイルと服装があふれるローウェルであってもなるべく目立たないようにして、箱入りの火星十字と白衣をかかえ、裏の通用口からオアシスを離れて駐車場へ出た。

宇宙港のターミナルまでぶらぶらと歩いて、ジューンに指示された手荷物ロッカーへむかった。アパートメントから持ってきたバッグがふたつと、ジューンが自分の判断で追加したらしい凝った刺繍《ししゅう》が入った短めのマント——ほかの衣装を引き立たせる理想的な品物だ。キーランはそれに着替えて、薄手のコートを白衣といっしょに片方のバッグへ入れてから、コンコースへ出て、地元の公共輸送機関として利用されている電動巡回車を呼び止めた。数分後、彼はオアシスの中央ロビーの入口へ派手な身ぶりでおり立つと、ふたつのバッグをドアマンにまかせ、みずからの存在を誇示する華麗な服装で颯爽《さっそう》と建物に踏み込んだ。予約はとれていた。おまけに、メッセージが届いていると告げられた。フロント係から差し出されたのは、ローズピンクの厚手の封筒だった。中にはメモが入っていた——

ペントハウス階にあるわたしのスイートまでご都合がつき次第いらしてください。エレベータのところにいる警備員にこれを見せれば大丈夫です。

マリッサ・ギルダー

いっぽう、ゾディアック商業銀行へ商談に訪れた人びとがエンバーカデーロで借りていたアパートメントでは、リー・マレンがソロモン・レッポを尾行している部下からの連絡を受けていた。レッポはオアシスホテルから出てきたあと、ゴーリキーのとある住所まで移動し、いまもそこにとどまっているとのことだった。

「目を離すなよ」マレンは指示した。「すぐに応援を送る。それが着くまえにレッポが動いたら連絡しろ」

「待った」たまたまマレンといっしょにいたヘンリー・バルマーが、注意をうながすように手をあげた。「これでレッポはいつでもおさえられる。だがセインのほうはもう砂漠にいないかもしれない——昨日の大失敗のあとだけにな。もしもこっちへ戻っているなら、レッポが彼のところまで案内してくれる可能性がある」

マレンは不快そうな顔をするだけでがまんした。「だれもおれを裏切ってただではすまない」それは彼の最近のお決まりの台詞だった。「セインのほうはあんたの問題だ。やつはまだ砂漠にいるに決まってる。あんたから隠れるために。だからこそやつらはあんなに火砲をそろえておれたちを吹き飛ばしかけたんだろう?」

「そうとはかぎらない」バルマーは反論した。「セインはきみを雇っている人たちの問題でもある。大きな問題だ。きみの仕事は万全の手を打つことだ。きみが彼らを裏切った男をそのままにしたことを知ったら、彼らはいい気分がしないはずだ」

マレンはその指摘について暗い気分で考えてから、スクリーンに顔を戻した。

「そいつは泳がせておけ」マレンは連絡相手に言った。「いまはしっかり尾行するだけでいい。どこへ行くかを知りたい」

「了解」連絡相手はこたえた。

19

マリッサ・ギルダーは美しい曲線を描く、ふんわりした、小柄な女性で、丸くて青い両目は、大きくひらくだけで畏敬や驚きや単に集中力の強さを伝えることに熟達しているように見えた。そうすることで彼女は、もはや習慣となっている注目や特別扱いをほしいままにしてきたのだった。ただし、このときばかりは、彼女がキーランのほうへ向けている畏怖の念にはもっとしっかりした根拠があり、人をあやつるための手段として作りあげたものではなかった。髪はブロンドで、肩までの長さがあり、身体と同じようにふんわりしていて、よく光を反射する色合いのせいで動く金の織物のようにも見える。その顔はメディアですっかり有名になったイメージそのままだ――快活なかわいらしさ、つんと上を向いた鼻、突き出した口、顎の先へかけて狭まる丸っこい頬、そのすべてがさりげなく強調された肉感性と性的魅力を疑いようのない高レベルで表現できているのは、高給で雇われた美容師とスタイリストのチームの共同作業の成果だった。キーランを出迎えたときのいでたちは、ゆったりした、金のスパングルがちりばめられたノースリーブのクリーム色のワンピースと、それに合うようにずらりと配された金の指輪、ブレスレット、ネックレス、それと髪かざり。

スイートのほうは、花と、カードと、飾られた贈り物と、まだあけられていない包みであふれていて、外の続き部屋のほうにいる訪問客のために、お菓子とちょっとつまめるものがのったトレイと、冷製の軽食と、隅にはバーカウンターも用意されていた。ホテルのスタッフがときおりあわただしく出入りし、すでに満杯のクロゼットに服を運んできては、その夜の出発を見越した荷造りのために別のを運び出していた。黒いスーツに身を包んだゾーケンの二名の警備員が外側の部屋ですわり込み、ひらいた戸口をとおしてキーランに油断のない視線を向けている。彼は到着したときに武器がないことを確認されてからマリッサの御前へとおされていた。それでもなお、彼女はふだんなら考えられないほどの距離を置いて、低いテーブルの遠い端にあるカウチの真ん中に腰かけていた。これまでのところ、マリッサは生まれてからずっとさまよっていた人がついに導師を見つけたように、うっとりとキーランの言葉に耳をかたむけていた。彼女はその日の午前中に遠いアスガルドにいる父親とのあいだで起きたできごとをキーランが知っていたことに度肝を抜かれていた。キーランが名前を出した疫病は、これまでに助言を求めたどんな医療関係者も知らなかったのに、砂漠でゾーケンの人びとが立ち退かせた科学者グループに同行していた別の著名な学者によってまったく同じように説明されていた。キーランは、同じ真実は究極の現実とふれ合っているすべての人びとのまえにあらわれるのでしょうと謙虚にこたえた。

このころには、マリッサは当初の驚いてばかりの様子から回復していた。そのどこまでが純粋な反応で、どこまでがソクラテス流の人から発言を引き出す手口なのか、キーランにはまだ判断がつかなかった。彼女はキーランが受け取ったグラスのウォッカトニックをひと口飲むのを見て、興味津々で彼と目を合わせた。

「あなたのような人はアルコールとかそういうものには口をつけないのかと思っていたわ」

キーランは否定するように手を振った。「ものまね屋は外見や些末《さまつ》なことばかりを気にするものです。そうしたものがわたしにおよぼす影響はわたしがどこまでそれを許すかによります。真に力を授けられた精神はみずからの肉体と精神を完全に制御できるのです」

マリッサは感銘を受けたようだった。「あなたはとても珍しい種類の人なのね」

「それはすでにはっきりしていることではありませんか？」

「それで、どうしてここに？」

「手紙でお伝えしたとおりです――あなたの協力を仰いで、この文明がいまだ理解していない超越科学のはたらきをさまたげた結果について、お父上とその配下の人びとに警告するためです」

「〝カール〟というのは？　調べてみたんだけどわからなくて」

「支配者や指導者を意味する〝カーン〟と関連があるのですが、世俗的な人間の営みよりも精神世界のほうと深いつながりがあります」

「なるほど」

「あまり知られていない中央アジアの言葉です」

マリッサは、突然の啓示を期待するかのように、まん丸な目で探るようにキーランを見つめた。「この超越科学というのが手紙にあった〝秘められた領域〟なの？」

「ええ、そのとおりです」

「手紙にはそれについて説明すると書いてあった。いいわ、聞かせて」

キーランは両手をぐっと広げてからまたぴたりと合わせ、たくさんのものを小さな空間へ押し込めなければならないむずかしさを表現しようとした。「今日の科学がこれですべてだと考えている宇宙は、実際に存在するもののほんの一部でしかありません。より広大な実在が、これまでに起きたこと、これから起きること、起きる可能性があることをすべて包含しています――そのすべてが等しく現実なのです、映画のすべてのコマが等しく現実であるように。意識はそのひとつの部分に光を当てて、われわれが〝現在〟と考えるものを生み出しているだけなのです」

マリッサは興味を引かれたようだった。「それは量子力学に出てくる多世界解釈とかいうやつ？　あたしも少しは知ってるけど」

「そのような限定された表現に縛られたくはないですね。科学者たちは幻影を生み出す舞台裏の機械の仕組みは知っていますが、技術者としてそれを見ているにすぎません。彼らは演じられているものの本質を見逃しているのです」

「つまりそれには目的があると」

「もちろん」

「どんな？」

「学ぶための環境です。人間が体験するつかの間の人生とは、魂の作り出す人格がすべての可能性全体の中に描き出すひとつの道筋であり、そのような状況下において魂は浄化され成長する必要があるのです。それぞれの体験が完了すると、人格は破棄されますが学んだことは魂に刻まれたまま残ります。ロールプレイングゲームのキャラクターと考えたらわかりやすいかもしれません」

「あなたが話しているのは、映画を作って監督しているのがだれであれ――その目的がなんなのかということなのね」

「良い表現ですね」

「や、や、やっぱりそうなんだ！　もっと話して」

「すべての起こり得る結果へつながる枝分かれがあるからこそ、道徳的に意味のある選択が可能になります。われわれはみずからが目指す未来を決めることができるのです」

「うーん……」マリッサは少し考え込んでから言った。「とにかく、岩や魚にできることじゃなさそうね」

「そのとおりです。意志をはたらかせる能力こそ人間がほんとうに進化した部分なのです。意識が徐々に出現するにつれて、ただの行き当たりばったりが意志による選択へと移り変わったのです」

マリッサは熱心に耳をかたむけていた。それはまさに彼女の心をとらえている主題だったのだ。これだけ想像力豊かで、けっして頭が悪くもない、溺愛された娘であれば、ハミルトンにどのような影響をあたえるかは明白だった。

「でも、個人だけのことじゃないわ」マリッサは言った。「人間は社会的動物でしょう? だから集団で目指す方向を決めることができるのよ」

キーランはすわったまま身を乗り出してきっぱりとうなずいた。「ところが……集団としての方針や行動にもとづくだけではなく、もっと別のやりかたで未来を形作ることができる古き文明がありました。彼らは物理的実体の蓋然性をあやつって、みずからが望ましいと考える結果を導くことができたのです。それがなにを意味するかわかりますか?」キーランは効果を出すために少し間をとった。「なにが起きているのかわからなかった人びとにとっては、あり得ないできごとと思いもよらない偶然の連鎖が相まって、すべてが思いもよらない方向へ動いたように見えたでしょう。奇妙な事件、説明のつかない事故……」彼はできるかぎり導師らしい、力強く揺るぎない視線をマリッサに向けて、彼女に自分で考えさせた。

青い目がまん丸に見ひらかれた。「侵入者たちに起こる事故。奇妙な〝呪い〟」マリッサの声は低くなり、ほとんどささやきに近くなった。「疫病……」

キーランは重々しくうなずいた。「ただし、それは呪いでもなければ神秘的なできごとでもありません。現実の深遠なるはたらきをあやまって解釈しているだけなのです……そして古代人たちはみずからの作品にその力を残していきました。あなたのお父上の配下の人びとが砂漠で直面しているのがそれなのです。もしも警告が無視されれば、その影響は彼らを送り込んだ人びとにまでおよぶでしょう」

マリッサははまった。キーランの話は綿密な吟味や証拠を出せという要求に耐えられるわけではなかった。しかし、彼女は人生の大半を明確な目的なしにすごしてきたために——これほど活発な精神の持ち主にはいらだたしいことだったろう——それはひさしぶりに刺激的なことであり、事実であってほしいことだったのだ。

「あたしはなにをすればいいの？」マリッサはたずねた。

「あなたが身につけ始めた洞察力を、あなたのお父上が同じように得られるよう手助けする必要があります」キーランは言った。

キーランがカールの部屋に戻ると、ピエールが送ってくれたナノ合成機の組織化用分子の溶液が入った包みが届いていた。レッポに会うまで少し時間があったので、グリルしたマヒマヒのサラダとハーフカラフェのシャブリを注文して部屋で食べながら、ゾーケンの経営構造と幹部についての公開情報を確認した。それからふたたびマントをはおって、溶液の瓶と、白衣と、火星十字の入った箱を、部屋の備品であるポリ製のランドリーバッグにおさめ、エレベータでロビーの階までおりて、前日の夜に花の準備と荷造りがおこなわれていた部屋までぶらぶらと歩いた。マリオンがデスクにむかい、スクリーン上のリストをチェックしながら、行き来する新手の白衣姿の助手たちやホテルのスタッフに指示を飛ばしていた。彼女はキーランだと気づかなかった。

「ああ！　あなたが案内のあったマダムですね。ここではあなたとお話しすればよいと言われたものですから。わたしは遠くから今日着いたところなのです」

マリオンは彼の風貌と服装を見て、急にすべての意識を集中させた。「午前中にマリッサ・ギルダーといっしょにいた方ですね。噂を聞きましたよ」

これはキーランが期待した以上の展開だった。「いかにも」彼は優雅にこたえた。「わたしたちは古い知り合いなのです」

「ミスター……？」

「カールです。厳密には〝ザ・カール〟ですが、わたしはこういうことにはこだわらないほうなので」

マリオンは訳知り顔でうなずいた。「それで、どういったご用件でしょう？」

「もちろんわたしも彼女への贈り物を持ってきました。しかしわたしたちの友情に捧げる花がなければ完成しないのです。お願いできますか？」

「もちろんです。その贈り物はいまありますか？」

「上の階のわたしの部屋にあります。数分でとってきますから」

「はい、それでけっこうです」

キーランは少し申し訳なさそうな笑みを浮かべた。「ふさわしいアレンジを選ぶためにいくらか助言をいただくことになると思います。おわかりでしょうが、わたしの得意分野ではないのですよ」

「喜んで個人的にお手伝いさせていただきますよ」

「ラッピングもお願いできますか？」

「もちろん」

「親切な方ですね、マダム」

「どういたしまして」


キーランが二時になる直前にロビーへおりると、そこはチェックアウトしてランチの相手と合流したり早めに宇宙港へ出発したりする結婚式の招待客でごったがえしていた。レッポはすでに到着して、フロントの近くにあるショップのまえに立っていた。ケーシーのほうは中央エントランスを入ったところにある椅子にすわってあたりをながめている。キーランはぶらぶらと歩いていって数フィート離れたところでなにげなく足を止めた。レッポは近づいてくるキーランをちらりと見たが、それ以降は気にもとめなかった。キーランは若者といっしょに大勢の顔を見まわした。一分かそこらたったところで、彼は静かにつぶやいた。

「ぼくと仕事をしたいのならルールがふたつあるぞ、ソル君。ひとつ、ぼくはいつでも時間を守る。ふたつ、予想外のできごとにそなえること」

レッポがさっと頭をめぐらした。信じられるまでさらに一、二秒見つめなければならなかった。「信じられない」出た台詞は結局それだった。

「注射器を持っているか？」キーランはレッポにたずねた。

レッポはコートのポケットのふくらみをぽんと叩いた。「ここにあるよ、きれいに洗って使えるようにしてある」

「練習はどうだった？　うまくできるようになったか？」

「何度でも」

「よし。じゃあこれを」キーランは持っていたランドリーバッグから火星十字の入った箱を取り出し、白衣と溶液は中に入れたまま、バッグをレッポに手渡した。レッポはうなずき、それを脇の下にかかえて、男性用トイレのほうへ歩み去った。キーランは箱を手にロビーの奥へとむかった。ケーシーは椅子で腰を浮かしたまま、相棒が話をしていた、このどこからともなくあらわれた奇怪な人物のうしろ姿をぼんやりと見送っていた。キーランは悩めるケーシーをそのまま置き去りにした。奥の部屋へ戻ってみるとマリオンが待っていた。

「きれい！」彼女はキーランから十字を見せられて叫んだ。「火星のデザインですね。これは地元の石ですか？」

「それ以上のものです」キーランは言った。「これにはエマネーションがあります。はるか昔に人びとから受けた影響を再放射しているのだと思います」

「ほんとですか？」マリオンはいっとき黙り込んで畏敬の念をあらわした。「それで、なにか特別なアレンジをお考えですか？」

「花のことですか？　それはあなたにおまかせしますよ」

マリオンは小首をかしげてまわりにならんでいる緑の小枝や花束を見つめた。「そうですね……まず初めに、ああいうクリスタルガラスの花瓶にこれを組み入れて……」

「すばらしい」

「そして結婚式なので白をモチーフに。なにか少しエキゾチックな……白いランにカサブランカ、キンギョソウを少し交ぜるとか」

ふたりの背後で、白衣を着たレッポが別の助手たちといっしょに部屋へ入ってきた。彼はキーランから説明されていたユリをテーブルの上に見つけて、さりげなくそちらへ近づいた。

「あまり白くしすぎないでください」キーランは言った。「わたしには死の影を暗示しているように思われるのです。少しは色がないと」

「ブライダルピンクローズはどうでしょう」マリオンが提案した。「それと、あんなふうな葉っぱに白と緑のまだらがあるアイビーを」

「完璧ですね！　背景にもっと緑があるとバランスがいいのでは」

レッポは部屋に背を向け、肩をすぼめて手早く作業にとりかかった。

「いろいろ交ぜたシダを中心とまわりに――クジャクシダとミンファーンかな」マリオンが言った。

「あれを加えたらどうでしょう？」キーランは指さした。「あれはなんですか？」

「ええ、リリーグラスです。垂下性のランと合わせると流れるように揺れます。いいものを選びますね。きっと才能があるんですよ」

「それはあなたですよ。わたしは影響を受けているだけです――あの石のように」

「お世辞も上手なんですねえ……」


マレンは〝ミスターZ〟に最新の報告をおこなった。会社《ファーム》から来たふたりの〝債務督促係〟の片割れで、ローウェルの状況を監視して失われた二億五千万の内星系ドルを取り戻すために送り込まれた男だ。彼らがフォボスに到着するまで、まだ一日かそこらはあった。

「小僧はオアシスに戻って相棒と合流し、そこで人と会った。だが相手はセインじゃなかった。どこかのいかれたパジャマ姿のアリ・ババで、午前中にホテルに着いたやつだ――ギルダーの娘と知り合いらしい」

「セインとのつながりはないんだな？」スクリーン上の顔が確認した。

「ない。セインはまだ教授たちといっしょに砂漠にいる……」マレンは振り返り、暗い顔で話を聞いているバルマーにささやいた。「おれが最初から言ってたとおりだろう」

「人集めのほうの進捗は？」Zがたずねた。

「あんたがここへ着くころにはぜんぶそろう。兵員輸送機が二機に、フル装備の攻撃ヘリが一機、それと司令機だ」マレンがもうひとつやっていたのは、セインをとらえにタルシスへ戻るために部隊を強化することだった。相手が荒っぽくやりたいというのなら、会社としては応じるだけだ。彼は話を続けた。「レッポは砂漠のほうの状況を知っているはずだ。やつがおれたちをはめたんだ。いまは相棒といっしょにオアシスにいる。こっちはブラウンとブラックに兵士が三人だ。どうすればいい?」

Zはいっとき状況を検討した。「その部隊はどこに集まっているんだ?」

「ストーニー・フラッツという場所にある倉庫だ──シティから三十キロメートルほど離れている。フライヤーでそこから砂漠へ飛んでいく」

「レッポともうひとりを野放しにすればリスクを高めるだけだ」Zは言った。「ふたりをすぐにつかまえろ。だがしばらくおまえたちの手元に置いてほとぼりを冷ませ。それからわれわれの到着に合わせてストーニー・フラッツへ連れていって、全員で話をしようじゃないか」

「わかった」マレンはバルマーに満足げな顔を見せながらスクリーンを切って、電話をかけるためのコードを打ち込んだ。「悪いな、先生、あんたの予想は当たらなかったよ。おれたちはおれたちのやりかたでいく。今回はあんたとリオも同行してかまわないぞ。おれとしてもあんたたちになにかを見逃したと思われたくはないからな」

すべて完了した。加工されたユリは荷造りされて彼らのメッセージを運ぶべく引き渡された。

376

結婚式の招待客の最後の数グループがシャトルでフォボスへ出発しようとしていた。彼らがアスガルドに到着し、翌日になって式と披露宴がひらかれるまで、キーランにはほとんどすることがなかった。差し迫った用件が片付くと、タルシスにいるハミルたちのことが気になってきた。予定ではこのあとレッポとケーシーといっしょにアラザハッドへ行って、マホムが集めている防衛部隊の準備状況を確認することになっていた。

タジキスタンのカールのきらびやかな服装のまま、キーランはふたりと待ち合わせている地下の駐車場へおりるためエレベータにむかった。こんなにすべてが順調に見えることは人生でもめったにないな、と考えながらエレベータの到着を待つ。それだけでも警戒するには充分だった。経験から言って、ものごとはけっしていつまでもこんなふうには続かない。そういういつわりの静けさは決まって突然の嵐の襲来のまえぶれとなるのだ。

人生に例外はめったにないということは扉がひらいたとたんに再確認できた。乗っていた三人のうちのふたりは、キーランがゾディアック商業銀行の会議室で見かけた〝ミスター・ブラウン〟と〝ミスター・ブラック〟にほかならなかった。三人目の顔は見たことがなかったが、彼は明らかにふたりの連れで同類だった。

「失礼」キーランは彼らに声をかけてエレベータに乗り込み、楽しげに笑みを浮かべた。下の駐車場のボタンが点灯していた。キーランはメインロビーのボタンを押して、閉じていく扉へ顔を向けた。

降下中はずっと、ブラックの目がボディスキャナのようにキーランの全身を走査しているのとはなかった。キーランは背後からの思考をテレパシーのように読み取ることができた――〃なんとなく見おぼえのある男だな。どこで見かけたんだろう?〃だが、結局思い当たることはなかったようだ。

ロビーのある階に着くと、キーランはエレベータをおりて階段室へむかい、同時にコムパッドをポケットから引き抜いて親指でレッポのコードを押した。

「なに――」レッポの声が言いかけたが、キーランはそれをさえぎった。

「ソル、こちらナイトだ。気をつけろ。悪人たちがここに来ていて、いまそっちへ向かっている。偶然かもしれないが、どうも……」

接続が切れた。

キーランが慎重に階段室のドアから出て駐車場を見渡すと、理由がわかった。エレベータでおりてきた三人の男たちは、ほかのふたりと合流していた。男たちはずらりとならんだ車のあいだでレッポとケーシーといっしょにいて、その位置と態度からするとふたりに銃を突き付けているようだった。キーランが戸口に隠れて見ているあいだにも、とらわれたふたりはぴかぴかの黒のメトロサインへ押し込まれた。別のふたりがそのあとから体を滑り込ませ、残った三人が前席へ乗り込んだ。車はバックで出て、卓越した工学技術と高級感を見せつけながら走り出した。キーランがなにもできずにいるあいだに、車はゴーリキーへ通じるトンネルへむかって姿を消した。

20

マホム・アラザハッドはキーランを上から下まで見つめながらにんまりと満足げな笑みをたたえた。もう午後も遅くなりかけていた。「いや、驚いた……信じられるまでちょっとかかったが、うん、たしかにおまえだな、ナイト。なにが起きてるんだ？　人類の洗練された側へ移ってこようと決めたみたいだが」

「特殊効果だよ、マホム。こんな格好をしているのはゾーケン・コンソリデーテッドの大将の精神的救済者になるという新たな使命のためなんだ」

マホムは愕然としたようだった。「あのでかい建設会社か？　冗談だろう！　だが、そうか……冗談じゃないんだな。おまえの頼みで集めた兵隊たちにゾーケンの部隊の相手をさせるつもりだとか言うなよ。おれはタルシスにいるお前の友人たちのための見張り番だと思ってたんだぞ」

「心配ないよ。星間戦争ビジネスにかかわるつもりはないから」

「じゃあどうなってるんだ？」

ふたりで事務所へ歩きながら、キーランは前日の夜にオアシスから電話したときに伝えた内容にできるだけ情報を追加した。マホムは話を聞きながら窓際のポットからコーヒーを二杯注いだ。キーランは締めくくりに最新の状況をざっと説明し、レッポとケーシーになにが起きたかも話した。

「野心のあるガキはたいていそうだが、ソルも性急にことを進めすぎるところがある」マホムは言った。「だがあいつは大丈夫だ。どうやってあいつの居場所を突き止めて脱出させるかが最優先ということでいいのか?」

キーランはうなずいた。「あまり明るくなかったし、見た角度も悪かった。車のナンバーは読み取れなかった」

「どのみち偽のナンバーだろう」マホムは低くうなった。「だがそれは問題じゃない。このシティにしゃれた黒のメトロサインはそんなに多くはないからな。おまえの考えているようにそいつらがどこかの惑星外のシンジケートからやってきて消えた不正な大金を捜しているんだとしたら、たぶんレンタカーか、そうでもなくても登録されているオーナーはかなり絞り込むことができる。あやしそうなのがあったら、警備会社のデータベースで位置確認コードがわかれば車を見つけられる」マホムはウインクした。「それでもだめなら通りの監視カメラに頼ることになるかもしれん」

キーランにできるのは待つことくらいだった。初めは結婚式の招待客たちが出発したあとで、思いきってジューンのところへ顔を出すつもりだったが、シンジケートがほぼ確実に彼を捜している状況ではやめておくほうがよさそうだ。オアシスへ引き返す途中、ピエールから連絡が入り、キーランから指定された多重変調器《マクスモッド》が手に入ったので、じかに会って使い方を説明する

必要があると言ってきた。キーランがピエールのところへ出向いて彼の関与を宣伝する意味は
なかったので、ふたりはホテルで待ち合わせることにした。

ピエールが持参したのは、タンパク質合成機とそれらを起動するための分子回路受信機が入っ
ている人工培養細胞と、それらの受信機が感知したコードや合成機がどのように反応したかを
分析する携帯式の装置だった。数時間にわたる試行錯誤のあいだ、ふたりはマクスモッドを
つないだコムパッドで部屋の番号へ何度も電話をかけ、必要な外部からの電界パターンを生成す
るための設定を確認した。うまく作動するようになると、部屋に電話をかけるだけで、害のな
い通常の接続のふりをしながら、受け手側のスクリーンのそばに置いたサンプルの培養細胞内
にある合成機へタンパク質の生成指示コードを送信できるようになった。すべての機材が同じ
部屋にあるせいででたまたま成功しているわけではないと確認するために、キーランがマクスモ
ッドを持ってロビーにある公共ブースから何度か電話をかけてみたが、やはりうまくいくこと
がわかった。最後に、キーランはマクスモッドを接続したピエールのコムパッドを経由して電
話してみた。これがうまくいけば経由先である第三者の番号からの電話にコードを乗せて送る
ことができる。標的へコードを届けるのに、マクスモッドを接続したコムパッドで発信する必
要はなかった。

このころには、キーランの常に創造力豊かな精神は新たな可能性を見いだしていた。

「アスガルドのやつを起動するまえに、ひとつ実地テストをしておきたいことがある」キーラ
ンは部屋に戻ってからピエールに告げた。「トロイにいる連中の体内にある合成機を停止させ

381

るコードを用意できるかな?」

「停止?」ピエールはきょとんとした。

「ああ。標的となる対象を選べるかどうかたしかめたい」キーランが言っているのは受け手のスクリーンのまえにいる人物のことだった——たまたまそばにいるかもしれないほかの人たちではなく。「これでイメージが向上する。不信心者を転向させる一番いい方法は、いつだって神秘的な治癒を実演して見せることだろう? ぼくたちはビジネスを拡大しようとしているんだよ」


半時間後、キーランはトロイの現場にいるジャスティン・バンクスの緑がかった紫色の醜悪な顔をながめていた。バンクスはまだミュール輸送機にとどまっていたが、もうじき出発するのか軽量スーツを身につけていた。背後には医師らしき人たちの姿も見える。ちょうどローウエルの病院へ移ろうとしているところだったようだ。

「あんたはだれだ?」バンクスはメッセージを受けたスクリーンに映っている派手な格好をした笑顔の人物を見つめた。

「あなた様に心からのごあいさつを。わたしはタジキスタンのカールと呼ばれる者で、いまはローウェルにおりますが、今日の午前中にレディ・マリッサとお目にかかる栄誉を得たところです」キーランは部屋のむこうにいるピエールをちらりと見た。彼はマクスモッドをつないだスクリーンで数字を打ち込んでいて、それが部屋のシステムのデータポートへ流れ込んでいた。

「うわ、またかよ」バンクスはうめいた。

「だれです？」背後のどこかから医師のひとりの声が小さく聞こえた。

「わからん。見たことのない男だ。こっちはいま問題をかかえていて――」

「わたしは予言者ケザイアの要請を受けてやってまいりました――砂漠であなたがたの近くにいるグループに同行している人物です。わたしにとって砂漠は見慣れたものです。あなたを苦しめている災難についても同じです。しかしこれよりお届けする知らせは喜びにあふれています！　あなたは悪意からではなく無知によって罪をおかしただけなので、許しを得ることができます。わたしがあなたに精霊の現世の住まいより癒やしの力をお届けしましょう」

「あんたたちからのがれる方法はどこにもないのか？　いいか、はっきり言うが……」

ピエールがうなずいて親指を突きあげた。キーランはスクリーンのカメラからは見えない低い位置で同じしぐさを返した。

「あなたが現時点で信じるかどうかは取るに足りないことです。いずれ信じることになるのですから」キーランは震える指を突き付け、神秘的な目でバンクスを見据えた。「これを証明するために、さしあたり、わたしはあなた、ジャスティン・バンクスを、救済を受ける唯一の人物として選びました――アクナートンの疫病として知られる呪いからの救済です。〝皮膚はこれよりもとに戻りそのけがれは姿を消すだろう。病はそなたの胃から去り腸からも去るだろう。そなたを苦しめた痛みは薄らいで消えるだろう。そなたは――〟」

「バカなことを」バンクスは吐き捨て、接続を切った。

「うまく届いたようですが」ピエールがキーランに言った。

「じきにわかるさ」キーランはこたえた。

数分後、タルシス地域にあるジャガーノートからトレヴェイニーが連絡してきた。「ブラボー」彼は応答したキーランに称賛の声をかけた。

「どういう意味です？」

「いまみんなできみのバンクス相手の名演を見物していたんだ」

キーランは午前中にカールに変装したあとでホテルの部屋からトレヴェイニーと話をしていたので、トレヴェイニーは彼の新しい姿をすでに見慣れていた。

「気に入りましたか？　バンクスたちはこれからローウェルへ出発するようですね」

「そうなんだよ。ローウェルから迎えのエアバスがやってきた。彼らの航空機は汚染のチェックが終わるまでとりあえずそのままになるようだ。さて、いまの件について説明を加えてもらえるかな？」

「ここにいるピエールにも言ったとおり、ぼくたちは神秘的な治癒のビジネスを始めようとしているんです」

「彼らを治してやるのか？」

「バンクスだけです」

「どうしてひとりだけなんてことができるんだ？」

「ピエールとぼくはその手段を考案したつもりです。だからこれはアスガルドで試すまえのテストなんです——でも、もしもうまくいったらハミルトンにどれほどの衝撃をあたえるか考えてみてください。それに、バンクスを改心させるというきわめて現実的な効果があるかもしれません——少なくとも、大いに考えさせることにはなるでしょう」そのとき、キーランのコムパッドに連絡が入った。さっと取り出して通話を受けると、相手はマホムだった。「ウォルター、別件で待ちかねていた連絡が入ったかも知れません。この件はあとで連絡するということでいいですか？」

「もちろん」トレヴェイニーの姿は消えた。キーランはマホムとの通話を室内の大型スクリーンへ切り替えた。「マホム。なにか知らせでも？」

「どうやら見つけたみたいだ。車の持ち主は市内のレンタカーチェーンで、リー・マレンという男に貸し出されている。地元のごろつきをたばねて世話役をやってるやつだ」

キーランはうなずいた。いかにもシンジケートが自分たちが到着して引き継ぐまでのあいだ動かしそうなタイプの人物だ。「どこにある？」

「住所はエンバーカデーロだ。おれが現場へ送った兵隊たちがかぞえたところでは、ソルでもケーシーでもない七人の男たちが出入りしている」

「ソルとケーシーがそこにいるという確認はとれていないんだな？」キーランは念のためにきいた。

「まだだ。しかしそこにいるはずだ。ただし押し入るのはかなりきつい。いまのところ明確な行動計画はない。兵隊たちが周囲をチェックして選択肢を検討している。とりあえずはもうしばらく監視を続けてなにが起こるか待つのが一番だ」

キーランはしぶしぶうなずいた。「ソルとケーシーのフライモビルがどこにあるかわかっているのか?」

「シェルブールのスカイロックだ」

マホムが言ったのは上層レベルにあるフライヤー用の駐機エリアのことで、惑星の大気中へ出るためのエアロックをそなえている。フライヤーはドームにおおわれた閉鎖空間であるローウェルの中では使われない。レッポとケーシーが自分の修理工場で作業をしたいときには、そこまで道路上を移動していくことになる。

「わかった、その件はきみにまかせるしかないようだな」キーランは認めた。「こっちもきつい一日だった。寝るまえになにか食べておかないと。そっちでなにか進展があったら知らせてくれ、いいな?」

「まかせておけ、ナイト」マホムは約束した。

21

アスガルドは直径が一・五キロメートルほどの内部が空洞になった人工天体だ。中心にかかる人工太陽が昼夜サイクルを維持していて、あらゆるものごと——宇宙船の発着以外——が営まれている地表は内側にある。囲まれた空間とゆるやかな回転で生じる力が質量と重力のかわりをすることで、大気を保持して人も物もすべてを地表にとどめているのだ。人びとが日々を過ごすエリアは、居住エリアと商業エリア、ゾーケンのオフィスや研究施設から成り、赤道地帯の周辺に広がっていた。重量のある施設や、工場や、ドッキングエリアは両極のまわりに位置していた。そのあいだのスペースは大部分が新たなエンジニアリング手法や建築技術の実験場になっていて、リクリエーション用として造成された公園エリアもいくつかあった。

披露宴がひらかれたのは〈コンステレーション・スイーツ〉という複合施設のボールルームだった。この施設は居住エリアの一角にあり、宿泊、ケータリング、プール、スポーツ等の設備をそなえ、来訪するビジネス関係者や、親戚や、友人たちの利用を想定していた。まさに豪華絢爛《けんらん》たるイベントであり、二千人を超える招待客たちは、カラフルできらきら光る伝統的なスタイルのみならず、南洋をテーマとした衣装、花冠、ローブ、フラスカートなどで美しく着飾っていた。マリッサとマーヴィンは、片や慎み深く片やハンサムで、ケーキをカットし、ガーターとブーケを投げ、笑顔を振りまき、ポーズをとり、長い列をなす祝福と賛辞を受け取った。ハミルトンはジョークと一部の招待客に向けたウイットある逸話を織り交ぜたスピーチを披露し、乾杯の音頭をとり、いくつか格言も差し挟んだ。パフォーマーやミュージシャンたちが――フルオーケストラと二組の合唱団も含めて――来客をもてなした。供された料理がテーブルにあふれていた。おびただしい花が壁面を、ホールを、人びとを飾っていた。そこには花がたくさんあった。

公式行事が終わると、ハミルトンは娘とともに最初のワルツを踊って祝祭の残り部分の口火を切った。最近は日々の多くの時間をファーストクラスのシートと会議のテーブルで過ごしていたものの、まだステップのひとつやふたつは踏むことができるのだ。宝石をちりばめたガウンとティアラをまとったご婦人たちがうっとりと見つめていた。友人たちや会社の後援者たちが、組織図の成層圏レベルにいる側近たちがほほえんでいた。ご機嫌取りの管理職とその配偶者たち、自分がこの場に溶け込んでいることを見せようとしている腰ぎんちゃくたちがいろいろ。ハミルトン・ギルダーは幸せな男だった。自分とその配下の民が引力の中心にいる人生が大好きで、いまこの瞬間、彼が築きあげた帝国の宇宙に浮かぶ総本部はまさに宇宙の中心にあるかのようだった。それでも、心の隅に懸念はあった。それはソーントン・ヴェルテとそのほかの腹心数名としか話していない懸念だった。もちろんマリッサとも話した——だが、そもそもこの問題を持ち込んできたのは彼女だったのだ。あれ以来マリッサとマーヴィンは大忙しだったので、その件について少しは考える時間がとれたあとでハミルトンが娘とふたりきりで話をするのはこのときが初めてだった。

「おまえはそのカールという男がほんものだと思っているのか?」ハミルトンは、娘を腕の下でくるりと回したあとでワンツースリーのボックスステップになめらかに戻りながら、笑顔で歯の隙間からささやいた。「その男はあそこでなにが起きているかわかっているかもしれないと?」

「ふつうじゃなかったわ、パパ。彼は訪問の一時間ほどまえにあたしとパパが回線越しに話したことを知っていたの——だれも知っているはずがないことを。それにあの目！　あれだけでもまちがいないと言えるわ」

「いつも言っていたことだが、おまえには直感力があるからね」

「彼にもそう言われたわ。たぐいまれなる洞察力と理解力に恵まれているってカードに書いてあった」

「では、わたしはこのプロジェクトを中止するべきだと思うか？　ソーントンからは正気の沙汰ではないと言われた。たくさんの友人を失うことになると——大物の友人を」

「もっとたいせつなものがあるのよ、パパ」

ハミルトンはうなずいて自分に言い聞かせた。それでも厳しい決断になるだろう。ソーントンたちは彼が知っていることを知らないのだ。ハミルトンは自分の洞察を分かち合おうとしたこともあったが、いまではそんな努力はむだだと悟っていた。種はよくたがやされた土でしか芽を出さない。

ふたりは立て続けに力強いターンを繰り返しながらフロアを横切っていった。人びとが歓声をあげた。「その男はここでも始まるかもしれないと言ったのか？」ハミルトンはかすかに息を切らしながら言った。「ソーントンには話すべきではなかったかな」

「どうして？　パパは信じないの？　太古の人びとは物理的実体の蓋然性をあやつることができる。忘れたの？　ありそうもないことが起こり得るのよ」

「いや、わたしはなにが起こり得るかを知っている。だがソーントンやそのほかの連中はこの男を狂人だと結論づけているんだ」

「とにかく気をつけて、パパ。自分が主導者だということを忘れないで」

「充分気をつけているさ……。ほら、あの醜悪なクレンツという女性が手を振っている。手を振り返してにっこり笑うんだ。彼女の夫は弁理士でよく便宜をはかってくれる……」


四十分後、ハミルトンは呼び出しを受けてホロホロチョウのローストとポークカツレツの皿をあとにした。彼がどこにいようがなにをしていようが電話をつなぐようスタッフに指示しておいたリストにある人物から連絡が入ったのだ。彼は通路の先にある、ボールルームの喧噪《けんそう》から離れたオフィスで電話を受けることにした。

ひと目見た瞬間から、カールはマリッサの説明から予想していたとおりの華やかさと魅力にあふれていた。澄んだ茶色の目はスクリーンからのものではない光をはなっているように見えた。高齢のようだが年齢不詳な顔に浮かぶ表情は限りなく奥深く、すべてを見抜いているかのようだ。ハミルトンは早くも、自分の考えがポスターに書かれた文章のように読み取られている気がしていた。

「きみから連絡があるかもしれないと思っていた」ハミルトンは言った。「きみの名前を優先リストに載せておいたんだ」

カールはまさにそのことを考えていたかのようにうなずいた。「賢明な判断です。まず初めに、すでにあなたの上に積み上げられているたくさんの祝辞にわたしの分を追加させてください。あなたのチャーミングな娘さんとその夫が、どうか末永く、幸せな、豊かな人生を送れますように」

「うん、ありがとう」ハミルトンはその人物を畏怖と好奇心の混じった目で見つめた。彼もマリッサと同じように、ずっと存在していると確信していた〝真理〟への入口をついに見つけたことに胸のうちで歓喜していた。同時に、この男を一番うまく雇うにはどうすればいいだろうかとつい習慣で考えてもいた。「娘がきみの贈り物を見せてくれた。すばらしい——実に珍しいものだ。披露宴の会場に飾ってあるよ」

「ほんのささやかなおみやげです。喜んでいただけたことが名誉です」カールは立ち聞きされていないか確認するように横へ視線を走らせた。そして陰謀でも語るように声を低くした。ハミルトンは思わずスクリーンのほうへ身を乗り出した。カールは続けた。「しかし、もっと深刻な話もしなければなりません。わたしを介して伝わる警告に注意してください。火星にいるあなたの配下の人びとは、タルシスでハシカー教授と科学者たちに同行している予言者の警告をあざ笑いました。ローウェルの医師たちでもファークイスト以上の成果はあげられないでしょう。この疫病は彼らに理解できるものではないのです」

ハミルトンは仰天した。「どうしてファークイストの名を知っているんだ——それに患者たちがローウェルへ移送されることを？　わたしだって知ったばかりなのに」

カールはそんな質問は必要ないだろうという顔でハミルトンを見た。「あなたに事前にお伝えしておきたいことがあります。証拠を求めてあなたを中傷する人びとがいます。あなたが彼らの疑いを、そしてあなた自身がまだいだいているかもしれない疑いを晴らすことができるように、あなたの部下であるバンクスが、こうしたできごとはいかなる専門家やその設備をもってしてもおよばない力によって動いていることを証明するための対象として選ばれました。バンクスただひとりから苦痛は取り除かれるでしょう。この言葉が真実となれば、だれもが信じることでしょう」

「きみにそんなことができるのか?」

「わたしではありません。実行するのは太古の力であり、わたしはただそれを現在へ導くだけです」

「言うまでもないことだったな」

ハミルトンは自分があがめるような口調になっていたことに気づいた。

それからほどなくして、ソーントン・ヴェルテは顎に無精ひげを生やしてモップのような黒髪を垂らしたやや若い男から連絡を受けた。ローウェルの救急チームのドクターで、ジャスティン・バンクスとその連れの人びとを受け持っているとのことだった。男はヴェルテがアスガルドにいるバンクスの上司だと知っていた。結婚式のときにおじゃまをして申し訳ありませんが、これは治療上の問題なのです。ヴェルテはよくわかるとこたえた。あなたのほうで関係者について会社の医療記録を送るよう手配していただけますか?　もちろんかまわない、とヴェルテはこたえたが、少し妙な話ではあった。バンクス自身が指示をすればいいことなのだ。ひょっとしたら病気が進行していて、バンクスはヴェルテが考えている以上に動けなくなっているのかもしれなかった。ドクターはさらにいくつか決まり切った質問をしてきたが、現場で本人にきくほうがずっと手っ取り早いことばかりだったので、ヴェルテは少しいらだちをおぼえた。ドクターのもごもごした話し方にもいらいらさせられた。男の言葉を聞き取るためにヴェルテはスクリーンに顔を近づけなければならなかった。

ハミルトンの隠遁した長女、ディアドラは、結婚式に出席はしなかったが、引きこもっているベルトの修道会からお祝いのメッセージを送ってきた。プレイボーイの長男、アキリーズは、新婦付き添いのふたりの女性と遊び戯れていたプールサイドの移動式バーで一本の電話を受けた。相手は黒髪を長くのばしたなまめかしい声の美女で、木星系に拠点を置く宇宙船レンタル会社の火星事務所のほうから来月の予約に関して質問があるとのことだった。アキリーズはそんな予約をした記憶がなかったので困惑し、女がどうやってか着信フィルターを回避して彼のお楽しみの時間を奪っていることに腹を立てた。そちらはミスター・アキリーズ・グライダーでは……？　ちがう、ギルダーだ。それなのに、女は彼のアカウント番号とＩＤコードを知っているようだった。女はひたすら謝罪し、どこかで前例のない手違いがあったようだが、必ず問題は解決すると約束した。この先連絡がなければそちらではなにもする必要はないと。話が終わったときには、アキリーズが電話を受けてから四分以上たっていた。

数分後、アキリーズに電話をした女と不気味なほどよく似た女が、ハンサムなスーパースターの新郎、マーヴィン・クインに電話をかけてきた。電話を受けたスタッフにはこのイベントに注目しているある大手メディアネットワークのディレクターだと告げていて、きちんとした身分証明もあるようだった。ところが、回線がつながったとたん、女はマーヴィンに、自分は百万人以上の会員がいるファングループの代表で、全員が遠くから分かち合っているこのたいせつな日に少しだけ言葉をいただくために「ちょっとずるをした」と妙に愛嬌のある口ぶりで告白した。マーヴィンは、彼を崇拝する百万人のファンという考えに大手ネットワークからの取材と同じくらい虚栄心を刺激され、まるまる六分間女と話し込んだ。

同じローウェルの救急チームの〝ドクター〟が、ハミルトン・ギルダーの幹部のひとりであるスレッサー・ロマックスに電話をかけてきて、ソーントン・ヴェルテのときと同じような質問をしたが、今回はゾーケンのグループといっしょにローウェルへ移送されてきた軍人たちに関するものだった。ロマックスは困惑した。なぜなら、その情報を伝えなければいけないのは彼らを雇っている傭兵組織であって、ゾーケンではなかったからだ。そのドクターは異様に長い時間をかけてようやく要点を理解し、謝罪の言葉とともに電話を切った。

トロイへの部隊の投入を最初に提案し、のちにそれを命令したのは、スレッサー・ロマックスその人だった。

22

夜をつんざく悲鳴が、〈コンステレーション・スイーツ〉の敷地内の新郎新婦が滞在している湖畔のシャレーから響き渡った。心配顔の家政スタッフがドアのそばであたふたし、その背後では叩き起こされたかたまたまそばにいた招待客たちが見物していた。ドクターが呼ばれて現場へむかっているという話が広まっていた。執事長がマスターキーを振りかざして急ぎ足で進み出たが、ちょうどそのときドアがひらき、ピンクのビロードのローブ姿のマリッサが姿をあらわした。ふだんは冷静で自制心もある彼女が、頭を必死にうなずかせ、ひどく取り乱してこぶしをかみながら、ただ背後を指さすことしかできなかった。

「マーヴィンが！　あれにかかったの！　ここに来たのよ！　ああ神さま……！」

夜勤のメイドがマリッサを椅子へ連れ戻して落ち着かせようとしているあいだに、執事長が寝室へ踏み込み、そのあとに数人の招待客が続いた。そこではマーヴィン・クインが、金ピカのバスルームのシンクと洗面ユニットの奥のウォールミラーを恐怖の目で見つめていた。彼の顔は病的な黄色に変わっていて、ところどころにかすかな緑色の染みがあらわれていた。

「彼はどこだ？　なにがあったんだ？」外の廊下からたずねる声が聞こえてきた。

「ドクターと看護師が着いたぞ」だれかが呼びかけた。

「ハミルトンに連絡しないと」招待客のひとりが言った。

「ああ……？　なにが……」ベッド脇のコムパッドから聞こえた着信音に、ハミルトン・ギルダーはシャンパンと百年もののブランデーの大量摂取によって強化された深い眠りから引きずり起こされた。

「おやすみのところを申し訳ありません、ミスター・ギルダー。わたしはドクター・ダンテ、〈コンステレーション・スイーツ〉の当直医師です。残念ながら緊急事態が起きました。あなたの義理の息子さん、ミスター・クインに関することです」

その知らせにギルダーはぱっと目を覚ました。「マーヴィンか？　なにがあった？」

「吐き気と顔面の変色です。なにか体に合わないものを食べたのかもしれないというのが最初の見立てだったのですが、ミズ・ギルダーがなにかの疫病だと言い張るものですから。正直言って、むしろ娘さんのほうが心配です」

「マリッサが？」

「ひどく動揺しているんです」

「すぐに行く」

ギルダーは接続を切り、勢いよくベッドから起きあがると、急いで衣装室へ行って適当なズボンを穿《は》いた。シャツをつかみ、バスルーム経由で引き返して顔に水をはねかける。上体を起こして髪をとかそうとブラシに手をのばしたとき、かすんだ目で鏡からこちらを見返している顔に気づいて凍り付いた。

「なんだこりゃ！」ギルダーは叫び、信じられない思いで凝視した。

ソーントン・ヴェルテはまだ起きていて、ボールルームの外のアルコーブの控えめな明かりの中で一団の仲間たちと飲んでいた。男性用トイレへ行ったときに、だれかにちょっと顔が白いと言われたが、ヴェルテは笑い飛ばしてだれも若返ったりはしないとこたえた。アスガルドの明けていく太陽の新たな光のもとで空気を吸おうとぶらりと外へ出たときには、彼の病状はさらに数時間分進んでいた。招待客のひとりがその姿を見て息をのみ、彼を屋内へ連れて戻って鏡を見せた。愕然とはしたが、にわかには信じられないまま、ヴェルテが宴に参加していたふたりの部下とともに医務室へ行ってみると、そこではマーヴィンとハミルトンが同じ症状に苦しんでいた。数分後、早口でまくしたてるアキリーズ・ギルダーが自分のスイートから電話をかけてきて、今宵の女友達がたったいま恐怖のあまり逃げ出したと告げた。一時間もたたないうちにスレッサー・ロマックスも加わった。

ドクターが最初に疑ったのは食中毒だったが、その後の検査で症状が出ているのはこの五人だけだと判明したので可能性は低かった。ひとりのドクターがその症状は火星で会社の社員や軍人たちを苦しめているものと同じだと気づき、それを聞いたオアシスからやってきた警備責任者は、ホテルでマリッサのもとを訪れた風変わりなアジア人のことを思い出した。ヴェルテはそれ以上の証拠を求めることなく、カールがマリッサに渡してアスガルドへ持ち込ませた火星十字が原因だと断じた。

「なにかが染み込ませてあるか、なにかを放出しているんだ」ヴェルテはいくつもの事実が目のまえでつながっていくにつれて怒気をあらわにした。「それを研究室へ持っていってなにが入っているか調べろ。必要なら最後の分子までばらばらにしてかまわないぞ」

問題の火星十字は、X線で調べられ、電子的に測定され、超音波で検査され、ばらばらに破壊され、一部は粉々にすりつぶされたうえで、中性子放射分析、蛍光分析、ガスおよび液体クロマトグラフ分析、さまざまなタイプのスペクトロスコピー分析、核磁気共鳴分析、一連の溶剤分析、そしてバイオメトリックイメージングの対象となった。その結果は……なにも見つからなかった。専門家たちは途方に暮れた。

「たとえどんな方法で調べてもわからないとしても、あたしたちは原因があの火星十字だと知っているわ。そうでしょ、パパ?」マリッサは父親とふたりきりで話す機会ができたときにそう言った。恐怖を顔に出さずにいるのがむずかしかった。「カールに助言を求めないと。なにか知っているとしたらあの人だけなんだから」

ハミルトンは秘書に指示してローウェルのオアシスへ連絡させたが、その名前の宿泊客はすでにチェックアウトしていて連絡先もわからないとのことだった。

「きみはやはり根拠のない結論に飛びついていると思う」自身もひどい状態なのに、ヴェルテは頑固に言い張った。「火星でなにかが広まっていて、ここには火星からやってきたばかりの人びとが大勢いる。単純なつながりがあるはずなんだ。むこうの病院にいる連中はいまどうなっている？」

ハミルトンはアスガルドの医療主任にローウェルで治療にあたっている医療班へ連絡をとらせた。すると驚くべき知らせが飛び込んできた。ジャスティン・バンクスが——それもジャスティン・バンクスただひとりが——魔法のように快復していたのだ。

「これ以上なにを言う必要があるんだ？」ハミルトンはとうとう辛抱できなくなってヴェルテを怒鳴りつけた。「あの男が言ったことはなにもかも現実になっている！　たしかに、わたしには説明できないし、きみにも説明できないし、ここにいるだれにも説明できない。それでも、ときには科学では説明のつかないことが起こるものなんだ」

めったにないことだったが、ソーントン・ヴェルテはショックと困惑で言葉を失っていた。

「ではいかがいたしましょう？」ハミルトンの秘書がたずねた。

ハミルトンは必死に頭をはたらかせた。マリッサが不安な顔で父親を見ていた。

「高速の移送船を用意してすぐに火星へおりるぞ」ハミルトンは命じた。「いまのところ唯一の希望はカールが話していたもうひとりの予言者だ。われわれが火星へおりて、その男とじかに話をするんだ」

「それは科学者たちにあの現場を明け渡すということ？」マリッサがたずねた。

ハミルトンは断固として口元を引き締めた。「そうは言っていない。まずはこの男が症状を取り除けるのかどうかたしかめよう。やはり投げ捨てるには大きな投資だからな。あとは臨機応変だ。この男を懐柔する方法もあるかもしれない——ほかのみなと同じように」

マホムが集めた八名からなる部隊は、綿密な打ち合わせができるくらいまで計画が進展するのを待って外でくつろいでいた。マホムの事務所の中では、キーランがデスクのむかいで腰を下ろし、レッポとケーシーがとらわれている建物の画像と、シティの設計事務所からくすねたフロアと敷地の見取り図を見つめていた。もうしばらくキーラン・セインは姿を消しているほうがよかったし、いつカールとして再登場することになるかわからなかったので、服は普段着に替えていたが褐色のアジア系の顔と白髪はそのままにしてあった。部隊の指揮官であるエヴェリット少佐――小柄で、肌は浅黒く、濃い色のジャンプスーツと黒いベレー帽とふくらはぎまでの長さのブーツを粋に着こなしている――が、唯一と思われる選択肢についてもう一度説明をした。

「迅速な奇襲です。注意をそらす電話、正面と裏手での陽動、それから音と閃光の手榴弾に続いて突入し、ふたりを確保する。現場は住宅密集地です。地形的にもほかの作戦行動の選択肢はありません」

キーランはあまり気が乗らなかった。押し入って暴れる。そこには彼が心惹《こころひ》かれるようなトリックもミスディレクションも奇策もなかった。だが、このときばかりはもっといい作戦をなにも思いつかなかった。「居住エリアのど真ん中だぞ。あっというまに通報されるはずだ。たとえ奇襲をかけられたとして、うまく逃げおおせられる確率はどれくらいだ?」

「迅速な奇襲です」エヴェリットは繰り返した。「どんな法執行者がやってくるよりも早く、われわれはこのブロックを離れます」

「そのあとは？」キーランはたずねた。「まだローウェルを脱出しなければならない。むこうはすべてのエアロックを封鎖するだけでいいんだぞ」

「ローウェルを脱出する方法はほかにもあります」

キーランはマホムに目を向けた。「彼らにはタルシスのハミルたちの警備を受け持ってほしかったんだ。だからここではもっと巧妙な――静かでゆるいやりかたでいかないと。ぼくのスタイルは知っているだろう」

マホムは肩をすくめ、ハムのような手のひらを広げて両目を突き出した。「あらゆる角度から検討してみたんだよ、ナイト。ほかの選択肢はない。いまはそんな場合じゃないんだ」

キーランは画像と見取り図に目を戻した。彼がまだ考え込んでいたとき、マホムに電話がかかってきた。レッポとケーシーがとらわれているブロックの周辺に配置されている監視役のひとりからだった。男たちが出てきてメトロサインに乗り込んだらしい。スクリーンにその映像が表示された。ぜんぶで六人だ。バルマーとサルダの姿もある。ほかにキーランに見分けられたのは、ブラウンと、ブラックと、オアシスのエレベータでふたりといっしょにいたもうひとりの男。マホムが以前に身元を確認したマレンもいっしょだ。ブラウンが運転席にいる。記録された出入りの人数から計算すると、建物に残ってふたりの虜囚を見張っているのは三人だけだ。エヴェリットが考えていたよりはだいぶ成功の確率があがる。

「やるならいまですね」エヴェリットが言った。「こんな機会はなかなかないでしょう」

マホムがたずねるようにキーランを見た。キーランはしぶしぶうなずいた。エヴェリットは外へ出て状況説明のために部下たちを呼んだ。

すぐに明らかになったことだが、時間はたっぷりあるようだった。マホムの情報屋がリース会社の記録から抜き出したメトロサインの位置確認コードを追跡してみたところ、車はトラピージアムを抜けてゴーリキーを進み、ウーハンから地表へ出ていった。ほどなく、行き先がストーニー・フラッツだということが判明した。バルマーとサルダ、そしてローウェルにいるシンジケートの構成員のほぼ全員がなぜそんな場所へ出かけるのか、キーランは首をひねり続けた。

メトロサインが地図から特定された場所——ベルトから炭化水素留出液を輸入している会社が飛行場の奥に所有する倉庫——へ到着したころには、エヴェリットはすでに部下たちに何度か作戦をおさらいさせて出動の準備を進めていた。キーランはマホムのデスクのCコムユニットを使って民間の地表観測衛星の運用部隊から優先使用権を五分だけ購入し、一機が次に上空を通過したときに、マホムが地図の画像から選び出した複数の建物の高解像度スキャンを指示した。たしかに、黒のメトロサインが二棟の建物にはさまれた小道の奥にあるガラスルーフの離れの下に停まっていた。さらに興味深いことに、メトロサインのとなりに見える機影は、キーランの見間違いでなければ、砂漠用の迷彩がほどこされた兵員輸送機が二機と、見るからに軍用的な輪郭からわかる攻撃ヘリと、それより小型のフライヤーだった。どうやら彼らも自警団を結成しているらしい。ただし、彼らのは見た目も火力も攻撃用の戦力だ。キーランがまだ首をひねっているあいだに、エヴェリットとそのチームが目立たない民間のバスで出発していった。ひとつだけ説明がつくとしたら、トロイへ部隊を送り込んであやうく撃ち落とされかけた連中がもう一度攻撃を試みようとしているということだ。どうする？　エヴェリットを呼び戻して、ストーニー・フラッツの攻撃隊が動き始めるまえにタルシスへむかわせるか？　それとも、敵が少ないこのチャンスに思いきってレッポとケーシーを救出するか？

ところが、そこで状況がふたたび変化して、第二の選択肢はなくなった。エンバーカデーロにいるマホムの監視役から、さらに五人が外へ出てきたという連絡が入ったのだ。添付されていた映像を見ると、たしかに、残りの三人の見張りがレッポとケーシーを近くにとまっていた別の車両へ連れ込んで、メトロサインと同じルートを走り去っていった。マホムの監視役が距離をとって尾行したところ、ほどなく第二の車がウーハンへむかっていることがわかってきた。とすれば地表へ出てストーニー・フラッツで仲間たちと合流するつもりなのだろう。

「マホム、一番手っ取り早くエヴェリットと彼のチームをフライヤーで外へ送り出すにはどうしたらいい？」キーランはすかさず問いかけた。敵の意図が見えたのだ。

「うちのチームの装備は即応性にすぐれている。武装兵員輸送機《APC》もシェルブールのスカイロックに常駐させてある」スーダン人は眉をひそめた。「なぜだ？　いったいなにを考えているんだ、ナイト？」

「すぐに彼らをそこへむかわせてくれ！　シンジケートはいまでも金を取り戻したがっているようだ。やつらはぼくがタルシスにいると思っている——たぶん、いまごろはこの惑星を遠く離れている別のふたりもいっしょに。それでぼくたちをとらえるために別の部隊を送り出そうとしているんだ。それだけじゃなく、前回はレッポにはめられたと思っているから、あいつがぼくたちの仲間で事情を知っていると思い込んでいる。突入するまえにレッポを尋問したいんだろう」キーランはスクリーンから振り返り、マホムはエヴェリットの呼び出しコードをクリックした。「これがどういうことかわかるか？　結局のところ、ぼくたちは危険をおかして市内でたくさんの騒音や混乱を引き起こす必要はないんだ。素早く行動すれば、やつらを外で襲撃できる――ストーニー・フラッツへむかう途中で！」

23

後部座席でケーシーと見張りのあいだに押し込められ、武装した別の見張りがむかい側にすわり、三人目が運転をしているという状況で、ソロモン・レッポは、ウーハンを形作るややこしく重なり合ったドーム群の下に積み上がる階層と空間の複合体をむっつりとながめた。自分たちがどんなことに巻き込まれてしまったのか、レッポにはよくわからなかった。ナイトがまっとうな人物だということについてはもはや疑いの余地はない。とはいえ、ありきたりなことで満足する人ではなく、きわめてわかりにくい。今回の件がナイトのビジネスのどういう面に位置づけられるのかについては、レッポの理解をはるかに超えていた。

腹はいまだに痛かったし、あばらはずきずきしたし、マレンが自分の不満を表現するために殴りつけた頰は焼けるようだった。しかも、もっとひどいことになるという恐ろしい予感があった。マレンはレッポが彼をはめてあやうく殺しかけたと信じ込んでいて、レッポがなんの話かさっぱりわからないと言っても聞く耳を持たなかった。少しまえに出ていった連中——火星の外からやってきた重要な人たちと会うためらしい——が話していたこともよくわからなかった。あの中のふたりはほかの男たちの〝仲間〟ではなさそうだったが、レッポやケーシーと同じくらい面倒なことになっているような様子だった。小柄で肉付きがよく、黒い口ひげをたくわえ目をぎらつかせている、だれかにバルマーと呼ばれていたほうの男は、レッポが二億五千万ドルのどれだけを分け前として提示されたのかを知りたがった。二億五千万ドルなんて聞いたこともないと納得させようとしても時間のむだだった。この男たちはナイトがいまでもレッポとケーシーが彼を迎えにいった砂漠にいると考えているようだ。そうでなければ——と彼らは主張した——なぜあんな砂漠に防衛部隊がいるのか？　彼らはイレインとサルダという名のカップルもあそこにいると考えているらしい。レッポはイレインが何者なのか知らなかったが、あのふたりのうちのもうひとり——金髪のほう——はサルダという名前だった。兄弟でもいるのかもしれない。レッポにはなにがなんだかわからなかった。こんなふうにでかい金を稼ぐ仕事に取り組みたいという気持ちは薄れ始めていた。もっと別の、もっと健康に長生きできるやりかたがあるはずだ。

車はウーハンの出場エアロックの進入路にたどり着き、地表へ出るために待っている車両の短い列に加わった。

「どうやら外へ出かけるみたいだな」ケーシーが言わずもがなのことをつぶやいた。

「だれかストーニー・フラッツと言ってなかった?」

「黙ってろ」レッポのとなりにいる見張りがうなり、若者のあざのついたあばらを肘で小突いた。た。レッポは口をつぐんだ。

車が次の一団の車両とともに前進した。内側の扉が背後で閉じると、エアロックはいったん空になり、それから火星の大気で満たされた。外に出ると、ほかの車両はシティの外縁を越えた峡谷の底に沿って広がるごちゃごちゃした道路や建造物の中へみるみるうちに消えていった。こうした光景は道がのぼり始めるとまばらになり、車がひらけた砂漠へ通じる一連の急坂のヘアピンカーブに差し掛かるころには、人の暮らすしるしは乾いて崩れかけた砂と岩の斜面に取って代わられ、遠方には古びたピンクの岩山がずらりと姿をあらわした。車が高度を稼ぐにつれて、火星の風景が峡谷のむこうに広がった。最後ののぼりカーブを曲がったとたん、道路をふさいでいる骨組みだけの牽引トレーラーにあやうく突っ込みそうになった。それはおかしな具合にかしいで横たわっていて、まるで空から落ちてきたように片方の端が道路脇の砂山に突き刺さっていた。運転者が急ブレーキをかけ、車内の人びとは前方へ投げ出された。

「こいつはいったいどこから来たんだ?」レッポのとなりにいた見張りが、ドアピラーのハンドグリップをつかんで体を引き起こしながら、運転者に呼びかけた。

「わからん。これは……」

運転者の声が途切れた。彼は左右へ視線を走らせた。ＥＶ戦闘服に身を包んだいくつもの人影が岩のうしろや雨裂の中から姿をあらわし、それぞれの武器を車に向けてきた。その中のふたりは非常用の救命バッグをかかえている。敵が本気だというしるしだ。数発の銃弾で車内は一気に減圧する。敵はそのあとで押し入ってきて、気を失っているか、少なくとも動きのとれなくなっている搭乗者をバッグで包み込む。車内の人びとは身を守るための銃をかまえることさえできないだろう。

「どうしようもないな」運転者が肩越しに言った。「どうする？」

「呼びかけてみろ」レッポのとなりの男が硬い声で言った。頭上でエンジン音が高まり、傭兵のマークを付けた武装兵員輸送機《APC》が車の十メートルかそこら後方に着陸した。運転者はステムマイクの付いたヘッドバンドを取りあげた。「わかった、わかった。撃たないでくれ。降参だ。なにが望みだ？」

「賢明だな」声がスピーカーから流れた。「そちらにわれわれのたいせつな友人がふたりいるはずだ。呼吸器セットとジャケットを着用させて外へ出せ。そうすれば、行儀良くしているかぎり、残ったきみたち三人がどうしようとこちらはかまわない。三分やる。いいな？」

レッポは座席で振り返り、ＡＰＣから出てきて話をしているらしい、赤いスーツ姿の颯爽とした人影を信じられない思いで見つめた。しゃべり始めたとたんにそれがだれの声かわかったのだ。バイザーの奥にある顔が――相変わらず褐色だが、すでに見慣れていた――それを裏付けてくれた。

あれはナイトだ！

ＡＰＣは、道路をふさいでいたトレーラーのフレームにつながっているケーブルからたるみがほぼなくなるまで静かに上昇した。

「ゆっくりだ……」エヴェリット少佐が眼下の垂直な映像を表示しているスクリーンで距離を測っていた。「止めろ」彼はとなりにいるパイロットに指示した。「さあ、もう一度ゆっくりと……」

「荷重がかかりました」パイロットが確認した。「オーケイ、あげます……。良好です」

「よし。投棄しろ」

ＡＰＣはトレーラーを吊り上げ、一瞬ホバリングしてから、ゆっくりと前進して、ぶら下げた荷物を道路の下のくだり斜面へ投下した。三人の見張りを乗せた車は油断なく待機していた。それ以上なにも起こらないとわかると、車はじりじりと動き始めた。マホムは上昇を再開したＡＰＣの中で窓越しにそれを見ていた。

「あいつらをそのまま行かせてよかったのかね」マホムはフライトデッキの後方でむかいにすわっているキーランに言った。「真っ先に連絡して悪い知らせを伝えるはずだぞ」

キーランは時間を稼ぐために車の電話や男たちのコムパッドを使えなくするよう命じたりはしなかった。通信手段なしで火星の地表に人を置き去りにするわけにはいかなかった。

「彼らはここで足止めを食っただけだ」キーランはこたえた。「それにストーニー・フラッツの連中はまちがいなく彼らを追跡している。車があそこであまり長く止まっていたら、どのみちなにか問題があったことは知られてしまう」

パイロットのとなりでは、エヴェリット少佐が不安な顔をしていた。

「兵員輸送機が二機に地上制圧用の装備がある攻撃ヘリ」少佐はキーランに目を向けながら言った。「われわれにはそんなものに対抗できるほどの火力はありません。軽装備の防衛部隊として雇われたのですから」

「はったりだよ」キーランは請け合った。「彼らが狙っているのはぼくと、彼らがあそこにいると思い込んでいる別のふたりだけだ。銃を撃ちまくって突入したりはしない」

「ではわれわれはなにをすれば？　あなたがむこうにいなければ、彼らはふたたび立ち去るでしょう」

「地上で武力を誇示する――そうすればあのごろつきたちも科学者たちを痛めつけようとは思わないだろう」

エヴェリットはうれしくなさそうだった。「部下たちをそんな危険にさらすのは気が進みませんね。あの攻撃ヘリに対抗できる火力さえあれば……」

「〝ガーディアン・エンジェル〟があるよ」レッポが後方の座席で口をひらいた。ケーシーといっしょに話を聞いていたのだ。

「〝ガーディアン・エンジェル〟というのは？」エヴェリットがたずねた。

キーランはふいに頭をめぐらした。なぜそれを思いつかなかったのか。「ソルとケーシーのフライモビルだ」彼はエヴェリットに言った。

「フライモビル？」少佐が鼻で笑いかけると、レッポは憤然として自分たちの作品を擁護し始めた。

「ただのフライモビルじゃないぜ、少佐。ロックオン式機関砲、後方攻撃用のレーザーまたはレーダー誘導ミサイル、目標捕捉および迎撃用追跡レーダー……」

「まだきちんとテストしたわけじゃ――」ケーシーが言いかけたが、レッポは座席の下で相棒の足を蹴飛ばした。

「軍仕様の防御パッケージ……」

「そのマシンはどこにある？」エヴェリットがたずねた。

「シェルブールのスカイロックでルーフの下におさまってる」レッポがこたえた。「数分でたどり着けるよ」

「はったりにはったりで対抗か」キーランが言った。「そこにあるのは神の導きだな。きみはまさにそれが必要だと言ってたじゃないか。よし、そいつを取りにいこう。ぼくたちをシェルブールでおろして、きみたちはまっすぐタルシスへむかってくれ。〝エンジェル〟で空からすぐに追いかけるから」

エヴェリットは呆然《ぼうぜん》としているようだった。

「じきに慣れるって」マホムがにやにやしながら少佐に言った。「ナイトのまわりではいろんなことが起こるからな」

「シェルブールへ針路を変更」エヴェリットはあきらめてパイロットに告げた。

パイロットが航行コンピュータにコードを入力すると、スカイロックのスケジュールに入庫用の枠を確保するためのシェルブール・ローカルエリア交通管制局に対するリクエストがぱっと表示された。数秒後に連動するコムスクリーンに応答があった――〈承認して待機中。準備完了までの予想時間は六分〉

ストーニー・フラッツの倉庫の奥を仕切ったオフィスに驚愕が広がった。リー・マレンと会《ファ》社《ーム》の地元チームは、指揮をとるためにフォボス経由で到着したばかりのふたりの債務督促係に最新の情報を伝えていた。そこへ連絡が入り、レッポとその相棒が移動中に上空からあらわれた正体不明の軍隊によって奪われたと報告してきたのだ。その強奪を指揮していたと思われる男は赤いスーツを着て褐色の顔をしていた。救出者たちがふたりを連れて飛び立ったときに護送役のひとりが自分のパッドでなんとか撮影した画像もあった。

褐色の顔と聞いて、ミスター・ブラックはホテルのエレベータでのつかの間の出会いを思い出した。「見せてくれ」彼は言った。拡大されたヘルメットをかぶった顔が一台のスクリーンに表示されていた。ブラックはそれをじっくりと見つめた。「肌を少し明るくして」彼は一味のグラフィック技術者に言った。「色もふつうにしよう……。白髪も変えてくれ」

「どんな色にしますか?」

「黒く……いや、もっと茶色っぽい感じか」ミスター・ブラックは変化を見守った。まだ少し年齢が高めだったが、もはや疑いの余地はなかった。「あいつだ！　ゾディアック商業銀行で彼の双子の兄弟といっしょにいた男だ」ブラックはバルマーのそばに立っているサルダを指さした。「自分は弁護士だと言っていた」

サルダは近寄って見てみた。「そうだ。銀行へ行こうとしたわたしを通りでさらったやつだ。犬を連れた男だ！」

「わたしはこの男をオアシスで見かけた」ブラックが全員に告げた。「どこかで会ったような気がしていたんだ」

「そいつはホテルでレッポと会っていた」マレンが言った。「アラビアの精霊みたいな服を着て。例の結婚式のために町へ戻ってきたようだな」

バルマーはフォボスから到着したふたりに目を向けた。どちらも日焼けしていて、にこりともせず、運動選手のような体に高価な黒いスーツと白いシャツという姿だった。シンジケートの上層部は地位に応じた服装をすることにこだわりがある。ほんとうのトップだけが、もっと明るい服を着て、飾りやスタイルで個性をだし、色を加えることを許されていた。

「まあ、その件はこれで片付いたな」バルマーは言った。「彼らはいずれタルシスへ戻る。そこへ行けばイレインともうひとりのサルダも見つかるだろう……そしてきみたちの二億五千万を見つけるための鍵も」

ふたりの債務督促係は短く言葉をかわしてから支援部隊のリーダーに告げた。「部下たちを機に乗せて出発しよう」指揮をとっている男が言った。

いっぽう、大気圏上層部では、アスガルドから飛来した移送船が軌道から降下して制動操作に入っていた。高速かつ頑丈な設計で、火星の地表にそのまま着陸できるので、フォボスでシャトルに乗り換える必要がなかった。船内前方のラウンジでは、ハミルトンとアキリーズ・ギルダー、ソーントン・ヴェルテ、マーヴィン・クイン、スレッサー・ロマックスが、緑色に染まってまだらになった顔で、地表の風景を映しているウォールスクリーンを元気なく見つめていた。マリッサは彼らと同行しているほかの人たちといっしょに不安そうな顔ですわっていた。もはやなんの成果もあげられないローウェルのドクターたちにまかせて時間をむだにしてはいられなかった。この苦難についていくらかは理解していて治療も成功させたのはカールだけだが、そのカールは姿を消したままだ。それでも、彼らに警告をしようとした人物はもうひとりいた――風変わりではあるが同じような能力がありそうなケザイア・タールが、タルシスでハシカー教授の科学グループといっしょにいるのだ。よかろう――と、ハミルトンは決心していた――それなら全員でまっすぐタルシスへおりるとしよう。

24

シェルブールに到着すると、キーランとマホムはレッポとケーシーを連れてエアロックのすぐ内側でAPCからおりた。APCは次にエアロックが作動したらただちに発進できるように出発用レーンへ移っていき、キーランたちはエレベータでひとつ下の階へおりて〝ガーディアン・エンジェル〟がとめてある場所へ急いだ。ほんの数分で、レッポとケーシーは飛行準備をととのえた。〝エンジェル〟は滑走してエアロックへ戻り、短い待機ののちに発進すると、すぐに奇妙なピンクに染まった火星の空へ舞いあがった。シェルブール台地とその宇宙港が、さらにはその下の、ヴァレス・マリネリスの峡谷のつらなりの中にいだかれたローウェル・シティが、広がっていく荒れ地の風景の中でみるみる小さくなっていく。

「操作はスムーズで扱いやすい」マホムが褒め言葉を口にして、満足そうにレッポにうなずきかけた。「駆動装置もしっかりしている。結局のところ、おまえはなかなか使えるものをひろったのかもしれんな」

「いずれ大人気になるよ」レッポが請け合った。「なんだか分け前をほしがっているみたいな口ぶりだね」

「おれは手に入るものをもらうだけさ」マホムは肩をすくめて恥ずかしげもなく言った。

どうやらレッポはまたもや警備ビジネスに乗り出すと決めたようだった。

トレヴェイニーからの連絡で、エヴェリットとその部隊が到着して遠征隊のキャンプの周辺で防衛の準備を進めていることが確認できた。チャズ・ライアンの部下たちが念のために車両から離れた場所に塹壕《ざんごう》を掘っていた。いまのところ敵は姿を見せていなかった。ところが、トレヴェイニーが話を終えるかどうかというタイミングで、ハリー・クオンの声が割り込んできて、ジャガーノートのレーダーに三つの光点が出現してこちらへむかってくると告げた――ひとつが先頭に立ち、あとのふたつがならんで数キロメートル後方に続いていると。それからいくらもたたないうちに、エヴェリットのパイロットがＡＰＣから同じように敵機発見の報告をしてきた。エヴェリットはＡＰＣに離陸を命じ、台地のむこう側で谷を縁取る山々の背後で低空を旋回させることにした。

だが、接近する航空機は遠征隊のキャンプではなくトロイの現場へ向かっていることがすぐに明らかになった。トロイでは、バンクスとそのグループを運んできたミュール輸送機と、その支援部隊のヴェニング兵員輸送機と偵察機が、ゾーケンがもともと使っていた二棟の小屋のそばにいまも置きっ放しになっていた。新手の医療チームが到着して各機の検査を始めるまでは、こちらはもぬけのからだ。しかし、いま襲来しようとしている軍勢はストーニー・フラッツを発《た》ったシンジケートの重武装チームのはずなので、そのあたりの事情がわかっていないのだろう。これについては、先頭の光点が急降下し、台地のへりをたどってあの岩棚へ接近したことから見てもまちがいなさそうだった。

「ルディがゴットフリート経由で現場の映像を見ている」トレヴェイニーが報告した。「彼らは攻撃を仕掛けているようだ」

「こちらにつないでください」キーランはトレヴェイニーに言った。

崖の高い位置にいるロボットからの、ぐらぐらする途切れ途切れの映像は、衛星画像で見た攻撃ヘリとしか思えない黒っぽい矢じりが低空飛行で接近してくる様子をとらえていた。ヘリは二基のミサイルを発射し、直後に機関砲の連射をあびせてから、谷の上空を急上昇して離脱していった。ミサイルは岩棚の上に命中し、ちょっとしたなだれのように崩れた岩と瓦礫が小屋や航空機などのまわりに転がり落ちた。機関砲の弾は岩棚の下の、ジグザグにのぼる進入路を横切るようにして、もっと小規模な爆発を立て続けに引き起こした。それは警告であり、手持ちの火力の実演だった。下にいるだれかがこれでもふざけた態度をとるなら、次は狙いをはずさないというメッセージだ。応射する者はいなかった。それどころか、まったくなんの反応もなかった。

「反撃はありません」攻撃ヘリのCコム／兵器操作員が、二機の兵員輸送機の二十五キロメートル後方にとどまっている司令機に報告した。「だれも出てきません。全員が身をひそめているようです」

「つまり敵を混乱させているということだ」攻撃指揮官のセジャー大佐の声が、先頭の兵員輸送機から飛び込んできた。「心理面で絶好のタイミングだった。敵はこういう攻撃を予期していなかった。これはもうけものだ。いま突入すれば苦もなく制圧できる」

司令機の中では、マレンが会社《ファーム》から来たふたりの債務督促係に目を向けていた。彼らの一分の隙もないダークスーツは、いまは軽量ＥＶスーツによって覆い隠されていた。後方の座席では、サルダとバルマーが緊張した面持ちで待っていた。

「行け」ふたりのうちの年かさのほうが命じた。

そのとき、攻撃ヘリのCコム／兵器操作員からふたたび連絡が入った。「総員に警告。未確認機を発見。方位一一〇──ローウェルの方角から到来」

「距離は？」攻撃指揮官が回線越しに問いかけた。

「予想到着時刻は七分後です」

「われわれが突入するあいだは援護しろ。われわれが地上におりて安全を確保したら、離脱して侵入者の確認にまわれ」

「了解」攻撃ヘリのパイロットが応答した。


「レーダー探知シグネチュアだ」ケーシーが操作卓のスクリーンを見つめて言った。「捕捉された」

「当然だな」キーランは淡々と応じてから、遠征隊のキャンプにいるトレヴェイニーを映したスクリーンにむかって言った。「トロイはどうなってます？」

「よくわからない。ゴットフリートが作動していないんだ。映像が切れて、どうやら迷走しているようだ。ルディがうまく制御できていない。あのミサイルでどこか壊れたかもしれないと言っている」

最高だな、とキーランは思った。突然、すべてのできごとの中心となる場所で目を失ってしまった。

「レーダーのほうでは、ならんでいたふたつの光点が降下を始めている」ハリー・クオンが言った。「消えた……地平線の下までおりたんだろう。着陸したようだ」

「確認」〝エンジェル〟のケーシーが、キーランとマホムのまえで報告した。

「攻撃ヘリはどうしている?」キーランは緊張してたずねた。

「上昇して、旋回して……ああくそっ。こっちへ来るよ、隊長。ぼくたちを調べてる」

キーランは唇をかんで必死に考えた。「東へむかえ」彼はレッポに命じた。「やつらをハミルのキャンプから引き離すんだ。居場所を教えてやることはない」

〝エンジェル〟は針路を転じたが、攻撃ヘリは上昇し、加速して行く手をふさぐルートをとってきた。レッポがふたたび針路を変えた。攻撃ヘリはさらに追ってくる。

「接近中」レッポが計器を参照して言った。

「目標指示装置がスキャンしてる!」ケーシーが叫んだ。「おいおい、やつらマジだよ!」

「電子妨害《ECM》を使え」マホムが背後から言った。

ケーシーはスイッチを必死に操作した。「もうやってるよ……ロックオン! ポッドを射出。回避! 回避!」

レッポが〝エンジェル〟を胸が悪くなるような急降下へ突入させた。すぐにプラズマボルトがピンクとスミレ色の放電光を発して通過していった。〝エンジェル〟は上昇した。攻撃ヘリは十五キロメートル後方で転進して追ってくる。

「やつらはミサイルの発射準備をしている」ケーシーが言った。

「後方攻撃用のミサイルがあるんじゃないのか?」キーランは言った。こんな展開は望んでいなかったが、敵は多くの選択肢をあたえてくれなかった。

「安全装置を解除して起動中」ケーシーが言った。「目標捕捉……じっとしてろよ、ベイビー。その調子だ……」

二機の航空機は高度を下げて、山と谷がつらなる火星の景色の中でハイスピードのかくれんぼを始めた。それは昔の拳銃による決闘とはちがう神経戦だった。先に耐えきれなくなったら敵に接近を許して撃たれることになる。キーランにはレッポとケーシーの技量を見きわめるすべはなかった。プロの軍人が相手では、チャンスがあるかどうか考えてもしかたがない。喉がからからになるのを感じたがなにも言わなかった。いまはキーランが協力できることはほとんどなかった。

ケーシーがまた別のポッドを射出し、それが引き起こすいっときの混乱に賭けて、声を張りあげた。「発射!」

だが、なにも起こらなかった。そのかわりに、通信士兼航空機関士の各パネルに異常を知らせるライトがぽつぽつと点灯した。同時に、キーランは飛行システムが動力を失って機体の反応がにぶくなるのを感じた。レッポは必死に機体を水平にたもって力なく滑空させながら、ぎりぎりで推力を加えてなんとか前方につらなる低い岩山を飛び越えた。

「あの電圧補助装置のせいだ!」ケーシーがレッポに叫んだ。「ブースト抑制回路にはもっと調整が必要だと言ったじゃないか」

「おれも言っただろう、テストでは問題なか——」

マホムが口をはさんだ。「そういう話はあとにしてくれないか？　おれたちはいいカモになってるんだが」

そのとおりだった。半分ほど残った動力をかき集め、〝エンジェル〟はひらけた空へむかってじりじりと上昇した。後方から攻撃ヘリが楽な獲物を仕留めようと接近してくる。目標指示装置がロックオンしたことをしめす警告音がケーシーのコンソールで鳴り響いた。レッポはスロットルを戻して失速寸前の速度を維持しながら、真っ赤な遭難信号弾を射出してマイクを世界共通の緊急帯域に切り替えた。

「メーデー、メーデー。わかった、降参だ。こっちは動力も武器も失った。身動きがとれない。そちらの指示に従う」

ほくそ笑むような声がこたえた。「ほう、そいつは気の毒に。ツキがなかったな。家でおとなしくしていればよかったのに」

ケーシーの顔から汗がしたたっていた。レッポが救いを求めるように無言でキーランを振り返った。キーランは自分にできる唯一のことをした。コックピットのビデオカメラの向きを自分のほうへ変えて、それを真正面から見つめたのだ。

「早まった行動に出るまえにきみのボスたちに問い合わせてみるべきじゃないのか？」キーランは言った。「ほら、ぼくがだれかわかるだろう？　きみたちが追っているのはぼくだ。すでにキャンプにはだれもいないとわかったはずだ。手掛かりはぼくだけだ。ぼくたちを死なせたら、きみたちは永遠に金のありかを知ることができなくなる」

回線が静まり返った。レッポは前方の丘を避けるために機体をゆるやかに旋回させた。攻撃ヘリは斜め後方へ数百メートル離れた位置に張り付いていた。胃の痛くなるような数分が過ぎたあと、ふたたび声が流れ出した。明らかにがっかりした声だった。

「いいだろう。そのまま旋回して方位二七三で現場へ戻れ。砂漠用の迷彩がほどこされた兵員輸送機が二機、ほかのフライヤーや小屋の近くに着陸している。その輸送機のまえにおりるんだ。ミサイルの狙いをつけてある。妙な動きをしたら発射するぞ」

「わかった」レッポはこたえた。

アスガルドからやってきた船の前部ラウンジにあるウォールスクリーンに表示された映像は、台地の側面の高い位置にある岩棚をとらえていた。かつてゾーケンの試掘場があったところだ。ジャスティン・バンクスとそのチームが乗ってきたミュール輸送機や、軍事支援部隊が置き去りにした二機の軍用機もそこにあった。だが、いまはさらに茶色とピンクのまだらに塗装された二機の輸送機が見えていた。

「あそこにいるのが何者なのかわかりません」飛行指揮官の声が前部キャビンのスピーカーから流れた。「もうだれもいないはずなんですが。地表の温度分布からするとたったいま到着したようです」

当初の予定では、高高度から発見した、谷底を数キロメートル横切った先にある考古学遠征隊のキャンプに着陸するはずだった。ところが、そこのリーダーで、バンクスに要請をはねつけられたハシカー教授との無線連絡により、ケザイア・タールはキャンプにいないことが判明した。そこにいるだれも彼の居所を知らなかった。というわけで、船が降下を続けるあいだに、彼らの注意はそれほど離れていないゾーケンの試掘場へ移っていた。

アキリーズは旅のあいだずっとかかえていた手鏡をにらんだ。「またひどくなってる！」彼は嘆いた。「早くタールとやらを見つけないと。とてもこんな顔じゃいられない」

「きみはそれで生計を立てているわけじゃないだろう」マーヴィン・クインが応じた。飛行中は、虚栄心がもっとも深く傷つけられたこのふたりの言い争いがずっと続いていた。

「もうやめて、ふたりとも」マリッサが疲れた声で言った。

「タールはなにか理由があって現場へ戻っているのかもしれない」ソーントン・ヴェルテが言った。「少なくともあそこにいる連中ならなにか知っている可能性がある。その点では科学者たちよりもましだろう」

ギルダーは飛行指揮官に命じて降下する先を台地の側面にあるゾーケンの試掘場へ変更させた。飛行指揮官はたったいまそこから無線連絡が入って身元を明かすよう要求されているところたえた。ギルダーは彼に命じて回線をつながせ、要求を繰り返すよう求めた。

「わたしの名はセジャー大佐、現場で臨時に指揮をとっている」少しも友好的ではない声が告げた。「そちらの身元を明かし目的を述べたまえ」

「こちらはハミルトン・ギルダー、ゾーケン・コンソリデーテッドの最高経営責任者兼社長だ。われわれはそのエリア全体を所有しているのだ、大佐。きみに目的を告げる必要はどこにもない」

短い間があった。それから――「ご自由に着陸してください」

船が船尾から先に降下を開始したとき、東からさらに二機の航空機がゆっくりと近づいてきた。一機目は珍しい形をした青と白のフライモビルで、なにかトラブルをかかえているのかまっすぐ降下してきて岩棚に着陸すると、砂漠用の迷彩がほどこされた二機の輸送機のかたわらに停止した。もう一機の、それを護衛してきたらしい攻撃ヘリはゆっくりとエリアの周囲を旋回し、そのあいだにアスガルドからの船が着陸した。エンジンが停止したとき、ギルダーの飛行指揮官がさらにレーダー上に接近する機影があらわれたと報告した。

「いったいなにが起きているんだ?」ギルダーは困惑して飛行指揮官に問いかけた。「火星の半分がここへ集まってきているみたいだな」

「とにかく、これだけいればだれかはタールの居所を知っているだろう」スレッサー・ロマックスがつぶやいた。

だが、人びとのケザイア・タールへの関心はそこで消え失せた。もはやその男は必要なかった。スクリーン上では、青と白のフライモビルから四つの人影が出てきて、武器をかまえた兵士たちに取り囲まれていた。ふたりは白人で、ひとりは大柄な黒人で、四人目の赤いEVスーツを着た男は褐色の肌をしていた。ギルダーはとっさに飛行指揮官に命じて、その男にカメラの焦点を合わせ、ヘルメットの中の顔を拡大表示させた。思ったとおりだ――赤いスーツの男はタジキスタンのカールだった!

「接近する航空機を特定しました」飛行指揮官の声が報告した。「軍用の司令機です」

これで、理由はまだわからないが、カールがオアシスホテルから姿を消してどうなったかは説明がついたな、とギルダーはひとりごちた。だが、彼とその三人の連れはなぜ兵士たちに拘束されているのだ……？

キーランは振り返って、〝ガーディアン・エンジェル〟が着陸したときに岩棚へ降下してきた船を見つめた。それは火星周辺を高速で移動するのに適した軽量移送船で、薄い大気の中でも地表へ着陸する能力があった。船体にはゾーケン・コンソリデーテッドのロゴとマークも見えた。だれかがもはやここにはいないバンクスとその部下たちについて調べるために送り込んだのだろう、というのがキーランにできるせいいっぱいの推測だった。

「急な動きはするな。両手はベルトや武器から離しておけ」

声がローカル回線を通じて呼びかけてきた。マホムとほかのふたりがたずねるような目でキーランを見た。キーランは首を横に振って肩をすくめることしかできなかった——おそらくスーツの外からでは見えなかっただろうが。いま呼びかけてきた声の主らしい、士官の記章をつけた人物が、兵士たちのあいだから進み出てきた。

「さて、いったいどなたがおいでになったのかな？」キーランはたずねた。

「わたしはセジャー大佐、この現場の臨時の指揮官だ」

「きみはどのような権限でここで指揮をとっているのかね？」

「わたしは命令に従っているだけだ。もうしばらくしたら自分で彼らに質問すればいい」

セジャーは腕を振ってキーランの後方をしめした。同時に、キーランは高まるエンジン音に気づいた。振り返ると、さらにもう一機の航空機が着陸しようと接近してくるのが見えた。斥《せっ》候《こう》・偵察タイプで、セジャーとその部隊を運んできた二機の兵員輸送機と同じように砂漠用の迷彩がほどこされている。よくあるパターンだな、とキーランは胸のうちで思った。戦闘が終わって現場の安全が確保されたので、いよいよストーニー・フラッツからやってきた管理責任者たちが姿をあらわすのだ。ブラウンとブラックはまちがいなくいて、彼に会いたくてうずうずしているだろう。シンジケートからやって来た上役たちもいるかもしれない。サルダ一号とバルマーも隠れていた場所から出てきて最後に文句をつけようとしているのだろうか。航空機は岩棚のひらけた部分の遠い端近くに着陸し、集まった人びとのほうへ滑走を始めた。キーランは両腕を頭上で高々と広げて迫り来る機体にむかって立った。それは背後にいる兵士たちに対して自分たちが武装していないことをしめすためでもあり、単にこの状況を受け入れていることを認めるためでもあった。だが、着陸したばかりの船から見ているギルダーたちにとっては、カールが、うろたえることもなく静かに敵に直面して、〝至高の力〟による仲裁を求めているかのように見えた。

ずっと上のほうでは、ゴットフリートが制御を取り戻そうとするルディの努力におかしな具合に反応して、ふらふらと旋回した拍子に岩のへりを越え、ゾーケンの埋蔵資源の調査中におこなわれた試掘作業で残された不発の爆弾の上に落下した。その結果起きた爆発は小さかったが、“岩”の下でくさびになってそれを台地の端ぎりぎりで支えていた小さな岩のひとつを吹き飛ばすだけの威力はあった。巨大な岩はかしぎ、ずるりと滑って、まわりの岩や砕片を引き剝がし、それから恐ろしい音をたててころがり始めると、砂や粗石を巻き込みながら小規模な土砂崩れと化して岩棚の上に押し寄せた。それは側面から司令機にぶつかって、そのまま機体をのみ込むと、ふちを乗り越えてわきあがる赤茶色のほこりの中をはるか眼下の谷底までこぼれ落ちていった。

25

「ハミルトンにとってはそれだけで充分だった——ほかの人たちもそうだったんじゃないかな。だって、彼らはあれを見たんだよ！　カールに対して武力で脅しをかけようとした連中のリーダーや指揮官が全員、彼らの目のまえで一掃されたんだ。太古の遺跡を侵害し始めた人びとが次に狙われるのは明白だった。ハミルトンはその場であのエリアのすべての権利を放棄する指示書を口述した。ものすごい勢いでサインしていたよ。いまではすべてハミルのものだ。あそこに考古学都市を築く計画があるような口ぶりだったな」

ジューンのもとへ帰るのは気分が良かった。彼女はお気に入りのポーズで腰を下ろし、ウォッカトニックのグラスを手にカウチに身をゆだねていた。ギネスは、主人が帰ってきた興奮もようやくおさまり、キッチンの戸口で満足げに寝そべっていた。テディがそのすぐ横で丸くなって暖を楽しんでいた。

「まあ、ぞっとする解決策ではあるけれど、これでふたりのサルダがうろついているという問題は片付いたわね」ジューンが言った。

「本人のルールに従うなら、あのサルダはそもそも存在してはいけなかったんだ」キーランは指摘した。彼は自分の飲み物をぐっとあおり、これは長々と話すにはかなりぞっとする話題だなと認めた。「まえに話がまとまったじゃないか。このテクノロジーは問題が多すぎるからまだとうぶんは公開するべきではないって。管理された実験が一度おこなわれただけでこんな騒ぎになったんだぞ。リオとイレインは遠くへ行ったし、運が良ければそのままの状態が続いて、いずれはぼくたちも気にすることはなくなるさ」

「あのふたりは大丈夫かしら？　シンジケートがあなたを見つけるためにあれだけの労力をかけたことを考えると、いずれはリオとイレインも見つかってしまうんじゃないの？」

「それはむりだろう。ケニルワース・トルーンとその犬へつながる手掛かりを持っていた人びとは全員がタルシスの岩と瓦礫の山から掘り出されたあとでまた埋められた。すべて終わったんだよ。シンジケートは回収不能債権として損金処理するしかないだろうな」

キーランはリクライニングチェアに背をもたせかけ、窓枠の中にエクアドルのジャングルの風景を表示している壁のパネルをじっと見つめた。

「なあ、ぼくは本気で神秘ビジネスに乗り出すべきかもしれない」彼はしばらく黙り込んだあとで言った。「マリッサのためにでっちあげた話はなかなかいい感じに聞こえた。彼女はたしかに信じた。ハミルトンはもう一度カールを見つけられるなら、喜んであれを題材にした本の執筆を依頼してくるだろう。ぼくはずっとカールに戻るべきかもしれない。ゾーケン・コンソリデーテッドの正式な神秘家、導師、〝至高の力〟の招喚者として雇ってもらうというのはどうかな？　どれくらい稼げると思う？」

ジューンは彼に好奇心に満ちた目を向けていた。キーランは彼女がいまの問いかけについてあれこれ考えているのだと思った。

「数百万かな？」キーランは返事をうながした。それから、ジューンがわざと黙ってキーランがなにか言うのを待っているのだと気づいた。今度ばかりは、それがなんなのか見当もつかなかった。「なんだい？」

「つまり、あなたがでっちあげた、太古の建造者たちは物理的実体の蓋然性をあやつって望みの結果をもたらすことができるという話のこと？」

「ああ。量子力学と結び付けるのもかなりうまいアイディアだと思った。やっぱり本を書くべきかもしれないな……」キーランは、自分が言っていることをもう少しよく考えてみなさいとうながすような謎めいた表情が、ジューンの顔から消えていないことに気づいた。「どうしたんだ？」

「あなたはマリッサに言ったわよね、なにが起きているのかわからなかった人びとにとっては、あり得ないできごとと思いもよらない偶然の連鎖に見えただろうって。説明のつかない事故とか……」また言葉が途切れた。彼女がなにを言わんとしているかにようやく気づいて、キーランはあんぐりと口をあけた。ジューンはかまわずに締めくくった。「でもね、キーラン、なにが実際に起きたかを考えてみて！」

キーランはジューンをまじまじと見つめた。「うわ、なんてこった」そう言うのがせいいっぱいだった。

「いろいろ考えさせられるでしょ？」ジューンは言った。

ふたりは長いあいだ無言で見つめ合った。ギネスがその熱中ぶりを感じ取り、尻尾を床に打ち付けてまぜてくれと合図してきた。それ以上ふたりに言えることはあまりなかった。推測は推測だ。どれだけ議論してもそれが確定するわけではない。いつか、ふたりがもっと多くを学んだらなにか言えるようになるかもしれなかった。

だが、とりあえずはどうしようもない。キーランは上体を起こしてグラスを干した。「さしあたり、人生は続いていくし、人は食べなければならない」彼は宣言した。「この数週間は砂漠でいろいろあったから、今夜は町へ出かけよう。なんでもきみの好きなものに、店で一番のワインをボトルで何本か。どこがいいかな」

「高級なところがよさそうね。淑女がタジキスタンのカールとディナーをともにするチャンスはそうそうあるものじゃないから。地元民でいくの？　それとも地球人？」

キーランは手を自分の顔に当てた。すっかり忘れていた。彼が使った染料は保ちがよすぎて、まだ何日かたたないと落ちないのだ。

「それはやめておこう」キーランは言った。「シンジケートが彼を捜すためにローウェルに人を残しているとは考えにくいけど、ハミルトンのスカウトたちがうろついている可能性はある。アラビア人でいくべきかもしれないな。ロープとバーヌースはだれかに用意してもらえるだろう。今宵は石油王とディナーというのはどうだい？」

「あたしにフードとベールをつけろというの？」

「いや。きみは白人の奴隷娘でいいよ――ほら、十セント硬貨二枚と時計の鎖で」

ジューンは目つきでキーランをとがめた。「よほどあなたの運が良くないとむりね」

「とんでもない」キーランは粋なウインクをして見せた。「運はなんの関係もないよ。忘れないで、ぼくは時空の蓋然性をあやつれるんだから。トラピージアムのてっぺんにあるガラス張りの店はどうかな？　ハミルがあそこで飼育している鴨はうまいと言ってた。ルディでさえケチをつけられなかった。ウォルターはそこでルディがカトリーナといっしょにいるのを見たそうだ。さて、きみはあのふたりがどうなってると思う……？」

テクノリシク文明の呪縛

SF評論家　礒《いそ》部《べ》剛《つよ》喜《き》

紛争調停人キーラン・セインは久々に火星を訪れる。ちょうどそのころ火星の都市では、テレポーテーション技術の人体実験にベンチャー宇宙企業体の一つであるクアントニックスが成功していた。地球の科学研究機関が柔軟性を失い、さながら化石状態に陥ってしまったこの時代、リスクの高い事業に投資して大きな成功を狙う惑星間営利企業が科学的発展をリードしていたのだ。

この実験の関係者に接触を試みていたキーランは、そのテレポーテーション技術と火星の荒野で発見された一万二千年前の巨石遺跡とが奇妙な接点を持つことに気づく。

この火星の遺跡は太古に地球で巨石文化を築いたのと同じ建設者によって造られたらしいのだが、頑迷固陋《がんめいころう》な懐疑主義に憑《つ》かれた地球のアカデミズムは太陽系規模の古代文明が存在していた証拠を黙殺していたのだ。しかも考古学遠征隊はある宇宙企業体の関係筋から圧力を受けていた……。

滅亡した古代文明の遺跡から未知のテクノロジーが発見されるという物語は往々にして、月面で太古の軍事基地の廃墟が発見される（ハミルトン『虚空の遺産』〔一九六〇年〕）とか、ユカタン半島の古代遺跡からステンレス製のナイフが発掘される（ラインスター「死都」〔一九四六年〕）とか、さらには星間戦争で劣勢にたつ地球防衛軍が太古に崩壊した人類文明の遺産を発見し反撃に転じる（ボーヴァ『星の征服者』〔一九五九年〕）とかのSF的なインパクトを狙った状況で始まるものだが、本書『火星の遺跡』*Martian Knightlife*（二〇〇一年）はやばい仕事専門の紛争調停人キーランが休暇を装って火星を訪れるところから始まる。加えて火星の遺跡を暴くものたちが、かつて古代エジプトの王墓を暴いたものたちにファラオの呪いが降りかかったように、不運に見舞われる。

ファラオの呪いとは、一九二二年にエジプトのツタンカーメン王墓の発掘に関わったカーナヴォン卿《きょう》をはじめとする人々が不可解な連続死をとげた事件のことだ。太古の巨石遺跡の謎を探ろうとしたものが不運に見舞われるという伝承はよくある。しかし、その遺跡の呪いが偶然の連鎖ではなく、〈失われた古代科学〉に起源を持つものであったなら、近代懐疑主義精神を持つハードSFの読者諸賢はそれを容易に受けいれられるだろうか？

〈失われた古代科学〉――いまは聴かなくなって久しい、ひどく魅力的なこの言葉は作家黒沼《くろぬま》健《けん》が造ったものだ。彼は、ピラミッドをはじめとする巨石文化を残した古代文明には重力を制御できる高度な科学があったが、文明の崩壊によって喪失されたというテーマの短編を書き、現代のわれわれが知りえないテクノロジーを〈失われた古代科学〉と名づけたのである。

滅亡した太古の文明に現代科学を凌駕《りょうが》するテクノロジーがあったとする〈第一紀文明テー

マ〉は、かつてはSFではお馴染みのものだったが、一九七〇年代を境に姿を消していった。このころ、人類は太古に地球外知的生命体と遭遇していたという〈古代宇宙飛行士飛来仮説〉を提唱したエーリッヒ・フォン・デニケンのノンフィクション『未来の記憶』（一九六八年）がベストセラーになったものの、近代懐疑主義精神の旺盛《おうせい》なSF作家もその読者も同書を擬似科学だと看做《みな》し、そうした超古代文明仮説から距離をおくようになったからだ。SFは擬似科学ではなく正統性を持った近代科学に基づいて書かれるべきだというハードSFへの嗜好が強まったのだ。そして〈第一紀文明テーマ〉はハードSFとは背馳《はいち》する関係だとされていった。

だが本書『火星の遺跡』は、ハードSFの名手であるジェイムズ・P・ホーガンが、古色蒼然《こしょくそうぜん》たる〈第一紀文明テーマ〉に挑んだ異色作だ。

ホーガンの代表作とされる『星を継ぐもの』（一九七七年）もまた、滅亡した超古代文明とのコンタクトが描かれてはいるものの、本書と『星を継ぐもの』の間には峻厳《しゅんげん》な断絶が存在していると言っていい。『星を継ぐもの』は王墓をあばくものに生じる呪いなどという怪談とは無縁の物語であり、アトランティス、レムリアなど神秘主義者によって提唱された超古代文明への接点をあえて忌避《きひ》しているからだ。

さらにホーガンは、本書が描かれた興味深い動機について次のように記している。

「十代の少年のころ、主に一九三〇年代に書かれた、ミステリ作家レスリー・チャータリスの古典的な怪盗ロマンである〈聖者《セイント》〉こと〈サイモン・テンプラー〉シリーズに夢中になったものだ」（著者サイト過去ログ"Background"より。現在はインターネット・アーカイヴ上にある）

このシリーズは、ユーモアとサスペンスが巧妙に組み合わさった、モダンな文体で描かれた古典的なヒーロー物で、その後に続いた多くの冒険小説に影響を与えた。ホーガンは「昨今のフィクションによくある陰鬱《いんうつ》な主人公たちと比べると、理想主義や善人が最後に勝利を収める同シリーズの魅力はいっそう際立つ」とも述べている。主人公キーラン・セインがイニシャルのKTから〈ナイト〉と呼ばれたりするなど、本書にはサイモン・テンプラーへのオマージュがちりばめられている。

失われた異教的な古代文明の謎に（ハードボイルドの私立探偵か、一匹狼の傭兵《ようへい》か、それとも埋蔵金めあての冒険家かという読み替えも可能な）凄腕《すごうで》の紛争調停人が挑むという物語は、ハガードの『ソロモン王の洞窟』（一八八五年）やメリットの『イシュタルの船』（一九二六年）に接近を見せた、ホーガンらしからぬモダン・スペースオペラだと言ってもいい。

だが本書には、ホーガンが『揺籃《ようらん》の星』（一九九九年）で見せた、ご存じイマヌエル・ヴェリコフスキーの『衝突する宇宙』（一九五〇年）への接近のさらなる深化とともに、ヘレナ・ブラヴァツキーのような神秘主義者が唱えた〈第一紀文明テーマ〉が内包されている。それは次に引用した一文からも明らかだ。

……いまもその正体について論争が続く進歩した文明が、地理学でも、天文学でも、数学でも、多くの面で謎のままとなっているその他のスキルにおいても驚くほどの知識を有した文明が、かつては最古の文明と考えられていたエジプトやシュメールよりもずっとまえに存在していたのだ、と。これは世界のあちこちに巨大な石の構造物――現在では、同一の、あるいは関係の深い建造者の手になるものとされている――が残っていることから単に〝技工石器《テクノリシク》〟文明と呼ばれているが、紀元前一万年ごろに地球を襲った惑星規模の大変動によって一掃されてしまった。(本書六九頁―七〇頁)

これが本書で繰り返し語られる世界背景だ。太古の地球と火星に壮大なテクノリシク文明圏が存在していたが、太陽系規模の天変地異によって滅亡したという設定は、ヴェリコフスキーの『衝突する宇宙』そのものと言っていい。シオニストの精神医学者ヴェリコフスキーは、木星から分離して地球に接近した怪彗星ティフォンが内惑星《ないわくせい》軌道にとどまり、現在の金星になったのだという史実性を、旧約聖書の記述に求めたのだった。

デニケンもまた、地球外知性体が太古に来訪したという史実を世界各地の神話から演算しようとしている。『未来の記憶』と『衝突する宇宙』の双方に共通する、旧約聖書を神話ではなく宇宙的な異変の記録だと看做して史実を導きだそうとする思考は、現代のキリスト教原理主義者(福音《ふくいん》派プロテスタントとも呼ばれる)に見られる聖書直解主義とよく似ていた。

ただ、ヴェリコフスキーは怪彗星の接近がそれまで栄華を誇っていた古代の超文明を滅亡に追いやったとまでは考えていなかったし、デニケンも太古の文明が太陽系規模の異変で滅亡したとまでは語っていない。では、本書に描かれた太古の超文明が太陽系規模の異変で滅亡したという夢想《ヴィジョン》はホーガンの独創なのだろうか?

「……人類の歴史には現在の文明以前に高度な文明が存在していたことは明らかだ。この太古の先進文明とは〈大洪水以前〉の時代に発展した文明であり、〈ノアの大洪水〉で繰り返し語り継がれてきたカタストロフィに関する伝承は、二度に亘る大規模な災害が文明を崩壊させたことを示す太古の記憶の名残なのである」

本書で描かれる世界観に酷似したこの一文は、ヴェリコフスキーの熱烈な支持者だった天体物理学者モーリス・ジェサップの著書 *The Case for the UFO: Unidentified Flying Objects*（UFOの真相、一九五五年）からの引用だ。中南米には現代の科学を凌駕する高度な文明がかつて存在したが、『衝突する宇宙』で論じられた異変によって滅亡したのだというジェサップの仮説は、本書に描かれるホーガンの夢想《ヴィジョン》によく似ている。これは偶然ではないであろう。ヨーロッパ、アメリカで現代文明以前に高度な科学文明が存在していたという仮説は、普遍的に提唱されてきたと言っても過言ではない。

アーサー・C・クラークが異端な科学の守護者と評したフィラデルフィアの政治家イグネイシャス・ドネリーは、ユダヤ人でもシオニストでもなかったが、超古代文明論の古典的な研究書 *Atlantis: The Antediluvian World*（アトランティス――大洪水以前の時代、一八八二年）によってヴェリコフスキーの先駆者だと看做されている。『衝突する宇宙』が刊行される以前から、ユダヤ・キリスト教の世界観にあっては、太古に滅亡した高度な文明の存在は抵抗なく受けいれられてきたようだ。

なぜならオスヴァルト・シュペングラーの『西洋の没落』（一九一八年―二二年）に代表され

るように、人類の歴史には一定のサイクルがあるとする歴史循環論がキリスト教社会で強く支持されるものだからだ。現代アメリカで強い政治勢力として擡頭《たいとう》してきた福音派にはっきりと見られるように、聖書は人類の再生サイクルを示す予言書と受けとめられている。故に古代エジプト、インカ、アステカ文明の滅亡が、聖書に予言された歴史サイクルの具体的な証拠と考えられたとしても、それほど不思議ではない。

この物語で試みられたテクノリシク文明へのホーガンのアプローチには、二つの意味で呪縛がある。

その一つはそれが地球外の遺跡であっても、いにしえの巨石文化の謎を暴こうとするものたちに降りかかる呪いである。ホーガンは巨石遺跡の探究に伴って生じる呪いの起源にも、これもまた一見彼らしからぬ説明を加えている。だが彼の夢想《ヴィジョン》のなかにあっては、ファラオの呪いによって不可解な連続死が生じることにも合理的な理由がなければならないのだ。

そしてもう一つの呪縛とは、太古に滅亡した巨石文明もキリスト教的な歴史循環論の枠組みのなかに取りこもうとする、ヴェリコフスキー的な歴史観への回帰である。キリスト教とは無縁の古代の巨石文明の滅亡であってさえ、予言書としての聖書と歴史循環論の正統性を証明している、とホーガンは看做さざるにはいられないのだ。

かように、本書ではテクノリシク文明の存在そのものが聖書的な宇宙観の呪縛の裡《うち》にある。

おやおや、これではまるでホーガンにキリスト教原理主義への傾斜があるかのような解説になってしまった。彼の小説の魅力の一つは、ハードな科学考証がその核に秘められていることにあったのではなかっただろうか？

いや、厳密な科学性があるからこそホーガンはこの物語を描いたと言えるのではないか。近代科学を追求してきたユダヤ・キリスト教社会の科学者たちは、神の偉大さへの信仰を強力な動機としてきたとも言えるからだ。アインシュタインが語ったとされる「科学と宗教はいずれ一体になる」という有名な言葉も、相対性理論が彼の神学と矛盾していないことを示唆している。科学と神学は必ずしも相反するものとは言えないのだ。歴史循環論も同じである。キリスト神学的世界観と科学的な探究心が相互に矛盾なく共存できるのであれば、それはホーガンの文学宇宙にも当てはまるはずである。

かくて本書『火星の遺跡』は、ヴェリコフスキー的宇宙観とデニケン的な〈古代宇宙飛行士飛来仮説〉の結合の産物というより、ホーガンの神学的な世界観の上に構築されたハードSFの一つと解釈することが正しい理解となるのではないだろうか。

二〇一八年十月

検印
廃止

訳者紹介　1961年生まれ。神奈川大学外国語学部卒業。英米文学翻訳家。主な訳書に、ホーガン「量子宇宙干渉機」「ミクロ・パーク」「揺籃の星」、スコルジー「老人と宇宙」ほか。

火星の遺跡

2018年12月21日　初版

著　者　ジェイムズ・P・ホーガン
訳　者　内《うち》田《だ》昌《まさ》之《ゆき》

発行所　(株)東京創元社
代表者　長谷川晋一

162-0814/東京都新宿区新小川町1-5
電　話　03・3268・8231-営業部
03・3268・8204-編集部
URL　http://www.tsogen.co.jp
萩原印刷・本間製本

乱丁・落丁本は、ご面倒ですが小社までご送付ください。送料小社負担にてお取替えいたします。

ISBN978-4-488-66327-8　C0197

ヒューゴー賞、星雲賞など全13冠シリーズ新作

PROVENANCE◆Ann Leckie

動乱星系

アン・レッキー

赤尾秀子 訳

カバーイラスト＝鈴木康士

創元SF文庫

◆

ラドチ圏から遠く離れた辺境の小星系国家。

有力政治家の娘イングレイは

兄との後継争いにおける大逆転を狙い、

政敵の秘密を握る人物を流刑地から脱走させる。

ところが、引き渡されたのはまったくの別人。

進退窮まったイングレイは、

彼人《かのと》になりすましをさせるという賭けに出る。

だが、次から次へと想定外の事態が展開し、

異星種族をも巻きこむ一触即発の危機に……。

ヒューゴー賞、ネビュラ賞、星雲賞など全13冠の

《叛逆航路》ユニバース、待望の新作登場！

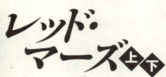

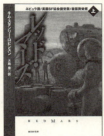